MOUNIA JAYAWANTH

Sunrise Full Of Wonder

MOUNIA JAYAWANTH

SUNRISE *full of* WONDER

Roman

LYX

LYX in der Bastei Lübbe AG
Dieser Titel ist auch als E-Book und als Hörbuch erschienen.

Die Bastei Lübbe AG verfolgt eine nachhaltige Buchproduktion. Wir verwenden Papiere aus nachhaltiger Forstwirtschaft und verzichten darauf, Bücher einzeln in Folie zu verpacken. Wir stellen unsere Bücher in Deutschland und Europa (EU) her und arbeiten mit den Druckereien kontinuierlich an einer positiven Ökobilanz.

MIX
Papier | Fördert gute Waldnutzung
FSC® C014496

Textredaktion: Li-Sa Vo Dieu
Umschlaggestaltung: © ZEROmedia GmbH & Co. KG
unter Verwendung von Motiven von © FinePic®, München
Satz: Greiner & Reichel, Köln
Gesetzt aus der Adobe Caslon
Druck und Verarbeitung: GGP Media GmbH, Pößneck

Printed in Germany
ISBN 978-3-7363-1675-1

1 3 5 7 6 4 2

Sie finden uns im Internet unter lyx-verlag.de
Bitte beachten Sie auch: luebbe.de und lesejury.de

Liebe Leser:innen,

dieses Buch enthält potenziell triggernde Inhalte. Deshalb findet ihr auf der letzten Seite eine Triggerwarnung.

Achtung: Diese enthält Spoiler für das gesamte Buch!

Wir wünschen uns für euch alle das bestmögliche Leseerlebnis.

Eure Mounia und euer LYX-Verlag

Für Andi.
Bester Freund. Partner.
Seelenverwandter.

»He smiled the most exquisite smile,
veiled by memory, tinged by dreams.«

Virginia Woolf

PLAYLIST

ocean eyes – Billie Eilish
Everybody Wants You – Johnny Orlando
Just a Friend to You – Meghan Trainor
needy – Ariana Grande
She – Jake Scott
Shower – Becky G
OMG What's Happening – Ava Max
Butterflies – MAX, Ali Gatie
Ross & Rachel – Jake Miller
Love Somebody – Lauv
THAT'S WHAT I WANT – Lil Nas X
Summertime – Public Library Commute
Honeymoon Fades – Sabrina Carpenter
Wonder – Shawn Mendes
Waves – Mr. Probz
Ready – Sam Fischer
enough for you – Olivia Rodrigo

PROLOG

Fünfeinhalb Jahre zuvor

Maya

Ich weiß noch nicht genau, wie das mit dem Alkohol funktioniert, aber ich glaube, ich mache irgendwas falsch. Ist es normal, dass einem nach zwei Bier schon so schwummerig ist? Dabei habe ich vorher extra noch was gegessen, weil ich gehört habe, dass ein voller Magen den Effekt etwas abmildern würde.

Vielleicht reicht es aber auch einfach fürs Erste. Ich schiebe den Rest meines Getränks auf die andere Seite des Tresens und signalisiere der Barkeeperin mit einem Lächeln, dass sie abräumen kann. Sie nickt als Antwort, und im nächsten Moment ist die grüne Flasche verschwunden. Einen Dank murmelnd, den sie durch die laute Musik vermutlich sowieso nicht hört, drehe ich mich um, und lehne mich gegen den Tresen.

Inzwischen hat sich der Rummel an der Bar beruhigt, die meisten sind wieder auf der Tanzfläche und schwingen zu einem schnellen Remix von Adeles *Hello*. Lächelnd betrachte ich die tanzende Meute und summe den Text mit. Neben mir höre ich, wie eine Gruppe Jungs darum wettet, dass sie ein Mädchen dazu bringen können, sie zu küssen. Mein Magen zieht sich zusammen vor Ekel, aber ich behalte meine Gesichtszüge im Griff, um mir nicht anmerken zu lassen, dass ich mitgehört habe. Die Leute aus meiner alten Schule waren kein Stück besser.

Die Leute aus meiner alten Schule …

Und schon schleicht sich ein breites Grinsen zurück auf meine Lippen. Ich bin nicht mehr dort. Ich bin in Berlin. Ich bin tatsächlich in Berlin!

In your face, Mama!

Ein Teil von mir wünschte, sie würde mich jetzt sehen. Hier, um zwei Uhr morgens in einem verdreckten Berliner Club, nach den ersten zwei Bier meines Lebens. Sie würde ausflippen, und das wäre ein ziemlich lustiger Anblick. Aber dazu wird sie keine Gelegenheit mehr haben, denn die Frau wird mich nie, nie wiedersehen.

Natürlich habe ich auch Angst in der neuen Stadt. Ich kenne Berlin noch gar nicht. Die Stadt ist riesig, hier sind so viele Menschen, und ich bin allein, kenne niemanden. Aber meine Freude ist größer als die Furcht.

Keine Ahnung, ob es am Alkohol liegt oder der Erkenntnis, endlich frei zu sein, aber ein wohliger Schauer der Wärme zieht sich durch meinen ganzen Körper. *Mein Körper.* Der nur mir allein gehört. Sonst niemandem. Am liebsten würde ich heulen vor Glück, aber dafür strahle ich gerade viel zu sehr.

Seit ich vor zwei Tagen angekommen bin, kann ich gar nicht mehr aufhören zu lächeln. Es ist, als würde mein Leben nach achtzehn langen Jahren endlich beginnen. Selbst, dass ich noch keine Wohnung gefunden habe, kann meiner Freude keinen Abbruch tun. Ich bin in Berlin, weil die HU mich angenommen hat. Ich werde hier leben und Philosophie studieren, so, wie ich es schon so lange wollte. Der Rest wird sich schon irgendwie ergeben, da bin ich sicher. Alles, was ich jetzt tun kann, ist zu tanzen. Tanzen und mein neues Leben genießen.

Beschwingt dränge ich mich in den innersten Kern der Tanzfläche, wo die Stimmung pulsiert. Mit federnden Schritten bewege ich mich zu den letzten Klängen von *Hello*, dann dringt *Single Ladies* durch die Lautsprecher. Die Menge rastet völlig aus, und ich lasse mich anstecken.

Gut, dass ich mich vorhin noch aufgerafft habe. Nachdem mir gestern am Alexanderplatz der Flyer von dieser Après-Abiparty in die Hand gedrückt wurde, war ich ziemlich skeptisch. Aber ich wollte nicht noch eine schlaflose Nacht alleine in dem schäbigen Hostel verbringen, in dem ich schon mehr Ratten als Angestellte gesehen habe. Und da ich nicht auf meinem eigenen Abiball war, dachte ich mir, die Party einfach nachzuholen. Und mein neues Leben feiern.

Auch meine Sorge, nicht tanzen zu können, fällt schnell von mir ab. Hier scheint das keine Rolle zu spielen, alle tanzen so, als würde niemand zusehen. Der Typ vor mir, der trotz der Hitze allen Ernstes noch seine Lederjacke trägt, bewegt sich völlig entgegen dem Takt. Ich finde das toll. Einfach nur tanzen, ohne sich Gedanken um andere zu machen. Es motiviert mich, mutiger in meinen Bewegungen zu werden. Und so schwinge ich meine Schultern, meine Hüften, meinen Hintern.

Als mich etwas Kratziges am Arm streift, bleibe ich automatisch stehen und drehe mich um. Es kommt von einem Kleid, das über und über mit Pailletten besetzt ist, die im bunten Flackern der Lichter in tausend unterschiedlichen Farben schimmern.

»Dein Kleid ist cool«, rufe ich dem Mädchen, das es trägt, ohne nachzudenken, zu.

Sofort fährt sie herum und mustert mich überrascht, doch dann lächelt sie, ein sehr sympathisches Lächeln, das eine kleine Zahnlücke zwischen den Schneidezähnen offenbart. Ihre großen grünen Augen werden durch einen geschwungenen Kleopatra-Lidstrich betont.

»Danke. Deins gefällt mir auch«, schreit sie durch die Musik und deutet auf mein rotes Kleid, das ich gestern noch im H&M-Sale ergattert habe.

»War im Ausverkauf. Ich glaube, ich bin betrunken«, sprudelt es aus mir heraus.

O Mann. Was rede ich denn da? Warum sollte es sie interessieren, wie viel ich bereits intus habe? Nicht, dass sie jetzt denkt, dass ich einfach irgendwelche fremden Menschen vollabere.

Das Mädchen mit dem Paillettenkleid wirkt jedoch keinesfalls gelangweilt oder genervt, sondern fast schon besorgt. »Oh. Willst du dich einen Moment hinsetzen? Soll ich mitkommen?«

Wow. Dass sie mir sogar anbietet, mich zu begleiten. Dabei kennt sie mich gar nicht.

»Du bist lieb«, sage ich wie im Affekt, schüttele jedoch den Kopf. »Ich will aber tanzen.«

Und das die ganze verdammte Nacht. So lange, bis ich eins mit dem Beat werde, und nicht mehr bin als die pure Melodie selbst.

Ich habe gar nicht gemerkt, dass ich wieder zu hüpfen angefangen habe, als das Mädchen unvermittelt loslacht, und mit den Händen jede meiner Bewegungen verfolgt, als wollte sie mich zur Not auffangen.

»Ich bin übrigens Vicky«, stellt sie sich vor.

Lächelnd greife ich nach ihrer ausgestreckten Hand und will mich gerade ebenfalls vorstellen, als mich ein Anflug von Schwindel ereilt und sich alles um mich herum zu drehen beginnt. Sofort schließe ich die Augen und schlucke trocken, dabei kralle ich mich an Vicky, als wäre sie mein Rettungsanker.

»Sicher, dass du dich nicht kurz hinsetzen willst?«, fragt sie wieder. »Du siehst aus, als wäre dir schwindelig.«

Hinsetzen? Im Leben nicht. Ich bin nicht extra nach Berlin gekommen, um mich hinzusetzen! Ich kann nicht am ersten Abend, an dem ich einen draufmache, gleich zusammenklappen.

»Ma-Maya«, kommt es nach mehreren Anläufen endlich aus mir heraus.

»Was?«

»Ich heiße Maya«, erkläre ich zum Verständnis und schüttele ihre Hand.

Sie lächelt. »Freut mich, Maya.«

»Freut mich auch, Nicky.«

»Vicky«, korrigiert sie mich und grinst breit. »Mit einem V. Eigentlich Victoria.«

»Habe ich das nicht gesagt?«, frage ich überrascht.

»Doch, vielleicht.«

Victoria. Das klingt so fürstlich. Als würde ihr Nachname ein adeliges *von* enthalten. Victoria von irgendwas.

»Du siehst nicht aus wie eine Victoria«, bemerke ich, während ich sie prüfend von Kopf bis Fuß mustere.

»Wirklich? Warum nicht?«

»Intuition, Nicky. Unterschätze niemals die Intuition einer Person, die sternhagelvoll ist.«

Sie prustet los.

»O Mist!« Ich verziehe entschuldigend das Gesicht. »Ich glaube, ich habe schon wieder Nicky gesagt.«

»Das macht doch nichts«, winkt sie ab.

Sie ist so cool!

»Du bist eine gute Freundin, Victoria mit V«, brabbele ich weiter. Das zumindest gefällt mir an diesem seltsamen Rausch. Meine Hemmschwelle ist um ein Stockwerk nach unten gesackt, aber der Mut, einfach draufloszureden, um zwei nach oben. »Du hast mich gehalten, sonst wäre ich umgekippt. Ich finde das voll nett.«

Ihr Lächeln wird verlegen. »Das ist doch auch selbstverständlich.«

»Ja.« Das finde ich auch. Den letzten Satz denke ich nur, und will ihn gerade laut aussprechen, als ich spüre, wie sich Speichel in meinem Mund ansammelt.

»Alles gut?«, fragt Vicky … oder war es doch Nicky? Ich weiß es nicht mehr.

»Ja.« Ich nicke, doch der nächste Anflug von Schwindel lässt es zu einem Kopfschütteln werden. Nein. Es ist nicht alles gut. Es ist gar nicht alles gut.

»Aber ich glaube, ich muss mich …«

»O shit.« Vicky … oder Nicky springt zurück, als wolle sie in Deckung gehen. Doch dann greift sie nach meiner Hand und sieht sich entschlossen um. »Okay. Lass uns eine Toilette suchen.«

Was, sie will mitkommen?!

»O Gott, nein!« Schnell befreie ich mich aus ihrem Griff und taumele dabei leicht nach hinten. »Du musst nicht mitkommen. Mach dein schönes Kleid nicht schmutzig. Ich bin gleich wieder da. Außerdem …« Nein, nein, nein! Ich halte mir die Hand vor den Mund und sprinte los.

Toilette, Toilette, wo ist die verdammte Toilette?

Da, das WC-Symbol über der Tür! Ich stürme in einen Flur, in dem sich zwei weitere Türen befinden, öffne die erste, und schaffe es gerade noch rechtzeitig bis zu dem großen weißen Porzellanding. Tränen schießen mir in die Augen, und mein Rachen brennt wie Feuer, während sich der Alkohol seinen Weg gnadenlos nach draußen bahnt.

Großartig, Maya. So cool bist du also. Da kippst du gerade mal zwei Bier in dich hinein, und jetzt stehst du vorm Klo und …

Moment. Ich halte inne. Das ist gar kein Klo. Es sieht zwar so ähnlich aus, aber es hängt an der Wand. Direkt neben drei anderen.

Das ist ein Urinal!

O nein. Bin ich etwa …

Ich komme nicht dazu, den Gedanken zu beenden, als im selben Moment meine Haare leicht zur Seite geschoben werden, und kühle Finger meinen Nacken streifen.

»Nicky?«, murmele ich heiser, und muss mich wieder übergeben.

»Nein.«

Sofort erstarre ich. O Gott.

»Ich bin im Männerklo gelandet, oder?« Meine Stimme klingt kratzig und fremd. Ich versuche mich zur Seite zu drehen, schaffe es aber nicht, weil sämtliche Kraft aus meinen Gliedern gewichen ist.

»Ja, das bist du«, sagt der Fremde schmunzelnd, ein Schmunzeln, das mir aus irgendeinem Grund Gänsehaut über die Unterarme treibt.

»Tut mir leid.«

»Warum entschuldigst du dich?« Der Typ klingt überrascht, als wäre es nicht völlig offensichtlich, warum ich um Verzeihung bitte.

»Ähm, weil ich vor deinen Augen am Kotzen bin?« Ich versuche die Spülung zu betätigen, aber ich schaffe es gar nicht, meinen Arm so weit zu strecken. Stöhnend lasse ich ihn wieder sinken, woraufhin sich eine große Hand in mein Blickfeld schiebt und für mich auf die Spültaste drückt.

»Sorry«, entschuldige ich mich wieder und nuschele dabei so sehr, dass es wie »Rory« klingt.

»Dafür musst du dich wirklich nicht entschuldigen«, sagt er und schmunzelt wieder. Bisher ist mir nie aufgefallen, dass man es hört, wenn jemand beim Reden lächelt.

»Doch, muss ich«, entgegne ich stur. »Dabei habe ich gar nicht so viel getrunken. »Nur zwei Bier … Nein, nicht mal! Eineinhalb!«

»Wirklich?« Er klingt überrascht. »Verträgst du normalerweise mehr?«

Ich schaffe es, halb mit den Schultern zu zucken. »Keine Ahnung. Das war das erste Mal, dass ich Alkohol probiert habe.«

Und vermutlich auch das letzte Mal, denn das gerade hier ist echt eklig.

»Ah.« Ich sehe seinen Schatten an der Wand nicken. Ein großer Schatten, der mich um gefühlt zwei Köpfe überragt. »Das erklärt es.«

Hitze schießt mir in die Wangen. Ja, das erklärt es wohl.

Ich bin eine Witzfigur.

»Du kannst ruhig wieder gehen«, sage ich bemüht lässig. »Es ist nicht mehr so schlimm. Danke für deine Hilfe.«

Der Fremde zögert. »Bist du sicher? Du wirkst noch ein wenig wackelig auf den Beinen.«

Erst jetzt fällt mir auf, dass er mit der anderen Hand meine Schulter umfasst. O Mann. Da stürme ich tatsächlich ins Männerklo, kotze mir die Seele aus dem Leib, und der Typ hier hält mir die Haare zurück und stützt mich, damit ich nicht umkippe. Geht's eigentlich noch peinlicher?

»Jaja«, sage ich hastig und mache eine schwenkende Handbewegung, lehne mich aber sofort wieder gegen das Porzellan, um das Gleichgewicht zu halten. »Ich komme klar.«

Der Fremde ringt mit sich, als wollte er meiner Bitte eigentlich nicht nachkommen. Doch schließlich seufzt er ergeben.

»Okay.«

Vorsichtig nimmt er seine Hände von mir, erst die eine, mit der er meinen Kopf umfasst hat, dann die auf meiner Schulter. Mir fallen die Haare wieder ins Gesicht.

Die Tür öffnet sich, und die Musik von draußen hallt laut von den senfgelb gefliesten Wänden wider. Als sie wieder verklingt, raffe ich mich auf, drehe mich um und taumele in Richtung Waschbecken. Zum Glück ist niemand sonst hier, die Kabinen sind alle weit geöffnet und leer.

Ich spüle mir mehrmals den Mund aus und fahre mit meinen nassen Fingern über Stirn und Wangen. Dann grinse ich mein Spiegelbild an, um zu überprüfen, ob sich irgendwelche Essensreste in meiner Zahnspange verfangen haben. Sieht alles gut aus. Auch mein rotes Kleid hat zum Glück nichts abbekommen. Und bis auf meine Augen, die leicht gerötet sind, und deren Schminke etwas verschmiert ist, mache ich sogar einen erstaunt fitten Eindruck.

Nur fühle ich mich nicht so. Mein Kopf dröhnt, als wäre er der Hauptsitz einer chaotischen Baustelle, und mit einem Mal prasselt alles auf mich ein. Die Angst, mein neues Leben nicht zu packen, das schlechte Gewissen, weil ich alle zurücklasse, und die Einsamkeit, weil ich mich noch nie so allein und schutzlos gefühlt habe. Mein Schluchzen hallt durch den leeren Raum, aber die Tränen bleiben aus. Dafür fühle ich mich zu ausgelaugt, und vielleicht ist das sogar besser so.

Ich weiß nicht, wie lange ich mein deprimiertes Spiegelbild anstarre, aber als die Tür aufgestoßen wird, zucke ich so heftig zusammen, dass meine Finger hart gegen das Waschbecken stoßen. Aua!

Ein sehr großer blonder Junge tritt herein. Er trägt ein weißes Hemd, das bis zu den Ellenbogen hochgekrempelt ist, dazu eine dunkelblaue Anzughose und kamelfarbene Schuhe. In der Hand hält er ein Glas.

Ich will gerade erklären, warum ich im Männerklo bin, als er meinen Gedankenfluss unterbricht, indem er mir das Glas hinhält. »Hier. Ich dachte, das hilft vielleicht. Ist nur Wasser.«

Diese Stimme … Das ist der Junge von vorhin. Der, der mir die Haare gehalten hat!

»Oh.« Mehr bringe ich nicht hervor. Mechanisch nehme ich das Glas entgegen. Unseren Blickkontakt unterbreche ich dabei kein einziges Mal.

Das Erste, das mir durch den Kopf schießt, ist, dass seine warme Stimme irgendwie zu seinem Gesicht passt. Seine Haare sind goldblond und wellig, das Gesicht glatt und ebenmäßig. Die Nase groß und gerade, die Lippen schmal. Ein kleines Grübchen sitzt auf seinem Kinn, und seine Augen … ich glaube, diese Farbe habe ich noch nie gesehen. Sie sind nicht direkt blau, aber auch nicht grau. Irgendwie eine unruhige Mitte dazwischen, wie tosende Wellen. Ob das Kontaktlinsen sind, die er trägt?

Als ein kalter Tropfen Wasser auf meinen Daumenrücken fällt, reiße ich den Blick endlich los und schaue zu meinem Glas.

»Danke«, sage ich verspätet und stürze den Inhalt in einem Zug runter. Meine Kehle hört augenblicklich auf zu brennen, aber dafür fängt mein Magen wieder an zu rebellieren. Verdammter Alkohol!

»Gern geschehen. Geht's dir besser?«

»Keine Ahnung.« Bevor ich hinterfragen kann, was ich tue, laufe ich zur Wand und setze mich auf den Boden. »Ich glaube, Alkohol macht mich melancholisch.«

Diesmal sehe ich ihn an, während er schmunzelt, und oh wow – die Art und Weise, wie sich seine Mundwinkel nach oben ziehen und seine Meeresgischt-Augen dabei leuchten … Er sieht echt süß aus.

»Ich glaube, Alkohol macht jeden melancholisch«, erwidert er lächelnd.

Seine Schuhe schlittern über den Boden, während er auf mich zugeht und mir das leere Glas sanft aus der Hand nimmt. Am Waschbecken füllt er es wieder auf.

»Trink lieber noch etwas«, sagt er und reicht es mir zurück. »Dann tut dein Kopf morgen nicht so weh.«

»Okay.« Diesmal nippe ich nur vorsichtig daran und ziehe die Beine automatisch an meinen Körper, als zwei Jungs das Klo betreten und sich vor die Urinale stellen. Keine dreißig Sekunden später sind sie aus der Tür – ohne sich die Hände zu waschen! Igitt! Ob das der Grund ist, warum es keine Schlangen auf den Männerklos gibt?

»Vermisst dich da draußen keiner?«, frage ich, da der blonde Junge noch immer vor mir steht.

»Nein.« Er klingt gleichgültig, aber der seltsame Ausdruck in seinen Augen straft ihn Lügen.

Nein? Keiner vermisst ihn?

»Oh. Dann … also, wenn du magst, du kannst dich gern zu mir setzen«, schlage ich ohne große Hoffnung vor. Denn mal im Ernst: Warum sollte irgendwer freiwillig mit mir Kotztüte in einem verdreckten Jungsklo abhängen?

Er.

Nach kurzem Überlegen hebt er kapitulierend die Schultern und nimmt tatsächlich neben mir Platz. Selbst im Sitzen ist er noch groß, er besteht praktisch nur aus Armen und Beinen.

»Hi«, sage ich und streiche mir verlegen eine schwarze Strähne aus dem Gesicht. Glücklicherweise hat der Schwindel etwas nachgelassen, seit ich sitze.

»Hi.« Er lächelt und wirkt genauso schüchtern wie ich.

»Ich bin übrigens Maya«, stelle ich mich vor und reiche ihm die Hand.

»Freut mich, Maya.« Er schüttelt sie, verzichtet jedoch darauf, sich ebenfalls vorzustellen.

»Und wie heißt du?«, frage ich freundlich nach.

Er mustert mich einen Augenblick. »Das … möchte ich nicht sagen.«

Überrascht lege ich die Stirn in Falten. »Du willst mir nicht verraten, wie du heißt?«

Seine Kiefer stoßen hart aufeinander. »Nein.«

»Warum nicht?«

»Weil …« Er schüttelt leicht den Kopf und murmelt dann leise: »Mein Name peinlich ist.«

»Peinlich?«

»Ja.« Seine Stimme wird noch leiser. »Ziemlich peinlich sogar. Ich wurde nach meinem Urgroßvater benannt, der kurz vor meiner Geburt gestorben ist. Ich verstehe ja, dass meine Eltern ihn ehren wollten, aber heute nennt man kein Kind mehr so, wenn man nicht riskieren will, dass es während der gesamten Schulzeit wegen dieses Namens gehänselt wird.«

»Oh.« Mein Brustkorb schnürt sich zu. Automatisch drücke ich seine Hand etwas fester, und als hätte er erst jetzt bemerkt, dass wir noch immer Händchen halten, zieht er sie mit großen Augen schnell zurück.

»A-Alles gut«, winkt er ab und strafft die Schultern. »Der Name ist ja auch beschissen. Wer weiß, ob ich nicht selbst gelacht hätte, wenn jemand in meiner Klasse so hieße.«

Obwohl ich ihn nicht kenne, glaube ich das nicht. Er wirkt nicht wie jemand, der einen anderen Menschen verhöhnen würde.

»Ist es ein alter Name?«, frage ich weiter.

Er schnaubt. »Sehr alt, ja.«

»Darf ich raten?« Noch ehe er antwortet, schießt die erste Theorie aus meinem Mund. »Vielleicht Helmut?«

Der Fremde stutzt, dann lacht er leise. Ein belustigtes Glucksen, das so ganz anders als sein Schmunzeln klingt.

»Okay, nicht Helmut.« Ich tippe mir grübelnd aufs Kinn. »Dann vielleicht Heinrich? Hubertus? Oder Hildegard?«

»Hildegard ist ein Frauenname.«

»Das beantwortet meine Frage nicht.«

Jetzt lacht er richtig, ein Geräusch, das mein Herz ungewollt etwas schneller schlagen lässt.

»Nein.« Er schüttelt den Kopf. »Nicht Helmut, Heinrich, Hubertus oder Hildegard. Auch nicht Hildebrand oder sonst irgendwas mit H. Versuch es besser nicht weiter, du kommst sowieso nie darauf.«

Manno. Meine Beine zappeln auf dem kalten Boden. »Und was, wenn ich dir verspreche, dass ich auf keinen Fall lachen werde?«

Seine Miene verdüstert sich schlagartig. »Versprich nichts, was du nicht halten kannst.«

»Ich werde aber nicht lachen«, sage ich und hebe die Hand mit gespreiztem Zeige- und Mittelfinger, von dem mein angetrunkenes Ich gerade nicht sicher ist, ob das Symbol für Schwur oder Friede steht. Langsam beuge ich mich zu seinem Gesicht vor und halte ihm mein Ohr dicht vor seinen Mund. Meine Haare streifen seine Schulter, und obwohl ich den Fremden sonst nicht berühre, spüre ich trotzdem, wie er kurz erstarrt. Und ich gleich mit.

Zwei, drei Sekunden lang bewegen wir uns nicht, und mich beschleicht die Angst, dass ich vielleicht zu aufdringlich war.

»Wie kann es sein, dass du so gut riechst, obwohl du gerade gekotzt hast?«, raunt er mir ins Ohr und klingt dabei sowohl amüsiert als auch ehrlich überrascht.

Mein Puls rast los. Noch nie hat ein Typ zu mir gesagt, dass ich gut rieche.

»Parfum«, sage ich mit einem Frosch im Hals.

»Ist ein schöner Duft.«

»Danke.« Ich räuspere mich kurz in der Hoffnung, den seltsamen Kloß in meinem Hals zu lockern. »Und jetzt weiter im Text.«

Der blonde Junge seufzt, sodass sein warmer Atem auf mein Ohr trifft. Wieder überläuft mich ein heißer Schauer, der mir erneute Gänsehaut beschert.

»Na schön, ich verrate ihn dir«, willigt er ein. »Aber nur, weil du ihn morgen sowieso vergessen hast.«

Vergessen? Da kennt der Mann mich schlecht. Ich habe ein Elefantengedächtnis und bin sicher, dass auch keine zwei Bier etwas daran ändern können.

Ich höre das Zittern in seiner Stimme, als er mir seinen Namen nennt. Sehr leise, aber trotzdem deutlich.

Als ich den Kopf wieder zurückziehe, mustert er mich mit zusammengepressten Lippen. Sein Blick ist abwartend, als rechne er damit, dass ich jeden Moment lospruste. Aber das tue ich nicht.

»So peinlich ist er gar nicht«, sage ich.

»Natürlich nicht.« Er verdreht die Augen.

»Nein, im Ernst. Klar, er ist etwas altmodisch, aber …«

Na gut, er ist ein bisschen peinlich, aber ich würde trotzdem niemals über ihn lachen. Er kann ja nichts dafür, wie seine Eltern ihn genannt haben.

»Das Schlimmste ist, dass man keinen Spitznamen aus ihm bilden kann.«

»Wirklich?« Im Kopf gehe ich ein paar Ideen durch, aber mir will nichts einfallen. »Stimmt.«

»Meine Schwestern haben alle normale Namen«, brummt er. »Maria, Pia, Elisabeth und Miriam. Alle schön und leicht auszusprechen. Und ich …«

»Warte, du hast vier Schwestern?«, unterbreche ich ihn.

»Ja. Zwei ältere und zwei jüngere.«

»Cool.«

Sein linker Mundwinkel hebt sich. »Eher nervig.«

»Versteht ihr euch nicht gut?«

»Doch, schon, aber …« Er macht eine uneindeutige Handgeste. »Manchmal ist es ätzend, der einzige Junge im Haus zu sein. Mein Vater ist zwar auch noch da, aber der arbeitet immer viel. Hast du Geschwister?«

Mein Magen krampft sich zusammen, und ganz kurz fürchte ich, mich gleich wieder zu übergeben. Das hat man also von Small Talk. Waschechten Brechreiz.

»Eine jüngere Schwester«, presse ich hervor, doch bevor er weiter nachhaken kann, setze ich »Aber zurück zu deinem Namen« hinterher.

Er stöhnt leise, doch ich fahre unbeirrt fort. »Hast du einen zweiten Vornamen?«

Er schüttelt den Kopf.

»Mist.« Es kann doch nicht sein, dass er für immer Angst davor haben wird, sich jemandem vorzustellen, weil ihm sein Name unangenehm ist?

»Und was ist mit deinem Nachnamen?«

Sein graublauer Blick mustert mich argwöhnisch. »Was soll mit ihm sein?«

»Wie lautet er?«

»Lennart.«

»Lennart«, wiederhole ich. »Der ist doch eigentlich schön, oder? Es gibt viele, die man mit dem Nachnamen anspricht, und bei deinem ist das Gute, dass er auch als Vorname durchgeht.«

»Lennart?« Er verzieht das Gesicht. »Nee, das klingt zu sehr nach meinem Vater. *Pastor Lennart.*«

Interessant, dass sein Vater Pastor ist. Ich erwische mich dabei, dass ich mehr über ihn erfahren will. Über ihn, seinen Vater, seine Schwestern.

Aber dann müsste ich ebenfalls die Familienakte auspacken, und diese halte ich fest verschlossen, vorzugsweise so lange, bis *für immer* endet.

»Außerdem denke ich da sofort an Leonard Hofstadter aus *The Big Bang Theory*«, fügt er missmutig hinzu.

»Na und? Das ist doch ein voll lieber Charakter«, wende ich ein, doch er starrt mich an, als hätte ich ihn gerade angespuckt.

»Das ist kein … Nein, ich will nicht wie ein Nerd heißen!«

»Hm, und was ist mit Lenny?«

»Lenny?« Er schürzt die Lippen. »Ich weiß nicht. Klingt das nicht irgendwie voll … unsexy?«

Unsexy. Ich hätte nicht gedacht, dass ihm die Sexyness seines Namens so wichtig wäre.

»Na, hör mal«, sage ich halbstreng. »Lenny Kravitz? Lenny Platt? Lenny Tavárez? Die sind alle sehr sexy.«

»Die kenne ich nicht. Außer Lenny Kravitz. Und ja, der geht.«

»Und ob der geht! Lennart ist ein schöner Name. Und Lenny auch. Falls dir dein Vorname also zu blöd ist, wäre das vielleicht eine Alternative.«

»Lenny.« Er lässt sich den Namen auf der Zunge zergehen. »Lenny«, wiederholt er leise. »Hm. Ich werde drüber nachdenken.«

Er dreht sich wieder zu mir, und hach, wieder dieses süße Schmunzeln. Das ockerfarbene Klolicht fängt sich in seinen Haaren und lässt die Spitzen fast hellkupfern erstrahlen. Seine Augen leuchten ebenfalls.

»Danke … Maya.«

»Nicht dafür … Lenny.«

»Hey, Maya! Maya? Bist du hier irgendwo?«

Eine laute Stimme lässt mich blinzelnd die Augen aufschlagen. Mayas Kopf ruht auf meiner Schulter, und für einen Moment bin ich völlig verwirrt. Sind wir etwa eingeschlafen? Ich weiß nicht mehr genau, worüber wir zuletzt geredet haben, wir hatten so viele unterschiedliche Themen. Aber irgendwann war ich weg. Und sie anscheinend auch.

»Ey! Nimm deine Hände von ihr!«

Ein Mädchen in einem schimmernden Paillettenkleid baut sich vor mir auf und tritt mit ihren ebenso glitzernden High Heels gegen meinen Oberschenkel.

»Was?«, murmele ich schlaftrunken.

»Siehst du nicht, dass sie total hinüber ist?« Sie deutet auf Maya und schwingt ihren Fuß erneut in die Richtung meines Beins, wobei ich noch versuche, auszuweichen. Vergeblich.

»Ich … nein, ich hab gar nicht …«, versuche ich mich zu verteidigen, werde jedoch von Mayas Kichern unterbrochen, die allem Anschein nach ebenfalls aufgewacht ist. Eine Schlaffalte zeichnet ihr Gesicht, der Abdruck des Schulterteils meines Hemdes. Mein Blick wandert weiter zu ihren Augen.

Camilla Cabello. An sie dachte ich instinktiv, als ich sie zum ersten Mal gesehen habe. Die gleichen dunklen Haare, dunklen Augen und die gleiche kleine, zierliche Statur. Nur trägt sie eine Zahnspange, was ich aus unerfindlichen Gründen ziemlich sexy finde. Die Gummis an ihren Brackets sind rot und passen zu ihrem Kleid, das im Übrigen auch sehr schön ist.

Alles an ihr ist schön.

»Keine Sorge, Nicky«, wehrt Maya ab. »Lenny war total lieb. Er hat mir die Haare gehalten und mir sogar Wasser gebracht.«

Maya versucht nach dem leeren Glas neben sich zu greifen, doch es kippt zur Seite und rollt über den weißen Kachelboden. Reflexartig strecke ich das Bein und stoppe das Glas mit dem Fuß.

»Wasser«, wiederholt Nicky schnaubend. »Und du hast einfach ein Glas *Wasser* von einem Fremden genommen, das dich allem Anschein nach völlig ausgeknockt hat?«

»W-was?« Ach du Scheiße. Will diese Nicky mir etwa unterstellen, dass ich Maya etwas ins Getränk gemischt habe?

Wieder kichert Maya. »Das würde Lenny niemals tun. Ich vertraue ihm.«

Mein Puls beschleunigt sich bei ihren Worten. Sie tut was?

Nicky verdreht die Augen. »Du solltest einem Fremden nicht einfach so vertrauen, Süße.«

Obwohl Nicky völlig recht hat, werde ich trotzdem wütend. Es gefällt mir nicht, dass sie mich wie einen Verbrecher behandelt. Ich will mich gerade verteidigen, da übernimmt ihre Freundin im Paillettenkleid wieder das Wort.

»Tut mir leid, dass ich erst so spät nach dir gesehen habe«, sagt sie zu Maya, und diesmal schwingt leichtes Bedauern in ihrer Stimme.

»Muss es nicht.« Maya klopft mir auf den Oberschenkel. »Ich hatte sehr gute Gesellschaft.«

Meine Wangen brennen unter dieser Berührung, doch ich lächele, als ob es mir nichts ausmachen würde, dass ihre Hand in verdächtiger Nähe meines Schritts ist.

»Wenigstens das«, murrt Nicky. »Aber bringen wir dich erst mal hier raus. Der Club schließt gleich.« Sie hält ihr die flache Hand hin. Maya zieht sich an ihr hoch, und ich rappele mich ebenfalls auf.

Wir treten aus dem Klo, und auf dem Weg zur Garderobe greift Maya ganz selbstverständlich nach meiner Hand. Ich versuche mir nicht anmerken zu lassen, wie überrascht ich bin, während es in meinem Magen zu kribbeln anfängt.

Sie hält meine Hand!

Offenbar dachte ein Teil von mir, dass sie nur deshalb mit mir abhängt, weil sie noch nicht ganz bei klarem Verstand ist. Warum sonst sollte ein so wunderschönes Mädchen freiwillig mit mir Zeit verbringen wollen? Mit mir, dem *Schweinchen*?

Draußen begrüßt uns ein lila umworbener Morgenhimmel, der sich wie flüssige Aquarellfarbe im Wasser spiegelt. Einzelne Wolken schweben wie flauschige Wattebausche über uns, die Luft ist frisch und angenehm kühl.

Unsere Finger noch immer ineinander verflochten, folgen wir Nicky, die sich suchend umsieht. Je länger wir laufen, desto schlurfender werden Mayas Schritte. Sie gähnt im Sekundentakt und sieht so müde aus, dass es mich nicht wundern würde, wenn sie im Gehen einschlafen würde.

Ich löse meine Hand von ihrer, und lege stattdessen meinen Arm um sie. Maya entfährt ein kurzer überraschter Laut, lehnt sich aber dann sofort an meine Seite und lächelt, dankbar, dass sie jetzt gestützt wird. Seltsam, wie natürlich und unverkrampft es sich anfühlt, sie im Arm zu halten. Als würden wir uns schon ewig kennen und die Hemmungen vor Berührungen längst zerschlagen haben.

An der Bushaltestelle kommen wir zum Stehen. Nicky zückt ihr Handy, tippt eine Nachricht und schaut sich wieder nach allen Seiten um. Dann erhellt sich ihr Gesicht.

»Da bist du ja!« Sie winkt einem großen Mädchen in einem strahlend weißen Kleid zu.

»Vicky.« Die beiden nehmen sich fest in den Arm.

Vicky? Oh, ich dachte, sie heißt Nicky.

»Wo warst du die ganze Zeit?«, erkundigt sich Vicky bei ihrer Freundin.

»Hier draußen. Ich …« Trotz ihres dunklen Hauttons wirkt sie etwas rosig um die Wangen. »Ich glaube, ich habe mich verliebt.«

»Verliebt?« Vicky zieht den Kopf ein und mustert ihre Freundin, als wäre sie nicht ganz bei Trost. Doch diese lächelt nur träge und wirkt fast, als wäre sie in Trance.

»Liebe ist etwas Wundervolles«, nuschelt Maya an meiner Brust, was Vickys Aufmerksamkeit zurück auf uns lenkt. Ein amüsiertes Lächeln umspielt ihren herzförmigen Mund.

»Syd, das sind Maya und Lenny«, stellt Vicky uns vor.

Lenny … Und schon habe ich einen neuen Namen. Einen, bei dessen Klang niemand das Gesicht verzieht oder »Ernsthaft?« ruft.

»Lenny, Maya – das ist meine beste Freundin Sydney.«

»Freut mich«, sagen Maya und ich synchron, wobei nur ich die Hand von Sydney ergreife, weil Maya allem Anschein nach wieder döst und ich meinen Arm etwas enger um sie legen muss, um sie vor weiterem Abrutschen zu hindern.

Vicky beäugt mich mit einem skeptischen Blick. Was bitte ist ihr Problem?

»Miese Nacht gehabt?«, frage ich herausfordernd, fühle mich aber sofort schlecht, als ich den Schmerz in ihren Augen sehe. Da habe ich wohl direkt ins Schwarze getroffen.

»Allerdings«, sprudelt es aus ihr heraus. »Da glotzt mich dieser heiße Typ die ganze Nacht lang an, als wäre ich die Liebe seines Lebens, und dann stellt sich heraus, dass er eine Freundin hat!«

»Was?« Sydney reißt den Mund auf. »Das ist so gemein!«

Und erklärt ihren momentanen Zorn auf das andere Geschlecht.

»Extrem gemein«, bestätigt Vicky und schnaubt theatralisch. »Aber egal. Zurück zu dir, Syd. Du bist also *verliebt?*«

Ich meine mir einzubilden, rosa Herzchen in Sydneys Augen tanzen zu sehen. »Ich glaub schon«, seufzt sie und pustet dabei eine ihrer vielen schwarzen Strähnen zur Seite, die ihr offen über die Schultern fallen. »Kann man das? Nach nur einer Nacht verliebt sein?«

»Keine Ahnung.« Vicky zuckt mit den Schultern, dabei hätte ich ihr eigentlich zugetraut, dass sie sofort Nein sagen würde. Wieder ist da dieser Schmerz in ihrem Blick, den sie jedoch schnell wegblinzelt und sich dann an Maya und mich wendet. »Wie müsst ihr jetzt fahren?«

»Mit der S7 nach Potsdam. Aber das geht voll klar – ich kann einfach durchfahren«, ergänze ich, als Vicky den Mund zu einem großen O bildet. So O ist es auch wieder nicht, ich wohne nur eine Station von Berlin entfernt.

»Und ihr?«, lenke ich auf sie.

»Ich muss zur U-Bahn in Richtung Tempelhof«, sagt Vicky und linst zu Sydney. »Du wolltest heute bei mir schlafen, oder?«

Sydney nickt. »Ja, wenn das geht.«

»Und du, Maya?«, fragt Vicky. »Wie musst du fahren?«

»Hm?« Mayas Lider flattern, als sie ihren Namen hört.

»Wo musst du hin?«

»Oh.« Sie nimmt den Kopf von meiner Brust. »Ich … Ich habe noch keine Wohnung gefunden. Gerade wohne ich in einem Hostel.«

»Ah, okay.« Vicky hakt nicht weiter nach, obwohl ihr die offenen Fragen ähnlich wie mir förmlich im Gesicht kleben. Ich wusste nicht, dass sie nicht aus Berlin kommt. Tatsächlich wird mir gerade klar, dass wir kaum über sie geredet haben. Sie hat eine Frage nach der anderen gestellt, und ich habe geantwortet.

»Wo ist dieses Hostel?«, fragt Sydney.

»In Friedrichsfelde, glaube ich. Oder war es Friedrichshafen?«

»Friedrichshain?«, korrigiere ich.

»Ja, kann sein.«

»Kann sein?«, wiederholt Sydney und mustert sie besorgt. »Du weißt es nicht?«

»Nein, ich …« Maya beißt sich auf die Unterlippe. »Ich glaube, ich habe es vergessen. Aber das Hostel war auf jeden Fall direkt an einer Kreuzung. Genau gegenüber einer Ampel.«

Oh gut, das beschränkt die Suche nur noch auf einen Bezirk und dreihundert Kreuzungen …

»Hast du dir die Adresse irgendwo aufgeschrieben?«, fragt Vicky.

»Ja, in meinem Handy.« Maya zückt es aus ihrer Jackentasche und zieht einen Schmollmund. »Aber der Akku ist leer.«

»Oh, scheiße.« Vicky rauft sich die Haare und wirkt zerknirscht, als wäre sie selbst es, die nicht mehr nach Hause kommt. »Ich habe leider keine Power Bank.«

Und der Rest von uns auch nicht, wie unser Schweigen bestätigt.

»Na super. Das kann auch echt nur mir passieren. Jetzt denkt ihr bestimmt, dass ich … Ah, ich bin so eine Katastrophe.« Maya krümmt den Rücken und schlingt die Arme um sich, als wollte sie sich ganz klein machen.

»Du bist doch keine Katastrophe«, sage ich sanft. »Du wohnst hier noch nicht lange, da ist es doch völlig normal, den Namen einer Straße zu vergessen. Bestimmt fällt er dir wieder ein.«

»Aber was mache ich jetzt?«, jammert sie. »Wo soll ich hin? Ich erinnere mich nicht einmal an den Namen der Haltestelle.«

»Wenn du willst, kannst du mit zu mir kommen«, sage ich, bevor ich es verhindern kann.

Mayas Augen werden groß. Sie öffnet den Mund, und fast rechne ich damit, dass sie sofort ablehnen wird, als sie »Wirklich?« haucht.

Hitze schießt mir in den Kopf. Hastig nicke ich. »Natürlich.«

»Ha! Das hättest du wohl gern«, geht Vicky dazwischen und bedenkt mich mit einem Mörderblick. »Ein hilfloses Mädchen zu sich nach Hause schleppen, ja?«

Alter!

»Nein, so was würde ich niemals tun. So bin ich nicht!«

»Du kannst auch zu mir kommen«, bietet Vicky ihr an. »Oder zu Syd. Sie wohnt mit ihrer Oma und hat noch ein zusätzliches Zimmer frei.«

»Oh.« Sydney stutzt, als Vicky für sie spricht, fängt sich jedoch schnell wieder, und nickt entschlossen. »Ja, klar kannst du auch mit zu mir kommen.«

»Wow.« Maya wirkt baff. »Ist das euer Ernst?«

»Klar.« Vicky wirft ihr ein fast schon mütterliches Lächeln zu, und deutet dann auf Sydney und mich. »Jetzt hast du nur die Qual der Wahl.«

Maya kräuselt die Lippen und zögert nur kurz, ehe ihr Blick wieder zu mir wandert. »Dann gehe ich mit Lenny!«, beschließt sie und schenkt mir ein strahlendes Zahnspangen-Lächeln.

Mein Herz macht einen unkontrollierten Sprung. Sie will mit mir gehen. Mit mir! Klar kennt sie mich von uns dreien am besten, weil sie die halbe Nacht mit mir verbracht hat, aber trotzdem! Sie entscheidet sich für mich!

»Na schön«, brummt Vicky. »Aber –«, sie wendet sich mir zu und stößt mir ihren Zeigefinger bedrohlich entgegen, »ich will wissen, wo du wohnst. Lass mich ein Foto von deinem Perso machen. Gib mir auch deine Nummer«, fordert sie. »Und meldet euch, wenn ihr angekommen seid. Aber ich warne dich, Freundchen, wenn du ihr auch nur ein Haar krümmst, dann …«

»Nicky«, unterbricht Maya sie und hält sich prustend eine

Hand vor den Mund. »Es ist alles gut, wirklich. Lenny ist ein anständiger Kerl.«

»Das will ich ihm auch raten!«

Jetzt muss auch ich lachen. Obwohl mich diese Nicky – ich meine Vicky! – bis jetzt nur angeschissen hat, gefällt es mir, dass sie so aufrichtig besorgt um Maya ist. Außerdem verstehe ich ihre Angst. Es gibt einen Haufen widerlicher Typen da draußen, die diese Situation tatsächlich ausnutzen würden.

Aber so bin ich nicht. So war ich nie.

Wir tauschen unsere Nummern aus, dann verabschieden Maya und ich uns von den beiden.

In der S-Bahn schläft Maya wieder ein, und als wir nach fast einer Stunde die Haltestelle Griebnitzsee erreichen, nehme ich sie kurzerhand huckepack. Die ganzen zehn Minuten Fußweg trage ich sie. Sie wiegt nicht viel, hält sich aber kaum an mir fest, weshalb ich sie immer leicht schütteln muss, um sie daran zu erinnern.

»Du riechst auch gut«, murmelt sie in meine Halsbeuge, und ihre Worte lassen mein Blut viel zu schnell durch meine Herzkammern rasen.

Okay, kleiner Realitätscheck: Ich gehe gerade mit dem schönsten Mädchen aus dem Club zu mir nach Hause. Das ist so surreal, dass ich an meiner eigenen Wahrnehmung zweifle.

Passiert das gerade wirklich?

Bei mir angekommen, trage ich Maya immer noch, weil ich ihr ehrlich gesagt nicht zutraue, dass sie es die drei Stockwerke bis zum Dachboden schaffen wird, ohne das ganze Haus zu wecken. Meine Oberschenkel brennen wie Feuer, und ich seufze erleichtert, als ich die letzte Stufe erklimme, ohne dass eine meiner neugierigen Schwestern den Kopf aus ihrem Zimmer gesteckt hat.

»Ich gehe kurz ins Badezimmer«, teile ich Maya keuchend mit, lege sie vorsichtig auf meinem Bett ab und verschwinde mit meinen Schlafsachen im angrenzenden Raum. Mein Bad ist winzig, aber wenigstens habe ich ein eigenes.

In Windeseile putze ich mir die Zähne und schlüpfe in ein weißes T-Shirt und eine blaue Schlafhose. Wäre Maya nicht hier, würde ich nur in Boxershorts ins Bett gehen, aber ich will sie nicht erschrecken, weil ich halb nackt bin.

Als ich zurück ins Zimmer gehe, finde ich meinen Gast aufrecht sitzend auf meinem Bett wieder. Im Gegensatz zu vorhin wirkt sie erstaunlich wach.

»Kannst du mir vielleicht ein T-Shirt zum Schlafen geben?«, fragt sie zaghaft.

»Oh.« *Ein Mädchen will meine Sachen tragen.* »Ähm … ja, klar.« Ich wühle in meinem Schrank, und werfe ihr ein schwarzes Oberteil entgegen.

Während sie im Bad ist, schreibe ich Vicky, dass wir gut angekommen sind, und uns noch mal morgen – oder nachher, denn es ist schon halb neun – bei ihr melden werden. Anschließend lege ich mein Handy auf die Kommode und angele tief gähnend nach meiner Decke und meinem Kissen. Vorhin in der Bahn war ich schon müde, aber Maya so lange zu tragen, hat mich endgültig erschöpft.

»Ich hoffe, du bist mir nicht böse«, beginnt Maya, als sie wieder in den Raum tritt, »aber ich habe deine Zahnbürste benutzt, weil ich unbedingt den Geschmack im Mund loswerden wollte. Keine Sorge, ich kauf dir morgen einen neue, und … Hey, was machst du da?«

»Ich …« Vergesse, was ich sagen will, als ich mich umdrehe und sie in meinem Shirt sehe. Der Stoff reicht ihr fast bis zu den Knien, und auch ihre Oberarme verschwinden unter der Baumwolle.

Mein Mund wird trocken.

»Du schläfst doch nicht etwa auf dem Boden!«, ruft sie entsetzt aus.

»Ähm, nicht?«, frage ich und schaue zur hellgrauen Bettdecke, die ich auf dem Teppich drapiert habe.

»Als ob. Das ist schließlich dein Zimmer, und ich bin der Störenfried. Wenn, dann schlafe ich auf dem Boden.«

»Was? Nein, auf keinen Fall!«

»Dann lass uns doch beide auf dem Bett schlafen«, schlägt sie vor. »Ist doch schließlich groß genug.« Sie setzt sich auf die Seite, auf der normalerweise immer ich liege, und klopft neben sich auf die Matratze.

»Na gut«, gebe ich klein bei und hebe meine Decke vom Boden auf. Natürlich ist mir dieser Vorschlag ebenso recht, aber ich wollte nicht aufdringlich wirken.

Ich ziehe die Rollos runter, um den Raum etwas abzudunkeln, dann schlüpfe ich unter die Decke.

Maya liegt auf der Seite und mustert mich mit ihren warmen braunen Augen. »Danke, dass ich hier sein darf.«

Ihr Atem riecht nach meiner Zahnpasta, was mich unweigerlich lächeln lässt. Ich weiß auch nicht, warum.

»Kein Problem.«

»Danke auch für deine Hilfe auf dem Klo vorhin. Und dass du so lange bei mir geblieben bist. Du bist ein echt guter Freund.«

Und schon fällt mir das Lächeln vom Gesicht. Ihre Worte krallen sich wie scharfe Klauen in mein Herz.

Freund. Klar bin ich nur ihr Freund. Was sollte ich auch sonst sein? Ich habe mir doch nicht ernsthaft irgendwelche Hoffnungen bei ihr gemacht, nur weil sie lieber mit zu mir kommen wollte? Ich bin immer noch ich, der Typ, den Mädchen einfach nicht auf *diese* Weise mögen.

»Du … auch«, erwidere ich stolpernd und atme gegen das beklemmende Gefühl in meiner Brust an. Höchste Zeit, diese absurde Nacht zu beenden.

Ich schließe die Augen und rolle mich auf den Rücken. Aber Mayas süßlicher Duft dringt mir in die Nase, was mich mit jedem Atemzug daran erinnert, wie nah sie mir ist. Es fühlt sich so unwirklich an, neben ihr zu liegen. Obwohl ich hundemüde bin, werde ich vor lauter Herzklopfen bestimmt kein Auge zumachen können.

»Lenny?«, durchdringt mein neuer Spitzname die Stille.

»Ja?« Ich öffne die Augen und drehe den Kopf zu ihr. Die Schatten der Rollos ziehen sich streifenartig über ihr Gesicht. »Ich will Skateboard fahren lernen. Und Ski fahren. Und Snowboarden.«

»Äh, okay. Aber ich glaube, dass das alles nicht ganz ungefährlich ist.«

»Genau.« Sie nickt, als wäre eben *das* der Grund für ihr Vorhaben. »Und ich will ganz viele Tattoos haben. Ganz, ganz viele, überall an meinem Körper.«

»Okay«, sage ich wieder, nicht wissend, was ich dazu sagen soll. Wenn sie das möchte, soll sie das tun. Außerdem sähe sie volltätowiert vermutlich genauso süß aus.

»Lenny?«, erklingt mein Name wieder.

»Ja?«

Ein funkelnder Blitz durchzieht ihre Augen. »Hast du schon mal ein Mädchen mit Zahnspange geküsst?«

Mein Körper versteift sich. Wow. Diesen Themenwechsel habe ich nicht kommen sehen. Sie will wissen, ob ich …

»Ich habe noch nie irgendein Mädchen geküsst.«

Halt. Halt, halt, halt! Warum zur Hölle sage ich das? Fuck, und ich wundere mich noch, warum sie mich nur als *Freund* sieht?

Aber bei ihr kann ich irgendwie nicht lügen. Kann nicht vorgeben, ein Frauenheld zu sein. Bei ihr bin ich einfach nur ich. Ungefiltert. Ungeküsst. Und jetzt hängt mein lächerliches Geständnis in der stickigen Dachbodenluft zwischen uns.

Mayas Miene zeigt keine Regung, genau wie vorhin, als ich ihr meinen Vornamen genannt habe. Sie sieht mich unverwandt an. Ohne Spott. Ohne Wertung.

»Und ich hab noch nie einen Jungen geküsst«, sagt sie leise, und für einen Moment bin ich so schockiert, dass mir der Mund offen steht. Schnell schließe ich ihn wieder, aber Mann ... Dieses bildhübsche Mädchen will mir doch nicht ernsthaft erzählen, dass sie genauso unerfahren ist wie ich?

Doch, ist sie. Das sagt mir ihr ernster Blick, und ich verstehe beim besten Willen nicht, warum sie das ausgerechnet jetzt zur Sprache bringt. Ob das der Restalkohol ist, der ihre Gedanken wild durcheinanderwirbelt?

Keine Ahnung. Was ich weiß, ist, dass jetzt irgendwie alles anders ist. Die Stimmung zwischen uns ist gespannt wie Gummi. Mein Herz donnert gegen meine Brust, so laut, dass ich Angst habe, das ganze Haus zu wecken. Ich schlucke, während ich Maya direkt in die Augen sehe. Ihr Blick ist unergründlich.

Schließlich lächelt sie, ein Lächeln, das sich tief in mich hineinbrennt. Eine Narbe der guten Sorte. Eine, von der ich wünschte, sie würde nie verblassen.

»Gute Nacht, Lenny«, haucht sie.

»Gute Nacht, Maya.«

Und dann weiß ich, dass es gleich passieren wird. Ich weiß es, und kann trotzdem nicht verhindern, dass mein Atem stockt, als sie sanft an meinem T-Shirt zieht. In mir explodiert eine unglaubliche Hitze, und mein Herz rast, als wollte es aus meinem Brustkorb ausbrechen. Doch mein Puls und meine Gedanken kommen zum völligen Stillstand, als ich spüre, wie sich ihre weichen Lippen auf meine legen.

1. KAPITEL

Fünfeinhalb Jahre später

Maya

Ich hasse den Valentinstag. Ich hasse alles daran, die Blumen, den Kitsch, das viele Rosa und Konfetti … wah!

Doch so jämmerlich es auch klingt, am allermeisten hasse ich, dass ich diesen Tag allein verbringe. Allein, allein, nur ich, mein Becher Eis und eine viel zu romantische Schnulze.

Nicht, dass wir uns falsch verstehen: Ich habe kein Problem damit, Single zu sein, und ich bin auch keine von denen, die sich krampfhaft in eine Beziehung zwingen, nur damit sie jemanden haben. Heute allerdings, am 14. Februar, zieht es trotzdem scharf in meiner Brust, beim Gedanken daran, dass mich abgesehen von meinen besten Freunden niemand liebhat.

Früher war der Tag deutlich erträglicher, weil ich ihn mit meinen Mitbewohnerinnen verbracht habe. Sydney hat irgendwas gebacken, und dann haben sie, Vicky und ich den Abend vor der Glotze verbracht. Es war nichts Besonderes, und vielleicht war gerade das so schön daran. Die Leichtigkeit, die Normalität. Doch dieses Jahr ist alles anders. Die beiden Verräterinnen haben mich hängenlassen und verbringen den Abend mit ihren Liebsten, während ich allein versauere.

Auch wenn ich total kindisch klinge, ich freue mich für sie. Luke und Sydney sind das süßeste Paar überhaupt, und seit einigen Tagen ist auch das zwischen Vince und Vicky nach vielem Hin und Her endlich offiziell. Ich bin froh, dass sie alle sich gefunden haben und wünsche ihnen alles Glück der Welt. Wirklich.

Aber … heute möchte ich das auch. Nur heute will ich mich nicht systematisch zurückgewiesen fühlen, weil ich alle potenziellen Verehrer in die Flucht treibe. Vicky meinte zwar einmal, dass es nicht an mir liegt, aber ganz ehrlich – an wem sonst? Jeder außer mir kriegt es gebacken, jeder findet jemanden, jeder verliebt sich. Ich kriege nicht mal die Chance dazu, denn anscheinend habe ich irgendwas an mir, das mehr nach Kumpel als nach fester Freundin schreit. Es ist zum Kotzen.

Missmutig löffele ich mein Eis, hefte meinen Blick weiter auf *Wie ein einziger Tag* und kann selbst nicht glauben, wie jämmerlich ich mich gerade benehme. Vielleicht sollte ich das Klischee vollenden, indem ich mir noch eine Katze zulege. Oder fünf!

Meine Gedanken sind chaotisch und laut, und in Kombination aus diesem jammernden Selbstmitleid und dem Ton des Fernsehers höre ich nicht sofort, dass es an der Tür klingelt.

Wer wagt es, mich in meiner Einsamkeit zu stören?

Ich beschließe, mich nicht zu bewegen, aber wieder klingelt es, und diesmal scheint die Person da draußen so lange auf den Knopf zu drücken, bis ich aufmache. Boah, wie aufdringlich!

»Ist ja gut«, seufze ich und schiebe mir die Decke vom Schoß, ehe ich aufstehe und in Richtung Haustür trotte.

»Ja?«, frage ich lustlos in die Sprechanlage.

»Oh gut, du lebst.« Selbst durch die schlechte Leitung erkenne ich das vertraute Schmunzeln in seiner Stimme.

»Lenny? Was …« Ich unterbreche mich selbst und drücke stattdessen auf das Schlüsselsymbol, um ihn reinzulassen.

Schritte hallen durch das Treppenhaus, und es dauert etwa eine halbe Minute, bis mein bester Freund den vierten Stock erreicht. Auf dem Rücken trägt er einen riesigen Rucksack, der vermutlich mit einem Haufen Unibücher gefüllt ist. Seit er mit dem Schreiben seiner Masterarbeit begonnen hat, schleppt er das Ding dauerhaft mit sich herum.

»Hey, hübscher Schlafanzug«, bemerkt er, während er sich an mir vorbeischiebt. Sein Tonfall ist eine Mischung aus Kompliment und Belustigung.

Ich schaue herab auf meinen dunkelgrünen Zweiteiler mit den kleinen glitzernden T-Rexen. Niemand muss mir sagen, dass ich wie ein zu groß geratenes Kleinkind aussehe, und würde es nicht Lenny sein, der vor mir steht, könnte ich dem Impuls, die Arme schützend vor meinem Brustkorb zu überkreuzen, nicht widerstehen. Aber es ist Lenny.

Mein bester Freund.

Mit einem Ächzen hievt er sich den Rucksack von den Schultern, fummelt am Verschluss herum, und als er eine Packung Pralinen hervorzieht, und mir einfach so in die Hand drückt, bin ich vollends verwirrt. Erst klingelt er Sturm, und dann überreicht er mir Pralinen?

»Was … aber … du …«

Okay, kompletter Systemabsturz. Ich hole tief Luft und starte erneut: »Was machst du hier?«

Lenny stützt sich an der Wand ab, während er sich die Schnürsenkel öffnet. »Du warst seit sechzehn Uhr nicht mehr online und hast auch nicht auf meine Nachrichten reagiert.« Er lächelt mich wissend an. »Da ist es doch klar, dass irgendwas nicht stimmt. Das letzte Mal, als du so lange nicht geantwortet hast, hattest du den kleinen Unfall mit dem Skateboard. Weißt du noch?«

Und ob ich das weiß. Ironischerweise hatte ich den Unfall,

weil ich während des Fahrens eine Nachricht tippen wollte – ja, so handysüchtig bin ich!

»Und deshalb klingelst du Sturm?«

»Ich dachte, dass du mich wegen des Fernsehers vielleicht nicht hörst.«

»Ach so«, murmele ich, weil mir seine Schlussfolgerung völlig einleuchtet. »Und ich dachte schon, du wolltest überprüfen, ob ich mir am Valentinstag die Kugel gegeben habe.«

Mein bester Freund verzieht überrascht das Gesicht. »Ach, heute ist Valentinstag?« Sein Blick verliert sich in der Luft, als irgendwas in seinem Kopf einzurasten scheint. »Deshalb also das rosa gefärbte Kartoffelpüree in der Mensa.«

»Moment, warte.« Ich hebe eine Hand. »Du wusstest nicht, dass heute Valentinstag ist? Und was soll dann die Schokolade?«, frage ich und wedele mit der grünen Packung in meiner Hand, von der Lenny ganz genau weiß, dass es meine liebsten veganen Pralinen sind.

»Einfach so.« Seine Schultern heben sich, und er lächelt schief. »Ich wollte nicht mit leeren Händen kommen, weil ich schon dachte, dass irgendwas los ist. Aber jetzt, wo ich weiß, dass Valentinstag ist …« Er macht ein zerstreutes Gesicht. »Lustiger Zufall.«

»Das ist er wirklich«, gebe ich ihm recht, kann die Skepsis in meiner Stimme allerdings nicht verdrängen. Lenny bringt mir ausgerechnet heute Pralinen mit. Das finde ich ziemlich krass. Genauso krass wie die Tatsache, dass er sich schon dachte, »dass irgendwas nicht stimmt«. Nach all den Jahren Freundschaft habe ich manchmal den Eindruck, dass er instinktiv spürt, wenn mich etwas innerlich aufwühlt. Ich weiß noch nicht, ob ich das seltsam oder niedlich finde.

Lennys Lippen zucken, als würde er genau wissen, was ich gerade denke. »Gern geschehen.«

»Oh. Ja … danke«, schiebe ich in völlig falscher Reihenfolge hinterher, und setze mich mit den Pralinen unterm Arm in Bewegung. Mein Platz auf dem Sofa ist noch warm, als ich mich zurück zwischen die Kissen setze. Lenny schiebt die Decken zur Seite und nimmt ebenfalls Platz. Sein Blick fällt erst auf die Eispackung, und dann auf den eingefrorenen Bildschirm, in dem Noah und Allie gerade eine romantische Bootstour machen.

»*Wie ein einziger Tag?*« Er unterdrückt ein Lachen. »Oh Mann, so übel?«

»Hey, der Film ist gut! Und Ryan Gosling ist …« Ich drücke einen geräuschvollen Kuss auf meine Fingerspitzen.

»Ich habe mir mal sagen lassen, dass ich so aussehe wie er«, sagt Lenny mit einem lässigen Nicken in Richtung Fernseher.

»Ha! Träum weiter!«, spotte ich, woraufhin mein bester Freund loslacht und etwas Undeutliches murmelt, das ich durch das Aufreißen der Plastikfolie noch weniger verstehe. Als ich den Deckel aufschiebe, begrüßt mich der vertraute Pralinenduft, was mir einerseits das Wasser im Mund zusammenlaufen lässt, aber mich andererseits noch trauriger stimmt. Erst das Eis, jetzt die Pralinen, und dazwischen ganz viel Nicholas Sparks.

Wie jämmerlich kann man sein?

Maya: Ja.

Frustriert stopfe ich mir die erste mit Krokant verzierte Kugel in den Mund und reiche die Packung dann weiter an Lenny. Dieser nimmt sie zwar entgegen, starrt mich aber so lange von der Seite an, bis sich sein Blick in meine Schläfe brennt, und ich ihn widerwillig erwidere. Seine graublauen Augen glänzen ernst.

»Macht dir das echt was aus?«, fragt er, ein rosa Schokoding zwischen Daumen und Zeigefinger balancierend. Gut, dass er die mit Erdbeere isst, die mag ich nämlich am wenigsten. »Dass du am Valentinstag allein bist, meine ich«, fügt er hinzu und beißt von der Praline ab, von der ein bisschen rosa Flüssigkeit auf seine Finger tropft.

»Ich bin ja nicht mehr allein«, entgegne ich und fordere mit einer Handgeste die Schokolade zurück.

Lenny schleckt erst seinen Finger ab, bevor er die Packung zu mir schiebt. »Ich weiß, ich meine auch eher …« Er wippt mehrmals mit dem Kopf und macht dabei eine uneindeutige Handgeste. »Dass du kein Date hast oder so.«

Beschämt rutsche ich tiefer ins Kissen und ziehe mir die Decke bis zu den Schultern hoch. »Um ehrlich zu sein, schon«, gestehe ich. »Ich weiß selbst, wie albern es ist, aber an diesem Tag, der nur der Liebe gilt, fühle ich mich extrem einsam. Deshalb war ich auch nicht am Handy. Ich hab's einfach nicht mehr ausgehalten, dass alle Leute Blumen und Schokolade in ihren Storys posten, weil sie die besten Partner auf der Welt haben.«

»Hey, du hast auch Schokolade bekommen«, erinnert er mich grinsend. »Und das, obwohl ich nicht mal wusste, dass heute Valentinstag ist. Das ist ja wohl tausendmal cooler.«

Ich bin dankbar, dass er die Stimmung mit seiner verspielten Albernheit füllt. Vielleicht fällt es mir sogar deshalb so leicht, ehrlich zu sein.

»Ja, aber du weißt doch, was ich meine. Manchmal hat man eben diese Sehnsucht nach Nähe und Zärtlichkeit.«

Lenny zuckt mit den Schultern, eine Geste, die ich nicht eindeutig als »Ja, kann sein« oder »Sehe ich nicht so« festmache.

»Du etwa nicht?«, hake ich nach.

»Nein.« Kauend schüttelt er den Kopf, und wirkt fast schon ein wenig amüsiert. »Um ehrlich zu sein, finde ich es sogar ziemlich befremdlich, dass sich Menschen genau ein Mal im Jahr besonders viel Mühe geben, Geschenke machen und rote Lebensmittelfarbe in Kartoffelpüree mischen.«

Ich lache los, fange mich jedoch schnell wieder, weil ich genau weiß, was er vorhat.

»Das beantwortet meine Frage aber nicht. Was ist mit dem ganzen Rummel an sich? Ein romantisches Date, Blumen und Pralinen?«

»Keine Ahnung. Es kommt, wie es kommt.« Er sagt es so gleichgültig, als würde er über das Wetter reden.

Ich unterdrücke ein Stöhnen, obwohl ich mit einer solchen schwammigen Antwort fast schon gerechnet habe. Es ist so typisch für ihn, dass er sofort dichtmacht, wenn es um sein Liebesleben geht. Aber da ich weiß, dass Nachbohren ohnehin nichts bringt, lasse ich das Thema fallen und fische nach der Fernbedienung.

Wir schauen weiter *Wie ein einziger Tag*, ein Film, der mein Herz selbst nach zwanzigmal Anschauen noch immer entzweibricht und am Ende wieder zusammensetzt. Ich nasche derweil so viele Pralinen, bis mir schlecht wird. Das Eis vorhin und die Schokolade haben sich wie ein klebriger Klumpen in meinen Bauch gesetzt. Aber vielleicht liegt es auch gar nicht an meinem übersüßten Abendessen, sondern am Film, der so abartig romantisch ist, dass sich mir der Magen dreht. Die Geschichte von Noah und Allie ist purer Zucker, und am Ende kann ich die Tränen wie immer nicht aufhalten.

Als der Film vorbei ist, und wir eine ganze Weile dem Abspann lauschen, ist es Lenny, der das Schweigen bricht. »Der Film war echt gut.«

»Ja, war ganz okay«, schniefe ich und wische mir etwas aus dem Augenwinkel, was Lenny sein berühmt-berüchtigtes Schmunzeln entlockt.

»Aber ich dachte, du stehst bei diesen Filmen immer aufs Happy End?«

»Es hat doch eins.«

Lenny zieht eine Grimasse. »*Das* ist für dich ein Happy End? Die Frau hat Alzheimer, und am Ende sterben beide!«

»Aber davor hatten sie ein langes, glückliches Leben«, halte ich dagegen. »Und denk nur an die Vögel, die beim Abspann mit der Musik fliegen. ›Wenn du ein Vogel bist, bin ich auch ein Vogel‹«, zitiere ich, was ihn unverhofft losprusten lässt.

Er hat ja recht. Ein bisschen traurig ist das Ende schon. Aber Allie und Noah hatten ihr Happy End, und das ist das Wichtigste.

Happy.

End.

»Ich stehe halt auf Kitsch«, sage ich und strecke kurzerhand meine Beine auf seinem Schoß aus.

Verdattert lässt er den Kopf sinken. »Ähm, wenn du jetzt glaubst, dass ich dir die Füße massiere, nur weil du deprimiert bist, heißt die Antwort Nein.«

Um ehrlich zu sein, weiß ich selbst nicht genau, warum meine Füße jetzt auf seinem Schoß liegen, doch ich spiele mit, ziehe einen Schmollmund und wackele mit den Zehen.

Erfolglos.

»Hm, den Versuch war es trotzdem wert«, entgegne ich und versuche die Niederlage mit gerecktem Kinn zu ertragen. Lenny erwidert nichts, und bald darauf herrscht Stille im Raum. Aber es ist keine unangenehme, im Gegenteil. Mit Lenny kann man wunderbar reden und wunderbar schweigen. Ich nehme einen tiefen Atemzug und genieße die Ruhe, die auch langsam in mir einkehrt.

Als ich zurück zu meinem besten Freund schaue, bemerke

ich, dass er auf seinen Schoß starrt, auf dem noch immer meine Füße ruhen.

»Was?«, frage ich.

Ein warmes Lächeln umspielt seine Lippen. »Deine Füße sind süß.«

Was? Wessen Füße sind denn bitte süß? Verlegen balle ich die Zehen zusammen, auf dessen Nägeln der schwarze Nagellack bereits großzügig abgeblättert ist. Und er nennt das *süß*. »Sind sie nicht!«

»Doch, sie sind so klein.« Er hebt mein rechtes Bein an und hält dann seine Hand an meine Sohle, die noch größer ist als mein Fuß. Die Berührung kitzelt leicht, aber irgendwie ist sie auch angenehm.

»Wenn du sie so süß findest, kannst du es dir mit der Massage ja doch noch mal überlegen«, scherze ich und mache die Beine extra schwer. Als Lenny sie jedoch ohne großen Aufwand einfach hochhebt, keuche ich überrascht auf, schlage instinktiv um mich, und treffe dabei versehentlich seine Schläfe.

»Ah!« Er verzieht das Gesicht, legt meine Füße aber trotzdem erst auf seinem Schoß ab, bevor er sich über die Stelle reibt, an der meine Hacke ihn getroffen hat.

»O nein! Sorry, ich … das war irgendwie überraschend.«

»Alles gut.« Er fährt mit dem Finger über den kleinen T-Rex am Rande meines Knöchels und lächelt. »Diese Füße können sowieso nicht viel ausrichten.«

»Ey, provozier mich nicht«, warne ich, horche jedoch auf, als der Schlüssel im Schloss gedreht wird, und kurz darauf das Licht im Flur angeht.

Sydney murmelt etwas darüber, dass mein Skateboard wieder den Eingang blockiert (Mist, ich habe schon wieder vergessen, es an die Wand zu hängen!), während Vicky über leichten

Hunger klagt (Doppelmist, ich habe ihren letzten Joghurt verputzt!).

Als Sydney ins Wohnzimmer kommt, blinzelt sie überrascht. »Oh, hey, ihr zwei«, begrüßt sie uns und heftet ihren Blick auf meinen besten Freund. »Lennart, du hast gar nicht erzählt, dass du noch vorbeikommst.«

»Es war auch ein spontaner Besuch«, erwidert er lächelnd.

»Ja, er hat mir Gesellschaft geleistet, nachdem ihr beide mich hinterrücks verraten habt.« Es war eigentlich scherzhaft gemeint, aber das unkontrollierte Vibrieren in meiner Stimme lässt es anklagender klingen als gewollt.

»Hä?«, macht Vicky, die hinter Sydney hervortritt und noch immer ihren Leopardenmantel trägt. Dass sie nicht einmal weiß, wovon ich rede, lässt meinen Magen geradewegs in Richtung Keller sacken.

»Unsere Valentinstagstradition?«, erinnere ich sie so gleichmütig wie ich kann, wobei die Kränkung meine Stimmbänder trotzdem viel zu sehr im Griff hat.

Vicky und Sydney starren mich an, als wäre ich ein Auto.

»Heute war Valentinstag?«, fragt Sydney und klingt genauso überrascht wie Lenny vorhin.

»Ja?«, gebe ich zurück, plötzlich genauso verwirrt wie die beiden. »Ich … ich dachte, du wärst mit Luke unterwegs. Und du mit Vince«, sage ich und deute erst auf Syd, und dann auf Vick.

»Ich war die ganze Zeit bei Ani«, erklärt Sydney. »Sie hat sich ein MacBook gekauft, und es hat nur achtundvierzig Jahre gedauert, um ihr die Basics zu erklären. Am Ende wusste ich nicht mal mehr, welcher Wochentag heute ist.«

»Und ich habe mit den Leuten aus meiner Uni gelernt«, meint Vicky. »Hab doch erzählt, dass ich morgen eine Klausur schreibe.«

Stimmt, das hat sie. Wie konnte ich das bloß vergessen?

»Außerdem – Valentinstag? Ernsthaft?« Vicky legt den Kopf in den Nacken und lacht, als hätte sie einen versauten Witz gehört. »Du weißt doch, dass ich mir aus solchen Tagen nichts mache.«

»Ich mir auch nicht«, kichert Sydney, die nicht weniger amüsiert zu sein scheint.

Wow. Und meine erste Schlussfolgerung war, dass sie sich mit ihren Freunden treffen … Was das wohl über mich aussagt?

»Das heißt … ihr … habt mich gar nicht versetzt?«

»Nein.« Vickys Blick wandert weiter zu meinen Füßen, die noch immer auf Lennys Schoß liegen. Und als hätte ich etwas ganz Schmuddeliges getan, glüht mein Gesicht plötzlich wie kitschige Weihnachtsbeleuchtung. Auch Lennys Wangen röten sich, unsere Blicke treffen sich, und wir schauen beide schnell weg. Mich überkommt der Impuls, meine Füße von seinem Schoß zu ziehen, doch die sind wie erstarrt.

»Aaaber …« Vicky grinst schelmisch, und ihr übertrieben tiefer Tonfall hat schon fast etwas Pornomäßiges. »Wie es scheint, hattest du heute als Einzige von uns ein extrem romantisches Valentinstags-Date.«

Mein Herz schrumpft auf Rosinengröße zusammen. Ich weiß nicht, warum mir dieser Kommentar so unangenehm ist, aber mit einem Mal habe ich das ganz dringende Bedürfnis, so tief im Boden zu versinken wie nur möglich.

2. KAPITEL

Maya

Da es im Winter meistens zu kalt zum Skateboardfahren ist, komme ich zwischen November und März meinem anderen Hobby nach: dem Malen. Ich liebe es, Stifte in die Hand zu nehmen und einfach draufloszuzeichnen. Und wenn ich mir mal einen Plan zurechtlege und auf ein bestimmtes Ziel hin zeichnen möchte, erschaffe ich am Ende sowieso etwas völlig anderes, als in meinen Skizzen vorgesehen war. Als ob meine Hände ein Eigenleben führen und selbst darüber entscheiden würden, in welche Richtung der Bleistift wandert. Ein bisschen so, als hätten sie keine andere Wahl. Denn der Juckreiz in meinen Fingern ist echt schlimm, wenn ich dem Drang nicht nachgebe. Aber so ist das, wenn mir die Inspiration förmlich aus meinen Händen fließt. Ich liebe sie und will sie gar nicht aufhalten.

Hin und wieder bereue ich es, nichts mit Kunst studiert zu haben, aber Philosophie hat mich eben auch interessiert. Ich habe einfach so viele unterschiedliche Interessenfelder, dass ich unmöglich alles unter einen Hut kriegen kann. Ich bin schon froh, dass ich meine beiden Hobbys kalendarisch unterteile. Im Sommer schwinge ich mich aufs Board, im Winter einen Pinsel.

Da Vicky heute im Neuen Museum arbeitet, habe ich ihr einen Besuch abgestattet, und durfte unter ihrer Aufsicht im

Nordkuppelsaal bleiben und zeichnen, solange ich dabei ruhig und still war.

»Sieht cool aus«, ertönt es plötzlich hinter mir, und ich fahre so heftig zusammen, dass die Spitze meines Bleistifts abbricht.

»Ups, sorry.« Vicky kniet sich neben mich und lächelt entschuldigend. »Ich hatte vergessen, dass du alles um dich herum ausblendest, wenn du malst. Aber es sieht wirklich cool aus.« Sie weist mit dem Kinn in Richtung meines Zeichenblocks. »Du hast den Nordkuppelsaal in ein verdammtes Schwimmbad verwandelt!«

»Eigentlich soll es eine Therme sein«, verbessere ich und angele nach meinem Anspitzer. Während ich den Stift mehrmals um die eigene Achse drehe, betrachte ich zum ersten Mal seit Stunden alle Details meiner Skizze.

In diesem Raum befindet sich lediglich die Büste Nofretetes, der Publikumsmagnet schlechthin, aber tatsächlich fand ich den antiken Saal an sich viel spannender als den ägyptischen Kopf. Zwei Stunden hat es gebraucht, um seine sakralen Wände aufs Papier zu bringen, dann haben meine Hände mal wieder selbst gehandelt und kurzerhand ein Schwimmbecken, umrahmt von griechischen Skulpturen, in den Boden gesetzt. Obwohl ich alles noch kolorieren muss, bin ich nach langer Zeit endlich wieder zufrieden mit meiner Arbeit. Es gefällt mir, den Saal zwar übernommen, ihm aber trotzdem meine persönliche Note gegeben zu haben.

Und ja, natürlich verstehe ich auch den Wink meines Unterbewusstseins, das sich nach Sommer und Pools verzehrt.

»So was malst du nicht oft, oder?«, fragt meine beste Freundin mich von der Seite.

»Stimmt.« Die meisten meiner Werke sind eher abstrakt und nicht detailgetreu. Aber hier im Museum, umringt von all den vielen Exponaten, habe ich wieder Lust auf das Zeichnen von Stillleben bekommen.

»Wird das am Ende bunt?« Vicky deutet mit ihrem lila Nagellackfinger (meine insgeheime Hassfarbe!) auf den oberen Teil der Skizze.

Ich nicke. Ein paar bunte Akzente habe ich bereits zart mit einem Aquarellstift gesetzt, der seine wässrige Optik aber erst dann bekommen wird, wenn ich mit einem nassen Pinsel drüberfahre.

»Sieht auf jeden Fall schon cool aus«, sagt sie und stützt sich an meiner Schulter ab, um sich ächzend wieder aufzurichten.

»Danke.«

»Die nächste Führung startet gleich. Wie lange bleibst du hier im Museum? Sehe ich dich noch, bevor du gehst?«

Vor ein paar Wochen hätte ich das leichte Zittern in ihrer Stimme gar nicht bemerkt. Doch jetzt, wo ich weiß, was ihr vor ein paar Wochen passiert ist, kann ich es gar nicht überhören.

»Tatsächlich wollte ich bis zum Schluss bleiben«, sage ich in einem lockeren Plauderton. »Wäre das okay? Dann können wir später zusammen nach Hause fahren.«

Vermutlich durchschaut sie meinen Plan, trotzdem sehe ich, wie die Spannung aus ihrem Körper weicht.

»Okay, klar«, entgegnet sie, und obwohl sie lächelt, bricht es mir trotzdem das Herz. Meine wundervolle beste Freundin hat noch immer Angst im Dunkeln, und ich würde alles tun, um ihr irgendwie zu helfen.

Sogar den ganzen Tag im Museum verbringen, obwohl ich eigentlich an meinem Unikram sitzen müsste. In diesem Semester schreibe ich zwar keine Klausuren, aber dafür vier Hausarbeiten, die bis spätestens Ende April abgegeben werden müssten.

Aber manchmal gibt es Wichtigeres als die Uni. Zum Beispiel eine Freundin zu unterstützen. Und zu zeichnen. Viel zu zeichnen.

*

Als das Museum schließt, ist mein Rohentwurf fast fertig. Er stellt zwar nichts Besonderes dar, aber ich weiß jetzt schon, dass ich mich unmöglich davon trennen kann. Einige Werke stelle ich nämlich im *Coffee & Books* zum Verkauf aus oder verschenke ich, aber die meisten male ich nur für mich. *Poseidons Badehaus* – der Name war während des Zeichnens plötzlich in meinen Gedanken – ist eines davon.

Ich packe meine Sachen zusammen und dehne stöhnend meinen Rücken, der nach dem vielen Sitzen etwas steif geworden ist. Am schlimmsten geht es aber meinen Knien. Vielleicht hätte ich nicht so lange im Schneidersitz verharren sollen.

Ich will gerade aufstehen, da bemerke ich den weißen Zettel, der unter meiner Schuhsohle klebt. Neugierig ziehe ich ihn von meinem Schuh und falte ihn auseinander.

Das ist ein Kassenbon. Nein, ein Pfandbon. Und der Wert beträgt siebzehn Euro fünfzig. Das sind … ich überschlage die Zahlen im Kopf … siebzig Pfandflaschen! Siebzig Pfandflaschen, die jemand zurückgegeben, aber dann den Bon verloren hat. Und jetzt habe ich ihn gefunden. Wow.

Als Vicky und ich uns vor dem Eingang treffen, drücke ich ihr meinen Fund in die Hand. »Schau mal. Der hat an meinem Schuh geklebt.«

Vicky reißt den Mund auf, wobei ihr fast die Tür ins Gesicht fliegt, weil sie mitten im Gang stehen geblieben ist. »Geil, siebzehn Tacken gratis auf die Hand!«

»Du meinst, ich soll ihn einlösen und behalten?«, frage ich, während ich sie nach draußen schiebe.

»Natürlich.« Sie reicht mir den Bon zurück. »Wer's findet, dem gehört's.«

Verdutzt starre ich sie an. Meint sie das ernst?

»Hey, sieh mich nicht so an. Ist natürlich schade für die Person, die den Bon verloren hat, aber du hast ihn gefunden, und jetzt gehört er dir.«

»Ich soll ihn also nicht wegschmeißen?«

»Wegschmeißen?«, echot sie. »Du willst gutes Geld wegschmeißen, weil du ein schlechtes Gewissen hast?«

»Aber ... was, wenn das die versteckte Kamera ist?«

Vickys rechte Augenbraue schießt in die Höhe.

»Na, kann doch sein«, druckse ich und wedele mit dem Zettel.

»Wenn das so ist, dann mach dir keinen Sorgen, denn ...« Vicky formt die Hände zu einem Trichter und ruft laut: »Niemand guckt mehr Kabelfernsehen!«

Schmunzelnd stecke ich den Zettel ein. »Na gut«, gebe ich mich geschlagen, woraufhin Vicky einen verzückten Laut von sich gibt, und sich bei mir unterhakt.

Der Supermarkt, in dem ich den Pfandbon einlösen kann, liegt ganz in der Nähe. Mit schweren Schritten trotte ich zum Eingang, kann mir an der Kasse aber trotzdem nicht die Frage verkneifen, ob jemand einen Pfandbon verloren hat.

»Behalt es doch einfach«, erwidert die Kassiererin gelangweilt, und zieht im nächsten Moment den Kassenbon über den Scanner.

Vicky freut sich fast schon diebisch über meine Beute, die ich ihr am liebsten schenken würde, weil es sich so unverdient anfühlt, das Geld in meinen Händen zu halten. Nicht, dass ich mich nicht darüber freuen würde ... obwohl, doch. Ich freue mich tatsächlich nicht, denn die Sache ist die: Gerade läuft es zur Abwechslung finanziell endlich mal ziemlich gut bei mir. Ich habe einen Job in der Unibibliothek und darf wegen eines seltsamen Glückstreffers mehr Stunden als üblich arbeiten, was mir logischerweise auch mehr Gehalt einbringt. Von meinen Mitbewohnerinnen zahle ich zwar am meisten Miete, weil ich das größte Zimmer habe, aber mein Lebensstil ist trotzdem nicht sehr kostenintensiv. Ich kann jeden Monat einen kleinen Betrag zurücklegen und habe deswegen mehr als genügend auf meinem Konto. Dass ich jetzt auch noch in Geld reintrete, fühlt sich einfach falsch an. Die Schuld schlingt sich wie unsichtbare Ranken um mich, und der instinktive Drang, es jemandem zu geben, es *ihnen* zu geben, wird so stark, dass ich kaum atmen kann.

Aber das geht nicht. Denn dann müsste ich wieder mit ihnen reden. Abgesehen davon haben sie es nicht verdient, dass ich auch nur einen Cent mit ihnen teile. Also versuche ich mir einzureden, dass ich mein finanzielles Püfferchen nach all den harten Jahren ohnehin verdiene, wegen Karma und so.

Die Schlingen um meinen Brustkorb lockern sich zwar wieder, doch ich schlurfe trotzdem deprimiert aus dem Supermarkt, als hätte ich das Geld nicht gefunden, sondern verloren.

Draußen ziehe ich mir die Kapuze über den Kopf und schlinge meinen Schal fester um mich. Der Wind ist eisig und peitschend, aber wenigstens schneit es nicht mehr. Trotzdem halte ich nach rutschigen Stellen Ausschau, während ich mit Vicky in Richtung *Coffee & Books* spaziere. Vicky will sich dort mit Vince treffen, und da uns Sydney vorhin geschrieben hat, dass sie länger arbeitet, und das Café ohnehin auf dem Heimweg liegt, beschließe ich, sie zu begleiten.

Die Straßen sind dunkel und gespenstisch leer, was angesichts der Uhrzeit nicht ungewöhnlich ist. Unauffällig schiele ich zu Vicky, doch sie zeigt keine Spur von Angst. Vielleicht liegt es daran, dass wir zusammen laufen, vielleicht trägt auch der Selbstverteidigungskurs, den wir seit einigen Wochen besuchen, langsam Früchte. Das hoffe ich zumindest.

»Ich glaube, dein Handy hat gerade gepiept«, reißt Vicky mich aus meinen Gedanken.

»Oh, echt?« Ich taste nach meinem iPhone und zücke es. Tatsächlich. Aber die Nachricht ist von Tina.

Überrascht stutze ich. Ich habe eigentlich nur wenig Kontakt mit der Inhaberin des *Coffee & Books*. Wenn, dann sind es eher ihre Mitarbeiter Luke, Lenny und Sydney, die manchmal mit ihr abhängen. Durch den Selbstverteidigungskurs, den sie in ihrem Café leitet, sind wir in den letzten Wochen zwar häufiger ins Gespräch gekommen, aber bislang hatten wir es noch nicht auf die Chatebene gebracht.

Tina: Hey, kommst du heute noch ins Café?

Schnell schreibe ich zurück.

Ich: Ja, Vicky und ich sind gleich da.

Tinas Rückmeldung lässt nicht lange auf sich warten.

Tina: Sehr gut. Ich habe nämlich eine Überraschung für dich. Eine sehr großzügige sogar. :D

Jetzt fällt der Groschen. Eine Überraschung. Eine *großzügige* Überraschung. Das bedeutet wohl, dass eins meiner dort ausgestellten Bilder verkauft wurde.

Meine Mundwinkel sacken ab.

Toll, noch mehr Geld.

3. KAPITEL

Lenny

Manchmal ist es ironisch, wie sehr der Song, der gerade im Radio läuft, zur Stimmung passt. *Love Is in the Air*, aber nicht nur bei John Paul Young, sondern auch im *Coffee & Books*.

Als Vince durch die Tür tritt, rennt Vicky auf ihn zu und schmeißt sich in seine Arme. Er fängt sie mit Leichtigkeit auf und wirbelt sie herum, während er sie so leidenschaftlich küsst, als hätten sie sich Jahre nicht gesehen. Auf der anderen Seite des Raumes sitzen Tina und Vera an einem Tisch, halten Händchen und tuscheln mit zusammengesteckten Köpfen wie verliebte Teenager. Luke und Sydney sind in der Küche, und nachdem ich die beiden schon mehrmals dabei erwischt habe, wie sie *nicht* die Spülmaschine ausgeräumt haben, halte ich mich sicherheitshalber fern, wenn sich die zwei dort zusammen aufhalten.

Ich freue mich für sie alle, wirklich. Vor allem, weil die Angestellten und Freunde des *Coffee & Books* nach Dienstschluss noch miteinander abhängen. Aber so langsam verzweifle ich, weil ich nicht mehr weiß, wo ich in Ruhe arbeiten kann. Zu Hause geht es nicht, weil mein Mitbewohner Jonah und seine Freundin nur noch streiten. In der Bib finde ich um diese Uhrzeit keine guten Plätze mehr. Und hier … hier ist *love in the air*, was so viel heißt wie, dass alle um mich herum lachen, kichern, knutschen und andere Dinge tun, die viel zu ablenkend sind.

Ich habe mir extra Kopfhörer aufgesetzt, um die Geräusche zu dämpfen, und ein Buch als eine Art Sichtschutz vor mir aufgestellt, damit ich das Herumtollen der anderen nicht ständig aus dem Augenwinkel einfange. Aber all das nützt nichts. Ich kann mich einfach nicht konzentrieren. Vielleicht sollte ich mir angewöhnen, nachts zu lernen, wenn Jonah und Charlotte mit dem Streiten pausieren und sich für die nächste Auseinandersetzung aufladen müssen.

Widerstrebend nehme ich das Buch vom Tisch und fahre im selben Moment zusammen, als plötzlich Maya dahinter erscheint. Mit hängenden Schultern und verschränkten Armen sitzt sie auf der gegenüberliegenden Seite meines Tisches. Ihr stoischer Blick ist auf die Tischplatte gerichtet.

»Hey, wie lange sitzt du schon hier?«, frage ich und nehme die Kopfhörer ab.

Maya schaut auf und blinzelt träge, als müsse sie sich erst von einem störrischen Gedanken befreien. »Hey.« Sie lächelt matt und richtet sich ein Stück auf. »Noch nicht lange. Vicky und ich sind gerade eben erst gekommen. Aber ich wollte dich nicht beim Arbeiten stören. Mach ruhig weiter.« Sie wedelt mit der Hand und lehnt sich in dem alten Omasessel zurück, der sie förmlich zu verschlucken scheint.

»Alles okay?«, frage ich und lege den dicken Wälzer zur Seite.

Maya seufzt tief. »Ja, schon.«

»Aber?«, hake ich nach und klappe meinen Laptop zu.

»Nichts.« Sie zuckt mit den Schultern und weicht meinem Blick aus. »Es ist nur … Tina hat mir eben gesagt, dass mein Bild verkauft wurde.« Sie deutet auf die mit Backsteinen verkleidete Wand, an der ein DIN-A1-großes Gemälde hängt. Es zeigt eine sich räkelnde schwarze Silhouette auf einem violetten Hintergrund, die bei näherem Betrachten von vier Fäden getragen wird. *Eine Marionette.* Das Bild ist cool, aber auch irgendwie verstörend.

»Echt? Glückwunsch! Für wie viel hast du es verkauft?«

Sie schnaubt. »Fünfhundert Euro.«

Mir klappt der Mund auf. »Krass!«

»Und ich bekomme vierhundertfünfzig, weil Tina zehn Prozent kriegt.«

»Das ist doch immer noch viel.«

»Ja, zu viel«, grummelt sie und bohrt ihre Finger in die Sessellehne.

Hä?

»Und … das ist nicht gut?«, frage ich leicht verwirrt.

»Doch, aber …« Sie beißt sich auf die Unterlippe, ringt nach Worten. »Es … es fühlt sich so leicht an. Ich habe nichts getan und bin jetzt um fast fünfhundert Euro reicher.«

»Na ja, du hast das Bild gemalt«, wende ich ein, und hebe grüßend die Hand in Richtung Ausgang, wo sich Vince und Vicky von der Runde verabschieden.

»Und über die Summe entschieden«, fahre ich fort, als die Tür hinter den beiden ins Schloss fällt. »Da ist doch die logische Konsequenz, dass …«

»Ach egal.« Sie schüttelt eilig den Kopf, dabei fallen ihr die dunklen Haare ins Gesicht und lassen sie irgendwie noch niedergeschlagener aussehen. »Lass uns nicht weiter darüber reden. Vorhin habe ich schon einen Pfandbon gefunden, und irgendwie ist das gerade zu viel geschenktes Geld auf einmal.«

Es ist nicht geschenkt, wenn man dafür gearbeitet hat, will ich sagen, doch ich halte mich zurück, weil ich merke, dass ich mich gerade auf unbekanntem Terrain befinde. Zu nah an der *Maya-Festung*, wie ich sie immer nenne. Dort hält meine beste Freundin nämlich sämtliche Gedanken und Emotionen vor der Außenwelt verschlossen. *Oder gefangen.* Aber manchmal bröckelt die Fassade, und ihr rutscht unbewusst etwas heraus. So wie jetzt. Es belastet sie, viel Geld zu haben, und die Antwort auf mein Warum befindet sich hinter den dicken Mauern ihrer Festung.

Aber ich hake nie weiter nach, weil ich weiß, dass sie das nicht will. Für mich ist das okay. Jeder darf seine Geheimnisse haben. Wir müssen nicht alles übereinander wissen. Ich hoffe nur, dass sie weiß, dass sie mit mir reden könnte, wenn sie wollte.

»Okay«, sage ich nur und belasse es dabei.

»Wie geht's dir denn so?«, erkundigt sie sich und lässt den Blick über meine Bücher wandern.

»Ganz gut. Nur ein wenig gestresst, weil ich einfach nicht vorankomme. Zu Hause kann ich mich wegen Jonah und Lotte nicht konzentrieren.«

»Streiten die beiden immer noch so viel?«

»Ja. Ich glaube, sie trennen sich bald.«

»Oh.« Ihr Ausdruck wird wehmütig. »Aber wenn sie sich so unglücklich machen, wäre es vielleicht sogar vernünftig, oder? Also, nicht, dass ich ihnen Herzschmerz wünsche …«

»Den haben sie sowieso schon«, winke ich ab, weil ich weiß, wie sie es meint. »Ich hoffe einfach, dass sie eine Entscheidung treffen, mit denen es ihnen gut geht«, ergänze ich und blicke über Mayas Kopf hinweg zu Luke und Sydney, die mit erschöpften Gesichtern aus der Küche kommen. Sydneys Zopf hängt schief, Lukes Haare sind völlig zerzaust, und ihre Shirts sind mit Mehlresten bedeckt. Die beiden schauen sich um und steuern schließlich auf unseren Tisch zu.

»Will ich wissen, was ihr dadrin getrieben habt?«, murmele ich.

»Was? Wir haben gar nichts getrieben!«, ruft Sydney empört aus, eine Reaktion, die ich noch eher verstehen würde, wenn ich die beiden nicht schon mindestens fünfmal rumknutschend auf der Kücheninsel vorgefunden hätte.

»Ja, wir haben es nur ausgenutzt, dass Tina in ihrem Liebesdelirium ist«, meint Luke.

»Delirium?«, wiederholt Maya und zieht die Stirn kraus.

»So könnte man es nennen. Tina schwebt gerade auf Wolke sieben und sagt zu allem Ja«, erklärt Sydney und schielt kurz rüber zu ihrer Chefin, die ganz verliebt auf Vera blickt. »Deshalb war sie auch einverstanden, dass ich ihre Küche wieder zum Backen für eigene Zwecke verwenden kann. Erinnerst du dich noch an Carla? Die, für deren Tochter ich letztes Jahr diese Halloweentorte backen sollte?«

Maya nickt.

»Nun, sie hat sich wieder bei mir gemeldet und möchte, dass ich auch eine für ihre älteste Tochter mache. Und die hat sich eine Galaxie-Torte gewünscht. Mit kleinen Planeten und allem Drum und Dran.«

»Und das hat Tina erlaubt?«, frage ich verblüfft. »Braucht man für eine Weltraum-Optik nicht dieses Airbrush-Ding?«

Meine Mutter hat so ein Teil zu Hause, aber nur ein Mal zum Backen benutzt, weil die Farben erstens extrem teuer sind und man zweitens am Ende mehr Zeit mit dem Saubermachen vergeudet als dem Backen selbst.

»Nicht unbedingt, aber ja, ich habe es mit Airbrush versucht.« Sydney streicht sich eine lose Strähne aus der Stirn und wirft mir ein wackeliges Lächeln zu. »Deshalb … tu mir den Gefallen und geh erst mal nicht in die Küche.«

»Oh nein.« Ich ahne nichts Gutes.

»Aber die Herstellung war wirklich schwer«, verteidigt sie sich, und schiebt die Unterlippe vor. »Viel, viel schwerer als gedacht.«

»Und Luke hat geholfen?«, schlussfolgert Maya amüsiert.

»Ja, ich sollte den Teig färben.« Luke hält uns seine hellblauen Handflächen hin, was uns allen ein kleines Lachen entlockt.

»Da soll mir einer sagen, dass Lebensmittelfarbe ›ganz leicht mit Wasser abgeht‹.«

»Ich hab dir gesagt, benutz die Maschine.«

»Welche Maschine?«

»Die, mit der man den Teig rührt.«

Luke stutzt. »Sag mir das doch vorher?«

»Hab ich ja, aber da hast du deine Hände schon in den farbigen Teig gesteckt.«

»Ach das meintest du mit Maschine … Konnte ich doch nicht wissen. Ich habe vorher noch nie einen Kuchen gebacken!«

Sydney kichert. »Egal. Danke, dass du mir geholfen hast.« Sie greift nach seiner Hand, und haucht einen Kuss darauf.

»Jetzt sind deine Lippen blau«, ärgert Luke sie, was Sydney mit einem amüsierten Blick quittiert und ihn diesmal auf den Mund küsst.

Ich lächle. Die beiden sind echt süß.

»Wollen wir später noch ins *Epos?*«, fragt Luke, nachdem die beiden sich wieder voneinander gelöst haben.

Das *Epos* ist die Bar um die Ecke, in der wir nach der Arbeit oft unser Trinkgeld auf den Kopf hauen.

»Oder geht das wegen des Fastens nicht?«, setzt Luke mit einem fragenden Blick auf mich hinterher. Vorhin bei der Arbeit habe ich ihm erzählt, dass ab heute die christliche Fastenzeit beginnt, die nun vierzig Tage lang bis Ostern dauern wird.

»Bei mir gilt das nur für Süßigkeiten und Fleisch«, kläre ich ihn auf.

»Ah, okay. Das heißt, du bist dabei?«

»Joa, warum nicht?« Es ist ohnehin schon spät, und wie es aussieht, werde ich nicht mehr zum Arbeiten kommen. Scheiß Geografie-Master. Warum muss Stadtklimatologie auch so verdammt kompliziert sein?

»Ich bin auch dabei«, flötet Sydney. »Was ist mit dir, Maya?«

Maya zögert, was Sydney dazu veranlasst, ihren Dackelblick auszupacken und eine niedliche Schnute zu ziehen.

»Na gut, ich komme auch«, willigt sie ein. »Aber nur, wenn alle Runden auf mich gehen!«

Luke und Sydney blinzeln sie an.

»Eins meiner Bilder wurde verkauft«, schiebt sie erklärend ein und deutet auf besagtes Gemälde.

Ihre Gesichter erhellen sich. »Aaah«, sagen beide wie aus einem Mund. »Glückwunsch.«

»Danke.« Maya lächelt, sieht dabei aber so zerknirscht aus, als hätte sie Sand im Mund. Ich presse die Lippen zusammen, um nicht die Fragen zu stellen, die mir schmerzlich auf der Zunge brennen.

»Cool, ich freue mich!« Sydney klatscht in die Hände. »Dann können wir uns auch überlegen, was wir an deinem Geburtstag machen wollen. Wie alt wirst du dieses Jahr eigentlich?« Sie grinst meine beste Freundin an. »Fünf?«

Maya lächelt schwach. »Sechs.«

4. KAPITEL

Maya

Ich habe am 29. Februar Geburtstag, der Tag, der nur alle vier Jahre auf dem Kalenderblatt erscheint. Im Schaltjahr geboren worden zu sein hat den Nachteil, dass man seinen eigentlichen Geburtstag immer um einen Tag nach hinten verschieben und stattdessen am ersten März feiern muss. Aber dieses Jahr nicht, und deshalb ist es irgendwie etwas Besonders. Zum sechsten Mal tritt mein Geburtstag am 29. Februar ein. Deshalb werde ich nicht nur vierundzwanzig, sondern gewissermaßen auch sechs.

»Was ist mit einer Kinderparty?«, schlägt Sydney vor und schlürft an ihrer Cola.

Wir sitzen im *Epos* in der Nische an einem alten Holztisch, auf dem sich gefühlt schon jeder Gast mit einem schwarzen Edding verewigt hat (die Namen von Luke und Vince habe ich ebenfalls entdeckt). Ich war noch nicht oft in dieser Bar, aber ihr rustikaler Charme gefällt mir. Lenny und ich sitzen nebeneinander, Sydney und Luke uns gegenüber. Vince und Vicky sind schon abgehauen, als wir noch im Café waren. Tina und Vera sind geblieben und treiben wer weiß was miteinander.

Seit wir hier sind, dreht sich das Gespräch ausschließlich um meine Geburtstagsparty, wobei besonders Sydney ein Motto nach dem anderen unterbreitet. Bisher sagen mir ihre Vorschläge allerdings eher weniger zu.

»Topfschlagen, Sackhüpfen, eine große, bunte Torte, und gaaanz viele Luftballons«, fährt sie fort, und das Licht einer Kerze, die im Hals einer alten Weinflasche steckt, lässt ihr entzücktes Gesicht hell erstrahlen, als wäre sie es, deren sechster Geburtstag bevorstünde. »Das wäre doch voll lustig.«

Das findet sie lustig?!

»O nein, auf keinen Fall«, wehre ich entschieden ab.

»Aber …«

»Kein. Kindergeburtstag«, sage ich, jede einzelne Silbe betonend.

Sydney zieht einen Flunsch, der sie ziemlich süß aussehen lässt, aber diesmal bleibe ich standhaft.

»Ja, Kindergeburtstage sind lame«, stimmt Luke mir zu, während sein Zeigefinger mit einem heruntergetropften Wachstreifen spielt. »Ich denke eher an eine Party, die deinen wilden Zwanzigern gerecht wird.«

»À la Gatsby Style, meinst du?«, frage ich, und er nickt, ohne den Blick vom Wachs zu lösen. »Aber das *Coffee & Books* wäre vermutlich zu klein, wir bräuchten eher ein pompöses Herrenhaus mit Kronleuchtern und alten Möbeln.«

»Oh ja, und eine Sektpyramide und goldenes Besteck und coole Outfits mit Federn und Perlen!«, pflichtet Sydney ihm eifrig bei, die die Kindergeburtstagsidee scheinbar ad acta gelegt hat.

»Klar, wenn das alles ist«, scherze ich. Abgesehen davon, dass für so eine aufwendige Vorbereitung keine Zeit bleibt, weil ich schon nächste Woche Geburtstag habe. Und so wichtig ist es mir auch gar nicht. Klar würde ich gerne mit ein paar Leuten feiern, aber ich brauche kein großes Spektakel.

Lenny, der bis jetzt nur zugehört hat, enthält sich eines Kommentars und grinst, während Luke und Sydney sich bereits in Ekstase planen.

»Was denkst du dazu?«, frage ich ihn von der Seite.

Überrascht, dass er plötzlich in das Gespräch einbezogen wird, hält er mitten im Schluck inne. Trotz der Temperaturen trägt er ein T-Shirt, diesmal das dunkelblaue, das ich besonders an ihm mag. Mein Blick wandert wieder zurück zu seinem Gesicht, wobei ich den Kopf leicht in den Nacken legen muss, weil er selbst im Sitzen noch so groß ist. Seine Lippen sind nachdenklich gekräuselt, die Augen, die im Kerzenschein eher was von einem kräftigen Saphirblau haben, leicht zusammengekniffen.

»Keine Ahnung« murmelt er dann. »Ist doch deine Party. Mach das, worauf du Bock hast.«

Schon wieder so eine schwammige Antwort …

»Ja, aber was denkst *du?*«, hake ich nach und lege einen Arm über seine Lehne. »Was für eine Party würdest du schmeißen?«

Lenny dreht die Flasche in seiner Hand hin und her und überlegt einen Augenblick. »Also, wenn ich es wäre, der deine Party planen müsste …« Wieder hält er inne. »Dann würde ich es etwas einfacher halten. Eine Homeparty zum Beispiel, mit ein paar Freunden, vielleicht zehn oder fünfzehn. Die Gatsby-Sache könntest du ja trotzdem machen. Dann halt ohne Kronleuchter und Sektpyramide, aber vielleicht ist gerade der Kontrast ganz cool. Die Gäste in ihren schicken Outfits trinken Champagner aus Pappbechern.«

Schweigend lasse ich seinen Vorschlag auf mich wirken. Eine Homeparty mit ein paar Gästen. Das gefällt mir schon mal, denn so viele Freunde habe ich gar nicht, dass sie ein ganzes Herrenhaus füllen könnten. Aber den Stil der Zwanziger mag ich. Ich denke an das schwarze Fransenkleid, das noch in meinem Schrank hängt und perfekt zu dem Party-Motto passen würde. Wenn ich mir dazu noch eine Federboa und einen Turban als Kopfbedeckung besorgen würde … und dann noch ein großes Buffet anbiete, bei dem mir Sydneys Meisterhände bestimmt helfen würden …

»Ja, das … gefällt mir«, sage ich und lächele Lenny dankbar von der Seite ein. Er erwidert mein Lächeln, zuckt aber auch mit den Schultern, als hätte er nichts Besonderes gesagt. Aber das hat er.

»Cool, dann ist es eine beschlossene Sache.« Sydney hebt ihr halb leeres Glas, um mit uns allen anzustoßen.

»Kann ich deine Party planen?«, fragt Luke, nachdem wir alle einen Schluck getrunken haben. »Das wäre eine gute Übung für mich.«

Hat er nicht schon längst damit begonnen?

»Klar, wenn's dir Freude macht. Aber du musst dich gar nicht ins Zeug legen. Es reicht auch, wenn wir alle zusammenkommen und einen schönen Abend miteinander verbringen.«

»Nee, du kriegst was Besseres.« Seine Augen leuchten, als er das sagt. Sydney hat mir schon erzählt, dass Luke gerne Events plant, und nachdem ich auf seiner Silvesterparty war, weiß ich, dass er es definitiv draufhat.

Zum ersten Mal macht sich Vorfreude in mir breit. Vorfreude auf meinen vierundzwanzigsten Schrägstrich sechsten Geburtstag.

»Ich bin schon sehr gespannt«, sage ich und hebe feierlich meine Flasche in die Luft, um erneut mit meinen Freunden anzustoßen.

*

Eine Stunde später finde ich mich in Lennys Armen wieder.

»Wie kann das sein?«, jammere ich und schließe die Augen, weil ich mit einem Mal spüre, wie schnell sich die Welt dreht. »Maya hatte doch nur zwei Bier.«

Lenny schmunzelt leicht, ein Anblick, der mich selbst nach all den Jahren noch immer ganz tief im Herzen berührt. »Es sind immer nur zwei Bier.«

»Hey, sei nicht gemein!«, schmolle ich.

»Bin ich nicht. Ich spiel mal wieder die Lehne, an der du dich abstützen musst.«

»Weniger reden, mehr stützen«, lalle ich, woraufhin er seufzt und meinen Kopf leicht anhebt, der immer mehr an seinem T-Shirt herabgerutscht ist.

Mmh. Der Stoff ist so weich. Keine Ahnung, ob das Baum- oder Schafswolle ist, die sich so angenehm anfühlt. Ohne weiter darüber nachzudenken, schlinge ich den Arm um seinen Oberkörper. Er fühlt sich so gut an.

Gedämpftes Lachen dringt zu mir durch. »Und da ist sie wieder.«

»Wer?«, nuschele ich unter halb geöffneten Lidern.

»May May.«

May May. So nennt er mich immer, wenn ich was getrunken habe.

»Warum?«, frage ich.

»Warum was?«

Oh. Mir wird klar, dass ich meinen letzten Gedanken gar nicht laut ausgesprochen habe. Ich öffne den Mund und setze zum Sprechen an, doch dann werde ich von seiner Hand abgelenkt, die mit der Flasche auf dem Tisch spielt. Ich mag seine Hände. Sie haben etwas Raues und zugleich auch Sanftes. Seine Handflächen sind schwielig, aber die Finger so schmal und elegant wie die eines Pianisten. Mit den Augen fahre ich entlang der Halbmonde auf seinen Nagelbetten.

»May May?«, fragt Lenny und schüttelt mich sanft.

»Oh. Was wollte ich noch mal sagen?«, murmele ich an seiner Brust.

»Keine Ahnung.« Er unterdrückt ein Lachen. »Sag du's mir.«

»Ich glaube, Maya ist ein bisschen betrunken.«

»Ach, echt?« Er klingt überrascht. »Sag bloß, du redest deshalb in der dritten Person von dir selbst?«

Gemeiner Fiesling!

»Wo sind eigentlich Luke und Sydney?«, wechsele ich das Thema.

»Immer noch auf der Tanzfläche.«

»Hat Maya ... ich meine, habe ich das schon mal gefragt?«

»Nur drei Mal.« Wieder schmunzelt er, und oh, wow. Dieser wunderschöne Klang!

»Ich mag das«, seufze ich und schmiege mich enger an ihn.

»Dass ich mal wieder deine Lehne bin?«

»Ja, das auch.« Und den Klang seiner Stimme, wenn er lächelt. Aber das wird er vermutlich niemals erfahren. Genauso wenig, wie sehr ich auf den Stoff dieses Shirts abfahre. So. Verdammt. Weich. Mann, fühlen sich so die Flügel eines Engels an?

»Ähm. Anlehnen ist okay, aber darf ich mein Veto einlegen, wenn du anfängst, an mir rumzufummeln?«

»Was?« Sofort ruckt mein Kopf hoch. »Nein! Ich ... das war ... Dein T-Shirt ist weich«, erkläre ich mit heißem Kopf und ziehe schnell die Hand zurück.

»Ah, mein T-Shirt. Klar doch.« Er grinst vielsagend, und ich erröte bis zum Haaransatz.

»Bilde dir ja nichts ein«, schimpfe ich und richte mich schwungvoll auf, wobei ich leicht ins Taumeln gerate und mich am Tisch abstützen muss. Puh, die Welt dreht sich noch immer viel zu schnell.

»Wohin gehst du?«

»Zur Bar.«

»Zur Bar?« Lenny stöhnt und legt den Kopf in den Nacken. »Nein, Maya, dann musst du wieder kotzen und ich ...«

»Hey!«, falle ich ihm ins Wort, die Wangen heiß vor Scham. »Hör auf, mich zu bevormunden. Ich bin kein kleines Kind.«

Lenny schließt den Mund und beißt sich auf die Unterlippe, als wollte er den Worten, die ihm auf der Zunge brennen, auf diese Weise den Weg versperren. Sonderlich reumütig sieht er dabei aber nicht aus, und mit einem Mal liegt etwas Schweres in der Luft, dessen Gewicht sich ebenso schwer auf mein Herz legt. Wenn Lenny und ich uns auch nur für eine Sekunde in die Haare kriegen, fühlt sich das immer falsch an.

»Willst du auch was?«, frage ich deshalb, ein Versuch, die Stimmung zwischen uns aufzulockern.

»Nein, danke«, entgegnet er, und zu meiner Erleichterung klingt sein Tonfall ebenfalls etwas weicher.

»Okay.« Ich wirbele herum und mache mich auf den Weg zur Bar. Mein Kopf dröhnt, und meine Beine fühlen sich puddingweich an. Ich danke dem Himmel, als ich es bis zum Tresen schaffe, ohne mich hinzupacken. Vielleicht sollte ich mit dem Alkohol wirklich erst mal eine Pause machen.

Ich stelle mich auf die Zehenspitzen und winke dem Barkeeper, der sogleich zu mir herüberkommt. Er ist etwa so groß wie Lenny, aber deutlich breiter gebaut. Seine Haare sind dunkel, im schwachen Licht sehen sie schwarz aus, aber sie könnten auch braun sein. Sein linker Arm ist volltätowiert, doch aus der Entfernung kann ich kein eindeutiges Motiv erkennen.

»Hey«, begrüßt er mich. Seine Stimme ist freundlich und tief.

»Hey. Eine große Cola bitte.«

»Kommt sofort.«

»Danke.«

Mit dem Zeigefinger fahre ich eine Rille im alten Holz des Tresens nach und beobachte den Barkeeper dabei, wie er mein

Glas bis zum Rand mit Eiswürfeln füllt. Ob das die typische Masche in Bars ist? Viele Eiswürfel in das Glas packen, um das Volumen zu füllen und weniger Cola zu verbrauchen?

»Stress mit deinem Freund?«, fragt er, ohne seine Arbeit zu unterbrechen.

»Was?« Ich brauche einen Moment, um zu begreifen, dass er mit mir spricht. »Oh, du meinst …« Mein Blick wandert zu unserem Tisch. Hat er Lenny und mich etwa beobachtet?

»Nein, das ist nicht mein … Wir sind nur Freunde. Beste Freunde«, füge ich hinzu, weil es mir irgendwie falsch erscheint, Lenny *nur* einen Freund zu nennen. Er ist viel mehr als das.

»Sicher?« Er schenkt mir ein schmales Lächeln, und ich lache über seinen Tonfall.

»Natürlich bin ich sicher!«

»Das heißt …« Sein Lächeln wird eine Spur frecher. »Dein …«, er weist mit dem Kinn zu Lenny, »*Nicht-Freund* hätte nichts dagegen, wenn ich dir einen Drink ausgebe?«

Mein Puls fährt hoch. »Warum sollte er?«

Der Barkeeper mustert mich, als hätte ich genau die richtige Antwort gegeben. »Na dann.« Er schiebt das Glas zu mir rüber und zwinkert mir zu. »Geht auf mich.«

»Oh.« Ich erröte leicht. »Danke.«

Wahrscheinlich gibt er ständig Drinks aus, trotzdem freut sich mein Ego darüber, da es in letzter Zeit viel zu selten in den Genuss von ein bisschen Aufmerksamkeit gekommen ist.

Obwohl es schon an Ironie grenzt, dass ich mein geschenktes Pfandgeld schon wieder nicht loswerde. Ich nehme mir vor, die restlichen Münzen auf dem Rückweg einem Obdachlosen zu geben.

Bevor ich gehe, drehe ich mich noch einmal um und nutze es aus, dass mich der Alkohol ein bisschen mutiger macht. »Wie heißt du eigentlich?«

»Tom.« Er reicht mir die Hand.

»Freut mich, Tom. Ich bin Maya.«

»Freut mich ebenso, Maya.«

»Tja, dann … gehe ich mal wieder rüber.«

Er nickt und lässt meine Hand los, wobei mich seine dunklen Augen nach wie vor fixieren. »Du weißt ja, wo du mich findest.«

Zurück an unserem Tisch stelle ich mein kaltes Glas ab und reibe mir die von Kondenswasser feuchten Hände an der Jeans ab. Diesmal setze ich mich Lenny gegenüber, dort, wo Luke vorhin saß. Aus diesem Winkel kann ich ihn und Sydney eng umschlungen auf der kleinen Tanzfläche beobachten. Sie tanzen aber nicht wirklich, sondern liegen sich einfach nur in den Armen und wiegen sich ein bisschen hin und her. Der Anblick erwärmt mein Herz. Die beiden sind wie füreinander geschaffen.

»Du hast dir tatsächlich nur Cola geholt«, bemerkt Lenny, als ich im selben Moment mit »Ich glaube, der Barkeeper hat mit mir geflirtet« herausplatze.

Überraschung tanzt in Lennys Augen. »Meinst du Tom?«, fragt er und sieht zum Tresen.

»Genau«, sage ich etwas zu laut, erstaunt, dass er seinen Namen weiß. »Kennst du ihn?«

»Nur flüchtig. Aber Luke und Vince sind ganz gut mit ihm befreundet.«

»Ist er nett?«

Lenny zuckt mit den Schultern, das Licht der fast abgebrannten Kerze wirft tanzende Schatten auf sein Gesicht. »Glaub schon.«

»Flirtet er oft mit Frauen?«, frage ich weiter und wundere mich selbst darüber, wie klar und nüchtern ich auf einmal klinge.

»Keine Ahnung. Noch nie darauf geachtet.« Lenny greift nach meinem Glas und nimmt ganz selbstverständlich einen Schluck daraus.

Toms Worte kommen mir wieder in den Sinn.

»Er … dieser Tom dachte, wir wären zusammen«, sage ich mit einem leichten Beben in der Stimme.

»Oh.« Lenny lässt mein Glas wieder sinken und wirkt einen Augenblick lang überfordert. Sein Adamsapfel macht einen Hüpfer, als er schluckt. »Soll … soll ich das klarstellen?«

»Nein, das habe ich schon«, winke ich ab, und er nickt schnell. Fast schon nervös. Doch dann schlägt die Stimmung um, und ein kleines Lächeln zupft an seinen Lippen. »Gefällt er dir?«

Mein Blick wandert zurück zur Bar, in der Tom gerade Gläser abtrocknet. »Na ja. Er ist schon süß. Aber eigentlich kenne ich ihn doch noch gar nicht.«

»Dann geh einfach noch mal rüber.«

Überrascht blinzele ich. Er will, dass ich …

»Nein, ich bin mit dir hier«, entgegne ich mit fester Stimme. »Und mit Luke und Syd.«

Oder glaubt er, dass ich seit dem Valentinstag zwanghaft auf der Suche bin? Zugegeben, an diesem Abend hat mich die Einsamkeit überrollt, und ich war ein jämmerlicher kleiner Haufen Elend, aber jetzt geht es mir wieder gut.

»Tatsächlich wollte ich mich sowieso langsam auf den Weg machen.« Lenny wirft einen prüfenden Blick auf sein Handy. »Es ist fast eins und bald fährt die U-Bahn nicht mehr. Du und Syd könntet auch nach Hause laufen, oder?«

»Ja, aber …«

»Dann versuche ich, noch die letzte Bahn zu erwischen.«

Kaum ist die Entscheidung gefallen, hat er sich auch schon erhoben, und ist dabei, in die Ärmel seiner Jacke zu schlüpfen.

»Sagst du Luke und Sydney Tschüss von mir?« Er schultert seinen Rucksack.

»Klar«, entgegne ich heiser und stehe ebenfalls auf, um mich von ihm zu verabschieden. Lenny zieht mich in eine kurze Umarmung, und ich weiß nicht, ob ich es mir nur einbilde, aber irgendwie fühlt sie sich steifer an als sonst.

Als er sich wieder von mir lösen will, schaffe ich es noch nicht, den Griff um ihn zu lockern.

»Musst du wirklich schon gehen?«, murmele ich an seiner Brust.

»Ja, ich muss doch morgen zur Bib.«

Es sind Semesterferien, denke ich missmutig. Und er hat noch Monate Zeit, um die Masterarbeit zu beenden. Er könnte bleiben und den Nachtbus nehmen. *Wenn er wollte.*

»Okay«, sage ich widerwillig, schaffe es aber noch immer nicht, meinen Griff zu lockern. Die Atmosphäre zwischen uns fühlt sich komisch an, und auch, wenn ich nicht genau weiß, woran es liegt, möchte ihn so nicht gehen lassen. Und darum schließe ich die Augen, atme den Duft seines nach Weichspüler duftenden T-Shirts ein, und halte ihn einfach weiter fest.

Seine Hand streichelt sanft über meinen Kopf, und dieses Gefühl ist so vertraut, dass meine Knie schon wieder weich werden.

»Du wirst richtig anhänglich, wenn du was getrunken hast«, höre ich ihn sanft sagen.

»Warum denn anhänglich? Darf ich meinen besten Freund nicht zum Abschied umarmen?«, witzele ich.

»Na ja.« Sein Tonfall wird leiser. »Nicht, wenn du nicht willst, dass Tom etwas Falsches denkt.«

Seine Worte sind wie ein Eimer Eiswasser, der über mir ausgekippt wird. Abrupt lasse ich ihn los und komme mir mit einem Mal extrem bescheuert vor. Da ist plötzlich dieses

Ziehen in meiner Brust, aber ich kann mir nicht erklären, woher es kommt.

Lenny, der meinen Gefühlsumschwung entweder nicht bemerkt oder ignoriert, wünscht mir noch viel Spaß.

Und dann ist er weg.

5. KAPITEL

Lenny

Seit ich für mein Studium nach Berlin gezogen bin, akzeptieren es meine Eltern, wenn ich nicht extra nach Potsdam fahre, um am Sonntagsgottesdienst in der Gemeinde meines Vaters teilzunehmen. Von meiner Wohnung in Charlottenburg bräuchte ich zwar nur etwas über eine halbe Stunde bis nach Potsdam, aber meistens bin ich zu faul, so früh aufzustehen, auch wenn ich weiß, dass sich besonders Papa darüber freuen würde, wenn ich dabei wäre.

Dennoch lasse ich sonntags nie den Hauskreis ausfallen, der ebenfalls Teil unserer Gemeinde ist. Dass ich mich dafür aufraffen kann, liegt unter anderem daran, dass all unsere Gruppenmitglieder in Berlin wohnen. Toms Wohnung in Moabit ist für uns alle recht einfach zu erreichen. Aber es sind auch die Treffen selbst, die nach all den Jahren zu einer kleinen Tradition geworden sind. Früher lag der Fokus noch viel stärker auf verschiedenen religiösen Themen, aber inzwischen gleichen sie eher wöchentlichen Treffen unter Freunden, in denen wir uns über alles Mögliche austauschen.

Unsere Gruppe gibt es seit etwa vier Jahren. Früher waren wir elf Mitglieder, aber nachdem einige von uns umgezogen oder ausgestiegen sind, treffen wir uns nur noch zu sechst: unser Gruppenleiter Tom, Jonah (wobei man Jonah nicht mehr wirklich dazuzählen kann, weil er, seit er und Lotte ein Paar sind, fast gar nicht mehr kommt), dann noch Isa, meine Schwester Miri, ihre beste Freundin Caro und ich. Jeden Sonntag treffen wir uns, bringen jeder was zu essen mit und brunchen bei Tom.

So auch heute.

Ich nehme einen Bissen von meinem Käsebrot und schaue abwesend aus dem Fenster, während die anderen in einer hitzigen Diskussion über das Thema Dankbarkeit vertieft sind, der ich schon seit Längerem nicht mehr lausche, weil die Anspannung in mir sämtlichen Raum eingenommen hat.

Heute sitze ich neben Caro, was ziemlich unangenehm ist, nachdem mir meine Schwester neulich erzählte, dass sie neuerdings ein Auge auf mich geworfen hat. Auch wenn Caro echt nett und süß ist, werde ich mich ganz bestimmt niemals mit einer Freundin von Miri einlassen. Schon beim Gedanken an ihr Getuschel über mich kriege ich das Frösteln.

Aber nicht nur Caro oder ihr Arm, der immer wieder *versehentlich* meinen Handrücken streift, wühlen mich innerlich auf – es ist auch Maya, oder besser gesagt ihr Geburtstag. Zwischen dem ganzen Lernen und der Arbeit habe ich völlig vergessen, ihr ein Geschenk zu besorgen. Mir bleiben zwar noch zwei Tage, aber ich habe keine gute Idee.

»Hey, alles okay?«, ertönt Miris Stimme plötzlich, und erst als sich alle Blicke auf mich heften, wird mir klar, dass sie zu mir spricht. »Du hast gerade so laut geschnauft«, erklärt sie über Caros Kopf hinweg und mustert mich besorgt.

Von all meinen Geschwistern stehe ich Miri besonders nah. Obwohl sie ein Jahr jünger ist als ich, haben uns schon viele für Zwillinge gehalten. Ich bin zwar fast einen Kopf größer als sie, trotzdem haben wir das gleiche blonde Haar und sehr ähnliche Gesichtszüge. Auch vom Charakter ähneln wir uns sehr, sind etwas ruhiger als der Rest unserer Familie und drängen uns ungern in den Mittelpunkt.

»Oh. Sorry, ich war gerade mit den Gedanken ganz woanders.« Ich lächele entschuldigend und hoffe, damit aus dem Schneider zu sein, doch als die anderen mich abwartend anstarren, reibe ich mir über das Gesicht und seufze ergeben. »Ist eigentlich nichts Wichtiges, aber Maya hat nächste Woche Geburtstag, und ich habe keinen Plan, was ich ihr dieses Jahr schenken soll.«

»Was mag sie denn so?«, fragt Tom von der Seite. Ich kenne ihn schon, seit wir Kinder waren, und schätze ihn sehr, aber für den Bruchteil eines Herzschlags zieht sich trotzdem alles in mir zusammen, weil ich plötzlich an den Barkeeper-Tom denken muss. Ob Maya noch mal zu ihm gegangen ist, nachdem ich weg war? Sie hat nichts mehr erzählt, und ich will auch nicht nachfragen, weil …

… ich es gar nicht wissen will.

»Vieles«, antworte ich und schiebe mir den letzten Bissen Brot in den Mund. »Zum Beispiel malt und skatet sie gern.« Ich schlucke und greife nach meiner Tasse, in der sich noch ein Rest kalter Kaffee befindet. »Aber das Problem ist, dass ich ihr nach fünf Jahren Freundschaft schon gefühlt alles geschenkt habe.«

»Was ist mit Konzertkarten?«, überlegt Isa.

»Oder eine Ausstellung. Wenn sie auf Malen steht, dann doch auch auf Kunst, oder?«, sagt Caro, streift diesmal sogar absichtlich meine Hand, als wäre es weniger komisch, wenn sie dabei mit mir reden würde.

»Ja, oder vielleicht irgendein Skate-Event«, bringt Tom sich ein. »Also … falls es so was gibt. Ich kenn mich da gar nicht aus.«

»Ja, das gibt es, aber das hat sie auch schon alles von mir bekommen«, entgegne ich missmutig. »Aber egal«, winke ich ab, weil ich die Aufmerksamkeit gar nicht an mich reißen wollte.

»Mir fällt schon was ein. Zurück zum Thema«, lenke ich um und beschließe, das Maya-Geschenk-Problem, das mich mehr belastet, als ich zugeben mag, vorerst beiseitezuschieben.

*

Als ich nach Hause komme, begrüßt mich das Murmeltier wie immer täglich und wie immer laut. Noch während ich die knarzenden Treppen bis zum fünften Stock erklimme, hallt das Brüllen meiner Mitbewohner durch den ganzen Hausflur.

Als ich die Tür ins Schloss fallen lasse, verstummen sie augenblicklich. Seit wann legen sie Wert darauf, dass ich ihre Streitereien nicht mitkriege?

»Hi«, rufe ich in die Küche.

»Hi«, rufen beide zurück, wobei Lottes Begrüßung deutlich leiser ausfällt als die von Jonah. Offenbar kann sie weniger so tun, als wäre nichts.

Kurz spiele ich mit dem Gedanken, mich an die Küchentür zu stellen und gezwungenen Small Talk mit ihnen zu führen à la »Wie geht's euch so?« und »Was habt ihr so gemacht?«. Aber da ich die ehrlichen Antworten sowieso kenne, erspare ich uns dreien diese peinliche Situation und gehe direkt in mein Zimmer.

Die Luft im Raum ist abgestanden und stickig. Ich öffne das Fenster und werde vom vertrauten Lärm der S-Bahn begrüßt, die in der Ferne gerade quietschend in den Bahnhof einfährt. Gegen den Rahmen gelehnt lasse ich den kühlen Wind auf meinen Rücken wehen und schaue mich in meinem kleinen Chaos um. Eigentlich bin ich ziemlich ordentlich, aber seit ich mit der Masterarbeit angefangen habe, stapeln sich die Bücher und Zettel auf jeder freien Fläche. Mein Berg an Schmutzwäsche direkt neben der Tür wird auch immer größer, aber unsere Waschmaschine ist in der Küche, und da diese der momentane Hauptschauplatz für Jonahs und Lottes Auseinandersetzungen ist, komme ich nicht mehr oft zum Waschen.

Aber vielleicht mache ich das gleich, immerhin höre ich gerade kein Gezanke mehr. Ich sollte den vorzeitigen Waffenstillstand so gut wie möglich ausnutzen und mich vielleicht sogar an meine Unterlagen setzen.

Nur wird mir dafür vermutlich auch die Konzentration fehlen, weil es mich noch immer wurmt, dass ich noch keine Idee für Mayas Geschenk habe.

Wobei … ein paar habe ich schon. Zum Beispiel könnte ich ihr einen Wochenendausflug schenken, bei dem wir in das Ferienhaus meiner Eltern fahren. Dort gibt es einen langen, frisch asphaltierten Wanderweg, den sie mit ihrem Skateboard runterbrettern könnte, und auch einen nahe gelegenen kleinen See zum Schwimmen. Abends könnten wir Stockbrot über einem Lagerfeuer rösten und es uns in der Hängematte gemütlich machen.

Aber Ideen wie diese verwerfe ich immer sofort wieder, weil sie mir irgendwie zu krass erscheinen. Ein Wochenende zu zweit in einem Ferienhaus wirkt eher wie etwas, das einem der *feste* Freund schenkt, und nicht der *beste* Freund.

Was so viel heißt wie, dass ich keinen Plan habe. Meine Verzweiflung erreicht ein neues Level, als ich mein Handy zücke und beschließe, die Person um Rat zu bitten, die ich normalerweise immer fragen würde. Was leicht ironisch ist, aber na ja …

Ich: Hey, ich bräuchte mal deine Hilfe.

Sofort schreibt sie zurück.

Maya: Was gibt's?

Ich: Meine beste Freundin hat bald Geburtstag, und ich bin kurz vorm Durchdrehen, weil ich noch immer nicht weiß, was ich ihr schenken soll. Wenn ich sie frage, würde sie bestimmt sagen, dass ich ihr gar nichts schenken muss, aber ich will trotzdem. Nur weiß ich nicht, was. Meine Ideen sind komplett aufgebraucht, und ich stehe sogar kurz davor, ihr einen verdammten Gutschein zu schenken!

Maya: Über einen Gutschein würde sie sich bestimmt freuen! Ich hab gehört, dass Fußmassagegutscheine gerade sehr beliebt sind!

Ich lache laut auf.

Ich: Aber das ist so unpersönlich!

Maya: LOL, jemand anderem die Füße zu massieren, finde ich ehrlich gesagt sehr intim!

Ich: Vergiss das mit der Massage schnell wieder!

Sie schickt drei Lach-Emojis, und ich will ihr gerade mit einem verschmitzten Affen antworten, als ihre nächste Nachricht eintrudelt.

Maya: Lenny?

Ich: Ja?

Unter ihrem Namen erscheint ziemlich lange »schreibt …«, ungewöhnlich für sie, die erstens immer schnell tippt, und zweitens immer kurze Antworten schickt.

Maya: Ich glaube, du musst ihr nichts schenken. So wie ich sie einschätze, wird sie sich einfach nur freuen, wenn du zu ihrem Geburtstag kommst. Und das sage ich – ich meine sie! – nicht nur so! Im Ernst, Geschenke sind ihr überhaupt nicht wichtig. Ich glaube sogar, sie fände es richtig cool, wenn endlich mal jemand ihren Wunsch akzeptieren und ihr tatsächlich nichts schenken würde!

Ich: Sie fände es cool!?

Maya: Jepp!

Ob ich das wirklich bringen kann? Mit leeren Händen aufkreuzen und ihr gar nichts schenken? Das kommt mir so lieblos vor.

Ich: Aber dieses Jahr ist ihr Geburtstag etwas Besonderes. Und auch, wenn alle sagen, dass sie keine Geschenke wollen, glaube ich trotzdem, dass einige traurig wären, wenn sie tatsächlich nichts kriegen würden.

Wieder lässt sie sich Zeit beim Tippen, was mich vermuten lässt, dass mir erneut eine längere Nachricht bevorsteht.

Maya: Weißt du, jemand hat mal zu mir gesagt, dass er es affig findet, sich bei seinen Liebsten nur an einem einzigen Tag im Jahr Mühe zu geben. Und ich finde, er hat recht. Es ist doch viel schöner, wenn diese kleinen Gesten auch außerhalb eines vermeintlich »besonderen« Tages stattfinden. Wie eine Packung Pralinen, die man einfach so aus dem Nichts bekommt. :)

Mein Herz gerät ins Stolpern, als die Erinnerung an den Valentinstag in mir aufflammt. Das war ein echt schöner Abend. Ein bisschen traurig, weil Maya ein wenig bedrückt war, aber trotzdem schön.

Mit ihr abzuhängen ist immer schön.

Ich: Okay, überredet. Ihr schenke ihr nichts und hoffe, dass sie nicht sauer wird. Das wird sie doch nicht … oder?

Maya: Wird sie nicht! Sie wird sich einfach nur freuen, weil du da bist! :)

Lächelnd schließe ich die App und lasse mich aufs Bett fallen. Meine Gelenke knacken, als ich mich strecke. Es ist noch nicht mal sechs, aber ich bin jetzt schon ziemlich müde. Ich gähne tief und lege mich auf die Seite. Eigentlich wollte ich mich noch mal an meine Masterarbeit setzen, aber vielleicht kann ich ja ganz kurz die Augen schließen …

»Du musst es ihm endlich sagen!«, hallt Lottes zischende Stimme gedämpft durch die Wand. Leise stöhnend schlage ich die Augen wieder auf. Wer braucht schon einen Wecker, wenn er diese beiden Streithähne als Mitbewohner hat? Offenbar haben sie ihren Zank nicht pausiert, sondern einfach nur den Ton leiser gestellt.

»Mach ich noch!«, zischt Jonah zurück.

»Wann?«, fragt sie ungeduldig, woraufhin irgendein dumpfer Laut erklingt, als hätte Jonah den Kopf gegen die Tischplatte geschlagen.

»Wann?«, wiederholt sie.

»Lotte, bitte.« Jonah klingt genervt. »Er ist nicht nur mein Mitbewohner. Wir sind befreundet.«

Sofort richte ich mich auf und fühle mich mit einem Mal

hellwach. Reden die etwa über mich? Scheiße, natürlich reden sie über mich, wie viele Mitbewohner hat er denn?

»Du musst es ihm endlich sagen! Wenn du es nicht tust, mache ich es.«

Eine ungute Vorahnung beschleicht mich. Eine, von der ich instinktiv weiß, dass sie irgendwas verändern wird.

Oder alles.

Ich zermartere mir den Kopf, so lange, bis mein Schädel pocht, doch mir kommt keine Idee. Was zur Hölle muss Jonah mir sagen?

6. KAPITEL

Maya

Warme Sonnenstrahlen kitzeln mein Gesicht. Ich öffne die Augen und sehe, dass sich ein gelber Lichtstreifen seinen Weg über das Bett gebahnt hat und genau auf mich herabstrahlt. Lächelnd strecke ich meine Arme und Beine aus und gähne tief. Schon gestern hieß es, dass die Temperaturen steigen würden, und offenbar hat der Wetterbericht Wort gehalten. Besser kann das neue Lebensjahr gar nicht beginnen.

Oder vielleicht sogar doch, denn der Duft von Zimt weht in mein Zimmer, und ich höre Sydney in der Küche hantieren. Hoffentlich macht sie Milchreis, mein liebstes Frühstücksgericht, das so lecker und simpel ist … wenn man es kann. Mir brennt der Reis bei jedem kläglichen Versuch an. Ich kann überhaupt nicht kochen. Selbst bei einer Dose Suppe, die nur auf dem Herd erwärmt werden muss, schaffe ich es, den Rauchmelder zu aktivieren. Umso glücklicher macht es mich, dass ich ständig bekocht werde. Vor allem heute.

»Alles Gute zum Geburtstag«, trällert Sydney, als ich in meinem Dino-Schlafanzug in die Küche getrottet komme. Sie trägt eine weiße Schürze und legt den Holzlöffel beiseite, um mich in eine innige Umarmung zu ziehen.

»Mein kleiner Goldschatz wird heute vierundzwanzig!«, quiekt sie und drückt mir einen dicken Schmatzer auf die Wange. Ich liebe es, wie omahaft sie manchmal drauf ist.

»Danke, Syd«, sage ich heiser und räuspere mich kurz, um meine verschlafenen Atemwege frei zu machen.

»Du bist früher wach als erwartet«, stellt sie fest.

Mit *früh* meint sie übrigens elf Uhr mittags, aber sie hat irgendwie recht. Ich bin wirklich der Inbegriff von nachtaktiv und gehe manchmal sogar erst um diese Uhrzeit ins Bett. Vermutungen zufolge war ich in einem früheren Leben eine Fledermaus.

»Ja, die Sonne hat so in mein Gesicht geschienen. Außerdem hat mich dieser himmlische Duft nach draußen gelockt«, schwärme ich und deute auf die cremig weiße Masse Milchreis im Topf. Beim Anblick dieser Köstlichkeit gibt mein Magen ein lautes Knurren von sich.

»Soll ich schon mal irgendwas rübertra...?«, will ich anbieten, aber Sydney lässt mich gar nicht erst ausreden.

»Oh, nein, heute machst du gar nichts!«, meint sie entschieden und scheucht mich mit wilden Handgesten nach draußen. Kichernd ergebe ich mich ihrem Willen.

Hach, wenn nur jeder Tag ein Geburtstag wäre …

Im Wohnzimmer treffe ich auf Vicky, die in ihrem gelben Onesie bäuchlings auf dem Sofa liegt.

»Ah, da ist ja das Geburtstagskind.« Vicky pausiert eine Folge *This Is Us* und richtet sich auf. »Bist ganz schön alt geworden«, bemerkt sie, als ich mich zu ihr setze.

Ich gähne und muss gleichzeitig lachen. »Dir auch einen guten Morgen, Vick.«

»Wie viele Augenringe zähle ich da?« Sie schnappt nach meinem Gesicht und dreht es skeptisch hin und her. »Drei? Vier? Vielleicht kommen ja jedes Jahr neue dazu. Wie bei einem Baumstamm.« Ihre Zahnlücke blitzt bei ihrem Lächeln frech hervor, als ich mich prustend ihrem Griff entziehe.

»Schönen Dank auch!«

Jetzt wird ihre Miene ganz sanft. »Happy Birthday, beste Freundin«, sagt sie und zieht mich ganz fest an sich.

»Danke, beste Freundin«, entgegne ich und erwidere ihren Druck mit derselben Intensität.

Kurze Zeit später kommt meine andere beste Freundin mit dem Topf voll Milchreis und füllt uns allen eine Kelle auf. Obwohl der Reis bereits mit einer Prise Zimt gewürzt ist, verteile ich trotzdem noch einen großzügigen Teelöffel braunen Puders und ein paar Sauerkirschen auf meiner Portion.

Während des Essens dreht sich das Gespräch rund um den heutigen Abend. Bis jetzt ist unsere Wohnung nicht mal ansatzweise dekoriert, aber darum wollen sich Luke und Sydney später kümmern. Meine Hilfe lehnen sie vehement ab, und auch da protestiere ich nicht. Im Gegenteil, ich nicke nur hoheitsvoll und genieße es mit jeder Faser meines Körpers, dass sich die Welt heute ein kleines bisschen um mich dreht.

Ob das narzisstisch ist? Vielleicht, aber ich liebe es trotzdem. Ebenso liebe ich, dass sich Sydney und Vicky tatsächlich an die »Keine Geschenke«-Regel gehalten haben, die ich dieses Jahr aufgestellt habe, denn ich habe es genauso gemeint, wie ich es sagte: Ich will nichts. Alles, was man mir kaufen könnte, habe ich bereits, und alles, was ich mir wünsche, kann man mir nicht kaufen. Eine andere Kindheit zum Beispiel. Aber das ist eine andere Geschichte.

Nach dem Frühstück lümmele ich weiter auf dem Sofa, den Kopf auf Sydneys Schoß, lausche mit einem Ohr der Serie, die Vicky schaut, und beantworte währenddessen die Geburtstagsglückwünsche auf meinem Handy. Es sind nicht viele, weil, seitdem niemand mehr Facebook hat, auch keiner an Geburtstage erinnert wird. Aber Lennarts Mutter hat an mich gedacht, außerdem noch seine beiden jüngeren Schwestern Lissi und Miri, die es aber vermutlich nur deshalb wissen, weil sie ebenfalls zu meinem Geburtstag kommen. Auch Sydneys Oma Ani hat mir eine liebe Nachricht geschickt und will mir nachher noch einen selbst gebackenen Kuchen vorbeibringen – diese Frau ist einfach zum Küssen! Sogar Sydneys Eltern und Vickys Mutter haben mir geschrieben, obwohl ich kaum Kontakt zu ihnen habe. Dennoch freue ich mich über jede Nachricht.

Nur meine Familie lässt nichts von sich hören.

Mein Magen verknotet sich bei diesem Gedanken, dabei danke ich jeden Tag dem Himmel, dass wir keinen Kontakt mehr haben.

Glücklicherweise verhindert der Eingang einer neuen Nachricht, mich in schmerzhaften Erinnerungen zu verheddern. Max hat in unsere »Skaterei«-Gruppe einen Screenshot mit dem heutigen Wetterbericht geschickt, und darunter ein Skateboard-Emoji mit einem Fragezeichen gesetzt. Sina antwortet mit zwei erhobenen Daumen-Emojis und schlägt den Park am Gleisdreieck um fünfzehn Uhr vor.

Meine Finger kribbeln vor Freude, während ich in Großbuchstaben nur »JA!« schreibe. Milchreis zum Frühstück, Skaten zum Nachtisch. Kann dieser Geburtstag eigentlich noch besser werden?

*

Na toll, zu früh gefreut. Als ich ein paar Stunden später am Skatepark ankomme, würde ich am liebsten wieder kehrtmachen. Max lehnt gegen das Gitter des angrenzenden Basketballfelds, und wartet auf mich. *Nur* auf mich, denn Sina hat im letzten Moment abgesagt, weil noch irgendwas dazwischengekommen ist. Was bedeutet, dass wir uns allein treffen werden. *Allein.* Nur er und ich in trauter Zweisamkeit.

Kann mich bitte jemand wegbeamen?

Unfassbar, dass es mal eine Zeit gab, in der ich liebend gern allein mit ihm gewesen wäre. Aber damals war ich auch ein klitzekleines bisschen verknallt in ihn. Oder auch ein großes bisschen.

Ich habe ihn über Sina kennengelernt, als diese mich ihrer Skate-Clique vorgestellt hat. Max und ich freundeten uns an, wobei von meiner Seite irgendwann klar war, dass da definitiv mehr war. Aber ich war zu schüchtern, um meine Gefühle preiszugeben, und irgendwann war es zu spät. Ich fiel ins Loch der Friendzone und kam nicht mehr raus, erst recht nicht, als er Sydney kennenlernte und sofort hin und weg von ihr war. Als sie zusammenkamen, tat das unfassbar weh, aber das habe ich Sydney nie erzählt, weil ich mich nicht zwischen deren Glück stellen wollte und sowieso klar war, dass Max eindeutig nicht auf *diese* Weise an mir interessiert ist. Außerdem wollte ich, dass Sydney endlich mal jemand anderem eine Chance gab, als ständig dem Phantom Luke, der sie fünf Jahre lang geghostet hat, hinterherzutrauern.

Als deren Beziehung ein paar Monate später in die Brüche ging, bekam die Freundschaft zwischen Max und mir ebenfalls einen Riss. Wir blieben zwar Freunde, aber es wurde nie mehr so wie vorher. Meistens sehen wir uns nur als Teil einer Gruppe, wenn die Atmosphäre weniger persönlich und intim ist, doch wie es das Schicksal so will, verbringe ich meinen Geburtstag jetzt ausgerechnet mit ihm – allein.

Schnell befreie ich noch das frustrierte Seufzen aus meiner Kehle, ehe ich tief durchatme, die Schultern lockere, und so lässig wie möglich auf ihn zustapfe.

»Hey, Geburtstagskind«, begrüßt er mich und zieht mich in eine vertraute Umarmung.

»Hey, Max, wartest du schon lange?«, frage ich, als wir uns wieder voneinander lösen.

»Nein, gerade eben erst gekommen.« Er richtet seine Brille, die durch unsere Umarmung etwas verrutscht ist, und fährt sich über den sandblonden Schopf.

»War eigentlich klar, dass es heute total überfüllt werden würde«, murmele ich und weise mit dem Kinn zur mit Graffiti beschmierten Bowl, in der ein paar Kids mit ihren Boards runterbrettern.

»Ja, das dachte ich mir auch gerade. Wollen wir erst mal so eine Runde durch den Park drehen und hoffen, dass es später etwas leerer wird?«, schlägt er vor und deutet auf den glatten Streifen Asphalt, der aus dem Skate-Park hinausführt.

Später wird es vermutlich noch voller werden, doch ich nicke trotzdem, und schließe mich ihm an, als er sich aufs Board schwingt.

Meine Haare fliegen mir ins Gesicht, und der Wind rauscht in meinen Ohren, als ich über den glatten Boden jage. Ich sauge die Luft tief in meine Lungen ein und spüre, wie mich grenzenlose Leichtigkeit durchfährt. Kein Gefühl kann beschreiben, wie frei und ungelöst ich mich auf einem Skateboard fühle.

Wir fahren durch den inneren Kern des Parks und schlängeln uns vorbei an Menschengruppen, passieren die Holländermühle, den Spielplatz und auch das angrenzende Technikmuseum. Bald darauf finden wir uns auf der anderen Seite des Parks wieder, jener Seite, die links und rechts von Neubauwohnungen gesäumt wird, die sich vermutlich nur irgendwelche reichen Youtuber leisten können.

Als der Gehweg etwas breiter wird, fahren Max und ich nebeneinander und tauschen uns ein bisschen aus. Wie es uns geht, was wir gerade so treiben, wie weit wir mit dem Master sind, und so weiter. Unsere Gespräche bleiben zwar weitestgehend oberflächlich, aber seine Anwesenheit ist trotzdem nicht halb so komisch wie erwartet, was in mir die leise Hoffnung erweckt, doch noch einen schönen Tag mit ihm verbringen zu können.

Nach etwa einer Stunde gehen wir noch mal zurück zum Skateplatz, aber wie bereits prophezeit ist dort noch mehr los. Also fahren wir wieder ans andere Ende des Parks, wo wir eine geeignete Stelle finden, um ein paar Tricks zu üben. Max versucht sich am klassischen Ollie, bei dem man mit dem Skateboard kurz in die Luft springt, und mit beiden Beinen wieder auf dem Board aufkommt. Ich übe derweil den Kickflip, der ähnlich wie der Ollie funktioniert, nur dass sich das Skateboard in der Luft noch mal um die eigene Achse dreht. Mit viel Schwung rolle ich über den Asphalt, gehe dann in die Knie, drücke mit dem hinteren Fuß auf das Tail, während mein vorderer Fuß das Board mit voller Kraft hochzieht und ich gleichzeitig versuche, es zu drehen. Aber wieder fliegt das Board nur in die Luft, ohne richtig zu flippen. Es ist deprimierend, weil ich dabei ständig hinfalle, aber es macht trotzdem Spaß.

Zu meiner Überraschung ist es sogar wirklich nett, mit Max unterwegs zu sein. Eigentlich sogar genau wie früher. Wer weiß, vielleicht können wir zukünftig wieder öfter zu zweit abhängen.

»Kommt dein Freund heute Abend eigentlich auch?«, reißt mich Max aus meinen Gedanken.

»Freund?«

»Ja, Lenny«, sagt er und vor lauter Überraschung falle ich fast vom Board.

»Lenny?«, wiederhole ich in schiefer Tonlage, und breite die Arme aus, um die Balance zu halten. Wie kommt er denn darauf?

»Oh. Nicht?« Max wirkt ehrlich überrascht, als hätte er bis

zu diesem Moment keinen Zweifel daran gehabt, dass mein bester Freund und ich ein Paar wären.

»Ich dachte nur … also, wegen …« Er denkt kurz nach, und schnippt dann mit den Fingern. »Zum Beispiel dein Profilbild.«

Mein Profilbild? Welches habe ich noch mal drin? Ah, ich glaube, es ist das eine Selfie, das bei der Silvesterparty im *Coffee & Books* entstanden ist. Lenny und ich quetschen uns Wange an Wange vor die Linse, wirken leicht betüdelt, aber glücklich, und strecken die Zunge raus, wobei wir noch versuchen, spaßeshalber die des anderen zu berühren.

Bei der Erinnerung an diesen Abend steigt mir Hitze ins Gesicht. Die Kamera hat den Moment danach nicht eingefangen, den, in dem sich unsere Zungen versehentlich berührt haben, und mich ein so elektrisierender Blitz durchzuckte, dass ich am ganzen Körper Gänsehaut bekam. Lenny lachte los, und ich schloss mich an, während irgendwas in mir frustriert rebellierte. Mehr wollte.

Aber nichts bekam.

»Sieht halt aus wie ein Pärchenbild«, redet Max weiter, und ich kehre schlagartig zurück in den Park und merke erst jetzt, dass ich mit der Zungenspitze über meine Schneidezähne gefahren bin.

»Wir sind nicht zusammen«, stelle ich klar und rolle aus, ehe ich das Tail runterdrücke und das ganze Board hochflippen lasse. »Wir sind … beste Freunde.«

Max springt ebenfalls herunter und umschlingt das Holzbrett mit einer Hand, während er zu mir aufschließt und mich mit seinen braunen Knopfaugen so intensiv mustert, als würde er geradewegs in meine Seele blicken wollen. Mein verwirrtes Gesicht spiegelt sich in seinen UV-Gläsern.

»Also, bist du gerade … Single?«

Gerade? ... Ha, guter Witz!

»Jepp«, gebe ich unbescheiden zurück, und kann das kleine Lächeln nicht so recht deuten, das bei meiner Antwort auf seinem Gesicht erscheint.

Doch ich komme nicht dazu, es weiter zu hinterfragen, weil mir in diesem Moment klar wird, dass ich seit gestern Abend nichts mehr von Lenny gehört habe. Seine halbe Familie hat mir zum Geburtstag gratuliert, aber er nicht, dabei ist er normalerweise der Erste, der um null Uhr meine Leitung blockiert.

Ein Stich durchbohrt meine Brust, doch die Enttäuschung wird schon bald durch Sorge ersetzt. Dass er einfach verstummt, passt überhaupt nicht zu ihm. Ob alles okay ist?

7. KAPITEL

Maya

Luke und Sydney haben sich selbst übertroffen. Keine Ahnung, wie die zwei in wenigen Stunden unsere ganze Wohnung in einen Zwanziger-Jahre-Club verwandeln konnten. Meine Augen wissen gar nicht, wo sie zuerst hinsehen sollen. Vielleicht auf die zwei Federpalmen, die den Eingang des Wohnzimmers zieren? Oder vielleicht auf den gigantischen Kronleuchter, den die beiden tatsächlich aufgetrieben und an die Decke gehängt haben?

»Wie …«, sage ich nur, breche dann aber ab, weil mir die Worte fehlen. Da ist ein Grammofon auf unserem Fernsehtisch. Mit einem riesigen goldenen Trichter!

»Gefällt es dir?«, fragt Sydney und streicht sich schüchtern eine Strähne hinters Ohr. Sie und Luke lehnen an einem mit einer schwarzen Samtdecke verzierten Biertisch, auf dem bereits ein dekadentes Buffet angerichtet ist. Sichte ich da etwa Mini-Cupcakes mit goldenem Frosting?

Wow. Das ist wahrhaft Gatsby-Niveau!

»Ich liebe es«, sprudelt es aus mir heraus. »Im Ernst, es ist unglaublich!«

Luke und Sydney grinsen sich an wie zwei stolze Eltern.

»Warte, bis du die Torte siehst«, stachelt Sydney weiter. »Ani verpasst ihr noch den letzten Schliff.«

»Ani ist hier?«, japse ich und spüre, wie mein Herz einen

Freudensprung macht. Sydneys Großmutter ist das, was einer Familienangehörigen am nächsten kommt. Wir mögen zwar nicht wirklich miteinander verwandt sein, und doch behandelt sie Vick und mich, als wären wir ebenfalls ihre Enkel, die sie schätzt und liebt. An jedem ihrer Geburtstage lädt sie uns zu ihrer kleinen Runde ein, und die letzten drei Weihnachtsfeste haben wir auch zusammen verbracht. Diese Frau bedeutet mir alles.

Ohne Sydneys Antwort abzuwarten, marschiere ich geradewegs Richtung Küche. Ani steht dort in ihren Hauspantoffeln, und ist gerade dabei, eine gigantische goldene Feder auf eine dreistöckige weiße Torte zu platzieren.

»Ani«, rufe ich aus und falle ihr kurzerhand in die Arme. Die Feder fällt ihr aus der Hand, landet aber zum Glück nur auf der Arbeitsfläche.

»Alles Gute zum Geburtstag, Schätzchen«, sagt sie, und reibt mir so sanft über den Rücken, wie es nur eine liebe Großmutter tun kann.

»Danke, Ani. Die Torte ist ...« Mit der Hand wedele ich in Richtung dieses Kunstwerks, komme aber auf kein Adjektiv, das ihr gerecht wird.

»Danke«, hauche ich, die Stimme bebend vor Emotionen. »Du ahnst nicht, wie viel mir das bedeutet.« Ich wende mich an Luke und Sydney, die beide an der Küchentür lehnen. »Und danke auch euch, Leute. Ich will nicht wissen, wie viel ihr für die Deko und den ganzen Kram ausgegeben habt.«

»Haben wir gar nicht«, flötet Sydney und deutet auf ihre Großmutter. »Das meiste haben wir aus Anis Haus geplündert.«

»Ja, und ich will meinen Kronleuchter nach der Party auch unversehrt wiederhaben«, erinnert Ani ihre Enkelin streng. Sydney nickt brav.

»So, aber jetzt ab mit euch.« Ani angelt nach der Feder. »Ich muss noch die Torte fertig dekorieren. Und ihr habt auch nicht mehr viel Zeit. Zieht euch um, bevor die Gäste kommen.«

»Du kannst übrigens gerne bleiben«, biete ich ihr an. »Ich würde mich freuen, wenn du auch an der Party teilnimmst.«

Ani lächelt, schüttelt aber entschieden den Kopf. »Das ist sehr lieb, Schätzchen, aber ich bin viel zu alt für euch junge Hüpfer.«

Junge Hüpfer?!

Ich will etwas einwenden, doch dann scheucht sie mich mit genau der gleichen Handgeste aus der Küche, die Sydney heute Morgen schon gebracht hat. Lachend verschwinde ich in meinem Zimmer, um mich umzuziehen.

*

Vicky – in Begleitung von Tina und Vera – kommt erst, als die Party bereits in vollem Gang ist. Die drei waren vorher noch beim Selbstverteidigungskurs und haben sich wahrscheinlich noch frischmachen wollen. Mit meinem halb aufgegessenen Cupcake in der Hand winke ich ihr vom Buffet aus zu. Vicky hebt ebenfalls die Hand und will gerade in meine Richtung steuern, als sie im nächsten Moment von Vince abgefangen wird, der ihr Gesicht mit beiden Händen umfasst und sie so innig küsst, dass Vicky leicht ins Taumeln gerät. Es braucht etwa zehn Anläufe, bis die beiden es schaffen, sich voneinander zu lösen, dann sucht Vicky meinen Blick, zieht an ihrem Pulli, und nickt mit dem Kopf in Richtung ihres Zimmers, um zu signalisieren, dass sie sich kurz umzieht. Ich nicke und deute an, hier auf sie zu warten.

Flotte Jazzmusik und angeregtes Geschnatter hängen in der Luft. Die meisten stehen und sitzen in kleinen Grüppchen zusammen. Einige haben sich verkleidet, andere nicht. Ich wollte den Dresscode nicht als Pflicht ausschreiben, weil ich weiß, dass sich einige damit nicht wohlfühlen. Tina hat sich zum Beispiel umgezogen und trägt einen goldenen Jumpsuit, aber Vera ist bloß in Jeans und Shirt da, und auch das ist völlig in Ordnung.

Auf dem Sofa sichte ich Sydney, die sich mit ein paar meiner Kommilitonen über meinen Geburtstagskuchen hermacht. Ich selbst habe vor lauter Aufregung noch kein Stück runterbekommen. Da ich außerdem die Gastgeberin bin, springe ich ständig von einer Gruppe zur nächsten, um mich zu vergewissern, dass es allen gut geht. Glücklicherweise scheint die Stimmung bisher nur anzusteigen.

»Luke, ich kann dir gar nicht genug danken«, sage ich, als er und Vince sich zu mir ans Buffet stellen.

Beide tragen einen schwarzen Anzug mit weißem Hemd und grauer Weste, dazu eine schwarze Fliege und einen flachen Zylinder. Dass sie im Partnerlook gehen, finde ich irgendwie niedlich. Wie zwei Geschwister, die man ins gleiche Outfit steckt, damit sie nicht streiten.

»Nichts zu danken. Es hat richtig Spaß gemacht, alles zu planen. Und ich war ja nicht allein – Sydney hat mir sehr viel geholfen. Sie und Ani. Und sogar der hier.« Er haut seinem besten Freund auf die Schulter.

»Ja, ich habe die Palmen aus unserem Büro geklaut«, erklärt Vince und grinst frech. »Hoffe, die merken das bis morgen nicht.«

»Was? Im Ernst?« Ich lege den halb aufgegessenen Cupcake auf den Tisch ab, damit er mir vor Lachen nicht aus der Hand rutscht. »Und was wenn doch?«

Vince zuckt mit den Schultern. »Ach, das sind alles Hippies. Ich sage ihnen einfach, dass ich der Natur ein bisschen näherkommen wollte oder so.«

Wieder muss ich lachen, doch es bleibt mir im Hals stecken, als ein blonder Schopf in meinen Augenwinkel springt. Sofort schießt mein Kopf zur Seite, aber wieder ist es nicht Lenny. Meine Mundwinkel sinken enttäuscht herab. Wo bleibt er bloß? Die meisten Gäste sind schon da, und er ist noch immer nicht aufgetaucht. Jetzt bin ich sicher, dass irgendwas passiert sein muss.

»Hey, alles klar bei dir?«, fragt mich Vince von der Seite. Wir stehen nur noch zu zweit am Tisch, weil sich Luke mit einem Stück Kuchen zu Sydney gesetzt hat.

»Ja …«, sage ich zögernd und greife wieder nach meinem Cupcake. »Ich frage mich nur, wo Lenny bleibt. Hast du heute zufällig schon mit ihm gesprochen?«, frage ich ohne große Hoffnung.

Doch zu meiner Überraschung nickt er. »Ja, heute Nachmittag haben wir kurz geschrieben. Ich habe ihn gefragt, ob er mit ins Gym gehen will, aber er hat abgelehnt.«

»Er hat dir geschrieben?«

Aber mir nicht?

Okay, das mildert meine Sorge um ihn ein wenig …

»Ähm, ja.« Vince wirkt verlegen und nimmt sich den Zylinder vom Kopf, als würde er dadurch demütiger wirken. »Habe ich was Falsches gesagt?«

»Nein, natürlich nicht.« Ich mache eine beschwichtigende Geste. »Es ist nur komisch. Bei mir hat er sich nicht gemeldet, und das passt irgendwie nicht zu ihm. Na ja, sagst du mir Bescheid, wenn du ihn siehst?«

»Klar.«

Kurze Zeit später tritt Vicky zu uns. Sie trägt ein roségoldenes Paillettenkleid mit einem tiefen Herzausschnitt. Ihre braunen Locken sind durch einen glänzenden Haarreif zurückgesteckt, die grünen Augen mit einem geschwungenen

Lidstrich umrandet, der ihr einen katzenhaften Look verleiht.

Vicky erzählt uns vom Selbstverteidigungskurs und will gerade einen neuen Krav-Maga-Move vorführen, als das nächste Lied angestimmt wird und aus ihrem Hieb ein Hüftschwung wird. Ihre Augen glitzern vor Tanzlust, und nach einigen Protestversuchen schafft sie es sogar, Vince in die Mitte des Wohnzimmers zu zerren. Ihm ist anzusehen, wie unbehaglich ihm zumute ist, und vielleicht finde ich es gerade deshalb so süß, dass er mit ihr tanzt. Weil er alles für sie tun würde, solange es sie so zum Strahlen bringt.

Und dann tanzen plötzlich alle. Es ist, als hätten sie nur darauf gewartet, dass jemand den Anfang macht. Meine Gäste drängen sich in die Mitte des Wohnzimmers und schwingen zur 20's-Playlist, die nicht vom Grammofon, sondern aus der Bluetooth-Box dahinter kommt. Lächelnd betrachte ich die Meute, fühle mich aber nicht in Stimmung, mitzutanzen. Nicht, wenn Lenny noch nicht da ist.

Irgendwo ist ein Fenster auf, das frische Luft in den Raum bringt. Ich reibe mir über die nackten Arme und beschließe, mir eine Strickjacke zu holen. In meinem Zimmer angekommen, kriege ich einen erneuten Dämpfer. Mein ganzes Bett ist mit Geburtstagsgeschenken überhäuft. So viel Geld wurde für mich ausgegeben, und die meisten haben es vermutlich eher aus Pflichtgefühl getan. Mit einem Kloß im Hals wende ich den Blick ab und schlüpfe in eine schwarze American-Apparel-Jacke, die zwar überhaupt nicht zu meinem Outfit passt, aber die einzige ist, die ich auf die Schnelle finde.

Auf dem Weg nach draußen laufe ich Miri und Lissi in die Arme.

»Hey, Geburtstagskind, dich haben wir gesucht!« Miri fällt

mir um den Hals, wobei ich förmlich in dieser Umarmung versinke, da sie fast so groß ist wie Lenny. Überhaupt ähnelt Miri ihrem Bruder sehr – beide kommen nach der Mutter, wobei Lissi eher die Züge vom Vater geerbt hat –, dunkle, fast schwarze Haare, schmales Gesicht, hohe Stirn und ein sehr herzliches Lächeln.

»Das ist für dich«, sagt Lissi und reicht mir ein Päckchen mit dem Logo meines liebsten Skate-Shops. »Lenny meinte zwar, dass du keine Geschenke willst, aber na ja …« Sie lächelt bescheiden und zugleich auch ein bisschen erwartungsvoll, als würde ich diese Geste umso mehr schätzen, weil sie meine Bitte ignoriert hat.

»Das wäre echt nicht nötig gewesen«, sage ich und kämpfe mir ein falsches Lächeln ab.

So viele Geschenke. So viel Geld. Überforderung hoch tausend.

»Soll ich es aufmachen?«, frage ich, woraufhin Lissi schnell den Kopf schüttelt.

»Noin!«

Miri prustet los. »Noin!«, wiederholt sie theatralisch, was die beiden nur noch lauter kichern lässt.

Während mein Herz kurz stehen bleibt.

Krampfhaft lächele ich weiter, obwohl ich innerlich mit Schwindel kämpfe. Diese Aussage. Diese Betonung, und dann scherzen sie darüber auch noch vor mir! Ob sie irgendwas wissen? Oder ist das alles nur ein absurder Zufall?

Ich presse die Lippen zusammen, die sich mit einem Mal blutleer anfühlen. »Gut, dann … vielleicht später.«

Irgendwie schaffe ich es, meinen Körper in Richtung Bett zu steuern und das Geschenk zu den anderen zu legen, ohne in Ohnmacht zu fallen. Den beiden den Rücken kehrend atme ich tief durch.

Okay, das war vermutlich nur ein lustiger Zufall. Kein Grund, um durchzudrehen, Maya. Die Vergangenheit wird dich nicht einholen.

»Habt ihr eigentlich was von eurem Bruder gehört?«, frage ich, als ich mich wieder zu ihnen drehe.

Miri schüttelt den Kopf. »Ist er noch nicht da?«

Ich schlucke. »Nein.«

»Komisch.« Sie runzelt die Stirn. »Dass er so spät kommt, passt gar nicht zu ihm. Vielleicht sitzt er noch an seiner Masterarbeit.«

»Vielleicht«, wiederhole ich und bin dennoch sicher, dass ein anderer Grund dahinterstecken muss.

»Gibt's hier eigentlich irgendwas zu essen?«, erkundigt sich Lissi, und ich nicke.

»Klar.«

Gemeinsam treten wir aus meinem Zimmer und drängeln uns durch die Tanzenden, doch dann packt mich eine zierliche Hand am Arm und zieht mich zurück. Oh nein, Tanzen ist das Letzte, was ich jetzt will. Nicht, nachdem mir die Kälte der vorherigen Situation noch zu tief in den Gliedern sitzt. Ich versuche Widerstand zu leisten, aber Sinas Griff lässt nicht locker, und so gebe ich mich widerwillig geschlagen. Miri und Lissi haben sich bereits erfolgreich zum Buffet durchgekämpft und machen sich über Sydneys Mini-Cupcakes her, während ich zurückbleibe, und umringt von meinen Gästen lustlos hin und her wippe.

»Wie war's beim Skaten?«, ruft mir Sina über die Musik hinweg zu. Das schwarze Kleid, das sie trägt, ist schlicht, doch die rote Federboa um ihre Schultern verleiht ihrem Outfit den gewissen Pepp. Obwohl wir eigentlich gleich groß sind, überrage ich sie in meinen schwarzen Stilettos um ein ganzes Stück.

»Richtig cool«, entgegne ich, und spüre, wie die Erinnerung an den heutigen Tag mein Lächeln aufrichtiger werden lässt. »Wir hatten Glück mit dem Wetter, aber leider waren die Bowls immer belegt. Schade, dass du nicht dabei warst.«

»Ich weiß, sorry, aber ich hab noch ganz kurzfristig einen Termin bei meinem Friseur bekommen.« Mit den Händen fährt sie sich über den frisch blondierten Pixie-Cut.

»Gefällt mir. Ich, ähm, gehe mal kurz aufs Klo«, sage ich und stürze mich, bevor sie irgendwas einwenden kann, wieder aus der Menge. Natürlich muss ich nicht wirklich gehen, aber nach all den Stunden permanentem Unterhalten meiner Gäste sehne ich mich nach einem Ort zum Durchatmen.

Auf dem Weg zum Bad lasse ich den Blick erneut über die Anwesenden wandern.

Er ist immer noch nicht da.

Dabei ist es schon nach elf und mein Geburtstag fast rum. Warum sagt er nicht Bescheid, dass er sich verspätet?

Im Bad angekommen verriegele ich die Tür, lehne mich gegen das Waschbecken und betrachte mein Spiegelbild. Unter meiner Jacke blitzt mein schwarzes Fransenkleid hervor. Meine mitternachtsschwarzen Haare hat Ani zu einer Wasserwelle, ganz im Twenties Style, frisiert, und mit einem zarten goldenen Stirnband versehen. Einzig das dunkle Ohrpiercing scheint nicht so ganz zum Outfit zu passen, aber ich wollte es trotzdem nicht ablegen, weil es irgendwie zu mir gehört.

Ich sehe müde aus, was mit Sicherheit daran liegt, dass ich meine soziale Ader seit Stunden zum Besten geben muss. Ich hatte völlig vergessen, wie anstrengend es ist, Gastgeberin zu sein.

Als es an der Tür klopft, beschlägt mein leises Seufzen den Spiegel. So schnell endet also diese kleine Verschnaufpause. Ich zwinge meine Mundwinkel nach oben und öffne die Tür. Ein großer blonder Typ lächelt mich an, aber leider nicht *der* große blonde Typ.

»Hey, ich muss nur kurz Hände waschen«, sagt Max und läuft an mir vorbei zum Waschbecken. Er trägt ein weißes Hemd mit schwarzer Fliege und dazu eine schwarze Jeans. Die Haare hat er sich nach hinten gegelt, was ihm einen leicht schmierigen Look verleiht.

»Wie geht's?«, fragt er, während er mich im Spiegel ansieht.

»Gut«, entgegne ich und gähne leise. »Ich werde nur langsam müde.«

»Geht mir auch so. Wir haben uns beim Skaten vorhin richtig ausgepowert.« Er trocknet sich die Hände und mustert das Handtuch einen Augenblick lang verträumt. »Irgendwie komisch, nach all den Jahren wieder hier zu sein.«

In der kurzen Zeit, in der das zwischen ihm und Sydney lief, war er oft hier. Danach nicht mehr. Vielleicht ist es sogar das erste Mal seit ihrer Trennung vor drei Jahren, überlege ich.

»Komisch im Sinne von, weil du noch ein bisschen an Sydney hängst?«, frage ich ehrlich interessiert. »Oder weil dich die alten Gefühle überwältigen?«

»Nee, das mit mir und Syd war ja nie wirklich was Ernstes. Es ist einfach nur komisch. Ich kann es auch nicht genau erklären.«

Ich nicke, da ich die unerklärlichen Gefühle meist am besten verstehe.

»Aber ich freue mich sehr für Sydney«, sagt er. »Sie und Luke scheinen sehr glücklich zu sein.«

»Das sind sie«, entgegne ich fast ein wenig stolz, weil ich von Anfang an wusste, dass die beiden zusammengehören. Alle waren skeptisch – Ani, Vicky und am allermeisten natürlich Sydney. Aber ich hatte den richtigen Riecher, und genauso auch für Vince und Vicky. Nur was mich angeht, versagt meine Intuition immer wieder …

»Ist dir eigentlich kalt?«, fragt Max mit einem Blick auf meine Jacke.

Ich vergrabe die Hände tiefer in den Taschen. »Ja, ein bisschen.«

»Oh.« Er runzelt die Stirn. »Nicht, dass du dich heute erkältet hast.«

»Bestimmt nicht.«

Denn die Kälte kommt von innen …

»Ich fand es übrigens echt cool im Park«, sagt er.

»Ich auch. Können wir gerne bald wiederholen, wenn du willst.«

Er hebt beide Augenbrauen. »Ja?«

»Klar, warum nicht?«

Ein seltsames Lächeln tritt auf sein Gesicht. Er sieht mich an, lächelt noch breiter, und dann tritt ein entschlossener Ausdruck in seine Augen. Langsam nähert er sich meinem Gesicht und …

Moment, was hat er vor? Er will doch nicht …

Plötzlich liegen seine Lippen auf meinen, und ich bin so überrascht, dass ich ein kleines Quieken von mir gebe.

Was zur Hölle … Max küsst mich? Er küsst mich? Wow. Wie oft habe ich mir diesen Moment in der Vergangenheit erträumt? Und wie sehr wünschte ich mir jetzt, dass er nur ein Traum geblieben wäre …

Der Kuss ist hart, fast schon grob, und schmeckt nach Bier. Ich bin wie erstarrt, aber als Max versucht, meine Lippen mit seiner Zunge zu teilen, erwachen meine Glieder schlagartig zum Leben. Ohne weiter darüber nachzudenken, stoße ich fest gegen seine Schulter.

Sofort lässt er von mir ab.

»Was … wie …«, fange ich an, bin aber zu geschockt, um ganze Sätze zu bilden.

»Oh Mann, tut mir leid.« Sofort tritt er zurück und legt beide Hände auf den Kopf. An seinem Mund klebt mein kirschroter Lippenstift, wie ein verschmiertes Brandzeichen, das mir nur erneut bestätigt, dass das gerade wirklich passiert ist.

»Du ... hast mich geküsst!«

»Ja, ich ... ich wusste nicht, wie ich es dir sonst sagen soll.«

»Mir was sagen?«, presse ich hervor, und kralle mich am Waschbeckenrand, um nicht umzukippen.

»Dass ich dich mag.«

»Du magst mich?«, wiederhole ich ungläubig. »Seit wann das denn?«

»Seit ... ich weiß nicht. Ich fand es heute echt schön mit dir und musste an all die gemeinsamen Jahre denken.« Er lächelt verträumt. »Und dann dachte ich mir: Hey, Maya ist echt süß. Warum ist mir das vorher nie aufgefallen?«

Falls er mir damit schmeicheln wollte, ist seine Mission erfolgreich gescheitert.

Warum ist mir das vorher nie aufgefallen? Wieso? Weil ich so leicht zu übersehen bin? Weil ich erst jahrelang in der Friendzone schmoren muss, ehe die Aufmerksamkeit endlich auf mich fällt?

»Okay, das war vielleicht etwas unglücklich ausgedrückt.« Er verzieht das Gesicht. »Ich meinte damit nur, dass wir ...«

»Nein«, halte ich ihn auf und schüttele hastig den Kopf. »Nein, Max. Wir sind nur Freunde.«

»Oh.« Beschämt senkt er den Kopf. »Okay, klar.«

»Hast du mich deshalb vorhin gefragt, ob ich Single bin?« Ich warte seine Antwort gar nicht ab. Natürlich hat er das, warum auch sonst. »Und als ich Ja gesagt habe, dachtest du, dass ich automatisch genauso sehr an dir interessiert wäre, wie du an mir?«

»Nein, natürlich nicht, aber ...«

Er redet nicht weiter. Vermutlich, weil der Satz hier endet. Max wollte eben einfach sein Glück versuchen. Denn mit der zweiten Wahl kann man es ja machen …

Hinter meinen Lidern wird es feucht, doch bevor Max etwas hinzufügen kann, was mich vollends zusammenbrechen lässt, wirbele ich herum und öffne die Tür.

Die ganze Wohnung ist voller Menschen, betrunken, lachend, glücklich. Ihre gute Laune erstickt mich, und am liebsten würde ich alle rausschmeißen. Aber das kann ich unmöglich bringen, nicht, nachdem so viel Mühe und Liebe in diese Party gesteckt wurde.

Trotzdem muss ich jetzt allein sein. Ich brauche einen Moment für mich, sonst explodiere ich.

Meine Sicht verschwimmt, während ich blindlings auf die Haustür zusteuere. Mit dem Fuß schiebe ich ein paar herumliegende Schuhe zur Seite und drücke die kalte Türklinge runter.

Ich will gerade nach draußen treten, als plötzlich jemand nach meiner Hand greift. Fast glaube ich, dass es Max ist, bis ich nach einigen Sekunden den vertrauten Druck wiedererkenne.

Und als Lenny mich sanft zu sich dreht, drängt sein liebes Schmunzeln für einen Moment all meine negativen Emotionen zurück.

Dann fange ich an zu heulen.

8. KAPITEL

Lenny

Mit einem Ruck ziehe ich Maya aus der Tür und schließe sie hinter uns. Sofort lege ich die Arme um sie und halte sie so lange im dämmrigen Flurlicht, bis ich spüre, wie ihr die Anspannung langsam aus den Muskeln weicht und ihr Atem immer ruhiger wird.

»Was ist passiert?«, flüstere ich und wische mit den Daumen die Tränen von ihren Wangen.

»Max!« Ihre Unterlippe zittert. »Er … er hat mich geküsst!«

»Oh.« Ich räuspere mich und ignoriere das scharfe Ziehen im Magen. »Ist er so ein schlechter Küsser?«

Eigentlich wollte ich mit meinem kleinen Scherz die Stimmung heben, doch jetzt knallt ihre Faust gegen meinen Brustkorb.

Au. Dieses kleine Mädchen hat einen ordentlichen Schlag.

»Wo warst du die ganze Zeit?«, donnert sie und funkelt mich wütend an. Zumindest versucht sie es, aber in Wahrheit sieht sie mit den geschürzten Lippen und zusammengekniffenen Augenbrauen ziemlich süß aus.

»Mein Geburtstag ist fast vorbei und du kommst *jetzt*?«

Das Schuldgefühl bohrt sich wie ein scharfer Messerstich zwischen meine Rippen. »Tut mir leid.«

»Vince meinte, dass ihr heute geschrieben habt!«

»Ja, aber das war vor …«

»Und mir konntest du nicht eine kurze Nachricht hinterlassen?«

»Ich hab mein Handy verloren«, sage ich schnell. »Es war zwischendurch stundenlang weg. Irgendwo …« *Zwischen etlichen Kartons vergraben.*

»Tut mir ehrlich leid, Maya. Heute war nur …«

»Heute war was?«

Ich seufze. »Der schlimmste Tag aller Zeiten.«

Im Nu weicht der Zorn aus ihren Zügen. »Was ist passiert?«

Die Erinnerung an das Gespräch zwischen Jonah, Lotte und mir bringt mein Herz erneut zum Rasen.

»Ich … kann gerade nicht darüber reden«, sage ich stockend. »Lass uns das auf morgen verschieben, okay?«

»LOL, morgen ist schon in ein paar Minuten«, grummelt sie, was mir das Messer in meiner Brust noch tiefer ins Fleisch rammt.

»Ich wollte wirklich nicht erst so spät kommen«, murmele ich und umarme sie noch fester. Und obwohl sie eindeutig noch sauer auf mich ist, erwidert sie die Berührung trotzdem.

Sie bestraft mich nicht mit Liebesentzug.

»Du siehst übrigens super aus«, sage ich, als wir einander loslassen. »Ich mag das Kleid. Und die Frisur.«

»Danke.« Ein kleines Lächeln flackert über ihr Gesicht. »Mir gefällt dein Outfit auch.« Sie zieht an einem meiner Hosenträger. »Wo hast du die denn aufgetrieben?«

»Habe ich gekauft.«

»Was, im Ernst?«

»Klar. Wenn ich dir schon nichts zum Geburtstag schenken durfte, wollte ich wenigstens in mein Outfit investieren.«

Und schon trübt sich ihr Blick wieder.

Shit. Warum sage ich das überhaupt?

»Hey, tut mir wirklich leid, dass ich erst so spät gekommen

bin«, entschuldige ich mich von Neuem. »Das hatte nichts mir dir zu tun, ehrlich. Ich wollte dich nicht an deinem besonderen Tag hängen lassen und … oh nein, habe ich dir überhaupt zum Geburtstag gratuliert? Scheiße!« Stöhnend lasse ich meine Stirn gegen ihre sinken. Wie verplant konnte ich nur sein, um sogar *das* zu vergessen?

»Happy Birthday, May May«, gratuliere ich, aber es klingt so deprimiert, als würde ich ihr mein Beileid aussprechen.

Maya lässt kurz von mir ab, um mich anzusehen. Ein neckisches Funkeln blitzt in ihren Augen auf. »Hey, das darfst du nur sagen, wenn ich betrunken bin. Bin ich aber nicht!«

Ach, sie glaubt, dass ihr Spitzname daher rührt? Interessant.

»Bist du noch böse?«, frage ich vorsichtig.

Maya zögert einen Augenblick, schüttelt dann aber den Kopf. »Nein.«

»Wirklich?«

»Wirklich«, erwidert sie und drückt ihre Stirn wieder gegen meine. »Ich bin einfach nur froh, dass du hier bist.«

Ihre warmen Worte gehen mir unter die Haut. »Und ich gehe auch nicht mehr weg«, verspreche ich und ziehe sie fester an mich.

Für einen Moment verharren wir so, Arm in Arm, Stirn an Stirn. Es ist schön, und am liebsten würde ich die ganze Nacht bleiben, aber ich bin schon spät dran und vielleicht lässt sich der Abend doch noch retten.

»Wollen wir wieder reingehen?«, schlage ich vor, aber Maya zuckt zusammen, als hätte ich ihr einen Stromschlag verpasst.

»Nein.« Sie schüttelt hastig den Kopf. »Nein, ich kann nicht noch mal zurück. Zumindest nicht sofort. Lass uns bitte erst mal irgendwo anders hingehen, okay?« Sie klingt flehend.

»Ja, natürlich«, sage ich sofort. »Was immer du willst. Aber wohin?«

Sie greift nach meiner Hand und führt mich zur Treppe. »Egal wohin.«

*

»Egal wohin« endet in einer Bar um die Ecke, eine, die früher allem Anschein nach eine alte Apotheke gewesen sein muss. Wir sitzen am Tresen, vor uns eine Reihe Apothekerschränkchen, und darüber Regale mit Spirituosen, die in alten braunen Arzneiflaschen gefüllt wurden. Im schwummrig-orangen Licht sieht es hier aus wie aus einem anderen Jahrhundert. Wie es scheint, sind wir mit unseren Outfits in genau der richtigen Bar gelandet.

»Und er hat dich einfach geküsst?«, hake ich nach und nehme einen Schluck von meinem blauen Cocktail. Keine Ahnung, was drin ist, aber das Zeug schmeckt echt gut.

»Einfach aus dem Nichts«, bestätigt Maya, und umklammert ihr eigenes Glas, in dem sich Sprudelwasser befindet. »Ich gebe ja zu, dass der Tag mit ihm cool war, aber nicht ›Ich will, dass du mir die Zunge in den Hals steckst‹-cool!«

Ich lächele schwach und nehme noch einen Schluck, um mir nicht anmerken zu lassen, dass mir die Vorstellung von jemandem, der Maya küsst, auch nach Jahren Bauchschmerzen bereitet. »Und dann?«

»Dann …« Sie bricht ab und schüttelt den Kopf. »Es war so awkward. Keine Ahnung, ob er mich wirklich mag, aber er hat mir das Gefühl gegeben, dass er mich nur deshalb wollte, weil ihm ›mal eben‹ aufgefallen ist, dass ich ›eigentlich‹ ganz süß bin.« Schmerz durchzieht ihre dunklen Augen wie Nebel. »Das war ein so mieses Gefühl. Als ob ich die zweite Wahl wäre. Erst kam Sydney, und als es mit ihr nicht geklappt hat, war ich an der Reihe.«

»Das ist wirklich mies«, stimme ich ihr zu.

»Dabei mochte ich ihn früher sogar, weißt du?« Sie beißt sich verschämt auf die Unterlippe. »Das habe ich niemandem erzählt, aber es war so. Ich hatte einen ziemlichen Crush auf ihn.«

Ich weiß, denke ich. Dass Maya ihn mochte, war so offensichtlich wie ihr Faible fürs Skaten.

Und schmerzhaft. Sehr schmerzhaft.

»Aber jetzt nicht mehr?«, frage ich bemüht neutral.

»Nein. Wobei die Stimmung zwischen uns manchmal noch etwas komisch war«, gibt sie zu. »Und jetzt will er auf einmal …« Sie bricht ab und vergräbt das Gesicht in ihren Händen. »Mann, ey! Was stimmt denn nicht mit mir?«

Den Strohhalm im Mund halte ich überrascht inne. »Was soll nicht mit dir stimmen?«

»Typen können sich nie etwas Ernstes mit mir vorstellen, es sei denn, ich bin die zweite Wahl.«

»Das stimmt doch überhaupt nicht!«, sage ich wütender als beabsichtigt.

»Doch. Und das nervt.«

»Hey. Ich will nicht, dass du so von dir denkst. Du bist der Jackpot, Maya«, sage ich und sehe ihr fest in die braunen Augen. »Und den Jackpot knackt man nicht sooft. Manchmal versucht man sich gar nicht erst an ihm, weil man glaubt, sowieso keine Chance zu haben. Aber das ändert nichts an seinem Wert. *Du* bist der Jackpot.«

Maya senkt den Blick und blinzelt, während sie hektisch mit der Hand wedelt. »Okay, hör auf, sonst fange ich wieder an zu weinen, du Schleimer.«

Zufrieden wende ich mich erneut meinem Glas zu.

Die nächste Stunde vergeht wie im Flug. Ich bestelle den gleichen Drink noch mal, und Maya eine Cola. Ich bin nicht sicher, ob sie heute absichtlich auf Alkohol verzichten will, frage aber nicht nach, weil sie nicht denken soll, dass es mir aufgefallen ist, und es eigentlich auch keine Rolle spielt.

Den Ellenbogen auf den Tresen gestützt übernehme ich hauptsächlich den Part des Zuhörers, während Maya die meiste Zeit redet. Lächelnd lausche ich ihren Worten und genieße es, dass meine Gedanken nach anstrengenden Stunden auf etwas anderes gelenkt werden.

»Willst du jetzt zurück?«, frage ich nach dem dritten Drink. »Dein Geburtstag ist zwar streng genommen vorbei, aber die Party ist bestimmt noch in vollem Gang, und Kuchen gibt es sicher auch noch.«

Auf den ich wegen des Fastens allerdings verzichten müsste …

»Wenn es wegen Max ist, kann ich ihn gerne wegschicken. Nicht, dass du das nicht auch tun könntest«, setze ich schnell hinterher. »Aber ich spiele gern den Buhmann.«

»Ich weiß.« Sie nestelt an den Schnüren ihrer Jacke und schürzt die Lippen. »Aber – so undankbar es klingt – gerade ist mir nicht nach meiner extrem coolen Gatsby-Party.«

»Und wonach dann?«

»Nach dir«, sagt sie, und schließt dann erschrocken den Mund, als wären ihr die Worte versehentlich entschlüpft. »Ich meine … also, lass uns gern noch irgendwo anders hingehen«, setzt sie hinzu, und winkt mit der Hand in Richtung Ausgang, ohne mich anzusehen.

Mein Puls schlägt einen schnelleren Rhythmus an. »Ähm, okay, klar«, sage ich und widerstehe dem Drang, ihr Kinn anzuheben, und in ihr süßes, verlegenes Gesicht zu blicken. »Aber wohin?«

»Tja, das ist die Frage.« Sie stiert gedankenverloren auf ihre Colaflasche und will sie gerade an den Mund setzen, als sich plötzlich ihr Blick erhellt. Wie in Zeitlupe dreht sie sich zu mir und wirft mir ein verschwörerisches Grinsen von der Seite zu.

»Oh nein.« Skeptisch weiche ich zurück. »Was hast du vor?«

9. KAPITEL

Maya

Obwohl es tagsüber erstaunlich warm war, fallen die Temperaturen in der Nacht erheblich ab. Die meiste Kälte trifft mich an meinen nackten Beinen. Zu Hause habe ich es nicht für nötig befunden, mir eine Strumpfhose anzuziehen, aber da wusste ich auch noch nicht, dass ich mich Stunden später auf dem RAW-Gelände mit anderen Clubbesuchern in einer Schlange reihen würde.

Ich weiß auch nicht, warum es mich hierher verschlagen hat. Klar wollte ich Abstand zwischen Max und mich bringen ... und dem, was Lissi und Miri vorhin gesagt haben. Aber vor allem war mir nach dem genauen Gegenteil meiner hocheleganten Party: ein alter, schäbiger Club mit einer hässlichen Betonfassade und so lauter Musik, dass sich meine Gedanken in dem Lärm verlieren.

Natürlich habe ich ein maximal schlechtes Gewissen, weil ich meine Gastgeberinnenpflichten absolut vernachlässige, aber da sich bisher noch niemand panisch bei mir gemeldet hat, versuche ich mir einzureden, dass mein Fehlen im Gewusel all der Gäste noch niemandem aufgefallen ist. Und überhaupt will ich ja nur kurz vorbeischauen. Vielleicht eine Stunde. Oder zwei.

Aber ich brauche das jetzt. *Das* und meinen besten Freund.

»Ausweis?«, fragt der Türsteher, als wir endlich an der Reihe sind. Der Mann ist das genaue Gegenteil eines typisch bulligen Türstehers, eher klein und schlaksig. Aber vermutlich haben die Clubbesitzer ihn wegen seiner vielen Piercings und Gesichtstattoos eingestellt. Mich schüchtert er jedoch keineswegs ein, im Gegenteil, es brennt mir auf der Zunge, ihn nach dem Tattoostudio seines Vertrauens zu fragen.

»Ausweis?«, wiederholt er, diesmal drängender, und sieht dabei nur mich an.

Nein. Nicht schon wieder. Es kann doch nicht sein, dass mir das immer noch passiert!

»Warum? Ich bin vierundzwanzig.«

»Okay. Kann ich deinen Ausweis sehen?«

»Den habe ich leider nicht dabei«, gestehe ich.

»Tja, das ist ein Problem.« Er verschränkt die Arme vor der Brust.

»Aber ich bin wirklich vierundzwanzig, ich schwöre es! Seit heute, um genau zu sein, oder eigentlich seit gestern. Ich weiß, ich bin klein, aber ich bin volljährig!«, sage ich und ziehe entschlossen die Schultern zurück.

Der Türsteher gibt sich unbeeindruckt.

»Wirklich«, versuche ich es wieder, wobei mein Tonfall mit jeder Silbe jammernder wird. »Ich habe nur meinen Ausweis vergessen. Es war ein ganz spontaner Einfall, herzukommen.«

»Mädel, du hältst die anderen Gäste auf«, seufzt er mit einem ungeduldigen Blick auf die Schlange hinter uns.

»Aber ...«

»Hey, hey, hey«, geht Lenny dazwischen und schenkt dem Türsteher ein freundschaftliches Lächeln. »Dafür finden wir doch bestimmt eine Lösung, oder?«

Mit einer Handgeste bedeutet Lenny dem Türsteher, einen Moment zu warten. Dann greift er in seine hintere Hosentasche und zückt sein Portemonnaie. Der Türsteher und ich ziehen beide ein fragendes Gesicht, als sich Lenny sein ganzes Kleingeld auf die Handfläche kippt und nuschelnd die Münzen zu zählen beginnt.

Was hat er vor?

»Also, ich habe hier … zwei, drei, vier … zwölf Euro und vierunddreißig Cent. Kein großer Bestechungsbetrag, ich weiß, aber …« Wieder wühlt er in seinem Portemonnaie und fischt nach kurzer Suche ein orangenes Kärtchen heraus. »Wenn du willst, lege ich noch meine IKEA-Family-Card dazu. Da sind schon richtig viele Punkte drauf!«

Mein Herz schmilzt dahin. Lenny ist einfach zu süß für diese Welt.

Die Mundwinkel des Türstehers zucken verräterisch. Schließlich knickt er ein und öffnet das Absperrseil.

»Na los, rein mit euch«, sagt er und nickt zum Eingang.

Erstaunt reiße ich den Mund auf. »Wirklich?«

»Schnell, bevor ich es mir anders überlege!«

Strahlend lasse ich mir einen Delfinstempel aufs Handgelenk drücken, und husche hinein. Lenny folgt mir, nachdem er mit seinem Bestechungsgeld den Eintritt für uns beide gezahlt hat.

»Tut mir leid, dass ich nichts dabeihabe«, sage ich zerknirscht. Lenny musste schon für die Getränke in der Bar aufkommen und hat auch mein Bahnticket gezahlt.

»Hey, du hast Geburtstag. Natürlich geht alles auf mich. Außerdem schulde ich dir eine Menge, nachdem ich so spät gekommen bin.«

Das denkt er doch nicht etwa wirklich, oder?

»Du schuldest mir gar nichts«, beteuere ich, aber Lenny tut so, als höre er mich gar nicht, und schiebt mich durch die dunklen schweren Vorhänge in den Raum.

Von innen hat der Club Ähnlichkeit mit einem Bunker,

doch das Licht, das in den Farben des Regenbogens von den Scheinwerfern strömt, erfüllt den Raum mit kraftvoller Lebendigkeit. Vorne befindet sich eine Tribüne, auf der eine DJane auflegt. Das tanzende Publikum steht wie bei einem Konzert ihr zugewandt, ein paar vereinzelte Hände in die Luft gereckt.

Unser erster Stopp ist die Bar auf der anderen Seite des Clubs. Lenny bestellt uns zwei Shots, die man kostenlos zum Eintritt kriegt. Aber da mir heute überhaupt nicht nach etwas Alkoholischem ist, kriege ich gerade mal die Hälfte runter. Hustend reiche ich Lenny mein Glas, damit er den übrigen Schluck trinken kann.

»Immer bin ich dein Mülleimer«, scherzt er, nimmt mein Glas jedoch trotzdem entgegen.

»Mülleimer?«

»Ja. Wenn du nicht mehr kannst, kriege ich deinen Rest.«

»Stimmt.« Ich kichere. »Mülleimer. Das finde ich lustig.«

»Ich nicht«, erwidert er und kippt das Glas aufopferungsvoll runter.

Ich ziehe die Jacke aus und knote sie um meine Hüfte, das Handy stecke ich mir ins Dekolleté. Dann machen wir uns auf zur Tanzfläche. Noch weiß ich nicht, wie lange ich mit diesen Schuhen durchhalte, denn meine Füße schmerzen jetzt schon ziemlich. Aber ein paar Songs schaffe ich bestimmt.

Lenny und ich quetschen uns durch die Menge, bis wir eine freie Fläche gefunden haben.

Aus den Lautsprechern dröhnt eintöniger Elektro, stetiger harter Beat und kaum Text. Nicht gerade meine Lieblingsmusik, aber wenigstens gut zum Tanzen. Es dauert nicht lang, bis wir uns vom Sog mitreißen lassen und eins mit der Meute werden. Fröhlich steppe ich nach rechts und links, und hüpfe auf und ab, weil ich keine anderen Moves draufhabe. Ich bin wahrhaft keine Tänzerin, was okay ist, da mich hier niemand kennt und bewertet. Außer Lenny, aber er hat mich oft genug auf Partys erlebt, um sich nicht zu wundern.

Seine Bewegungen hingegen sind viel rhythmischer als meine. Sein Körper folgt dem Rhythmus. Die Augen geschlossen, scheint er die Musik förmlich in sich aufzunehmen.

Als er die Augen wieder öffnet, sieht er mich ein paar Atemzüge lang an, ehe er lächelnd die Hand nach mir ausstreckt. Instinktiv ergreife ich sie und lache überrascht auf, als er mich mit einem Schwung herumwirbelt. Dann zieht er mich an sich, sanft, aber so dicht, dass unsere Hüften gegeneinanderpressen.

Hitze schießt in meinen Unterleib, als Lenny unsere Hände miteinander verflicht und uns im Takt der Musik wiegt. Kurz überlege ich, ob er mich aus Spaß so hält, aber nichts daran fühlt sich scherzhaft an.

Mein Atem gerät ins Stocken. So haben wir noch nie getanzt. Nicht so nah, nicht so sexy. Mit der freien Hand umklammere ich seinen Rücken, hauptsächlich, weil ich nicht weiß, wohin mit meinem Arm, der sich so anfühlt, als hätte man ihm sämtliche Knochen entnommen. Lenny hält mich noch immer fest, seine Bewegungen wirken entschlossen und selbstbewusst. Er ist es, der unseren Tanz führt und uns synchron zum Beat schwingt. Hüfte an Hüfte. Körper an Körper.

Was zur Hölle passiert hier gerade?

Vorsichtig schaue ich zu ihm auf und bemerke, dass er mich ebenfalls ansieht. Der Hauch eines Lächelns liegt auf seinen Lippen, und da ist ein Ausdruck in seinen glasigen Ozeanaugen, den ich noch nie an ihm gesehen habe. So tief, dunkel. Als ob ihm gefalle, was er sieht.

Er ist eindeutig betrunken. Sonst würde er doch nicht … also … ich meine … oder doch?

Zum ersten Mal kommt mir der Gedanke, dass er anderen Frauen auch diese Blicke zuwerfen könnte. Dass er mit ihnen auch so tanzen, sie auch so an eng an sich ziehen und in seinen Armen halten könnte. Er, mein zurückhaltender Lenny, der mit mir nie über Frauen redet, berührt mich jetzt auf eine Weise, als hätte er eine Menge Übung darin.

Wer ist das?

Schluckend wende ich mich wieder ab und schließe kurz die Augen, weil sich alles zu drehen beginnt. Dabei fühle ich mich stocknüchtern, viel mehr sind es meine rasenden Gedanken, die mir Schwindel bereiten. Verwirrt sausen sie durch meinen Kopf, zu schnell, um sie zu greifen.

Ich spüre Lennys Körperwärme, die genau wie meine immer mehr anzusteigen scheint, spüre seinen Herzschlag – der zum Beat pulsiert. Meine Glieder fühlen sich schwach an, gleichzeitig habe ich mich lange nicht mehr so lebendig gefühlt. Das hier ist … intensiv, und wird noch intensiver, als ich spüre, wie irgendwas Hartes gegen meinen Unterleib drückt.

O Gott. Elektrische Impulse schießen durch mich hindurch, und entladen sich allesamt zwischen meinen Oberschenkeln. Meine Finger krallen sich um seinen Hosenträger. Es ist so lange her, dass mir jemand das Gefühl gegeben hat, ich sei begehrenswert. Und dann ausgerechnet von Lenny. Meinem Lenny!

Ich bin verwirrt. Verwirrt, weil sich das, was gerade passiert, ziemlich gut anfühlt. Ziemlich, ziemlich gut sogar.

Und dann kappe ich das Band der Vernunft und lasse es einfach geschehen. Hinterfrage nicht länger den Moment, und lehne stattdessen den Kopf gegen seine Brust, während ich mit ihm über eine Grenze tanze, die wir in all den Jahren nur ein einziges Mal überschritten haben.

Vor über fünf Jahren.

*

Sieben Uhr morgens in Berlin, und wir sitzen im gähnend leeren U-Bahnabteil. Keine Ahnung, wie es so spät werden konnte. Im Club habe ich sämtliches Zeitgefühl verloren. Meine Frisur hat sich so gelockert, dass sie nun schief hängt, meine ganze Kleidung stinkt nach Rauch. Ich habe die Stilettos ausgezogen und die Füße auf den leeren schwarzen Sitz vor mir ausgestreckt. Lenny sitzt mir gegenüber und hat darauf bestanden, mich nach Hause zu begleiten. Nach anfänglichen Protesten bin ich jetzt dankbar dafür, da ich nach dem Feiern oft dazu neige, in öffentlichen Verkehrsmitteln einzupennen. Mit ihm laufe ich wenigstens keine Gefahr, bis zur Endhaltestelle und wieder zurückzufahren.

Lenny wirkt nüchterner als vorhin. In seinem Blick fehlt der dunkle Schleier, mit dem er mich vorhin bedacht hat. Jetzt ist er wieder der Lenny, den ich kenne. Mein liebenswerter Quatschkopf, der einen Türsteher mit zwölf Euro und einer IKEA-Family-Card bestechen wollte.

Aus dem Fenster sehe ich, wie am Horizont der Sonnenaufgang in warmen rosa und lila Tönen schimmert. Kleine Wolken zieren den Himmel wie Zuckerwatte und lassen den Morgen wie ein lebendiges Aquarellgemälde erstrahlen.

Als meine Schuhe durch das Ruckeln der U-Bahn auf die andere Seite des Waggons geschleudert werden, meldet sich der pulsierende Schmerz in meinen Füßen zurück.

»Erinnere mich daran, nie wieder so hohe Schuhe anzuziehen«, murre ich mit einem finsteren Blick auf die Mörderteile.

»Aber die sahen echt schön an dir aus.«

»Trotzdem. Das ist das Leid nicht wert.«

Lenny setzt zum Sprechen an, verstummt jedoch wieder. Dann erhellt ein Geistesblitz seine Züge. Er grinst mich an, zögert aber einen Moment, als würde er innerlich mit sich selbst ringen. Doch schließlich erhebt er sich und stützt sich auf das Geländer, als die U-Bahn einen erneuten Ruck von sich gibt. Bei mir angekommen, bedeutet er mir mit einer Handgeste, die Beine anzuziehen. Etwas verwirrt folge ich seiner Anweisung, und bin noch verwirrter, als er sich hinsetzt, und meine Füße auf seinen Schoß legt.

Sofort jagt ein Valentinstags-Déjà-vu durch meinen Kopf und hinterlässt ein aufgeregtes Prickeln auf meiner Haut.

»Äh, was machst du da?«

»Wonach sieht's denn aus?« Er umfasst meine Ferse und drückt sie leicht.

Ich schnappe nach Luft. »Kriege ich etwa eine …«

Und dann massiert mir Lenny die Füße. Dem Druck in seinen Händen ist anzufühlen, wie kraftlos sie sind, dennoch knetet er meine Füße durch. In der U-Bahn. Um sieben Uhr morgens. Völlig übermüdet in seinem Gatsby-Outfit. Seine Hände auf meiner Haut … Mein überwältigtes Herz überspringt ein paar Schläge. Obwohl wir die halbe Nacht eng umschlungen miteinander getanzt haben, fühlt sich dieser Moment tausendmal intimer an. Intim und doch vertraut und geborgen.

»Ich schulde dir mein Leben«, seufze ich und sinke so tief in den Sitz, bis ich fast liege. Jetzt bin ich dem Schlaf noch näher. »Bestes Geschenk ever«, murmele ich mit schweren Lidern.

»Du hast nicht mehr Geburtstag«, erinnert er mich mit einem verklärten Lächeln. »Und ich meine mich daran zu erinnern, dass du Gesten, die außerhalb eines großen Tages stattfinden, umso mehr schätzt.«

Manchmal sagt Lenny Dinge, die ein Flattern in meiner Magengegend auslösen. Dinge, die mir den Atem verschlagen, weil sie so gewaltig, so schön sind.

So wie jetzt gerade.

10. KAPITEL

Lenny

Ich fühle mich wie gerädert. Alles tut weh, atmen, blinzeln, aber am allermeisten dröhnt mein Kopf. Der pulsierende Schmerz prallt unerbittlich gegen meine Schädeldecke, und ich kann nicht anders, als bei jedem kleinsten Laut das Gesicht zu verziehen.

Kaum war ich um acht zu Hause, musste ich um elf wieder aufstehen. Das *Coffee & Books* hat zwar ausnahmsweise etwas später geöffnet, aber es konnte trotzdem niemand mit mir tauschen, da alle Mitarbeiter auf Mayas Party waren.

Na ja, außer Maya und mir. Aber deshalb bin ich nicht weniger fertig, denn der Schlaf war zu kurz und die Nacht zu lang. Ich kann mich kaum auf den Beinen halten, und ausgerechnet heute schreien mir die Gäste ihre Bestellungen entgegen, als wäre ich meterweit von ihnen entfernt.

»Welche Größe?«, frage ich heiser.

»WAS?«, brüllt mich die Kundin an, was jede meiner Zellen erzittern lässt.

»W-Welche Größe beim Americano?«, versuche ich es etwas lauter.

»ACHSO! EINEN KLEINEN! OBWOHL, LIEBER EINEN MITTLEREN! DER KOSTET FAST GENAUSO VIEL, NE?«

Ich nicke gequält und werfe einen Blick zu Sydney, die genauso fertig aussieht wie ich. Mit einer Handbewegung gibt sie mir zu verstehen, dass sie die Bestellung laut und deutlich verstanden hat. Schwankend schraubt sie den Siebträger an, und wir beide fallen fast um vor Schreck, als die Kaffeemaschine mit einem lauten Dröhnen anspringt.

Die nächsten zwei Stunden sind bestialisch. Mein Trommelfell droht zu zerreißen, und am liebsten würde ich die Kundschaft bitten, mir die Bestellung pantomimisch vorzutragen.

Als die Rushhour endlich verklingt, stehe ich kurz davor, mich auf den Boden zu legen und nie mehr aufzustehen.

»Machst du mir einen sechsfachen Espresso?«, bitte ich Sydney krächzend.

»Hier, nimm ruhig was von meinem«, sagt sie und reicht mir ihre fast volle Tasse.

Ich nippe an dem Getränk und verziehe sofort das Gesicht. »Boah, ist der bitter!«

Sie lächelt schwach, die Augen ungeschminkt und müde. »Aber er hilft beim Ausnüchtern.«

Das wage ich zu bezweifeln. Zumindest was meinen Emotionskater angeht.

Das Licht der Mittagssonne fällt durchs Fenster. Ich lehne mich seitlich gegen die Spüle und lasse mir den verspannten Rücken wärmen. Wenigstens eine gute Sache bringt der März mit sich, wobei es selbst der endlose Sonnenschein nicht schafft, die eisige Schwermut in mir zum Schmelzen zu bringen.

»Wir müssen dringend jemand Neuen einstellen«, murmelt Sydney. »Fünf Leute reichen einfach nicht aus. Wir brauchen mindestens eine neue Vollzeitkraft.«

»Mhm«, mache ich und nicke geistesabwesend.

»Wie kommt's eigentlich, dass du so fertig bist? Hast du gestern so viel getrunken?«

Ich schüttele meinen pochenden Kopf. »Nein, eigentlich nicht. Obwohl die Shots im Club schon ziemlich reingehauen haben«, überlege ich laut.

Sydney hebt überrascht die Augenbrauen. »Du warst noch in einem Club?«

Anscheinend ist unser Fehlen nicht jedem aufgefallen. »Ja, mit Maya.«

»Was?« Jetzt wirkt sie völlig verwirrt. »Ihr wart weg? Wann denn?«

»Irgendwann …«

»Habt ihr noch die Polonaise mitbekommen?«

Polonaise? Ein verkleideter Haufen, der sich an den Schultern hält und durch die Wohnung tanzt? Ich gebe zu, dass ich das liebend gern gesehen hätte.

»Nein, aber ich hoffe, es gibt Videos«, entgegne ich schmunzelnd.

»Dann also vor drei.« Ein lautes Gähnen verlässt ihren Hals. »Witzig. Habe ich gar nicht bemerkt. War's denn noch schön im Club?«

Der Club. Maya und ich. In meiner verschwommenen Erinnerung haben wir ziemlich eng getanzt. Ziemlich, ziemlich eng. Ob das falsch war? Es hat sich nicht falsch angefühlt, aber war es deshalb auch richtig?

»Äh, ja, war es«, antworte ich etwas verzögert.

Wieder gähnt Sydney. »Und ich dachte schon, ihr hättet euch gestritten, weil du erst so spät zur Party gekommen bist.«

Mein Herz sinkt, als das Schuldgefühl mich erneut niederdrückt. »Das hat mir auch voll leidgetan«, sage ich zerknirscht. »Ich wollte eigentlich viel früher kommen, aber dann hatte ich so viel zu erledigen. Oh, das weißt du ja noch gar nicht.« Ich lächele freudlos und beschließe das Thema endlich öffentlich zu machen. »Wie es aussieht, bin ich demnächst obdachlos.«

Sydney reißt die Augen auf. »Was?«

Genau in dem Moment stürmt eine Horde neuer Gäste das Café. Seufzend stelle ich die Tasse zur Seite und nehme die neuesten Bestellungen auf, während Sydney auf hibbeligen Beinen die Getränke zubereitet.

Als der Schwarm wieder abzieht, wirbelt sie sofort zu mir herum. »Also – wie war das jetzt? Du bist *obdachlos?*«

»Jepp. Zum Anfang des Monats. Also streng genommen heute«, schiebe ich mit einem gepressten Blick auf den Wandkalender ein. »Aber Lotte und Jonah haben mir noch bis zum Ende der Woche Zeit gegeben, um meine Sachen zu packen.«

»Warum? Was hast du angestellt?«

»Nichts.« Ich greife wieder nach der Tasse und werfe ihr einen grimmigen Blick zu.

»Nichts?«

»Lotte ist schwanger«, platzt es aus mir heraus. Kein besonders eleganter Übergang, aber irgendwo muss ich wohl anfangen. »Schon im sechsten Monat. Ihr Bauch ist noch kaum sichtbar. Eigentlich sieht man ihn nur, wenn man es weiß und genau hinguckt«, brabbele ich und merke erst im Nachhinein, was für eine sinnlose Nebeninformation das ist. »Jedenfalls haben die zwei es die ganze Zeit geheim gehalten, weil sie Angst hatten, dass es in der Gemeinde die Runde machen würde.«

Auch wenn ich niemals jemandem etwas erzählt hätte, denke ich verbissen. Ich kenne Jonah schon mein halbes Leben lang und dachte, er würde mir genug vertrauen, um mich nicht mit der restlichen Schar tratschender Gemeindemitglieder über einen Kamm zu scheren.

»Und na ja, langsam müssen sie das Kinderzimmer einrichten«, rede ich weiter und klinge dabei erstaunlich ruhig, fast schon teilnahmslos. »Was wohl oder übel bedeutet, dass ich wegmuss.«

Ein paar Atemzüge lang ist Sydney still. Ihre Miene ist sichtbar verwirrt, und in ihren Augen sehe ich, wie sie zwar versucht, meine Worte richtig zusammenzusetzen, es aber trotzdem nicht zu begreifen scheint.

»Hä?«, macht sie dann. »Aber ... Moment.« Sie blinzelt hektisch. »Lotte und Jonah. Ist das dasselbe Paar, von dem du neulich erzählt hast, dass sie sich nur streiten?«

»Ja, genau.« Da dachte ich, sie würden sich trennen, und jetzt kriegen sie ein Kind zusammen ...

»Wie es scheint, war ich sogar oft der Grund für ihre Zankereien«, erzähle ich weiter. »Lotte wollte schon vor Monaten, dass Jonah mit der Sprache rausrückt, aber er hat sich nie getraut, weil wir ... *Freunde* sind«, zitiere ich ihn mit unverhohlener Ironie.

»Ähm, okay. Dann ... Glückwunsch für sie. Aber warum musst du ausgerechnet *jetzt* ausziehen? Das Kind kommt doch erst in drei Monaten. Bis dahin hättest du bestimmt eine neue Bleibe gefunden. Sie können dich doch nicht von einem Tag auf den anderen vor die Tür setzen!« Sydney kommt immer mehr in Fahrt. »Was würde die Gemeinde *dazu* sagen? Jemandem sein Obdach zu nehmen, ist nicht besonders christlich, lieber Jonah!«

Ich lache schnaubend. »Nein, das ist es nicht.«

»Und was machst du jetzt?«

Ihre Frage treibt mir Kälte in die Glieder. »Mir bleibt wohl nicht viel übrig, als wieder zu meinen Eltern zu ziehen.«

Im Gegensatz zu meiner Familie bist du bei deiner jederzeit willkommen, hallt mir Jonahs verschleierter Vorwurf im Kopf wider. *Deine Familie hat dieses riesige Haus. Du würdest sogar Geld sparen, wenn du wieder für ein paar Monate zurückziehst.*

Und es stimmt. Ja, ich verstehe mich bestens mit meiner Familie (im Gegensatz zu ihm), und ja, ich hätte einen sicheren

Ort, an dem ich sofort unterkommen würde (im Gegensatz zu ihm). Ich weiß, dass Jonah mich niemals so übereilt vor die Tür setzen würde, wenn es anders wäre. Aber gibt dieser Umstand ihm das Recht, es zu tun?

»Du willst wirklich ausziehen?«

»Von Wollen kann nicht die Rede sein, aber ich muss. Jonah ist der Hauptmieter, und ich kann ja schlecht einfach dableiben, wenn sie Zuwachs kriegen.«

»Aber doch nicht von jetzt auf gleich! Sie sollten dir wenigstens noch einen Monat Zeit geben, um etwas anderes zu finden. Das ist ja wohl das Mindeste!«

»Das geht nicht«, wehre ich ab und kippe den Rest Kaffee in die Spüle. »Ich habe gestern schon mit dem Packen begonnen. Sie brauchen das Zimmer, um es einzurichten und so. Ich verstehe das ja. Ich hätte es nur gern ein bisschen früher erfahren.«

»Argh!« Sydney rauft sich die Haare und wirft dann mit einem nassen Lappen nach mir. »Das kann doch nicht dein Ernst sein!«

»*Mein* Ernst?«, frage ich irritiert und hebe den Lappen, dem ich gerade so ausweichen konnte, vom Boden auf.

»Ja, du bist viel zu nett! Dein Mitbewohner schmeißt dich raus, und du sagst einfach ›okay‹? Weißt du, wie respektlos das von ihm ist? Wie kann man jemanden, den man einen Freund nennt, so behandeln? Und wie kann man sich einfach so behandeln lassen?«

»Was soll ich denn machen?«, zische ich und drücke frustriert die Handballen gegen die Augen. »Lotte ist schwanger und ohnehin schon gestresst. Soll ich es am Ende verantworten, wenn sie einen Kollaps oder so kriegt?«

»Und was ist mit dir?«, kontert Sydney und hebt die Hände in meine Richtung, als würde sie mich am liebsten schütteln. »Mann, Lennart! Du bist der reinste *People Pleaser*. Immer willst du es anderen recht machen und stellst das Wohl der anderen über deins. Aber das geht nicht!«

Sekundenlang funkeln wir uns an, ohne etwas zu sagen. Erst als die Hintergrundgeräusche des Cafés langsam wieder zu mir durchdringen, wird mir schlagartig bewusst, dass wir überhaupt nicht allein sind. Sydney scheint wohl zur selben Erkenntnis gekommen zu sein, denn sie schielt kurz zur schwatzenden Kundschaft und senkt die Stimme, als sie fortfährt: »Du sitzt gerade an deiner Masterarbeit. Du kriegst zwar kein Kind, aber auf dir lastet auch eine Menge Druck, und du hast ebenfalls ein Recht auf deine Bedürfnisse. Willst du ernsthaft wieder zu deinen Eltern ziehen und dann immer hin- und herpendeln? Potsdam ist zwar nicht weit weg, aber soweit ich weiß, gibt es immer noch diesen lästigen Schienenersatzverkehr an der S7.«

Ihre Worte nehmen mir den letzten Wind aus den Segeln. Scheiße. Das mit dem Schienenersatzverkehr hatte ich völlig vergessen. Mit dem brauche ich mindestens eine halbe Stunde länger in die Stadt und zurück. Vom Nachtverkehr ganz zu schweigen.

Erschöpft fahre ich mir über meine stoppelige Wangen. Wie soll ich bei diesem Chaos je meine Masterarbeit fertigkriegen?

»Hey.« Sydney zupft an meinem T-Shirt. Als ich sie ansehe, glänzt Mitgefühl in ihrer Miene. Dann, ohne Vorwarnung, legen sich ihre langen Arme um mich.

»Es wird alles gut«, flüstert sie.

»Klar«, entgegne ich, zu kraftlos, um ihren Griff zu erwidern.

»Zur Not wohnst du halt erst mal bei uns.«

»Klar«, sage ich wieder und verdrehe die Augen.

»Ich mein's ernst. Du kannst so lange auf dem Sofa schlafen, bis du was gefunden hast. Oder du kriegst mein Zimmer. Ich kann mein Bett zu Maya stellen. Ihr Zimmer ist groß genug für uns beide. Außerdem bin ich die Hälfte der Zeit sowieso immer bei Luke.«

Ich antworte nicht, weil ich nicht weiß, was ich sagen soll. Der Vorschlag ist süß, keine Frage, und vermutlich würde mir Maya dasselbe anbieten, wenn sie von meiner Lage wüsste. Aber dieser Plan ist viel zu leicht dahingesagt. Bis ich eine neue Wohnung gefunden habe, könnte es Monate dauern, und ich kann ihr Sofa nicht ewig beschlagnahmen.

»Ähm, soll ich vielleicht später wiederkommen?«, ertönt es von der anderen Seite des Tresens.

Sofort fahren Sydney und ich auseinander und erblicken einen amüsiert dreinblickenden Luke. Unter seiner Lederjacke trägt er ein schwarzes Sweatshirt und dazu eine frische Jeans. Er sieht ausgeschlafen und fit aus, seine Haare sind noch feucht vom Duschen.

»Hey, hat dir denn niemand gesagt, dass es unhöflich ist, sich anzuschleichen?«, neckt Sydney ihren Freund.

»Und hat dir niemand gesagt, dass es etwas seltsam ist, wenn man seine Freundin mit einem seiner besten Kumpels kuscheln sieht?«

Wenn ich gerade mehr als nur pure Ohnmacht empfinden würde, wäre ich vielleicht gerührt, dass mich Luke zu seinen besten Kumpels zählt.

»Weißt du, was noch seltsam ist? Dass du dich diese Woche um den Arbeitsplan gekümmert und es so eingerichtet hast, dass du nach der Party in Ruhe ausschlafen konntest!«, schießt Sydney frech zurück, was mir tatsächlich ein kleines Lächeln entlockt. Die zwei schon wieder.

»Ja, wirklich seltsam«, bemerkt er spöttisch und umrundet den Tresen. »Aber darf ich dann wenigstens mitkuscheln?«

»Darfst du!«, erlaubt Sydney ihm nach einem provokanten Zögern, und streckt die Hand nach ihm aus. Ihre Finger verflechten sich ineinander, was in mir die Erinnerung weckt, dass Maya und ich uns gestern auch so berührt haben.

Mein Pulsschlag verdoppelt sich.

»Was ist denn der Anlass?«, fragt Luke.

Sydney schaut kurz zu mir auf. Ich schüttele mahnend den Kopf, doch das scheint sie nur weiter anzustacheln.

»Lenny wird bei uns einziehen!«, verkündet sie feierlich.

»Cool.« Luke lächelt, und will gerade die Arme um sie legen, als er stutzt. »Warte, was?«

11. KAPITEL

Maya

Die Nachricht trifft mich aus dem Nichts. Niemand hat mich vorgewarnt, niemand hat nach meiner Erlaubnis gefragt. Es ist der reinste Frontalangriff, ein gezielter Schuss direkt ins Herz.

Eine neue E-Mail von Sophie Zeller. Im Betreff: »Bitte nicht wegklicken!«

Kurz ringe ich mit mir. Eigentlich sollte ich die Geister der Vergangenheit ruhen lassen, doch der Schock lähmt meine Vernunft. Zitternd entsperre ich mein Handy und rufe die neueste Mail auf.

Hey, Schwesterchen,

vermutlich wirst du überrascht sein, dass ich mich einfach so bei dir …

Weiter komme ich nicht, denn mein Verstand erwacht gerade noch rechtzeitig wieder zum Leben und lässt meinen Daumen in Lichtgeschwindigkeit zum Mülleimersymbol fliegen.

Gelöscht.

Und zack ist es vorbei. Rasselnd schnappe ich nach Luft und merke erst jetzt, dass ich die ganze Zeit über den Atem angehalten habe.

Schwesterchen. Mir wird übel. Schlimm genug, dass sie sich urplötzlich bei mir gemeldet hat, aber dass sie es wagt, mich mit dieser Verniedlichung anzureden … Als wären wir *diese* Art von Geschwister! Gut, dass ich nicht weitergelesen habe.

Vermutlich hätte dort sowieso nur ein verspäteter Geburtstagsgruß gestanden. Und selbst wenn es um etwas anderes ginge, interessiert es mich nicht.

Trotzdem ist es komisch, dass *sie* mir schreibt. Meine Mutter hat in den letzten Jahren immer wieder versucht, Kontakt aufzunehmen, aber von Sophie kam nie etwas. Ich frage mich, wie alt sie jetzt sein muss. Vielleicht vierzehn? Oder schon fünfzehn?

»Es sind noch genau zwei Stücke übrig.«

Ich zucke zusammen, als Vickys Stimme die Stille wie eine scharfe Klinge zerschneidet. Ich schwärze den Bildschirm, werfe das Handy zur Seite und drehe mich um.

Vicky balanciert zwei Teller, die kaum mehr sichtbar sind, weil die Tortenstücke fast die gesamte Fläche einnehmen. Das Gebäck besteht aus drei Schichten und wird von heller Creme zusammengehalten. Ein frischer Zitronenduft erfüllt die Luft und lässt meinen Magen knurren.

»Und was für welche«, bemerke ich, als meine Freundin mir beide Teller reicht, um sich über die Sofalehne zu schwingen. Hinter ihr bildet das Wohnzimmer eine Kulisse des reinsten Chaos aus heruntergefallener Deko und leeren Flaschen.

»Glaub mir, danach willst du noch so ein Stück«, prophezeit sie und nimmt mir ihren Teller wieder ab.

Ich bin gespannt, denn für diese Torte muss Ani ewig gebraucht haben. Vorfreudig trenne ich die Spitze ab und schiebe mir die Gabel in den Mund. Eine süßlich-spritzige Note schießt durch meine Zunge und entfacht ein sprühendes Geschmacksfeuerwerk. Der Teig ist weich und fluffig, die Creme locker und leicht.

»O mein Gott«, sage ich mit vollem Mund und bin bereits dabei, den nächsten Bissen in mich reinzuschaufeln. »Das ist, als würde man eine Wolke essen.«

»Ich weiß.« Vicky grinst, als wäre meine Begeisterung ihr alleiniger Verdienst. »Er schmeckt nach Regenbogen und Freude.«

Kein Wunder, dass von der Riesentorte kaum noch was übrig geblieben ist. Das ist kein Kuchen, das ist Heimat. Ich will mich in den kuschelig weichen Teig legen und mich mit der zarten Zitronencreme zudecken.

Außerdem ist irgendwas drin, das meine Zunge lockert. Nach dem vierten Bissen traue ich mich vorsichtig zu fragen: »Weißt du eigentlich, ob irgendwer sauer ist, weil ich von meiner eigenen Party abgehauen bin?«

»Um ehrlich zu sein, glaube ich, dass die meisten es überhaupt nicht gemerkt haben«, sagt Vicky und schaufelt sich die nächste Ladung in den Mund.

»Aber du schon«, wende ich ein.

»Ja, aber dich habe ich auch mit Lenny aus der Tür rennen sehen.«

»Dazu kommen wir gleich«, halte ich sie auf, als sie bereits zu einem Verhör Luft holt. »Sag mir erst noch, wie die Party war.«

»Ziemlich cool. Es wurde viel getrunken und getanzt. Die Letzten sind bis vier geblieben, es hat der Stimmung also definitiv nichts abgetan, dass du nicht da warst.«

Unter anderen Umständen wäre ich vielleicht beleidigt, aber dafür bin ich gerade zu erleichtert.

»So, und jetzt zu dir«, sagt Vicky und zeigt mit ihrer cremeverschmierten Gabel auf mich.

Zu mir … Puh, wo fange ich an und wo höre ich auf? Vielleicht bei Max, der mich ohne Vorwarnung geküsst hat? Oder bei der Nachricht meiner Schwester, die die Dreistigkeit besessen hat, mich mit »Schwesterchen« anzureden? Nein, mit den beiden kann ich mich gerade nicht beschäftigen. Vielleicht sogar nie. Ja, nie ist eine gute Idee. Ich werde diese heftigen Emotionen einfach brav verdrängen, so wie ich es immer tue.

Aber Lenny … ihn kann ich nicht verdrängen, und will es auch gar nicht.

»Okay. Wie du weißt, waren wir weg«, beginne ich, und richte den Blick auf das Grammofon vor uns. »Lenny und ich sind erst in eine Bar um die Ecke und haben dort ein bisschen geredet.«

»Hat er gesagt, warum er so spät gekommen ist?«, fragt Vicky.

»Nein, aber ich glaube, es ist irgendwas richtig Blödes passiert. Er konnte nicht einmal darüber reden. Aber da werde ich auf definitiv noch mal nachhaken. Jedenfalls sind wir in eine Bar«, nehme ich den Faden wieder auf, »und danach spontan in einen Club. Eigentlich wollten wir nur kurz vorbeischauen, aber irgendwie haben wir die Zeit vergessen. Na ja, und dort haben wir dann …« Ich spüre, wie ich rot werde. »Getanzt«, flüstere ich.

»Getanzt?«, wiederholt sie etwas lauter.

»Also … zusammen«, setze ich verlegen hinterher.

»Oh, du meinst …« Ein durchtriebenes Lächeln umspielt ihre Lippen. »*Getanzt* getanzt? So … Arsch an Schwanz getanzt?«

»Nein, eher …« Ich presse die Beine zusammen, als das Prickeln erneut durch meinen Unterleib schießt. »Schwanz an … Schmuckkästchen.«

Mit einem Satz springt Vicky auf und schüttelt sich, als hätte sie eine Spinne auf dem Kopf. »Iih, sag doch so was nicht!«

Meine Wangen glühen an. »Wie soll ich es sonst nennen?«

»Keine Ahnung. Wie wär's mit Vulva?«, schlägt sie vor und nimmt wieder Platz.

Vulva???

»Oder gib ihr einen Namen. So viel Respekt hat sie verdient! Meine heißt Sam.«

»Ich gebe ihr keinen … ach egal. Jedenfalls war unser Tanz sehr … intim.«

»Und das war schlecht?«

»Nein, im Gegenteil. Es hat sich … schön angefühlt.« *Und erregend.* »Aber es war Lenny, mit dem ich so getanzt habe. *Lenny!* Mein bester Freund.«

»Na und?«

»Na und?«, höhne ich. »Das ist schräg!«

»Warum?«

»Weil … Keine Ahnung.« Ich senke den Kopf und zupfe an einer heraushängenden Strähne meines Zopfes. »Findest du das etwa nicht komisch?«

Immerhin ist hier die Rede von Lenny. Meinem schüchternen Lenny, der erst neulich ein Veto einlegte, weil ich zu sehr an seinem Shirt gefummelt habe, aber er sich gestern förmlich an mir gerieben hat. Na gut, ich mich auch an ihm, aber er hat angefangen! Und das ergibt überhaupt keinen Sinn.

Ob das am Alkohol lag, der ihn so gelöst hat? Vielleicht haben die Drinks mehr reingehauen, weil er so emotional aufgewühlt war. Ich für meinen Teil verliere immer schneller meine Hemmungen, wenn ich bereits trunken vor Gefühlen bin. (Was auch der Grund war, warum ich gestern die Finger vom Alkohol gelassen habe!)

»Um ehrlich zu sein, verstehe ich das Problem nicht«, durchbricht Vicky meine Gedanken. »Du und Lennart seid doch immer so *touchy* drauf, und das meine ich gar nicht böse. In all den Jahren habe ich euch schon tausendmal Händchen halten oder auf dem Schoß des anderen sitzen sehen. Und zusammen getanzt habt ihr auch oft.«

Sie hat recht. Lenny und ich haben keine Berührungsängste.

Viele Außenstehende fanden das schon immer etwas schräg, aber so sind wir eben. Es ist nichts Besonderes.

Was ist es also, das mich eigentlich bedrückt?

»Vielleicht, weil ich Lenny bisher nie *so* wahrgenommen habe«, überlege ich. »Im Sinne von, dass er, du weißt schon … auch Dates hat und so. Er erzählt mir nie etwas von Frauen. Selbst während seiner Schwärmerei für Sydney damals hat er nur herumgedruckst und nie Klartext gesprochen. Ich dachte immer, er wäre schüchtern, aber letzte Nacht hat er ziemlich selbstbewusst auf mich gewirkt.«

»Verstehe … Du bist also überfordert, weil du Lenny vorher nie als sexuelles Wesen gesehen hast und es jetzt doch tust.«

Entsetzt reiße ich die Augen auf. »Vick!«, ist alles, was ich hervorbringe, aber meine Freundin grinst nur schelmisch. »Ist doch so, oder?«

»Nein! Natürlich ist er ein … Darum geht es doch überhaupt nicht!«, lenke ich wütend um.

»Und worum geht es dann?«

Darum, dass dieser Abend irgendwas aufgerüttelt hat. Irgendwas, das lange, lange Zeit verborgen war, mit dem ich abgeschlossen hatte, und das dann mit einem Schlag plötzlich wieder da war. Als wäre es nie weg gewesen.

»D-Darum, dass es komisch war«, sage ich, als ich mich wieder fange.

»Komisch?«, wiederholt sie.

»Ja.« Und schön. Zu schön. *Viel* zu schön.

Entkräftet sinke ich ins Sofapolster und schließe die Augen, in der Hoffnung, meinen umherspringenden Gedanken das Licht auszuschalten. Aber das lässt sie nur noch wilder hüpfen. Sie lieben die Dunkelheit und wiegen sich in ihrer kraftvollen Schwärze.

Als ich die Augen wieder öffne, steppen meine Gedanken

um mich herum weiter, halten sich an den Händen und bilden einen Tanzkreis. Es ist die reinste Walpurgisnacht, und in der Mitte ich, die feurige Ausgeburt kolossaler Verwirrung.

*

Als sich Vicky auf den Weg zur Arbeit macht, beschließe ich, sie bis zur Museumsinsel zu begleiten. Ich will etwas frische Luft schnappen und mir die Beine vertreten, solange es noch hell ist. Vor allem aber muss ich dringend Abstand zwischen mich und der Wohnung bringen, die mir aus allen lamettabenetzten Ecken entgegenschreit, dass ich die mieseste Gastgeberin aller Zeiten war.

Arm in Arm spazieren wir entlang der Rosenthaler Straße. Da es heute so warm ist, trage ich bloß ein langärmeliges schwarzes Crop-Top und eine labbrige mintgrüne Jogginghose. Der hochsitzende Fischgrätenzopf, den Vicky mir kurz zuvor geflochten hat, verleiht meinem Aufzug jedoch fast schon etwas Elegantes. Mit der Betonung auf *fast*, denn neben Vicky, die eine schwarz-weiß karierte Bluse mit einer pinken Schlaghose kombiniert, verschmelze ich beinahe mit dem Hintergrund.

Auf den Straßen ist erstaunlich viel los. Schwatzende Gruppen kommen uns entgegen, einige in dünnen T-Shirts und kurzen Hosen. Es ist ungewohnt, nach dem langen Winter so viele Menschen auf einmal zu sehen. Aber so ist es jedes Jahr. Im März entschlüpft die Welt ihrem Kokon und streckt die Flügel aus, bereit, den Frühling in Empfang zu nehmen.

Zu meiner Überraschung geht es meinen Füßen bis auf die schmerzenden Ballen erstaunlich gut. Vielleicht wegen der Massage, denke ich, und sofort schießt mir Hitze in die Wangen. Mir wird noch wärmer, als Vicky einen spontanen

Abstecher ins *Coffee & Books* machen will, um sich mit Kaffee einzudecken.

Wenn mich nicht alles täuscht, arbeitet Lenny heute auch. Nach der letzten Nacht wollte ich bis zum nächsten Wiedersehen eigentlich etwas mehr Zeit verstreichen lassen. Die Erinnerung ist noch zu frisch, zu intensiv. Wenn ich die Augen schließe, kann ich das Phantom seines gegen mich gepressten Körpers noch immer spüren.

Aber vielleicht ist es besser, wenn wir es schnell hinter uns bringen und uns entgegentreten. Nicht, dass es komisch wird, je länger wir warten. Oder wird es so oder so komisch werden?

Meine Gedanken verlieren sich im Nichts, als ich am Café angekommen, einen flüchtigen Blick durch das Fenster werfe. Meine Beine kommen mit einer Vollbremsung abrupt zum Stehen, und ich kippe fast vornüber und ziehe Vicky mit.

»Hey«, beschwert sich meine Freundin, die gerade so die Balance für uns beide halten konnte, doch ich kann die Entschuldigung nicht über meine Lippen bringen, weil mir der Anblick, der sich mir bietet, die Brust wie ein Korsett zuschnürt. Am liebsten würde ich das Gesicht gegen das Fenster pressen, um mich zu vergewissern, dass ich richtig sehe.

Lenny und Sydney, Arm in Arm, eng umschlungen. Fast so wie er und ich gestern. Es wird noch absurder, als ich einen Schritt zur Seite trete und Luke entdecke, den ich durch die Spiegelung am Fenster nicht sofort gesehen habe. Er steht mit dem Rücken zu mir, deshalb kann ich seinen Gesichtsausdruck nicht erkennen, aber dass er sich in aller Ruhe die Schürze um die Hüfte bindet, während seine Freundin und mein bester Freund vor seinen Augen herumschmusen, lässt nicht auf Entsetzen oder Wut schließen.

Verwirrt blicke ich zu Vicky. Ich bin doch nicht etwa die Einzige, die das Bild komisch findet, oder?

Sie nickt, als hätte sie meine unausgesprochene Frage verstanden, wirkt im Gegensatz zu mir aber eher neugierig. Schweigend deutet sie auf die Tür, und auf mein zögerndes Nicken hin öffnet Vicky sie.

Die Türklingel bimmelt, die Kundschaft schaut kurz zu uns rüber und wendet sich schnell wieder ab. Ich beachte sie ebenfalls nicht, weil meine Augen nur die von Lenny suchen. Er fängt meinen Blick, Überraschung flackert in seiner Miene – Überraschung, und noch irgendwas anderes, das seine Mundwinkel ganz leicht anhebt.

»Oh, hey, Leute!«, ruft Sydney und löst einen Arm von Lenny, um uns hektisch zum Tresen zu winken. Erst jetzt fällt mir auf, dass Lennys Hände schlaff an seinem Köper herabhängen, und es eigentlich nur Sydney ist, die ihn umarmt. Mein Herz wird augenblicklich leichter, auch, wenn ich nicht genau weiß, warum.

»Wisst ihr schon das Neueste? Lenny ist ab sofort unser neuer Mitbewohner.«

Von wegen leichtes Herz, denn im nächsten Moment sitzt es mir so schwer in der Brust wie ein Zementklotz.

Was hat sie da gesagt?

Lenny versteift sich unter ihrem Griff und wirkt unbehaglich. »Lass den Quatsch, Syd.«

»Das ist kein Quatsch. Luke findet die Idee auch gut, oder?« Fragend sieht sie zu ihrem Freund, der den Kopf nachdenklich hin und her wiegt.

»Glaub schon. Es wäre zumindest eine gute Zwischenlösung. Auf jeden Fall besser, als mit deinem ganzen Kram zu deinen Eltern nach Potsdam zu ziehen.«

»Siehst du?« Sydney lächelt zufrieden. »Und Vicky und Maya werden dir genau dasselbe sagen.«

»Was werden wir ihm sagen?«, fragt Vicky und zieht mich

mit sich bis zum türkisen Tresen. Ich bin dankbar, dass sie das Reden übernimmt, denn in meinem Kopf sind nur lauter Fragezeichen.

»Lennarts blöder Mitbewohner hat ihn von jetzt auf gleich rausgeschmissen, und jetzt weiß er nicht, wo er hin soll.«

Schockiert öffne ich den Mund, ohne ein Wort hervorzubringen. Jonah hat ihn rausgeschmissen? Ist das der Grund, warum es ihm gestern so schlecht ging?

»Doch, zu meinen Eltern«, widerspricht Lenny und befreit sich nun aus Sydneys Klammergriff.

»Ach papperlapapp! Du kommst zu uns, stimmt's, Leute?«

»Klar«, sagt Vicky wie aus der Pistole geschossen, während ich … zu einer Salzsäule erstarre.

Das passiert mir öfter, wenn ich völlig überfordert bin. Ich kann es gar nicht kontrollieren, ich friere einfach ein. Vielleicht glaubt mein Körper, dass, wenn ich erstarre, es auch der Rest der Welt tut. Wie ein Knopf, der den Moment einfriert, und mir die nötige Zeit verschafft, das Gehörte in Ruhe zu verarbeiten.

Lenny wurde rausgeschmissen und jetzt soll er bei uns wohnen? Unter einem Dach mit Sydney, in die er vor nicht allzu langer Zeit ziemlich verknallt war? Und mit mir, seiner besten Freundin, mit der er gestern …

Die Sekunden verstreichen, und als mein Körper sich endlich aus seiner Starre löst, fürchte ich fast, dass ich zu lange geschwiegen habe.

»Ja«, presse ich hervor und nicke schnell. »Ja, natürlich.«

Aber Lenny sieht mich an, als hätte ich ihm mit einem Dartpfeil geradewegs ins Brustbein geschossen.

12. KAPITEL

Lenny

Sie hat gezögert.

Sydney hat mir ihr eigenes Zimmer angeboten, und meine beste Freundin hat gezögert. Natürlich hätte ich sowieso abgelehnt, aber dass Maya mich so offensichtlich nicht bei sich wohnen lassen will, tut weh.

Und jetzt hat sie ein schlechtes Gewissen, was ihre Flut an Entschuldigungsnachrichten erklärt, auf die ich bis jetzt noch nicht reagiert habe. Zwar rede ich mir ein, dass ich keinen Nerv für diese Auseinandersetzung habe und mein Leben ohnehin schon im Chaos versinkt, aber vermutlich weiß ich einfach nicht, was ich ihr sagen soll. Ich bin nicht einmal sauer auf sie. Ich bin nur erledigt.

Die letzten Tage sind schleppend an mir vorbeigezogen. Ich habe mich in der Bib verbarrikadiert und versucht, so viel wie möglich für die Masterarbeit zu schaffen. Zu Hause war ich nur selten, und obwohl Jonah immer wieder das Gespräch gesucht hat, bin ich auch ihm ausgewichen. Ich weiß, dass es ihm leidtut, aber das mildert den Frust über meinen abrupten Auszug nicht.

Ich reiße ein Stück Klebeband ab und verschließe den letzten Karton, in dem sich meine Bettwäsche befindet. Insgesamt sind drei zusammengekommen, dazu meine Möbel, bestehend aus meinem Bett, dem Schreibtisch und dem Stuhl. Den

Kleiderschrank lasse ich da, weil ich ihn bei meinen Eltern nicht brauche, aber Lotte und Jonah schon. Sydney würde mir jetzt bestimmt wieder vorhalten, dass ich ein *People Pleaser* sei, und was mir denn einfiele, mich erst rausschmeißen zu lassen, und ihnen anschließend sogar mein eigenes Hab und Gut zu übergeben. Aber so ist es gar nicht. Sie brauchen den Schrank, und ich nicht. Außerdem ist es ein Möbelstück weniger, das ich auseinanderbauen und nach Potsdam transportieren muss.

Nachdem ich den Karton vom Bett gehievt habe, lasse ich mich auf die nackte Matratze sinken. Ich atme tief ein und sauge die Einsamkeit des leeren Zimmers ein, überzeugt, sie auch dann in mir zu spüren, wenn ich der Wohnung längst den Rücken gekehrt habe. Keine Ahnung, wann ich mich das letzte Mal so ungewollt und zurückgewiesen gefühlt habe.

Mein Blick geht zum Fenster, in dem mich blauer Himmel und abgeschnittene Haustürme begrüßen. Ich blinzele gegen die Sonne und bekomme einen Kloß im Hals, als die S-Bahn nach Charlottenburg einfährt. Der Lärm war echt ätzend, aber die zentrale Lage wird mir trotzdem fehlen. Alles wird mir fehlen, vielleicht sogar das tägliche Geplänkel von Lotte und Jonah.

Egal, ab morgen kann ich dann zu Hause im gemütlichen Wintergarten arbeiten. Oder gleich auf der Terrasse, in der das einzige Geräusch von der zarten Frühlingsbrise kommt, die die Blätter der Bäume und Sträucher rascheln lässt. Ja, das wird super. Richtig super … Wieder bei meinen Eltern wohnen, *yay*. Jetzt kann ich mich nicht einmal mehr vor dem Gottesdienst drücken, und wenn ich besonders viel Pech habe, werde ich meinem Vater bei den Vorbereitungen seiner Predigten helfen müssen. Wahrscheinlich werde ich es dann auch nicht mehr zum Hauskreis schaffen. Ein Traum.

Seufzend werfe ich einen Blick aufs Handy. Vince müsste

jeden Moment kommen. Eigentlich wollte ich einen kleinen Transporter mieten, aber Vince hatte vorgeschlagen, dass wir auch zwei-, dreimal mit seinem Auto hin- und herfahren könnten.

Noch hat er sich nicht gemeldet, mir leuchtet nur mein Bildschirmhintergrund entgegen. Ein Foto von mir und ihr. Missmutig betrachte ich es. Es war der dreißigste Hochzeitstag meiner Eltern. Maya und ich sahen ziemlich herausgeputzt aus, ich im Anzug und sie in einem pastellgelben Sommerkleid. Es war ein schöner Tag, eine kleine Gartenrunde im engsten Familienkreis. Zu dem selbstverständlich auch Maya gehört. Weil sie Familie ist.

Dachte ich jedenfalls.

Als es an der Tür klopft, reiße ich den Blick hoch.

»Ja?«

Langsam öffnet sich die Tür …

Und da steht sie. Mit anderer Kleidung und doch, als hätten meine Gedanken sie geradewegs aus meinem Handybildschirm gebeamt.

»Hey.« Maya schenkt mir ein schwaches Lächeln.

»Hey«, sage ich heiser, sichtlich überfordert mit ihrer plötzlichen Anwesenheit.

»Lotte hat mich reingelassen.«

»Okay.«

»Darf ich …« Sie deutet auf den Raum und blickt mich fragend an.

»Klar«, sage ich etwas steif und schaffe es nicht, mir ein Lächeln abzuringen.

Maya zögert noch einen Moment, dann tritt sie vorsichtig ein und schließt die Tür hinter sich. Heute trägt sie ein schwarzes T-Shirt mit dem Aufdruck einer Skeletthand, die ein Peace-Zeichen macht. Das Shirt kombiniert sie mit einer grauen High Waisted Jeans und schwarzen Chucks. Die Haare sind zu zwei Zöpfen geflochten, eine Frisur, die ich so gern an ihr mag.

»Das Zimmer sieht auf einmal so groß aus«, murmelt sie und dreht sich, die Hände in die hinteren Hosentaschen gesteckt, einmal um die eigene Achse. »Ist das alles?«, fragt sie mit einem Blick auf die drei Kartons.

»Ja.«

»Aber das Bett nimmst du mit, oder?«

»Ja. Und den Schreibtisch.«

»Cool.« Sie lächelt, doch als ich daraufhin nichts erwidere (ich wüsste nicht, was), legt sich ein verzweifelter Ausdruck auf ihr Gesicht.

»Lenny …«

»Schon gut«, wehre ich ab, doch sie schüttelt den Kopf und beißt sich auf die Unterlippe.

»Nein, nicht schon gut. Du bist sauer auf mich.«

»Ich bin nicht sauer.«

»Doch, und es ist dein gutes Recht. Ich habe …« Sie hält inne.

»Gezögert?«, helfe ich ihr auf die Sprünge.

Sie nickt gequält. »Ja. Und das tut mir so leid.«

Verdammt. Das ist nicht fair. Wenn sie ihren Dackelblick aufsetzt, zerfließe ich unter dem Eindruck ihrer traurigen Schokoladenaugen.

»Egal. Schwamm drüber«, winke ich seufzend ab.

»Nein. Bitte. Lass es mich erklären.«

»Du musst mir nichts erklären. Es ist dein gutes Recht, wenn du mich nicht bei dir wohnen lassen willst. Ich hätte nicht einmal ein eigenes Zimmer und kann auch nicht auf ewig euer Sofa beschlagnahmen. Ist schon okay, wirklich. Aber Vince kommt gleich, und ich muss jetzt langsam …«

Maya unterbricht mich durch ein lautes Schnauben. »Gib doch einfach zu, dass du sauer bist.«

»Bin ich aber nicht.«

»Doch. Ich kenne dich. Ich sehe es in deinen Augen.«

Ich umklammere den Bettpfosten. »Nein.«

»Doch.«

»Nein!«

»Doch!«

»Na schön!«, fauche ich, und Maya zuckt zusammen. »Ich bin sauer, zufrieden? Ich bin extrem sauer, weil …« Schnell schließe ich den Mund und schaffe es gerade so, die Worte in meiner Kehle zu ersticken.

Aber Maya schluckt nur und nickt mir auffordernd zu. »Sag es ruhig.«

»Nein.«

»Sag es!«

»Nein!« Diesmal bleibe ich stur.

»Na schön. Dann tue ich es eben.« Sie funkelt mich an, und ihr Mund bebt, als sie tief Luft holt. »Du bist sauer, weil du mich damals bei dir wohnen lassen hast, als ich nicht wusste, wohin, und ich heute nicht das Gleiche für dich tue. Stimmt doch, oder?«

Volltreffer.

Ich weiche ihrem Blick aus, als die Erinnerungen mich einholen. Es war vor über fünf Jahren. Maya und ich hatten uns gerade erst kennengelernt. Sie war nach Berlin gezogen und wohnte in einem schäbigen Hostel. Als sie kein Geld mehr hatte und nicht wusste, wohin, bot ich ihr sofort an, bei uns zu wohnen. Und sie nahm an. Sie ließ ihre Familie hinter sich und wurde stattdessen ein Teil von meiner. Fast ein halbes Jahr lebte sie in Marias altem Zimmer, bevor sie mit Sydney und Vicky in eine WG zog.

Die Zeit mit ihr unter einem Dach war ausschlaggebend für unsere Freundschaft, auch wenn ich damals natürlich gehofft hatte, dass mehr aus uns werden würde. Und doch ebneten unsere gemeinsamen Monate das Fundament, auf dem alles baut.

»Ja«, sage ich kaum hörbar und schaffe es noch immer nicht, sie anzusehen. »Ich … ich dachte einfach, dass wir so wären. Dass wir uns auffangen, wenn wir am Boden liegen. Ich bin für dich da und du für mich. Ohne zu zögern.«

»So ist es auch!«

»Aber das ist nicht fair«, rede ich unbeirrt weiter. »Nur, weil ich dich bei mir habe wohnen lassen, schuldest du mir nichts. Ich will nicht berechnend sein. Ich dachte nur …«

»Lenny, bitte hör mir endlich zu!«

Ihre Worte hallen durch das leere Zimmer. Sie hält die Hände wie zum Gebet, ihr Blick ist flehentlich.

Widerstrebend nicke ich und fordere sie mit einer Geste auf zu reden.

»Ich war überrascht«, legt sie sofort los. »Die Nacht meines Geburtstags war lang, und es ist so viel passiert.«

So viel passiert. Mein Atem gerät ins Stocken. Maya und ich, das Tanzen, ihr Körper an meinem, die sengende Hitze zwischen uns, das verdammte Herzklopfen …

Was war das eigentlich?

»Mein Kopf ist gar nicht mit allem hinterhergekommen«, fährt sie fort, und ich frage mich, ob sie nur so tut, oder die Nacht für sie tatsächlich keines weiteren Kommentars bedarf.

»Nur deshalb habe ich gezögert, ehrlich! Natürlich kannst du bei uns wohnen. Ich würde dich niemals im Stich lassen. Bitte glaub mir das.« Mit einem Satz ist sie bei mir und greift nach meiner rechten Hand. Ihre Wangen sind leicht gerötet, ihr Atem geht schwer.

Ich senke den Blick auf unsere verschränkten Hände. Auf ihren kurz geschnittenen Nägeln trägt sie schwarzen matten Nagellack. Sie hat fast so kleine Hände wie Füße. Mich überkommt der Drang, sie an meine Lippen zu legen, was ziemlich schräg ist, weil … warum sollte ich das tun? *Und wollen?*

»Ich glaube dir«, sage ich, als ich wieder zu ihr aufschaue, und sofort wird ihr Blick weicher.

»Danke.« Sie drückt meine Finger. »Wir haben auch schon alles vorbereitet.«

Verwirrt runzle ich die Stirn. »Was?«

»Du kommst zu uns. Also, wenn du noch willst, natürlich. Aber wir alle würden uns darüber freuen. Du kannst mit mir in meinem Zimmer schlafen. Ich habe ein bisschen umgeräumt, damit du auch deinen Platz hast. Oder Syd kommt zu mir und du nimmst ihr Zimmer, ganz wie du willst.«

Sekundenlang starre ich sie einfach nur an, während ihre Worte nach und nach in mein Gehirn sickern.

»Was?«, frage ich wieder. »Maya, ist das dein Ernst?«

»Ja.« Wieder drückt sie meine Hand. »Jetzt, wo dein Master kurz bevorsteht, und du sowieso so viel zu tun hast, solltest du deine wertvolle Zeit nicht auch noch mit Wohnungsbesichtigungen verplempern.«

»Ich … Aber meine Eltern warten auf mich«, sage ich und deute zur Tür. »Ich hab ihnen schon Bescheid gesagt.«

»Dann rede ich mit ihnen. Bestimmt wollen sie auch, dass du dich in den nächsten Monaten voll und ganz auf deinen Abschluss konzentrierst.«

Mein Herz klopft ein wenig schneller. »Wirklich?«

»Ja, wirklich!« Ihr Tonfall ist eindringlich.

Ich schweige, während der Gedanke in meinem Kopf immer mehr Gestalt annimmt. Die Lage ihrer WG ist unschlagbar. Ich bräuchte nur ein paar Minuten zur Arbeit, und zur Bib wäre es auch nicht weit. Vermutlich wäre ich ohnehin nicht oft in der Wohnung. Ich würde den alltäglichen Routinen der drei nicht allzu oft in die Quere kommen.

Ja, es könnte klappen.

»Aber es wäre nur vorübergehend«, stelle ich klar. »Ich würde trotzdem nach Wohnungen suchen.«

Maya zuckt mit den Schultern. »Ganz wie du willst.«

»Und Vicky und Sydney wären auch einverstanden?«, vergewissere ich mich.

Maya lächelt, als wäre diese Frage albern. »Natürlich. Sie lieben dich. *Wir* lieben dich.«

Meine Augen brennen bei ihren Worten. Passiert das gerade wirklich? Ich muss doch nicht nach Potsdam ziehen? So einfach findet der ganze Stress ein Ende?

Dankbarkeit und Erleichterung überwältigen mich mit einer solchen Wucht, dass sie mich fast niederreißen. Ich ziehe Maya näher zu mir, und diesmal zögert sie nicht. Sofort schlingt sie die Arme um meinen Hals und hält mich genauso fest wie ich sie. Sie trägt kein Parfum, aber ihre Haare durften wie immer nach ihrem Himbeershampoo.

»Tut mir echt leid, dass ich dir aus dem Weg gegangen bin«, murmele ich in ihren Zopf.

»Und mir tut es leid, dass ich gezögert habe.«

Eine Weile verharren wir so, Arm in Arm, Kopf an Kopf. Da ich sitze und sie steht, befinden sich unsere Gesichter ausnahmsweise auf gleicher Höhe. Mit geschlossenen Lidern genieße ich den Moment. Es war komisch, dass wir nicht miteinander geredet haben. Irgendwie falsch. Als würde die Natur sämtliche Gesetze über Bord werfen und sich die Erde in die entgegengesetzte Richtung drehen.

»Lenny? Es … es gibt da noch eine Sache, über die wir vielleicht noch mal reden sollten.« Maya zieht den Kopf zurück, senkt jedoch den Blick, als könnte sie es nicht ertragen, mir dabei in die Augen zu sehen. »Nun, ähm … die Nacht im Club.«

Mein Kopf wird heiß. Also hat es sie auch beschäftigt.

»Ja.« Ich räuspere mich. »Die Nacht war echt …«

»Schön«, sagt sie, und ich schlucke.

»Ja?«

»Ja.« Sie lächelt. »Ich bin froh, dass du noch mit in die Bar bist. Und … in den Club.« Ihre Stimme wird immer leiser.

»Also war ich nicht zu … anhänglich oder so?«

»Nein«, sagt sie hastig, und wenn eine Stimme vor Verlegenheit rot werden könnte, dann tut ihre es gerade. »Du warst nicht … es war schon okay. Ich … ich wollte nur sichergehen, dass zwischen uns alles gut ist.«

»Ist es«, bestätige ich, komme mir jedoch gleichzeitig komisch vor, das zu sagen, während wir uns so innig im Arm halten.

Aber Mayas Züge entspannen sich bei meinen Worten. »Cool. Dann sind wir jetzt wohl offiziell Mitbewohner!«

13. KAPITEL

Maya

Okay, ich will ehrlich sein: So ganz überzeugt bin ich noch immer nicht. Ich meine, ich will schon, dass Lenny bei uns einzieht, und ich bin auch froh, dass er zugesagt hat, aber ein paar Bedenken habe ich trotzdem.

Da wäre zunächst einmal die Tatsache, dass er mit Sydney unter einem Dach leben wird. Ich habe mich nicht getraut, es anzusprechen, aber es bereitet mir Unbehagen, dass er mit jemandem zusammenwohnen wird, in den er mal verknallt war. Wird es ihm nicht wehtun, sie so oft zu sehen? Und dann auch noch mit Luke im Schlepptau? Ich weiß ja, dass er über sie hinweg ist, aber trotzdem …

Die andere Sache ist, dass *wir beide* zusammenleben werden. Damals in seinem Elternhaus hat das zwar gut funktioniert, aber erstens ist das ewig her und zweitens hatte ich dort ein eigenes Zimmer. Doch diesmal sind wir in *einem* Zimmer. Was, wenn er mich irgendwann satthat? Vick und Syd beschweren sich ständig über meinen fledermausähnlichen Schlafrhythmus oder darüber, dass ich ewig das Bad blockiere. Ganz zu schweigen davon, dass ich überall mein Skateboard rumliegen lasse. Ich habe einfach Angst, dass unsere Freundschaft darunter leiden wird, weil ich ihm … *zu viel* werde.

Nur ist es jetzt ohnehin zu spät. Der Umzug ist so gut wie fertig. Zweimal mussten Lenny und Vince mit dem Auto hin-

und herfahren, um die Sachen zu uns zu bringen. Das Bett und der Schreibtisch waren auch schnell aufgebaut – Sydney kann nicht nur extrem gut backen, sondern ist auch die geborene Handwerkerin. Jetzt sind alle Kartons ausgeräumt und zusammengefaltet aufeinandergestapelt.

Schweigend sehe ich mich um. Irgendwie hatte ich erwartet, dass das Zimmer mit mehr Möbeln völlig überladen sein würde, aber Lenny hatte echt wenig Zeug im Schlepptau. Jetzt stehen hier zwei Betten, zwei Schreibtische, ein weißes Billy-Regal voll Bücher und ein schwarzer Ohrensessel. Einen Kleiderschrank habe ich nicht, nur zwei an der Wand übereinander hängende Kleiderstangen. Die obere kriegt Lenny, die untere bleibt meine.

Doch auch, wenn Lennys Sachen ihren Raum eingenommen haben, sieht es trotzdem noch aus wie *mein* Zimmer. *Meine* graue Wandtapete im Betonstil (die Lenny schon immer schrecklich fand) und auch *meine* drei alten Skateboards, die ich seitlich an der Wand befestigt habe, sodass sie als Bücherregale fungieren. Lediglich die schwarze Klimmzugstange, die nun an unserem Türrahmen befestigt ist, trägt eindeutig seine Note.

Aber ich bin offen für Veränderung. Egal, wie lange Lenny bleiben wird, er soll sich auch wohlfühlen.

*

Als Luke nach der Arbeit dazukommt, ist er mit mehreren Pizzakartons beladen. Vorsichtig legt er sie ab, dann zückt er einen Briefumschlag aus der Hosentasche und reicht ihn mir.

»Von Tina«, erklärt er, während ich den Umschlag öffne und von etlichen rostgelben Scheinen erschlagen werde.

Meine Eingeweide verknoten sich. Ach ja, der Verkauf des

Gemäldes. Hastig schließe ich den Umschlag wieder und zwinge ein freundliches »Danke« heraus.

Beruhige dich, Maya. Das ist doch nur Geld. Freu dich einfach wie jeder normale Mensch. Außerdem hast du es dir verdient. In jeder erdenklichen Weise.

Zu sechst machen wir es uns auf dem Sofa gemütlich, essen Pizza und reden. Fast könnte es den Anschein haben, als ob sich in den letzten Wochen nichts verändert hätte. Doch jetzt sind Vicky und Vince zusammen, und Lenny wohnt hier. Viele aufregende Monate liegen hinter uns, und mein Gefühl sagt mir, dass es vermutlich genauso spannend weitergeht.

Irgendwann machen sich Luke und Vince auf den Weg nach Hause, während wir – unsere neue WG – noch eine Weile auf dem Sofa zusammensitzen und fernsehen. Es ist nett, aber ungewohnt, obwohl wir schon tausendmal auf dem Sofa gelümmelt haben. Nur geht Lenny diesmal nicht nach Hause. Er bleibt, denn er wohnt jetzt hier.

Als die Nacht anbricht, ist Sydney die Erste, die sich verabschiedet, um sich der üblichen Wasch- und Abschminkroutine zu widmen. Vicky folgt ihr kurze Zeit später, und als das Bad wieder frei wird, beschließt Lenny, sich ebenfalls bettfertig zu machen. Und obwohl ich normalerweise immer viel später ins Bett gehe, hat der lange Tag auch mich ziemlich müde gemacht. Vermutlich sollte ich mich ausnahmsweise mal etwas früher schlafen legen.

In meinem Zimmer angekommen ziehe ich mich schnell um und laufe dann zum Bad. Das Licht brennt, die Tür ist nur angelehnt.

»Lenny?«, frage ich und klopfe sicherheitshalber trotzdem.

»Komm rein.«

Ich kicke die Tür mit dem Fuß auf, und … erstarre. Lenny trägt eine lange graue Schlafhose, aber kein Oberteil. Sein großer nackter Rücken knallt mir entgegen. Meine Wangen glühen.

»Ich, ähm … das wollte ich gerade auch machen«, sage ich und deute auf die Zahnbürste in seiner Hand.

Lenny nickt und tritt zur Seite, um mir Platz zu machen.

Schluckend laufe ich zum Waschbecken und verstehe nicht, warum es mich so überrumpelt, dass er offenbar mit freiem Oberkörper schläft. Ist ja nicht so, dass mir dieser Anblick gänzlich fremd wäre. Aber könnte es sein, dass er seit unserem letzten Ausflug am See mehr trainiert hat? Irgendwie wirkt alles an ihm hervorgehobener, definierter.

Mit leicht bebenden Fingern drücke ich etwas zu viel Paste auf meine Bürste, stecke sie mir in den Mund und schließe mich Lennys Schrubbkonzert an, das von den Wänden widerhallt.

Während ich die Zähne putze, spüre ich seinen Blick auf mir. Anfangs versuche ich ihm auszuweichen, aber je länger wir nebeneinanderstehen, so nah, dass unsere nackten Arme sich berühren, desto mehr bröckelt mein innerer Widerstand, und ich knicke ein. Vorsichtig hebe ich den Blick und erhasche im Spiegelbild die Schemen seiner V-Leiste. Ein heißes Kribbeln durchfährt meinen Körper. Ich will wegsehen, aber mein Blick kann gar nicht anders, als den Linien seiner Muskeln zu folgen. Uff, was muss er die Hose auch so verdammt tief tragen?

»Was ist?«, ertönt es von der Seite, und ich zucke unwillkürlich zusammen.

»Was meinst du?«, frage ich ertappt und schaue nun auf zu seinem Gesicht. Seine Mundwinkel sind voller Schaum, die Zahnbürste zwischen die Lippen geklemmt.

»Du sieschst scho konschertriert ausch.«

Okay, das mit der V-Leiste verstehe ich noch, aber warum macht es mich auch an, dass er mit vollem Mund redet?

»Wie sehe ich aus?«

»Konschertriert.«

Mein Puls fährt hoch, und ich erschaudere.

»Wie?«

Jetzt grinst er und spuckt die Masse in seinem Mund aus. »Verarsch mich nicht«, sagt er und wuschelt mir durch meine offenen Haare, eine Berührung, die mir Gänsehaut auf die Arme treibt. Er spült sich noch den Mund aus, dann ist er weg.

Unsicher betrachte ich die neue Zahnbürste im Becher. Ob das von nun an immer so sein wird? Herzklopfen beim Zähneputzen?

Als ich wenig später im Bett liege und Lenny in seinem, ist die Aufregung noch immer nicht abgeklungen. Offenbar dachte wohl ein Teil von mir, dass unser Zusammenleben wie auf einer Klassenfahrt sein würde, bei dem sich die besten Freunde ein Zimmer teilen und die ganze Nacht lang quatschen. Stattdessen knistert die Luft, und ich habe keine Ahnung, ob ich die Einzige bin, die das spürt. Lenny wirkt für seinen Teil ziemlich entspannt, während er im Dunkeln auf seinem Handy herumscrollt. Vielleicht bilde ich mir die Stimmung ja nur ein …

»Maya?« Lennys Stimme klingt viel weiter entfernt, als der Raum es vermuten lässt.

»Ja?«

Er schwärzt den Bildschirm und legt das Handy zur Seite. »Was machen wir eigentlich, wenn jemand von uns … na ja, Besuch kriegt?«, fragt er, und ich schwöre, dass mein Herz mindestens drei Schläge lang aussetzt.

Besuch? *Solchen* Besuch?

»Ähm, eine Socke an der Tür, oder so?«, schlage ich aus dem Affekt vor.

Er lacht. »Ein bisschen Klischee, aber von mir aus.«

Halt. Ist das sein Ernst? Wir scherzen nicht, so wie wir es immer tun? Er will wirklich wissen, was wir machen, wenn einer von uns jemanden abschleppt?

»Du … du überlegst also …« Ich schließe den Mund wieder, meine Zunge fühlt sich taub an.

»Nein, nein, ich habe jetzt keine konkreten Pläne oder so. Ich mein ja nur. Das könnte zu einem Problem werden, wenn man sich ein Zimmer teilt.«

Nicht für mich. Aber für ihn schon?

»Du … kriegst also … Besuch?«, frage ich in einer viel zu hohen Mini-Maus-Stimme.

Er schweigt. Sehr lange. Zu lange.

»Ähm … manchmal?«, sagt er dann, ganz leise, als wollte er mich mit dieser Information nicht verschrecken.

»Das … hast du mir noch nie erzählt.«

»Warum auch? Das wäre doch voll schräg.«

»Für mich aber nicht!« Meine Stimme überschlägt sich fast.

»Warte. Bist du sauer?«

Bin ich das? Gut, mein Herz rast wie während eines Marathons, aber ist das wirklich Zorn? Oder was anderes?

»Ich bin nicht sauer, nur überrascht«, stelle ich richtig. »Es ist nur, weil … ich erzähle dir doch auch immer alles. Jedes noch so kleine Detail!«

»Jedes noch so kleine Detail«, wiederholt Lenny seufzend.

Verdattert halte ich inne. »Findest du das etwa schlimm?«

»Nein, du kannst mir erzählen, was du willst. Es ist nur … du gehst manchmal schon sehr ins Detail.«

Kochend heißes Blut schießt mir in die Wangen. Gut zu wissen, dass Lenny meine Geschichten gar nicht hören will.

»Mit wie vielen Leuten hattest du Sex?«, platze ich heraus.

Lennys Matratze ächzt, als hätte er irgendeine ruckartige Bewegung gemacht. »Wie bitte?«

»Mit wie vielen?«, wiederhole ich lässig, als würden wir bloß über die Anzahl von Geburtstagsgästen reden.

Darauf antwortet er nicht, und mit einem Mal meldet sich mein schlechtes Gewissen zurück. Scheiße, was mache ich hier eigentlich?

»Sorry, wenn das zu persönlich war«, entschuldige ich mich kleinlaut.

»Nein, es … ich zähle noch.«

Er zählt noch??

»Ähm, ich glaube elf«, sagt er schließlich.

Elf????

In den fünf Jahren, die wir uns kennen, hatte er mit elf Leuten Sex, ohne dass ich ein einziges Mal davon erfahren habe?

»Und mit wem?«

»Maya …«

»Ich frage nur!«

»Ich will aber nicht darüber reden. Das ist mir voll unangenehm, vor allem vor dir.«

»Warum?«

Weil du mich als kleine Schwester siehst?

»Darum. Jetzt lass uns schlafen, okay?«

Anstelle einer Antwort verschränke ich bockig die Hände vor der Brust, obwohl ich weiß, dass er es ohnehin nicht sieht. Aber ich kann einfach nicht glauben, was ich da gehört habe. Wie kann er diese Bombe platzen lassen und dann dichtmachen?

Es dauert nicht lange, bis Lenny eingeschlafen ist. Bei ihm geht das immer schnell, Augen zu und weg ist er. Ich hingegen kann nicht schlafen, dafür feiern die Gedanken in meinem Kopf schon wieder Walpurgisnacht. Die Zahl Elf ragt über mir wie ein Damoklesschwert. Schon beim Tanzen mit Lenny hatte ich den Eindruck, dass er eine Frau nicht zum ersten Mal so hält. So heiß und eng, so fordernd und begehrend.

Begehrend, begehrend, begehrend.

Stöhnend ziehe ich mir die Decke über den Kopf. Unfassbar, aber ich glaube, Vicky hatte recht. Ich fand Lenny immer attraktiv, aber offenbar habe ich ihn trotzdem nicht als sexuelles Wesen wahrgenommen. Bis zu diesem Moment dachte ich sogar, dass er noch nie Sex gehabt hätte. Er kommt aus einer sehr christlichen Familie und hat nie auch nur irgendwas in der Richtung angedeutet. Und jetzt höre ich, dass er Frauen um Frauen abschleppt.

Aber das ist es nicht, das mich eigentlich so fertigmacht. Ich fühle mich zutiefst betrogen und hintergangen. Und weiß nicht, wieso.

14. KAPITEL

Maya

Am nächsten Morgen wache ich frierend und völlig übermüdet auf. Es hat Stunden gebraucht, bis ich endlich eingeschlafen bin, und dann habe ich mich wohl so heftig hin- und hergewälzt, dass ich meine Bettdecke auf den Boden geworfen habe. Am liebsten würde ich nach ihr fischen und mich warm eingehüllt wieder hinlegen, aber als ich Lennys leeres Bett erblicke, bin ich mit einem Mal hellwach.

Er ist jetzt mein Mitbewohner. Ich habe ihn zu uns geholt. Er hat die Nacht in meinem Zimmer verbracht. In *unserem* Zimmer. Und ganz eventuell habe ich ihm gestern Abend auf die kindischste Art und Weise vorgeworfen, dass er mir nie etwas von seinen *Besuchen* erzählt hat.

Oh Maya, denke ich und würde mir am liebsten selbst eine reinhauen. Was war denn bloß los mit mir? Ich habe ihn regelrecht dazu gedrängt, mit der Sprache rauszurücken, nur weil ich neugierig war. Und ja, auch ein kleines bisschen sauer, obwohl es dafür überhaupt keinen Grund gibt.

Ich muss mich bei ihm entschuldigen.

Als ich mich aufrappele, schmerzt jeder einzelne Muskel, als hätten meine hibbeligen Gedanken nicht nur meinen Geist, sondern auch meinen Körper beansprucht. Auf dem Weg zur Tür schnappe ich mir Lennys Strickjacke, die er gestern anhatte. Während ich hineinschlüpfe und seinen vertrauten

Geruch einatme, werfe ich einen erneuten Blick auf sein ungemachtes Bett. Seine Bettwäsche hier zu sehen – in *unserem* Zimmer.

Er ist jetzt tatsächlich mein Mitbewohner.

Vicky und Sydney sitzen mit zwei Tees zusammen auf dem Sofa und streiten darüber, ob das, was Sydney gesagt hat, wirklich ein Spoiler war oder nicht. Von Lenny keine Spur, aber ich vermute ihn in der Küche, aus der ein lieblich süßer Duft herausströmt.

Als ich die Tür öffne, muss ich kurz schlucken. Mit ihm wirkt die Küche auf einmal so klein und winzig. Das Radio ist aufgedreht, die Luft im Raum schwül und dunstig, weil Lenny den Abzug nicht angemacht hat. Er ist barfuß, trägt dieselbe Schlafhose von gestern, und (Gott sei Dank!) ein frisches weißes T-Shirt. Seine blonden Haare sind zerzaust, als wäre er gerade eben erst aufgestanden.

Als er einen Blick über die Schulter wirft, befreie ich mich aus meiner Starre.

»Morgen.«

»Morgen.« Lenny lächelt, aber es ist nicht mein geliebtes Schmunzeln, sondern ein verhaltenes, beinahe distanziertes Lächeln. »Die steht dir«, fügt er hinzu und deutet auf seine Jacke.

»Danke«, sage ich leise und schlinge die Arme um meinen Oberkörper, wobei mein Blick auf eine kleine gekringelte Locke fällt, die von allen anderen Haaren deutlich absteht. Die hatte er schon damals, denke ich. Das habe ich total vergessen. Ich spüre, wie meine Wangen warm werden. Verdammt, warum werde ich beim Anblick dieser kleinen Locke rot?

»Du machst Frühstück?«, frage ich, kann aber nicht genau sehen, was er zubereitet, weil er ein verdammter Riese ist.

»Ja.« Sofort tritt Unsicherheit in seinen Blick. »Ist das okay?«

»Natürlich! Das ist jetzt auch deine Küche.«

Sein Lächeln wird um ein paar Millimeter breiter, was ich als winzigen Erfolg verbuche. Er verlagert das Gewicht auf das andere Bein und tritt damit auch ein kleines Stück zur Seite. Mein Blick fällt auf das Frühstück, und endlich kann mein Gehirn den süßen Geruch einordnen.

»Waffeln«, hauche ich und merke, wie mir augenblicklich das Wasser im Mund zusammenläuft. »Ach ja«, erinnere ich mich. Samstags ist bei Lennys Familie immer Waffeltag. Mir war nicht klar, dass er diese Tradition fortführt.

»Die sehen echt gut aus.«

»Hoffentlich schmecken sie auch.« Wieder klingt er verunsichert.

»Wenn sie so lecker sind, wie sie riechen, dann ganz bestimmt.«

Wieder lächelt er, aber diesmal wirkt es irgendwie gekünstelt.

»Hör mal, Maya … wegen gestern«, beginnt er, und am liebsten würde ich ihn unterbrechen, doch er fährt eilig fort. »Tut mir leid, wenn du das Gefühl hattest, dass ich irgendwas vor dir verheimliche. Ich rede einfach nicht so gern darüber und hätte auch nicht gedacht, dass es dich überhaupt interessieren würde.«

Wow. Okay, das habe ich nicht kommen sehen, wobei ich es eigentlich hätte tun sollen, denn es ist so typisch Lenny, dass er die Schuld immer zuerst bei sich sucht.

»Natürlich interessiert es mich«, unterbreche ich ihn. »Alles von dir interessiert mich. Aber du musst mir nichts erzählen, wenn du nicht willst, und dich schon gar nicht für irgendwas entschuldigen. Ich war gestern einfach ziemlich schräg drauf, und das tut mir leid. Bitte sag mir, dass ich dich nicht vergrault habe«, flehe ich und ziehe einen Schmollmund.

Er lacht leise. »Hast du nicht.«

Ein leiser Seufzer der Erleichterung entfährt mir. Wenn Lenny nach nur einer Nacht mit mir wieder ausgezogen wäre, hätte ich meinen Selbstwert vermutlich in einem Sarg begraben.

»Brauchst du eigentlich Hilfe?«, frage ich, als er sich wieder umdreht.

Lenny zuckt mit den Schultern. »Wenn du willst? Aber kleine Vorwarnung: Waffeln machen ist ziemlich kompliziert.«

»Oh ja, ganz sicher«, pflichte ich ihm ironisch bei. »Wie kann ich dir denn assistieren?«, frage ich und trete näher.

»Komm«, sagt er und greift plötzlich nach meiner Hand. Mein Herz macht einen überraschten Sprung.

»So.« Lenny führt mich zur Arbeitsfläche, stellt sich hinter mich, und beugt sich so weit runter, bis unsere Köpfe auf einer Höhe sind. Seine Haare kitzeln meine Schläfen, und mein Herz springt erneut.

»Jetzt machst du Folgendes. Du nimmst den Teig ...« Er legt seine Hand auf meinen Handrücken, lenkt sie zur schwarzen Kelle, und tunkt sie in die dickflüssige Masse.

Meine Körpertemperatur steigt an.

»Und anschließend ...« Seine Hand noch immer sanft, aber bestimmt um meine geschlossen, hebt er die Kelle an und führt sie zum Waffeleisen. »Kippst du den Inhalt hinein.«

Ein lautes Zischen erklingt, als der Teig auf die schwarze Waffelplatte trifft.

»Und ... dann?«, frage ich stockend.

»Dann – und das ist der schwerste Part ...« Seine Stimme wird dunkler, sein Atem streift meinen Hals, und obwohl ich weiß, dass er mich nur aufzieht, halte ich trotzdem die Luft an.

»... schließt du das Waffeleisen.« Wieder lenkt er meine Hand, senkt die eine Platte auf die andere, und wieder zischt es.

Ich atme lautlos aus, höre meinen Puls in den Ohren wummern. »Das … war wirklich kompliziert.«

»Sag ich doch.« Er lacht leise. »Wollen wir die nächste auch zusammen machen?«

Ja, bitte.

»Nein, das schaffe ich schon«, entgegne ich etwas lauter und straffe die Schultern, schüttele die verdammte Gänsehaut ab.

Lenny wird hier wohnen, erinnere ich mich. Das bedeutet, dass ich mich zusammenreißen muss. Was auch immer seine Nähe in mir auslösen mag, was auch immer sie aufwirbelt oder wieder hochkommen lässt, ich darf unter keinen Umständen diesen Gefühlen nachgeben. Lenny mag mich nicht auf diese Weise – und das ist okay! Ich bin schon lange drüber hinweg und dankbar, ihn als besten Freund zu haben.

Nicht mehr und nicht weniger.

Die Waffeln schmecken großartig. Ich schaffe ganze drei Stück, Vicky vier und Sydney knackt sogar die fünf. Danach ist uns allen schlecht, außer Lenny, der es nur bei einer belassen hat. (Na ja, und meinem Rest, den ich nicht geschafft habe – aber er ist nicht mein Mülleimer!) Glücklicherweise versorgt er uns im Anschluss mit warmen Magen- und Beruhigungstees, was ihm jetzt schon den Titel »Mitbewohner des Monats« einbringt.

Während wir unsere Getränke schlürfen, klären wir Lenny über unser übliches Zusammenleben auf. Es gibt einen wöchentlichen Putzplan, den jeder einmal übernimmt, und für den Einkauf gilt dasselbe. Wir teilen alles miteinander, bis auf die Produkte im obersten Fach des Kühlschranks – die gehören nur der Person, die sie gekauft hat, und werden nicht angerührt. Also … meistens zumindest. (Sorry für den Joghurt, Vick!)

Aber der wichtigste Punkt von allen: Wenn wir ein Problem mit jemandem haben, suchen wir sofort das Gespräch und reden miteinander.

»Klingt gut«, sagt Lenny am Ende. »Aber ich möchte auch etwas loswerden. Wenn es euch irgendwann doch zu viel mit mir wird, dann sagt es mir bitte. Keine falsche Rücksicht, okay?«

»Jemand, der uns Waffeln und Tees serviert, wird uns ganz bestimmt nicht zu viel«, meint Vicky und tupft sich den Mund mit einem Zewa ab.

»Trotzdem«, beharrt er und sieht dabei komischerweise nur Sydney an. »Sollte es aus irgendwelchen Gründen doch nicht mehr passen, ist das okay. Ich werde euch nicht böse sein. Und zur Not kann ich ja auch zu meinen Eltern ziehen.«

»Ach, Lenny.« Sydney schlägt ihm liebevoll gegen die Brust und sagt etwas, das ich durch das laute Dröhnen meines Pulses nicht mehr höre.

Ich richte den Blick auf unsere leeren Teller, während die Gedanken in meinem Kopf um den Krater tanzen, den er gestern mit seinen einschlagenden Worten verursacht hat. Ob Lenny seinen … *Besuchen* auch seine berühmten Samstags-Waffeln serviert hat? Er hat nie etwas dergleichen erwähnt, weil er diesen Teil seines Lebens stets vor mir verheimlicht hat.

Mein Magen krümmt sich bei dieser erneuten Erkenntnis.

Was hält er noch vor mir geheim? Ob er gerade jemanden trifft? Nein, bei der vielen Arbeit, die er gerade hat, ist das eher unwahrscheinlich. Aber vielleicht gibt es trotzdem eine, die er mag. Und wenn ja, warum will ich das unbedingt wissen?

»Alles okay?«

Ich drehe den Kopf zu Lenny und stelle fest, dass wir auf einmal allein auf dem Sofa sitzen. Sein Blick ist besorgt und eindringlich. Heute sehen seine Augen blauer aus als sonst. Als hätte die See sich beruhigt und würde nur in sanften Wellen vor sich hintreiben.

»Ja, ich …« Muss mich abwenden, weil ich fürchte, dass, wenn ich ihn noch länger anstarre, meine Netzhaut durchbrennt. »Bin echt froh, dass du hier wohnst«, bringe ich schließlich heraus und zwinge mich zu einem kraftlosen Lächeln.

Endlich schenkt er mir sein vertrautes Schmunzeln, und als er unvermittelt nach meiner Hand greift, löst sich der Knoten in meinem Magen. Mit einem Puff ist der ganze Druck weg.

Als wäre er nie da gewesen.

15. KAPITEL

Lenny

Schon komisch, dass niemand von meinem Hauskreis weiß, was sich gerade alles bei mir verändert – also niemand außer Miri natürlich, aber die hat ebenfalls darüber geschwiegen, dass ich von Jonah rausgeschmissen wurde und schon seit einer Woche in Mayas WG wohne. Klar würde ich gern mit meinen Freunden darüber reden, aber da Lotte und Jonah das mit der Schwangerschaft nach wie vor geheim halten, will ich nicht derjenige sein, der sie »outet«. Insgesamt wissen es also nur meine Eltern, meine beiden jüngeren Schwestern und ich. Und nicht zu vergessen meine neue WG.

Mama und Papa hatten im Übrigen kein Problem damit, dass ich mich im letzten Moment entschieden habe, doch in Berlin zu bleiben, weil das Haus durch einen kürzlichen Rohrbruch in der Küche noch immer die reinste Baustelle ist. Dass ich vorübergehend zu Maya ziehe, fanden sie super, wenngleich sie noch nicht wissen, dass ich in *ihr* Zimmer gezogen bin. Keine Ahnung, wie sie das fänden. Ich für meinen Teil kann mich bisher noch nicht beschweren.

Die erste Woche lief gut. Ich war meistens bei der Arbeit oder in der Bib, und wenn ich abends nach Hause kam, haben wir zusammen gekocht und gegessen. Das Zusammenleben mit Jonah hatte trotz unserer Freundschaft immer eher was von einer Zweckgemeinschaft, aber jetzt in der neuen WG, wohnen wir nicht nur zusammen, wir *leben* auch zusammen. Als jemand, der aus einer großen Familie kommt, wird mir erst jetzt klar, wie sehr mir dieses gesellige Miteinander all die Jahre gefehlt hat.

»Meint ihr, dass Jonah irgendwann noch mal zu einem unserer Treffen kommen wird?«, fragt Isa in die Runde. Heute sitze ich zwischen ihr und Tom, um Caros subtilen Avancen auszuweichen.

»Keine Ahnung«, entgegne ich, als alle zu mir herübersehen. »Er hat nichts dergleichen erwähnt.«

Was streng genommen keine Lüge ist. Ich habe nur das winzige Detail ausgelassen, dass er und ich ohnehin nicht mehr miteinander reden.

»Wir können ihn ja spätestens an Ostern fragen«, überlegt Tom, und ich beiße in mein Brot, um nicht darauf antworten zu müssen.

»Bist du dieses Jahr eigentlich wieder im Chor, Caro?«, erkundigt sich Isa bei ihr.

Caro grinst und schüttelt den Kopf. »Noin!«

Prompt bricht der ganze Tisch in lautes Gelächter aus. Noch immer kauend und leicht irritiert betrachte ich die kichernde Runde, nicht verstehend, was so lustig ist, bin aber gleichzeitig nicht interessiert genug, um nachzufragen, welcher Trend jetzt schon wieder die Runde macht.

Nachdem sich die vier beruhigt haben, erzählt Caro ihnen schließlich vom Chor, an dem sie sehr wohl teilnimmt, und unterhält uns mit ein paar Anekdoten aus der Gemeinde. Das ist ein weiterer Vorteil davon, weiter in Berlin zu leben. Ich muss nicht auf den Hauskreis verzichten. Durch den Umzug hat sich alles perfekt ineinandergefügt, und ich kann nur hoffen, dass es auch so bleibt.

*

Nach dem Hauskreis nehme ich aus Gewohnheit die Bahn, die mich nach Charlottenburg bringt, und bemerke es erst nach der dritten Station. Leicht verpeilt steige ich aus und stelle mich an das gegenüberliegende Gleis. Es ist noch ungewohnt, dass mein Heimweg nun der Weg zu Maya ist, weil ihre Wohnung jetzt auch meine ist. Mein Bett ist dort, mein Duschzeug, mein Rasierer, einfach alles. Und doch fühlt sich der Umzug noch so unwirklich an.

In der Wohnung angekommen, stolpere ich fast über Mayas Skateboard. Ein lautes Ächzen ertönt im Flur, aber es kommt nicht von mir, sondern von Vicky, die an meiner Klimmzugstange baumelt. Ihr Pulli ist bis zu den Rippen hochgerutscht, und an den Beinen wird sie von Vince gehalten. Die Ärmel seines Hemdes hat er hochgeschoben, die Muskulatur seiner Arme ist sichtbar angespannt.

»Ich lasse dich gleich los, okay?«, teilt Vince ihr mit.

»Aber du fängst mich auf, wenn ich falle!«, kommandiert sie panisch.

»Du sollst nicht fallen, sondern dich an der Stange hochziehen. Vorsicht.« Langsam lässt er ihre Beine los. »Und jetzt los.«

Vicky strampelt mit den Beinen. »Ich kann nicht!«

»Doch, klar kannst du. Mach so, wie ich es dir gezeigt habe.«

Stöhnend verzieht sie das Gesicht und versucht sich mit voller Kraft hochzustemmen. Ihr Kopf läuft rot an, aber sie schafft gerade mal ein paar Zentimeter nach oben, ehe ihre Arme nachgeben und sie die Stange loslässt. Glücklicherweise fängt Vince sie wirklich auf.

»Ha, das war nur ein Trick, um zu sehen, ob du dein Wort hältst!«, behauptet sie, während Vince sie vorsichtig auf den Boden absetzt.

»Ach so, klar«, bemerkt er spöttisch und deutet auf die Stange. »Willst du es dann gleich noch mal versuchen?«

»Nee, jetzt habe ich keine Lust mehr.«

»Hey, Leute«, mache ich mich bemerkbar, und schiebe Mayas Skateboard vom Eingang weg.

»Hey«, begrüßen mich beide im Chor.

»Ich sehe, ihr habt ein bisschen trainiert«, sage ich, während ich aus meinen Schuhen schlüpfe.

Vicky wirft der Kimmzugstange einen finsteren Blick zu. »Ich glaub, das Ding ist kaputt.«

»Oder du hast nicht einen einzigen Muskel in diesen süßen Ärmchen«, ärgert Vince sie und kneift ihr mehrmals in den Bizeps.

»Hey, da sind sehr wohl Muskeln!« Sie reckt das Kinn. »Kann ja nicht jeder zwanzig Stück auf einmal schaffen.«

»Dreißig«, entgegnet Vince durch einen übel kaschierten Husten und stolpert lachend nach hinten, als er Vickys Hieb auszuweichen versucht.

»Seid nur ihr beide da?«, frage ich und spähe unter der Stange hinweg ins leere Zimmer.

»Maya ist noch da, aber Sydney schläft heute bei Luke«, sagt Vicky. »Wir wollen gleich auch los. Maya hat von dieser Apotheken-Bar um die Ecke geschwärmt, bei der ihr neulich wart.«

»Ja, die ist echt cool. Aber auch ein bisschen teuer.« Ich wünsche den beiden noch viel Spaß und steuere dann das Wohnzimmer an.

Als ich die Tür öffne, renkt Maya den Kopf nach hinten, und sofort erhellt sich ihr Blick. »Du bist wieder da!«

Mein Herz macht einen kleinen Sprung. Dass sie sich so freut, mich zu sehen …

»Ja«, entgegne ich verlegen und umrunde das Sofa, um neben ihr Platz zu nehmen. Mayas Laptop liegt auf ihrem Schoß. Ein Word-Dokument ist geöffnet – vermutlich eine ihrer Hausarbeiten, die sie bis Ende des Monats abgeben muss. Sie trägt wieder ihren niedlichen Dino-Schlafanzug und zwei geflochtene Zöpfe, die ihr bis auf die Schultern herabhängen.

»Wie war's beim Hauskreis?«, erkundigt sie sich und klappt den Bildschirm zu.

»Ganz gut. Aber wir haben uns mal wieder verquatscht.«

»Wissen sie schon von der Sache mit Jonah?«

»Nein. Es kommt mir nicht richtig vor, es ihnen zu sagen. Also nicht nur das mit dem Rauswurf, sondern auch mit der Schwangerschaft«, sage ich und will gerade ein Bein auf den Tisch legen, als ich automatisch innehalte.

Aber Maya bemerkt mein Zögern und macht eine auffordernde Handgeste. »Mach ruhig.«

»Sicher?«

»Natürlich. Du wohnst jetzt auch hier und ich will, dass du dich wohlfühlst. Wenn es irgendwas gibt, das dich stört, dann sag es bitte.«

Wärme durchströmt mich bei ihren Worten. Wärme und Geborgenheit.

»Das gilt andersherum natürlich genauso.«

»Machst du Witze? Du bist total pflegeleicht. Im Gegensatz zu Luke und Vince machst du nach dem Rasieren sogar sauber. Und du spülst immer ab.«

»Sagtest du gerade *pflegeleicht?*« Ich setze ein gespielt beleidigtes Gesicht auf. »Bin ich jetzt ein Haustier?«

Ihre Wangen röten sich. »Nein, so war das nicht gemeint. Ich wollte nur sagen … also … ich finde es einfach schön, dass du hier bist.«

Mein Puls legt den nächsten Gang ein. »Okay, dann …« Ich lehne mich gegen das Sofakissen und lege die Füße auf den Tisch, was Maya mit einem »So ist's recht«-Nicken quittiert. Leider ist es nur halb so bequem wie erwartet, vielleicht bin ich einfach zu verkrampft, weil … ich weiß gar nicht warum.

Eine paar Sekunden lang sitzen wir schweigend nebeneinander. Aber diesmal ist es anders als sonst. Normalerweise liebe ich es, mit meiner besten Freundin nur dazusitzen, doch in letzter Zeit liegt da immer eine Anspannung in der Luft, die mich weniger nervös macht, wenn wir die Stille mit Worten füllen.

Und dann liegen plötzlich ihre Füße auf meinem Schoß. Genau wie neulich am Valentinstag.

Verwirrt schaue ich zu ihr. Maya grinst mich verschwörerisch an, und mit einem Mal ist die Anspannung wieder weg.

»Nein, Maya«, sage ich lachend.

»Ach, komm«, schmollt sie, und wackelt mit den Zehen.

»Nein. Die Massage gibt's nur an Geburtstagen oder Feiertagen«, erinnere ich sie.

»Und was, wenn ich meine Füße so lange auf deinem Schoß liegen lasse, bis du eventuell doch Lust bekommst?«, verhandelt sie. »Dort stören sie doch niemanden.«

Ich kann nicht anders, ich muss lächeln.

Sie ist so süß.

»Doch, das würden sie leider schon tun, weil ich gerade aufstehen und meinen Laptop holen wollte, damit wir zusammen co-worken können.«

»Noch nie was von Multitasking gehört?«, fragt sie und legt ihren Laptop auf den Tisch ab, ehe sie sich tiefer ins Sofa sinken lässt, als würde sie sich bereits in die ultimative Massage-Position bringen.

»Du willst ...« Wieder lache ich. »Und wie soll das bitte gehen?«

»Fang einfach an, und ich zeig's dir.«

Ich soll anfangen?

Eine teuflische Idee kommt mir in den Sinn. »Ähm, na gut.«

Maya strahlt, als ich die Hände auf ihre Füße lege, doch

dann umfasse ich ihre Knöchel, ziehe sie mit einem Ruck an mich, packe sie an den Beinen, und stehe auf.

»Aaah, was machst du da?«, fragt sie mit dem Kopf nach unten in der Luft baumelnd.

»Du hast gesagt, ich soll anfangen«, erinnere ich sie und schlängele mich an dem Sofa und Fernsehtisch vorbei.

»Damit, mir die Füße zu massieren, und nicht, mich durch die Gegend zu schleudern!«, schimpft sie und strampelt mit den Füßen.

»Mache ich gleich, ich hole nur schnell meinen Laptop«, sage ich und hebe sie ein Stück höher, damit sie nicht mit dem Kopf irgendwo gegen stößt. »Du bist echt leicht, weißt du das?«

»Und du bist kacke!«, entgegnet sie und haut mir mehrmals gegen das Bein.

»Jetzt kriege ich ja die Massage«, stelle ich amüsiert fest, doch mein Lächeln erstirbt, als sie mit beiden Händen meinen Hintern umfasst. Vor lauter Schock gerate ich ins Taumeln, doch es ist der Sturm an Emotionen, der mich letztendlich umwirft.

Schnell packe ich Maya mit der anderen Hand und versuche sie richtig zu drehen, bevor ich rückwärts stolpere und über die Lehne auf das Sofa falle.

Und Maya auf mich drauf. Das Polster dämpft unseren Aufprall, aber ich verziehe trotzdem das Gesicht, als mein Kopf auf die Armlehne trifft.

Ein paar Herzschläge lang liegen wir wie erstarrt aufeinander.

»O nein! Ist alles okay?«, fragt Maya, und betastet mit ihren kühlen Fingern meine Stirn.

»Ja, tut mir leid, dass ich dich fallen gelassen habe«, brumme ich, und fahre automatisch über ihren Rücken, als suchte ich nach einer offenen Wunde. »Hast du dir wehgetan?«

»Nein, bin ja weich gelandet.« Ihre Wangen röten sich, ihr warmer Atem trifft auf mein Kinn.

»Und es war ja meine Schuld«, räumt sie ein, und ich erschaudere leicht, als ihre Zöpfe über meinen Hals streichen. »Aber du …« Sie weicht meinem Blick aus. »Du hast mich provoziert!«

»Das habe ich wohl«, entgegne ich leise.

Und am liebsten würde ich es wieder tun.

Maya sieht mir forschend in die Augen, und diesmal halte ich ihren Blick. Ein paar Sekunden lang liegen wir einfach nur da, sehen uns an, während mein Herz immer schneller klopft.

Ich mag das, denke ich. Wie sie sich anfühlt. Auf mir.

Unbewusst verstärke ich ihren Griff um sie, und bemerke es erst dann, als ich mehr von ihr spüre. Mehr Maya.

Und es fühlt sich so verdammt richtig an.

Vergiss es, donnert eine strenge Stimme in mir. *Denk nicht einmal daran. Du wirst ganz sicher nicht eure Freundschaft aufs Spiel setzen, indem du dir einen zweiten Korb holst.*

»Na ja, wenigstens ist niemand ernsthaft verletzt worden«, sagt sie und stützt sich an meiner Brust ab, um sich aufzurichten.

»Ja, ein Glück«, murmele ich und mache im Geist einen Schnappschuss von dem Moment, in dem sie rittlings auf mir sitzt.

»Vergessen wir das mit dem Multitasking.« Sie zieht ihren Schlafanzug glatt. »Du holst deinen Laptop, wir co-worken, und danach kriege ich eine Massage.«

Wie könnte ich ihr je was abschlagen?

»Einverstanden«, willige ich ein und stehe ebenfalls auf, ehe ich die Beine schüttele. Mein Hinterkopf pocht noch immer vom Aufprall, aber es übertrifft trotzdem nicht das Hämmern in meinem Brustkorb. Ein bisschen Schreiben an der

Abschlussarbeit wird mich hoffentlich wieder etwas runterbringen.

»Wie lautet eigentlich euer WLAN-Passwort?«, frage ich auf dem Weg zur Tür.

Maya blickt mich überrascht an. »Du hast dich immer noch nicht eingeloggt?«

Ich schüttele den Kopf. Dafür war ich zu selten da.

»Der Router heißt ›Obi-Lan Kenobi‹. Das Passwort ist sehr lang. Ich suche es dir gleich raus.«

»*Obi-Lan Kenobi?*« Ich lache los. »Lass mich raten: Ein ziemlich fanatischer *Star-Wars*-Fan hat den Namen ausgesucht?«

Maya grinst. »Wer sonst?«

»Obi-Lan Kenobi«, wiederhole ich und muss wieder lachen. »Typisch Syd.«

Und mit einem Mal schwindet sämtliche Fröhlichkeit aus Mayas Zügen. Das Lächeln klebt ihr zwar noch immer auf den Lippen, nur ist da plötzlich auch ein Schmerz in ihren Augen, der so zerreißend und tief ist, dass ich ihn mir unmöglich eingebildet haben kann.

Aber was mag der Grund dafür sein?

16. KAPITEL

Maya

Irgendwas geht hier vor sich, aber ich weiß nicht, was. Zwischen Lenny und mir läuft es gut, sehr gut sogar. Seit über einer Woche schon teilen wir uns ein Zimmer, ohne dass Köpfe gerollt sind. Im Gegenteil: Er beschwert sich nicht einmal darüber, dass ich bis fünf Uhr morgens das Nachtlicht anlasse und mit Musik in den Ohren vor mich hin zeichne. Und dann der Waffel-Samstag! Zwar habe ich mich schon wieder leicht überfressen, doch das war es wert. Außerdem bilde ich mir ein, dass die Wohnung sauberer ist, seit Lenny hier wohnt. Offiziell ist er zwar nur alle vier Wochen mit Putzen dran, aber er meinte schon, dass er nicht einfach vorbeigehen kann, wenn etwas ungünstig rumliegt.

Darüber hinaus habe ich dank ihm schon die erste von drei Hausarbeiten beendet. Ihn ständig arbeiten zu sehen, motiviert meinen faulen Hintern, selbst etwas zu tun, und Vicky behauptet dasselbe. Sogar Sydney spürt die Motivation – auch wenn sie keine Hausarbeiten schreiben muss. Dafür hat sie eine neue Tortenanfrage bekommen und legt sich mächtig ins Zeug.

Trotzdem ist irgendwas anders. Etwas, das ich nicht sehe, nur fühle, aber deshalb nicht weniger da ist. Und das macht mich ganz mürbe. Vielleicht liegt es ja an seinem freien Oberkörper, an dessen Anblick ich mich immer noch nicht gewöhnt habe. Oder an dem Prickeln, das über meine Haut fährt, wenn wir uns länger als drei Sekunden in die Augen sehen. Und das ist falsch, weil wir nur Freunde sind. Beste Freunde. Wann kapiert mein Hirn das endlich?

Jetzt gerade ist niemand von uns zu Hause, weil wir alle arbeiten müssen. Vicky im Museum, Lenny und Sydney im *Coffee & Books*, und ich im Grimm-Zentrum. Vermutlich habe ich den entspanntesten Job am Infoschalter der HU Hauptbibliothek. Die Leute kommen immer mit denselben Fragen und ziehen dann schnell wieder ab.

Die heutige Schicht ist besonders ruhig, und das, obwohl das neue Semester bald losgeht. Ich vertrödele die restliche Zeit bis zum Feierabend mit Gekritzel auf meinem Block. Vielleicht wäre es mal wieder an der Zeit für ein Tattoo, überlege ich, während ich auf die kleine Eule starre, die geradewegs aus meinem Kuli auf das Papier geflogen zu sein scheint. Eine süße Eule mit zartem Gefieder und niedlichen Glubschaugen. Vielleicht könnte sie noch auf einem Ast sitzen. Im Geiste überschlage ich den Preis für das Tattoo, als im selben Moment ein Schatten über meinen Block fällt.

»Entschuldigung?«

Als ich aufschaue, zucken wir beide kurz zusammen.

»Oh.« Verlegen reibt er sich über den Kopf. »Hey, Maya.«

»Hey, Max«, presse ich hervor und zwinge mich zu einem brüchigen Lächeln.

Seit meinem Geburtstag haben wir nicht mehr miteinander gesprochen. Ich habe nicht mehr an ihn gedacht, und auch niemand anderes hat mich auf Max angesprochen. Dass die Geschichte von unserem Kuss nicht die Runde gemacht hat, bedeutet wohl, dass wir beide den Mund gehalten haben. Ich habe es nicht einmal Vicky oder Sydney erzählt. Nur Lenny, wobei ich es ihm vermutlich auch verschwiegen hätte, wäre ich ihm nicht unmittelbar danach in die Arme gelaufen.

Max' Brillengläser sind durch die Wärme im Raum ganz beschlagen. Er trägt eine blaue Jeansjacke mit weißem Fellkragen, die er im Frühling oft beim Skaten anhat, die blonden Haare stehen leicht zerzaust von seinem Kopf ab. Am liebsten würde ich ihm sagen, wie cool und lässig er heute aussieht, aber aus Angst, dass es falsch rüberkommen könnte, verkneife ich es mir. Wehmut überkommt mich und mit ihr der Wunsch nach einer Zeit, in der es noch nicht so awkward zwischen uns war.

»Ich, ähm … wollte nur fragen, ob ich meine Tasche kurz bei dir am Empfang lassen kann, weil ich mein Schloss fürs Schließfach vergessen habe. Aber ich muss nur schnell ein Buch ausleihen und komme dann sofort wieder.«

Das Schloss fürs Schließfach vergessen … der Klassiker! Hunderte kommen tagtäglich mit genau dieser Bitte, kurz auf ihre Sachen aufzupassen, und so sehr ich sie alle verstehe, muss ich sie trotzdem immer wegschicken.

»Das dürfen wir nicht machen, tut mir leid«, entgegne ich ehrlich bedauernd.

Max blinzelt überrascht. »Wirklich? Aber du kennst mich doch. Ich muss nur ganz kurz rein«, gibt er nicht nach und klingt jetzt mehr wie der Max, den ich kenne – unverkrampft und direkt. »Fünf Minuten oder so. Dann bin ich zurück, versprochen.«

Er verhandelt, so wie alle. Und diesmal hadere ich wirklich mit mir, weil ich ihn tatsächlich kenne, und es nach allem, was war, nicht noch komischer zwischen uns machen will. Kurz schiele ich zur Seite, um zu überprüfen, ob meine Chefin gerade guckt, dann halte ich ihm seufzend meine Hand hin.

»Na gut. Aber mach schnell!«, flüstere ich.

Max' Gesicht erhellt sich. Schnell reicht er mir seinen Rucksack und marschiert sogleich auf den Eingang zu. Ich sehe ihm nach, bis er hinter den Bücherregalen verschwindet, dann scanne ich das Foyer nach Zeugen ab. Zu meinem Glück scheint mich niemand bei meinem kleinen Verstoß ertappt zu haben.

Wie versprochen steht Max wenige Minuten später wieder vor mir. In der Hand hält er einen dicken Wälzer mit einem zerfledderten roten Umschlag.

»Das ging wirklich schnell«, bemerke ich und reiche ihm seine Tasche zurück.

»Ja, danke dir.« Er zieht den Reißverschluss einen Spalt zur Seite, und schiebt das Buch in das hintere Fach seines Rucksacks.

»Nicht dafür«, wehre ich ab und erwarte (oder hoffe), dass er gleich verschwinden wird. Aber stattdessen tritt er näher und stützt sich mit einem Arm auf den Tisch.

»Und, wie geht's so?«, fragt er in einem freundlichen Plauderton.

»Gut, und dir?«, entgegne ich bemüht locker, während ich am liebsten sagen würde: *Wir müssen das nicht tun, Max. Geh einfach nach Hause und erspare uns beiden diesen gezwungenen Small Talk!*

»Mir auch. Ich habe gehört, dass Lenny jetzt bei euch wohnt?«

Ich nicke. »Ja. Sein Mitbewohner kriegt Zuwachs, und er musste das Zimmer freimachen.« Diese Version klingt jedenfalls humaner als die, dass sein Mitbewohner ihn eiskalt rausgeschmissen hat.

Nichts zu danken, Jonah!

»Cool.« Er lächelt. »Und wie läuft es bisher?«

»Ziemlich gut. Wir haben jetzt einen Waffel-Samstag.«

Max lacht leise. »Klingt lecker!«

»Ist es auch.« Vor allem, wenn wir die Waffeln zusammen machen …

»Und er schläft auf dem Sofa, ja? Geht das denn auf Dauer?«

»Nein, äh …« Ich räuspere mich. »Er schläft … bei mir.«

»Bei dir?«, wiederholt Max stirnrunzelnd.

»Ich meine natürlich in seinem Bett!« Ein kleiner hysterischer Lacher entfährt mir. »Nicht in meinem … das wäre … na ja, ganz schön eng. Du weißt ja, wie groß er ist.« Ein scharfer Stich zieht durch meine Hand und erst jetzt fällt mir auf, wie hektisch ich die ganze Zeit auf meinen Kuli klicke. »Aber sein Bett steht jetzt in meinem, ich meine in *unserem* Zimmer.«

Max fällt die Kinnlade runter. »Ihr teilt euch ein Zimmer?« Er sagt es auf diese fassungslos Weise, bei der man sich nach dem Fragezeichen noch drei Ausrufungszeichen vorstellen muss.

»Ähm ja, wir fanden, dass das die beste Lösung war«, entgegne ich unsicher, und lege den Kuli zur Seite, als ich noch hektischer zu klicken beginne. »Ich habe das größte Zimmer, in das noch ein zusätzliches Bett gepasst hat. Und bis jetzt klappt's echt gut!«

»Aber … ihr … ihr seid doch …«

»Wir sind was?«

Max schüttelt leicht zerstreut den Kopf. »Schon gut«, winkt er ab, doch als er mich diesmal anblickt, liegt ein seltsam wissender Ausdruck in seinen Augen. Ein »Wusst ich's doch!« oder »Habe ich's mir doch gleich gedacht«.

Prüfend starre ich ihn an, doch er sagt nichts mehr. Und dann kippt die Stimmung um, wie ein volles Glas Wasser. Am liebsten würde ich einfach wegrennen, aber meine Schicht ist noch nicht vorbei, und außerdem kann er ja auch gehen. Warum ist er überhaupt noch hier? Gefällt ihm dieser gestelzte Small Talk etwa?

Schließlich strafft Max die Schultern und setzt wieder zum

Sprechen an. »Tut mir übrigens leid wegen … neulich«, stammelt er.

Mein Magen krampft sich zusammen. Verdammt! Warum sind wir nicht einfach beim Small Talk geblieben?

»Du meinst, als …«

»Ja.« Max senkt den Blick und tritt von einem Bein aufs andere. »Es war echt blöd von mir, dich einfach so zu überfallen. Du glaubst nicht, wie schrecklich ich mich gefühlt habe, als du meinetwegen von deinem eigenen Geburtstag abgehauen bist.«

Bin ich gar nicht, jedenfalls nicht nur wegen ihm. Aber die Worte kommen mir nicht über die Lippen, weil mir beim Gedanken an meinen Geburtstag sofort das Tanzen mit Lenny in den Sinn kommt. Ganz kurz verschwindet alles um mich herum, und ich bin wieder dort, im Club, in seinen Armen. Stickige Luft, schwebende bunte Lichter, und unsere heißen Körper eng aneinandergepresst.

Ich drücke die Oberschenkel gegeneinander, als die Hitze erneut durch mich hindurchschießt. Wie kann es sein, dass mich diese Nacht noch immer so aufwühlt?

»Meinst du, wir können einfach wieder dorthin gehen, wo wir mal waren?«, reißt mich Max aus meinen Gedanken, und ich kehre schlagartig zurück zur Bibliothek. »Als Freunde?«, ergänzt er vorsichtig.

Überrascht hebe ich die Augenbrauen. »Kannst du das denn?«

Max nickt nach einem kurzen Zögern. »Denk schon. Und du?«

Vermutlich sollte mir seine Antwort Erleichterung verschaffen, aber das tut sie nicht. Sie ist nur der Beweis dafür, dass er mich nicht wirklich mochte. Wenn es anders wäre, könnte er nicht so einfach zurück zur Freundschaft gehen. Was immer es auch war, das ihn dazu veranlasst hat, mich zu küssen, es waren keine wahrhaften Gefühle, die einem das Herz aus der Brust katapultieren.

Und ja, ich gebe zu, dass ich gekränkt bin. Nicht, dass ich ihm Herzschmerz wünsche, aber mit dieser Aussage schlägt er in eben diese Kerbe, in die die Männer, die ich treffe, immer hauen. Sie trägt den Namen: *Maya ist nicht liebenswert.* Küssbar ja, aber nicht zum Lieben.

Trotzdem muss ich lächeln, denn im Grunde geht es mir genauso: Ich will nicht mehr als Freundschaft von ihm.

»Ja. Ich denke, ich kann es auch.«

Seine Schultern entspannen sich merklich. »Cool. Dann … ich schreib dir, okay?« Max hängt sich einen Gurt über die Schulter. »Vielleicht können wir bald mal wieder skaten gehen.«

»Gern«, entgegne ich, und er lächelt, bevor er sich abwendet. »Bis bald, Maya. Und viel Glück noch mit Lenny.«

Was? Verdattert sehe ich ihm nach. *Viel Glück noch mit Lenny?* Was meint er denn damit? Unser Zusammenleben?

Oder was anderes?

17. KAPITEL

Lenny

»Ähm … Hi, Maya?«, sagt Luke und betrachtet meine beste Freundin mit einem leicht irritierten Ausdruck.

Maya hebt die Hand und lächelt breit. »Hi, Luke. Hi, Vince.«

»Hey«, begrüßt auch Vince sie, wirkt aber nicht weniger überrascht als Luke.

»Echt nett hier.« Maya lässt den Blick neugierig durch den leeren Fitnessraum wandern. »So sauber und ruhig. Oh cool, ein Laufband«, quiekt sie und steuert hüpfend auf besagtes Gerät zu.

Als sie außer Hörweite ist, starren Luke und Vince mich an wie zwei überrumpelte Eltern, dessen Sohn ohne Nachfrage eine Freundin zum Essen mitgebracht hat. Ob ich den beiden hätte Bescheid geben sollen?

»Was macht sie hier?«, fragt Vince, und aus seiner Stimme höre ich keine Wertung, sondern Neugier.

»Ich habe sie sozusagen eingeladen.«

»Sozusagen?« Luke hebt beide Augenbrauen.

»Ja. Sie hat gefragt, wohin ich noch so spät gehe, und ich so ›zum Fitness‹, und sie ›cool‹, und ich ›willst du mitkommen‹, und dann …« Ich schließe die Erzählung mit einem Blick ihre Richtung.

Maya steht mit dem Rücken zu uns und trabt in langsamer Geschwindigkeit auf dem Laufband. Durch die Fenster vor ihr könnte man den Alexanderplatz sehen, aber da es drinnen zu hell ist, spiegelt das Glas nur den Fitnessraum wider.

»LOL, man kann hier sogar fernsehen!«, ruft sie uns zu. Ihre kindliche Begeisterung entlockt uns allen dreien ein kleines Lächeln.

»Ist doch okay, dass sie dabei ist, oder?«, frage ich etwas leiser.

»Ja, klar.« Luke nickt schnell, wirkt jedoch nach wie vor etwas zerstreut. »Aber ich bin überrascht. In letzter Zeit sehe ich euch nur noch zu zweit. Dabei wohnt ihr sogar zusammen – in einem Zimmer!«

Er hat recht. Seit ich eingezogen bin, verbringen Maya und ich tatsächlich noch mehr Zeit miteinander, und das nicht nur zu Hause. Mal holt sie mich von der Arbeit ab oder ich sie. Dann gehen wir spazieren, eine Kleinigkeit essen, neulich bin ich sogar mit zum Skaten gekommen (auch wenn ich nur zugesehen habe), und sie mit zu meinen Eltern, als wegen des Rohrbruchs in der Küche ein paar helfende Hände benötigt wurden. Wenn ich so darüber nachdenke, weiß ich gar nicht mehr, wann wir zuletzt nicht zusammen waren.

»Na und?« Ich zucke mit den Schultern. »Das ist okay für mich. Und für Maya wohl auch, sonst hätte sie nicht zugesagt.«

Wieder huscht mein Blick zu ihr. Inzwischen joggt sie gemütlich auf dem Laufband. Ihre glatten schwarzen Haare sind zu einem hohen Zopf gebunden. Sie trägt ein bauchfreies graues Oberteil, das am Rücken überkreuzt ist, dazu eine schwarze Sportleggings, die sich eng an ihre Haut schmiegt und ihren Hintern betont.

Ihr Hintern. Mein Blick fällt ein zweites Mal auf ihn, und diesmal kann ich nicht wegsehen. Rund und fest wölbt er sich unter dem dünnen Stoff, wippt beim Rennen auf und ab, und ich spüre plötzlich, wie mein Hals trocken wird.

»Das ist das Wichtigste«, meint Vince diplomatisch, und

erst als er mir leicht auf die Schulter klopft, schaffe ich es, den Blick abzuwenden. »Hauptsache, euch beiden geht's gut damit. Ist doch eigentlich cool, dass ihr euch versteht.«

»Ich finde es auch cool«, verteidigt sich Luke. »Aber ich mein ja nur. Es kann schwierig werden, wenn man sich so oft sieht.«

»Du und Sydney seht euch doch genauso oft«, entgegne ich stirnrunzelnd.

»Ja, aber wir sind auch zusammen.«

Mein Kiefer spannt sich an. »Also darf ich ein Mädchen nur dann oft treffen, wenn ich mit ihr ins Bett gehe?«, frage ich dünn.

Vince lacht los, während sich Luke verlegen über den Nacken reibt. »Nein, so habe ich das nicht gemeint. Ich … ach egal. Irgendwie kann ich nicht so richtig ausdrücken, was ich meine.«

Aber ich weiß, was er meint. Er findet es seltsam, so viel Zeit mit jemandem zu verbringen, für den man keine romantischen Gefühle empfindet. Dabei ist es in Wahrheit sogar noch viel komplizierter, als er denkt, und das kann wiederum *ich* nicht in Worte fassen.

Wir zerstreuen uns. Vince schnappt sich das Laufband neben Maya, Luke geht zur Hantelbank und ich an die Klimmzugstange. Die ersten zehn Pull-ups schaffe ich mit Leichtigkeit, und als ich nach dem fünfzehnten noch immer nicht müde bin, wird mir klar, dass es Wut ist, die meine Muskeln antreibt.

Aber warum bin ich sauer? Und auf wen? Auf Luke, der die Freundschaft von Maya und mir komisch findet? Oder auf mich, weil ein Teil von mir denkt, dass er recht hat? Unsere Freundschaft ist … *intensiv*, aber ist das wirklich schlimm? Eher habe ich den Eindruck, dass wir uns in all den Jahren noch nie so gut verstanden haben wie jetzt. Warum etwas daran ändern?

Nach einer halben Stunde Armübungen brennt mein Trizeps. Ich trinke fast den gesamten Inhalt meiner Flasche aus, dann gehe ich zu Maya und Vince, die noch immer am Laufen sind.

»Das ist echt krass«, keucht Vince, als ich mich zwischen die beiden stelle. »Deine Freundin hier rennt noch schneller als ich. Und …« Wieder keucht er und neigt den Kopf in ihre Richtung, »… sie sagt, dass sie keine Übung hat!«

»Ich hatte schon immer eine gute Ausdauer«, erklärt Maya, ebenfalls schwer atmend. Ein dünner Schweißfilm glänzt auf ihrem Dekolleté, und wieder kostet es mich übermenschliche Anstrengung, den Blick abzuwenden.

Verdammt Lenny, sie ist deine beste Freundin!

Und ja, sie sieht gut aus. Nein, sie ist schön. Und heiß. Wunderschön und heiß, und so verdammt süß.

Aber ich darf sie nicht so anziehend finden. Das würde unsere Freundschaft nur unnötig verkomplizieren, und im schlimmsten Fall verliere ich das, was wir haben, nur weil ich die Augen nicht von ihr lassen kann.

»Aber wenn du willst, können wir langsamer machen«, neckt sie Vince. Dieser lacht schnaubend und schüttelt heftig den Kopf, wobei er leicht ins Stolpern gerät und dabei fast das Gleichgewicht verliert. Schnell packe ich ihn am Arm, um seine Balance auszugleichen.

»Okay, das reicht«, beschließe ich und beuge mich vor, um bei beiden Geräten die Geschwindigkeit runterzuregeln. »Keine Ahnung, um was ihr gerannt seid, aber ich erkläre euch beide zu Siegern.«

»Damit kann ich leben«, sagt Maya und sieht abwartend zu Vince, der nach kurzem Zögern nickt. Die beiden schlagen ein und steigen bald darauf wankend vom Laufband.

Der Alexanderplatz ist ein seltsamer Ort. Alles steht zu weit auseinander und scheint irgendwie nicht zusammenzupassen. Ich frage mich, ob der Architekt dieses Ortes in Wahrheit ein Kind war, das mit Bauklötzen gespielt hat. Ich persönlich hätte nichts dagegen, einfach in die U-Bahn zu steigen und die zwei Stationen bis zum Rosenthaler Platz zu fahren. Aber Maya ist selbst nach ihrem Sprint mit Vince noch nach Laufen zumute, und so spazieren wir auf dem Rückweg durch die kühle Nacht. Sie hat sich bei mir eingehakt und trägt mal wieder eine meiner Strickjacken – offenbar teilen wir uns nicht nur ein Zimmer, sondern auch eine Garderobe. Aber das ist okay für mich, irgendwie finde ich es sogar süß, wie selbstverständlich sie meine Kleidung trägt, als ob es ihre wäre.

Die Münzstraße ist leer und verlassen, und in der Dunkelheit wirken die alten Häuser wie aus einer anderen Zeit. Zwei Laternen sind kaputt, und die Dunkelheit lässt den Gehweg fast mit der Straße verschmelzen.

»Das war echt cool«, sagt Maya in die Stille. »Kann ich nächstes Mal wieder mitkommen?«

»Klar. Vince würde sich bestimmt auch freuen. Aber ab dem nächsten Mal musst du leider zahlen«, erinnere ich sie und überlege, ob es dann wieder so sein wird, dass ich nicht richtig trainieren kann, wenn sie in der Nähe ist. Weil mich ihr Hintern in diesen Leggings völlig aus dem Konzept bringt.

»D-Die Probestunde gilt nur ein Mal«, füge ich hinzu, und blinzle mehrmals, um das Bild von Maya loszuwerden.

Scheiße, Mann. Reiß dich zusammen!

»Das ist schon okay.«

»Cool.«

»Übrigens, ich weiß nicht, ob ich das schon erzählt habe, aber Sina schmeißt am Wochenende eine Party.« Sie reckt den Kopf zu mir hoch. »Hast du Lust, mitzukommen?«

»Geht leider nicht, am Sonntag ist doch Ostern, und als Sohn des Pastors will ich ungern verkatert zur Kirche staksen.«

»Oh.« Maya schlägt sich auf die Stirn und wirft mir einen zerknirschten Blick zu. »Stimmt, das habe ich völlig vergessen!«

»Aber du kannst mitkommen, wenn du willst«, biete ich an.

»Okay.« Ihre Antwort kommt wie aus der Pistole geschossen.

»Wirklich?«, hake ich nach und passe mich ihrem Tempo an, als sie die beiden Fußgänger vor uns überholen will. Seit wir die Weinmeisterstraße erreicht haben, geht es hier etwas belebter zu, was angesichts der Uhrzeit eigentlich ungewöhnlich ist. Allerdings befinden sich hier mehrere offene Bars, vor denen sich rauchende Gruppen versammelt haben. »Du würdest in aller Frühe mit nach Potsdam fahren, um am Gottesdienst teilzunehmen?«, vergewissere ich mich.

»Klar, ich war doch schon öfter dabei. Nur singen kann ich nicht. Aber ich tue einfach so und bewege meine Lippen.«

Die Vorstellung lässt mich grinsen. Doch dann kommen mir Lukes Worte wieder in den Sinn, und das Lächeln fällt in sich zusammen.

»Hey, May May?«, beginne ich leise.

Wieder schaut sie zu mir auf. Neugierig, erwartungsvoll.

»Findest du, dass wir zu viel Zeit miteinander verbringen?«, frage ich und spüre, wie sich ihre Hand unter meinem Arm verkrampft.

»Findest du das denn?« Angst tränkt ihre Stimme. Moment – warum *Angst?*

»Nein, überhaupt nicht«, sage ich schnell.

»Ich … auch nicht«, entgegnet sie, unsicher mit den Schnüren der Jacke spielend.

»Okay, dann ist ja alles gut«, sage ich versöhnlich, aber Maya lässt noch nicht locker.

»Und warum hast du dann gefragt?«

Ich seufze leise. Hätte ich doch einfach meinen Mund gehalten.

»Weil Luke sich vorhin darüber gewundert hat, dass wir uns in letzter Zeit so oft sehen. Er meinte es nicht böse, und ich verstehe ihn ja auch. An seiner Stelle würde ich mich vermutlich auch fragen, ob wir uns nicht irgendwann auf die Nerven gehen würden.«

Abgesehen davon denke ich in letzter Zeit etwas zu oft an dich. Denkst du auch an mich?

»Du nervst mich überhaupt nicht«, erwidert Maya und starrt mich an, als wäre allein die Vorstellung davon absurd. »Ich finde es schön, dass wir so viel zusammen machen.« Plötzlich bleibt sie stehen. »Oder nerve ich dich etwa?«

»Nein, du …«

»Sag ehrlich. Das mit dem Skateboard stört dich, oder? Mist, ich muss mir echt angewöhnen, es nicht immer überall herumliegen zu lassen!«

»Nein, wirklich nicht. Wobei – es wäre vermutlich schon sicherer, wenn du es nicht immer direkt vor die Tür stellen würdest. Aber ansonsten gibt es nichts.«

Maya scheint kein bisschen überzeugt. »Ich schnarche viel zu laut!«, platzt sie heraus, und obwohl sie wirkt, als wäre sie am Rande eines Zusammenbruchs, kann ich nicht anders, als loszulachen.

»Also erstens schläfst du kaum zur gleichen Zeit wie ich, und zweitens sind deine kleinen Schnarcher überhaupt nicht störend, sondern ziemlich niedlich.«

Ein verdatterter Ausdruck zuckt über ihr Gesicht. »Welches Schnarchen klingt denn bitte niedlich?«

Wärme breitet sich in meinem Bauch aus. »Deins.«

»Gar nicht wahr.«

»Doch, wirklich. Ich nehme es gerne mal auf, wenn du willst.«

Maya gibt einen erstickten Laut von sich und lässt ihren Zeigefinger mahnend in meine Richtung fliegen. »Untersteh dich!«

Jetzt prusten wir beide los, und ich spüre, wie sich die Enge in meinem Brustkorb mit jedem Lacher ein kleines Stück löst.

»Hey.« Ich löse den Arm aus dem Griff ihres Ellenbogens und lege ihn stattdessen um ihre Schultern, eine Geste, die sich so natürlich anfühlt, dass mein Organismus jubelt und zugleich protestiert, warum er das nicht früher getan hat. »Ich meine das ernst, okay?«, sage ich und ziehe sie ein Stück fester an mich. »Ich … verbringe gern Zeit mit dir.«

Ich kriege gar nicht genug davon.

Endlich entspannen sich ihre Muskeln, und nach einer Weile legt sie den Arm ebenfalls um mich, wobei sich ihre Hand in meine offene Jacke schiebt. Keine Ahnung, ob es ein Versehen ist, aber diesmal bin ich es, der sich unter ihrer sanften Berührung leicht verkrampft. Ich spüre ihre schmalen Finger auf meiner Haut, als wäre gar kein Stoff dazwischen. Ein leichtes Schaudern durchfährt mich, aber nicht vor Kälte, sondern vor … *Maya.*

Den restlichen Weg schweigen wir, und lassen uns dabei keine Sekunde lang los.

*

Am nächsten Morgen revidiere ich meine Antwort. Eine Sache nervt mich doch, und zwar die Tatsache, dass Maya stundenlang das Bad besetzt, als würde sie dort operieren. Meistens kommen wir uns nicht in die Quere, aber heute habe ich verschlafen und bin spät dran. In einer halben Stunde treffe ich mich mit meinem Betreuer, um den bisherigen Stand meiner Masterarbeit darzulegen.

»Maya?« Ich klopfe laut an die Tür. »Wie lange brauchst du noch?«

Keine Antwort, was kein Wunder ist, weil die Musik so lauf aufgedreht ist, dass mein Rufen in Halseys *Bad at Love* untergeht. Ungeduldig klopfe ich drei weitere Male, und als wieder nichts kommt, ringe ich kurz mit mir, ehe ich schließlich die Tür einen Spalt breit öffne.

Heißer Dampf schießt mir entgegen und benetzt mein Gesicht mit einem zarten Wasserfilm. Auf den grauen Badzimmerfliesen entdecke ich *meine* Strickjacke und *meine* Hauslatschen, die Maya eigentlich zehn Nummern zu groß sind.

Sie klaut mir echt alles!

Ihr Handy liegt auf dem Waschbeckenrand. Ich beuge ich mich vor und pausiere das Lied.

»Maya?«, mache ich mich wieder bemerkbar.

Ihr Gesang verebbt. »Lenny, bist du das?«

»Ja, ich bin vor der Tür. Wie lange brauchst du noch?«

»Keine Ahnung. Viertelstunde oder so?«

Eine Viertelstunde? Sie ist doch schon seit fast vierzig Minuten dadrin! Außerdem hat sie gestern Abend nach dem Sport schon geduscht – im Gegensatz zu mir, dem es nach dem vielen Warten irgendwann zu blöd war und es auf heute Morgen verschoben hat. Ein großer Fehler, wie mir jetzt klar wird.

»Kannst du vielleicht ein bisschen schneller machen?«, frage ich leicht drängend. »Ich bin ziemlich spät dran.«

»Oh. Okay, klar.«

Ich höre, wie eine Tube geöffnet und der Inhalt mit einem Quietschen herausgedrückt wird. Dann summt sie wieder.

»Beeil dich bitte, okay?«, sage ich nach einem weiteren Blick aufs Handy. »Ich komme sonst wirklich zu spät.«

»Au!«

Ich richte mich auf. »Alles okay?«

»Ja, ich habe nur Schaum in den Augen. Dabei hieß es, dass er nicht brennen würde. So eine Verarsche«, grummelt sie.

»Maya«, sage ich wieder und reibe mir die Schläfen.

»Ich beeile mich doch schon.« Ihr genervter Tonfall schallt durch den Raum. »Aber ich … au! Schon wieder dieser blöde Schaum!«

Dieses Mädchen bringt mich noch ins Grab.

»Egal, dann dusche ich halt nicht«, beschließe ich, und will gerade die Tür hinter mir schließen, als sie ein: »Nein, warte, ich bin gleich fertig!«, hinterherruft.

Wer's glaubt …

»Ich kann nicht mehr warten. Ich müsste schon längst auf dem Weg sein.«

»Dann … dann komm einfach dazu.«

Mein Herz setzt einen Schlag aus. »Was?«

»Komm rein und dusch dich schnell ab. Ich mache auch die Augen zu, wenn du willst.«

Mit Maya duschen?

»Ist …« Ich stocke. »I-Ist das dein Ernst?«

»Ja, und danach kann ich in Ruhe weitermachen, ohne mich zu hetzen.«

Das kann ich nicht bringen. Es geht nicht. Das wäre doch total … Es wäre … es wäre …

Oder doch?

Vielleicht hätte ich anders entschieden, wenn mir der Termin nicht so im Nacken gesessen hätte. Dann hätte ich tief durchgeatmet und wäre zu dem Entschluss gekommen, dass es immer noch vernünftiger wäre, sich leicht miefend mit dem Betreuer zu treffen, als mit seiner besten Freundin unter die Dusche zu springen.

Aber mit jeder Sekunde, die verstreicht, läuft mir die Zeit davon, und als ich wieder auf mein Handy schaue und im Kopf ausrechne, dass ich mit etwas Glück die Bahn in sechzehn Minuten kriegen könnte, stoße ich kurzerhand die Tür auf.

18. KAPITEL

Maya

Es ist einer dieser Momente, bei denen ich absolut nicht darüber nachdenke, was ich sage. Ich tue es einfach und begreife die Bedeutung meiner Worte erst, als sie wahr werden.

Die Duschkabine öffnet sich, eisige Luft weht herein, doch ich schmelze fast vor Hitze, als Lenny völlig entkleidet einen Fuß hineinsetzt. Wie in Trance trete ich zurück, um ihm Platz zu machen, und beobachte, wie er leicht die Augen zusammenkneift, als er sich neben mich unter den heißen Wasserstrahl stellt. Das blonde Haar färbt sich dunkel, die abstehende Morgenlocke fällt platt in sich zusammen. Wasser tropft über seinen Körper und eine neblige Dampfwolke hüllt ihn ein. In der kleinen Dusche wirkt er so unglaublich riesig, als wäre sie selbst ohne meine Anwesenheit zu klein für ihn.

Noch immer die Augen fest zusammengekniffen greift er blindlinks nach dem erstbesten Shampoo, das ihm in die Hände kommt, und schrubbt sich die Masse mit hastigen Bewegungen über den Schopf. Anschließend spült er den Schaum ab und angelt nach dem Duschgel. Dieses kippt jedoch von der Ablage, und als wir es beide aufheben wollen, stoßen unsere Köpfe gegeneinander.

»Sorry«, sagen wir gleichzeitig, und ich bin so froh, dass meine verzerrten Gesichtszüge im Duschregen verschwimmen. Kurz stehen wir etwas unschlüssig voreinander, dann bücke ich mich erneut nach dem Duschgel und bin für eine viel zu lange Sekunde mit seinem … *Lenny* auf Augenhöhe. Mein Puls schießt bis zur Stratosphäre.

Ohne ihn anzusehen, reiche ich ihm das Duschgel. Lenny nimmt es entgegen und verteilt das Gel in Windeseile überall auf seinem Körper. Seine Stirn ist gerunzelt, er wirkt konzentriert und gehetzt zugleich.

Weil ich nicht weiß, was ich machen soll, tue ich so, als ob ich mich ebenfalls waschen würde und reibe mir über den linken Unterarm mit einer solchen Intensität, bei der man annehmen könnte, dass ich mein Tattoo wegrubbeln will.

Er ist hier!, schreit mir mein Unterbewusstsein zu. *Lenny ist mit dir unter der Dusche. Sein Körper ist klitschnass, dein Körper ist klitschnass, und ihr seid beide nackt!!!*

»Danke«, murmelt Lenny, als er, noch immer zur Hälfte mit Schaum bedeckt, wieder aus der Dusche springt. Sein Hintern – o Gott, ich habe seinen Hintern gesehen!

Dann fällt die Tür ins Schloss, und er ist weg. Mein Herz rast, als ich mich in Zeitlupe gegen die Duschwand sinken lasse. Langsam wandert mein Blick durch die kleine Kabine, sucht nach irgendwelchen Anzeichen seiner kürzlichen Anwesenheit. Einem Anzeichen, dass *das hier* wirklich passiert ist. Doch bis auf den knisternden Schaum zu meinen Füßen ist es, als wäre er nie da gewesen.

*

Zwei Minuten. Zwei Minuten lang standen wir gemeinsam unter der Dusche. Zwei Minuten, die sich anfühlen, als hätten sie alles zwischen uns verändert. Mein Magen rumort, aber das liegt nicht daran, dass ich den ganzen Tag kaum etwas gegessen habe. Manchmal witzeln Vicky und Sydney darüber, dass die Welt nur eine Simulation ist und Aliens unser Leben steuern, und allmählich glaube ich, sie haben recht. Denn mal im Ernst: Das kann doch nicht wirklich passiert sein!

Wenn ich schon dachte, dass mich das Tanzen mit ihm überfordert hätte, war das nichts im Vergleich zum gemeinsamen Duschen mit ihm. Seit Stunden schon drehen sich meine Gedanken schwindelig. Ich will auf Stopp drücken, den Moment vorspulen oder gleich die ganze Erinnerung löschen.

Aber es geht nicht. Ich kann den Bildern nicht entfliehen. Bilder seines nassen Körpers. Seines flachen Bauches, seiner definierten Arme, seiner langen Beine. Seinen …

Argh, verdammte Scheiße! Was ist nur in mich gefahren? Wie konnte ich ihm dieses Angebot unterbreiten? Und wie konnte er annehmen? Wir haben uns nackt gesehen! Er mich und ich ihn! Nicht nur obenrum ohne, sondern alles! Und es war … o Gott, o Gott, o Gott! Was haben wir getan?

Plötzlich spüre ich, wie mich kalte Finger an meiner rechten Schläfe berühren und im nächsten Moment einen Kopfhörer zur Seite schieben. Erschrocken zucke ich zusammen und schlage die Augen auf. Sydney hat sich vor mein Bett gekniet und verzieht entschuldigend das Gesicht.

»O Mist, hast du schon geschlafen?«

»Nein, nur Musik gehört«, nuschele ich und taste nach meinem Handy, um James Arthurs *Naked* auszuschalten, das ich schon seit Stunden in Dauerschleife höre.

»Ich hab dich mehrmals gerufen. Seit wann bist du zu Hause?«

»War nie weg.«

»Wirklich? Hab ich gar nicht mitbekommen.«

»Ich bin in meinem Zimmer geblieben«, erkläre ich und schiebe, bevor sie nachhaken kann, ein »Was gibt's?« hinterher.

»Ich wollte nur fragen, ob du auch einen Happen essen willst. Vicky ist nicht da, und Lenny kommt wohl auch erst später. Es wären also nur Luke und ich, wenn das okay für dich ist. Ich habe einen Nudelauflauf in Form eines Gugelhupfes gemacht. Sieht ziemlich cool aus und ist richtig lecker geworden.«

Ein Auflauf in Kuchenform. Auf diese Idee kann auch nur Sydney kommen …

»Ich habe keinen Hunger. Aber trotzdem danke.«

Irgendwas an meinem Tonfall lässt sie aufhorchen. »Alles okay bei dir? Bist du krank?« Sofort knallt ihre Handfläche gegen meine Stirn. »Hm. Warm bist du nicht.«

»Ich bin nicht krank«, murre ich und schüttele ihren Griff ab. »Nur müde.«

Vom Duschen mit Lenny. Selbst nachdem er weg war, haben wir in meinem Kopf so viel Zeit unter dem heißen Strahl verbracht, dass inzwischen sogar meine Gedanken ganz schrumpelig sind.

»Sicher?«, hakt sie nach.

»Ja, Sydney, ich bin sicher«, entgegne ich schroff.

»Oh. Okay.« Ein verletzter Ausdruck huscht über ihr Gesicht, und am liebsten würde ich es sofort zurücknehmen.

Warum bin ich so gemein?

Doch sie fängt sich schnell wieder und lächelt wie eine geduldige Mutter, dessen Kind mal wieder frühpubertiert. »Dann lasse ich dich allein.« Sie stützt sich auf ihren Oberschenkeln ab, um sich aufzurichten. »Sag Bescheid, wenn du doch was brauchst.«

Tut mir leid!, will ich ihr hinterherrufen, aber mein Mund ist wie zugeklebt. Wie erbärmlich bin ich eigentlich? Jetzt schnauze ich auch noch meine Liebsten an, die sich um mich sorgen.

Beruhige dich endlich!, ermahne ich mich selbst. Nicht ausflippen, sondern nachdenken.

Ich klappe die Lider zu und halte sie so lange geschlossen, bis meine Gedanken an Tempo verlieren. Je langsamer sie werden, desto besser kann ich sie hoffentlich sortieren.

Lenny und ich haben zusammen geduscht, halte ich im Geiste fest. Es ist passiert und lässt sich nicht mehr ändern, deshalb versuche ich es in die »Akzeptieren«-Akte zu ordnen.

Weiter geht's mit dem Warum. Warum habe ich den Vorschlag gemacht? War es ein rein spontaner Impuls? Habe ich mich schuldig gefühlt, weil er meinetwegen so spät dran war? Oder wollte ich es vielleicht sogar?

Darauf habe ich keine Antwort, aber machen wir erst mal weiter.

Wie habe ich mich gefühlt, als wir zusammen unter der Dusche standen? War es schlimm?

Bei der Erinnerung daran flattert es in meiner Brust. Nein, schlimm war es keinesfalls. Aufregend, ja, überwältigend, aber nicht schlimm. Und das ist gut, oder? Was nicht schlimm ist, war auch kein Fehler. Was kein Fehler ist, muss man nicht bereuen.

Aber was, wenn er es schrecklich fand? Dass mir das gemeinsame Duschen auf eine abstruse Weise sogar gefallen hat, ist jetzt keine große Überraschung, nachdem mir schon beim Anblick seines nackten Oberkörpers jedes Mal der Puls in die Höhe schießt. Aber Lenny empfindet nicht so wie ich. Er mag diese Art von Nähe nicht. Glaube ich jedenfalls. Nein, ich weiß es, denke ich, und verdränge die Erinnerung vom Abend im *Epos*, als ich ein bisschen anhänglich war und er sich beinahe bedrängt gefühlt hat.

»Ähm. Anlehnen ist okay, aber darf ich mein Veto einlegen, wenn du anfängst, an mir rumzufummeln?«

Nope, so spricht niemand, der auch kuscheln will.

Andererseits haben wir nur geduscht, überlege ich mit

einem Anflug plötzlicher Nüchternheit. Zwei nackte Minuten werden schon nicht unsere Freundschaft gefährden.

Gut. Alles halb so wild. Ich öffne die Augen wieder und richte mich auf. Und tatsächlich – das Chaos in meinem Kopf hat sich halbwegs sortiert.

Allerdings ist dieser Zustand nur von kurzer Dauer, denn als ich einen Blick auf mein Handy werfe, ist es, als würde ein Tornado durch meinen Kopf sausen und alle mit Mühe sortierten Akten wieder durcheinanderbringen.

Eine neue E-Mail von Sophie, im Betreff: MAYA!!!

Nicht. Ihr. Ernst.

Warum schreibt sie mir schon wieder? Haben sie und meine Mutter nach all den Jahren noch immer nicht begriffen, dass ich nichts mit ihnen zu tun haben will?

Oder brauchen sie mich etwa? Ist das der Grund, warum sie sich meldet? Dass ich ihnen aushelfen soll, weil ihnen das Geld ausgeht? Wären sie wirklich so dreist?

Natürlich wären sie das. Menschen ändern sich nicht, zumindest nicht so sehr.

Wieder lösche ich die Nachricht, ohne sie gelesen zu haben, und lasse mich mit dröhnendem Kopf zurück ins Bett sinken.

*

Es ist schon spät, als Lenny nach Hause kommt. Noch immer im Bett kauernd höre ich, wie ihn Sydney an der Tür abfängt und ihm völlig begeistert ihren Nudel-Kuchen andrehen will. Mit der Begründung, bereits gegessen zu haben, lehnt er ab und läuft in Richtung unseres Zimmers. Dann springt das Licht an, aber als Lenny mich in meinem Bett entdeckt, löscht er es sofort wieder.

»Oh, sorry!«, flüstert er. »Hast du schon geschlafen?«

»Noch nicht«, gebe ich ebenso leise zurück. »Mach es ruhig wieder an.«

Ich weiß nicht, ob er meine letzten Worte gehört hat, denn das Licht bleibt ausgeschaltet, während er auf seiner Seite des Zimmers umhergeht und wieder aus dem Raum verschwindet.

Als er zurückkehrt, erkenne ich durch den Lichtstreifen, der aus dem Flur hereinfällt, dass er sich umgezogen hat.

»Wie kommt's, dass du jetzt schon müde bist?«

»Vielleicht passe ich mich ja deinem Rhythmus an«, entgegne ich, klinge aber nur halb so frotzelnd wie erhofft.

»Ha! Wenn, dann passe ich mich eher *deinem* Rhythmus an.« Er schließt die Tür und taucht den Raum in erneute Dunkelheit. »Was ja auch der Grund war, warum ich heute verschlafen habe.«

Und du danach zu mir in die Dusche gehüpft bist …

Zum Glück sieht er nicht, wie rot ich werde.

»Wie war dein Tag so?«

Trüb, ereignislos, emotionsgeladen …

»Gut, und deiner?«

»Meiner auch. Ich hatte erst den Termin bei meinem Betreuer und war danach den ganzen Tag in der Bib.«

»Cool«, entgegne ich und wundere mich, dass er so gelassen wirkt. Als ob heute rein gar nichts Außergewöhnliches passiert wäre.

»Bin in den letzten Wochen echt gut vorangekommen. Vermutlich kann ich die Arbeit sogar bald abgeben.«

»Cool«, sage ich wieder und vergrabe mein heißes Gesicht unter der Decke.

Vielleicht war der Morgen nicht so außergewöhnlich für ihn. Vielleicht duscht er oft mit anderen Frauen. Vielleicht …

»Alles okay bei dir?«

»Mhm«, mache ich und lächele gepresst.

»Sicher?«

Was glaubst du denn? Wir haben uns nackt gesehen!

»Jepp.«

Ein leises Seufzen erklingt vom anderen Ende des Raumes. Ich höre, wie eine Bettdecke zur Seite geschlagen wird, und dann leise Schritte in meine Richtung tapsen. Als ich aus meinen Laken hervorspähe, ragt Lennys Silhouette über mir auf.

»Mach mal Platz«, sagt er und bedeutet mir mit einer Handgeste, zur Seite zu rücken.

Er will zu mir ins Bett kriechen??? Okay, jetzt bin ich ganz sicher, dass Aliens unsere Welt steuern.

Ohne ein Wort rutsche ich an den Bettrand und halte den Atem an, als sich Lenny zu mir legt. Zum zweiten Mal an diesem Tag sind sich unsere Körper so nah, dass meine Atome ganz verrückt spielen.

Beruhige dich, Herz. Wir dürfen jetzt keinen Anfall bekommen, hörst du? Schlag einfach weiter!

Ein paar Atemzüge lang liegen wir einander zugewandt da. Trotz der Dunkelheit schimmern seine Augen wie die See bei Nacht.

»Du hast schon wieder mein T-Shirt an«, bemerkt er mit einem frechen Lächeln auf den Lippen.

Und du trägst zum Glück auch eins, sonst würde ich vermutlich hyperventilieren.

»Ja, sorry«, murmele ich, was sein Grinsen nur noch breiter werden lässt.

»Alles gut. Dir steht es sowieso besser als mir.«

Und dir steht es, wenn du gar nichts trägst.

LOL. Sind meine Gedanken jetzt völlig übergeschnappt?

»Also, was ist los, May May?«

»Ich …«, beginne ich krächzend und räuspere mich. »Vorhin … also …«

»Wir haben zusammen geduscht«, fasst er zusammen, und mein Herz hickst vor lauter Aufregung.

»Ja«, bestätige ich heiser.

»Und seitdem bist du überfordert.«

Ich nicke steif.

»Was genau wühlt dich denn so auf?«, fragt er ruhig weiter und ich hasse es, dass er so reif und erwachsen klingt. Warum dreht er nicht genauso durch wie ich? Wo ist der schüchterne Lenny hin, der immer nur vage, schwammige Antworten von sich gibt?

»Ist es, weil wir beide …«

»Nein«, falle ich ihm schnell ins Wort, sicher, dass mein Herz stehen bleiben würde, wenn er das Wort *nackt* ausspricht. »Wobei … vielleicht ein kleines bisschen«, gebe ich zu. »Es war … nun ja, überraschend.«

Bei meinen letzten Worten regt sich etwas in seiner Miene, und es dauert ein paar Sekunden, bis ich Bedauern darin erkenne.

»Tut mir leid«, sagt er leise.

Ich runzele die Stirn. »Was tut dir leid?«

»Dass ich dich gedrängt habe.«

»Was? Du hast mich doch nicht gedrängt!«

»Gewissermaßen schon. Ich habe dir Druck gemacht, dass du dich beeilen sollst, und dann hast du …«

»Lenny, ich habe mich nicht bedrängt gefühlt«, sage ich laut und kann nicht glauben, dass er schon wieder die Schuld bei sich selbst sucht. Warum macht er das immer?

»Es war dein gutes Recht, auch duschen zu wollen. Ich war es, die viel zu lang gebraucht hat. Deshalb auch der Vorschlag. Um ehrlich zu sein, habe ich überhaupt nicht darüber nachgedacht. Aber ich habe mich ganz sicher nicht bedrängt gefühlt, okay? Von meiner Seite aus ist alles okay. Nur habe ich jetzt Angst, dass …«

Ich schließe den Mund wieder.

»Dass was?«, fragt er sanft.

»Dass ich es jetzt komisch zwischen uns gemacht habe«, presse ich hervor.

Und dass ich dich verliere, ergänze ich im Stillen. Mein Talent, Typen, die mir was bedeuten, in die Flucht zu jagen, ist zwar nichts Neues, aber mit Lenny darf das nicht passieren. Ich bin nicht gern in der Friendzone, aber immer noch lieber, als ganz ohne ihn zu sein.

Totenstille senkt sich über den Raum. Kein Mucks erklingt, nicht einmal unser Atem oder das Rascheln der Bettdecke. Erst nach ein paar Sekunden fällt mir auf, dass der Fernseher im Wohnzimmer ausgeschaltet wurde. Ohne Hintergrundgeräusche wiegen meine kleinen Worte plötzlich viel mehr, erdrücken mich fast mit ihrer Schwere.

»Ich fand es nicht komisch«, bricht Lenny das Schweigen, und ich verstehe nicht, warum mein Puls schon wieder so ausrastet.

»Wirklich nicht?«

»Na ja, ein kleines bisschen vielleicht. Wir haben halt nicht wirklich nachgedacht. Aber was ist schon dabei? Es ist passiert, und im Grunde sind wir doch auch alle nur Menschen.«

Er zuckt mit den Schultern und mit einem Mal komme ich mir unglaublich albern vor, dass ich mir den ganzen Tag den Kopf deswegen zerbrochen habe. Er hat völlig recht. Dann haben wir uns halt nackt gesehen, so what?! Wir sind alle Menschen, und es ist ja nicht so, als ob wir irgendwelche Fremde wären.

»Um ehrlich zu sein, war ich einfach nur froh, dass ich endlich duschen konnte«, fügt er hinzu und lacht leise, ein so vertrauter kehliger Klang, bei dem mir innerlich ganz warm wird.

»Also habe ich dich nicht verjagt?«, frage ich tonlos und zucke leicht zusammen, als mein Knie versehentlich sein Bein streift.

Er ist mir so nah.

Lenny antwortet nicht sofort. Stattdessen fixiert mich sein Blick: dunkel, tief, wie eine Schlucht, die sich mitten im Boden auftut. Ich kann nicht wegsehen. Seine Augen halten mich gefangen, was okay ist, weil ich sowieso nirgendwo hinwill. Zumindest nicht ohne ihn.

»Du kannst mich nicht verjagen, Maya«, sagt er leise, und seine Worte scheinen sämtliche Luft im Raum zu entziehen. Ich will zum Fenster gehen, es weit aufsperren und frischen Sauerstoff hineinlassen, um nicht zu kollabieren. Doch ich kann mich nicht vom Fleck rühren, denn dieser kleine Satz lähmt meine Glieder. Aber nicht auf eine unangenehme Weise, sondern vielmehr wie bei einer festen Umarmung.

Seine Worte umarmen mich.

»Versprochen?«, flüstere ich kaum hörbar, und meine Finger finden sich plötzlich am Kragen seines T-Shirts wieder. Keine Ahnung, warum sie da sind, aber als Lenny meine Hand ergreift und mich mit einem sanften Schwung an sich zieht, fühlt es sich an, als hätte er mich verstanden, noch bevor ich es getan habe. Erst als mein Kopf auf seiner Schulter ruht und unsere Arme und Beine sich so perfekt aneinanderschmiegen, als wären sie Schloss und Schlüssel, antwortet er; und dabei streifen seine Lippen meine Stirn. Eine sanfte Berührung, bei der sich Gänsehaut über meinen gesamten Körper zieht.

»Versprochen.«

19. KAPITEL

Lenny

Warmer Sonnenschein strahlt durch die Buntglasfenster geradewegs auf den Altar, vor dem mein Vater steht und aus der Bibel vorliest. Es ist ein wunderschöner Ostermorgen, alle Kirchbänke sind besetzt, und die Atmosphäre ist von einer gut gelaunten Feiertagsstimmung erfüllt.

Ich sitze zwischen meiner Mutter und Maya, Miri und Lissi eine Reihe vor uns. Meine beiden ältesten Schwestern sind ebenfalls gekommen, haben sich aber mit ihren Männern und Kindern ganz nach hinten verkrochen – eine kleine Sicherheitsvorkehrung für den Fall, dass eines der Kids einen Heulkrampf kriegt und sie schnell nach draußen flüchten müssen.

Mein Blick wandert zu Maya, die mit halb geöffnetem Mund dem Chor lauscht. Lächelnd betrachte ich sie von der Seite. Ich bin froh, dass sie mitgekommen ist. Nicht nur, weil alles grundsätzlich cooler ist, wenn sie dabei ist, sondern, weil es mir so auch keiner übel nimmt, dass ich wegen meines Gastes weniger Zeit für Small Talk habe. Die Sache ist nämlich die: Heute sind alle da, wirklich alle. Selbst die ältesten Gemeindemitglieder, die mich seit meiner Kindheit kennen und nach wie vor nur den kleinen schüchternen Jungen in mir sehen.

Es bedeutet nicht, dass ich mit keinem reden will. Aber wenn ich auf das »Mensch, bist du groß geworden« und »Früher hast du dich nicht mal getraut, uns in die Augen zu sehen«

verzichten kann, dann tue ich es. Außerdem – und das ist das Nervigste von allem – sprechen sie mich weiterhin mit meinem Vornamen an, egal wie oft ich sie darum bitte, mich endlich *Lenny* zu nennen.

Die Augen noch immer auf meine beste Freundin geheftet, fällt mein Blick auf ihr Kleid. Es ist pfirsichfarben, hat einen U-Ausschnitt und lange Ärmel. Die schwarzen Haare trägt sie offen, die Strähnen fallen ihr sanft über die Schultern. Sie hat sich nur zart geschminkt, ein bisschen Wimperntusche, ein bisschen Lipgloss.

Sie ist so schön.

Und deshalb muss ich endlich wegsehen. Ich will sie nicht anglotzen und schon gar nicht erst inmitten dieses heiligen Ortes daran denken müssen, wie schön sie unter ihrer Kleidung ist.

Ihr Tattoo.

Ich wusste nicht, dass sie unterhalb ihrer linken Brust eins hat. Ein Spruch, auf dem in Schreibmaschinenschrift »My Body My Choice« steht. Ich habe es nur kurz gesehen, aber lang genug, damit sich der Anblick für immer in mich eingebrannt hat.

Verdammt, Lenny, sieh endlich weg!

Schweren Herzens richte ich den Blick wieder nach vorn. Der Chor klingt gedämpft und weit weg, während es immer lauter in meinen Ohren rauscht. Wie ein Wasserfall, der mich in seinen heftigen Sog zieht. Obwohl es in der Kirche angenehm kühl ist, fühlt sich mein Körper überhitzt an, platzt fast vor Endorphinen.

Ob es ihr genauso geht? Ob sie auch die ganze Zeit daran denken muss? Ob sie *das* wiederholen will?

Als der Gottesdienst endet, setzt tosender Applaus ein. Ich suche nach dem Blick meines Vaters, und als unsere Augen sich treffen, nicke ich ihm lächelnd zu, um ihm zu signalisieren, dass er seine Sache wie immer gut gemacht hat. Obgleich er stets selbstsicher auftritt, plagt ihn auch nach Jahren eine gewisse Unsicherheit, was Weihnachts- oder Osterpredigten angeht.

»Das war echt cool«, meint Maya und hakt sich bei mir unter, während wir dem Menschenstrom nach draußen folgen. Ihre Schuhe haben einen leichten Absatz, die auf dem Steinboden klackernd widerhallen. »Dein Vater ist wirklich toll. Seine Predigt war überhaupt nicht langweilig, sondern sehr mitreißend. Und auch lustig.«

»Ja, wegen der Kids versucht er immer ein bisschen Humor und mehr kindgerechte Sprache einzubringen«, erkläre ich und beschleunige unseren Gang, als sich die ersten neugierigen Köpfe nach uns umdrehen.

Ja, ich bin's. Ja, ich bin groß geworden, ja, ich sehe aus wie meine Mutter, und ja, es ist schade, dass ich nur so selten da bin!

Am liebsten würde ich jetzt schon zurück nach Berlin fahren. Dieser Ort, die Kirche, die Menschen sind zwar alle meine Familie, aber sie erinnern mich auch an mein früheres Leben. Das Leben als das Kind mit dem altmodischen Namen. Der komische Pastorensohn. Die Jungfrau, die keine abkriegt. Der Loser. Die Witzfigur.

Das Schweinchen.

»Und der Chor war unglaublich«, schwärmt Maya weiter.

»Ja, voll«, stimme ich zu, während ich uns zu dem kleinen Kirchgarten lotse, in dem sich die Gemeinde nach dem Gottesdienst für gewöhnlich noch zusammenfindet. Wir laufen über die Wiese, die noch etwas feucht vom Tau ist, und ich scanne den Platz nach den Mitgliedern meines Hauskreises ab. Zu sehr auf die Ferne fokussiert bemerke ich nicht, wie ich geradewegs mit jemandem zusammenstoße.

»Oh, sorry, Caro«, sage ich, als wir uns etwas ungelenk voneinander lösen.

»Kein Problem«, entgegnet sie mit rosigen Wangen. Als ihr Blick auf Mayas Hand an meinem Arm fällt, bekommt ihr Lächeln einen Knick. Maya hingegen strahlt sie an wie ein Honigkuchenpferd. »Du hast so toll gesungen, Caro! Als dein Solo kam. Wow.« Sie hält ihr ihren Unterarm hin. »Ich hab immer noch Gänsehaut.«

»Danke«, entgegnet Caro dumpf, den Blick stoisch an uns vorbei gerichtet.

»Singst du professionell oder so?«, plaudert Maya freundlich weiter, was Caro jedoch nur mit einem knappen »Nope« abtut und dann an uns vorbeistürmt, als hätte einer von uns sie mit einer Knarre bedroht.

Blinzelnd schaut Maya ihr nach. »Habe ich was Falsches gesagt?«

»Als ob«, winke ich ab und nehme unseren Gang wieder auf.

»Aber sie hatte doch etwas«, beharrt Maya.

»Sie war bestimmt nur gestresst«, sage ich und laufe auf den Rest meiner Gruppe zu, die uns vom anderen Ende des Gartens bereits hektisch zuwinkt.

»Meinst du, sie mag mich nicht?«

»Quatsch, natürlich mag sie dich.« Wer könnte Maya nicht mögen? Selbst Mücken verschonen sie.

Aber Maya wirkt keineswegs überzeugt. Grübelnd hält sie sich die Hand ans Kinn, als würde sie im Geiste jede einzelne Begegnung mit Caro rekapitulieren.

Seufzend gebe ich nach. »Es ist nur … Miri meinte, dass sie auf mich steht. Aber keine Ahnung, ob das stimmt«, sage ich vage, obwohl ich ziemlich sicher bin, dass es so ist. »Nur, vielleicht ist das der Grund, warum sie etwas reserviert war. Weil sie uns … na ja zusammen gesehen hat und jetzt irgendwas denkt.«

»Oh.« Maya verlangsamt ihre Schritte und … bilde ich es mir ein oder wird ihr Griff um meinen Arm etwas fester?

»Aber du willst nichts von ihr?«, fragt sie tonlos.

»Nein.«

»Und warum nicht? Findest du sie zu jung? Oder ist sie nicht dein Typ?«

»D-Doch, oder … nein«, stammele ich, überrumpelt von diesem direkten Fragenhagel. Verstohlen schaue ich mich nach Lauschern um und senke die Stimme, als ich von Neuem ansetze. »Ich mag Caro, wirklich. Aber sie ist in meinem Hauskreis. Ich kenne sie schon ewig, und außerdem ist sie Miris beste Freundin. Das wäre … nein.« Entschieden schüttele ich den Kopf.

Maya mustert mich prüfend. »Hattest du jemals was mit jemandem aus der Gemeinde?«, schießt sie weiter, und ihre Frage trifft mich so unerwartet, dass ich fast auf dem feuchten Rasen ausrutsche.

»Ähm, warum fragst du?«

»Nur so.«

Nur so? Niemand stellt eine solche Frage *nur so.*

Als ich nicht antworte, schluckt sie. »Und mit wem?«

»Kennst du nicht«, murmele ich und blinzele gegen die Sonnenstrahlen, die sich ihren Weg durch die Baumkronen gebahnt haben.

»Wie heißt sie denn?«

»Du kennst sie nicht«, sage ich wieder.

Mayas Augenbrauen verengen sich. »Ist sie heute hier?«

Ich schüttele den Kopf. Xenia ist nicht gekommen, weil sie für den Master in eine andere Stadt gezogen ist. Doch selbst wenn, wäre es kein Problem, weil das zwischen uns eine unverbindliche Sache war und wir uns trotzdem gut verstehen.

Ein genervtes Stöhnen verlässt Mayas Hals. »Warum erzählst du mir so was nie?«

Verwirrt blicke ich sie an. »Weil es nicht wichtig ist.«

»Aber ich erzähle dir doch auch immer alles.«

»Das stimmt nicht.«

Meine beste Freundin funkelt mich von der Seite an, doch dann weiten sich ihre Pupillen. Weil sie begreift, dass ich recht habe.

Das Ding ist, dass Maya genauso viel erzählt, wie sie verschweigt. Zum Beispiel weiß ich bis heute nicht, in welcher Stadt sie geboren und aufgewachsen ist. Ich weiß nicht, ob sie noch beide Elternteile hat, oder warum sie nicht einmal zu ihrer Schwester Kontakt hat, über die sie im Übrigen auch nie spricht. Aber ich bedränge sie nicht. Ich respektiere, dass sie die Reliquien der Vergangenheit in ihrer Maya-Festung verschlossen hält und keinem, nicht mal mir, Zugang gewährt. Und genau dasselbe wünsche ich mir für mich und meine Geheimnisse.

Glücklicherweise endet unser Streit – oder in was auch immer dieses emotionsgeladene Gespräch geendet hätte –, als wir uns der Gruppe nähern. Dort angekommen werden wir allerdings von ziemlich anklagenden Gesichtern empfangen.

»Was ist los?«, frage ich besorgt.

»Was los ist? Dreh dich mal um«, knurrt Isa.

Stirnrunzelnd folge ich ihrer Aufforderung, und mir entschlüpft ein leises »Fuck«, als ich ein paar Tische weiter Jonah mit seinen Eltern und einer sehr schwangeren Lotte entdecke. Wie konnte ich nur vergessen, dass er heute auch kommen würde?

»Jonah wird Vater, und du sagst uns nichts?«, mault Isa weiter.

»Ja, weil …« Ich seufze tief, dann winke ich alle etwas näher, und gebe ihnen eine Kurzfassung der Ereignisse.

»Wusstest du auch davon?«, fragt Isa und richtet ihren vorwurfsvollen Blick diesmal auf meine kleine Schwester.

Aber Miri zuckt nur lässig mit den Schultern und macht ein »Klar, er ist mein Bruder«-Gesicht.

»Und ich habe nur deshalb nichts gesagt, weil das mit der Schwangerschaft noch ein Geheimnis war«, ergänze ich im selben Moment, als ich Jonahs forschendem Blick begegne. Dass er dort und nicht bei uns ist, fühlt sich komisch an. Als läge er mit uns allen im Clinch, was eigentlich nicht stimmt. Mit mir vielleicht – aber letztendlich war er es, der nicht mehr zum Hauskreis gekommen ist.

»Und wo wohnst du jetzt?«, fragt Tom. »Wieder bei deinen Eltern?«

»Nein, bei mir«, antwortet Maya und hebt fröhlich die Hand.

»Bei *dir?*«, quietscht Isa, die blauen Augen perplex auf meine beste Freundin gerichtet.

»Ja, es war alles sehr kurzfristig«, sage ich und halte inne, als Jonah den Kopf leicht zur Seite neigt und mich fragend anblickt.

Er will reden.

Oh Mann. Aber vielleicht ist es sogar besser, als unseren Streit bis zum nächsten Feiertag zu schleppen.

»Erzähl du den Rest«, sage ich zu Maya und setze mich in Bewegung.

Der Rasen verschluckt den Klang meiner Schritte, während ich durch den Garten laufe. Jonah wartet vor den Rosenbüschen und dreht sich um, als ich ihn erreiche.

»Hey.« Ich hebe die Hand.

Jonah nimmt die Hände aus den Hosentaschen und lächelt halb. »Hey.«

»Wie … geht's so?«, frage ich und versuche, nicht allzu auffällig auf die dunklen Ringe unter seinen Augen zu starren. Er sieht so müde aus, als wäre das Kind schon da. Ob er und Lotte immer noch so viel streiten?

»Gut. Aber ein bisschen stressig, weil es jetzt alle wissen.«

»Glaube ich dir.« Ich nicke mitfühlend. »Wie haben deine Eltern darauf reagiert?«

»Nicht so schlimm wie erwartet. Sie waren nur sauer, weil wir es so lange geheim gehalten hatten.«

»Verstehe.«

»Ja.« Sein Blick wandert zu unserer Gruppe. »Meinst du, die anderen hassen mich?«

»Als ob!« Vehement schüttele ich den Kopf. »Wenn, dann hassen sie mich, weil ich es ihnen nicht erzählt habe.«

»Ja, dafür wollte ich dir übrigens noch danken.« Sein Lächeln bildet eine wackelige Linie. »War echt cool, dass du das für dich behalten hast.«

»Klar. Ging mich ja nichts an.«

»Trotzdem.« Er dreht den Kopf in meine Richtung, schafft es aber nicht, mir in die Augen zu sehen. »Ich fühle mich echt mies, wie alles gelaufen ist.«

Ich zucke mit den Schultern. »Was passiert ist, ist passiert. Wir können nur versuchen, aus unseren Fehlern zu lernen.«

Jonahs schmunzelt. »Jetzt klingst du wie dein Dad.«

»O Gott, bitte nicht«, lache ich.

Kurze Stille tritt zwischen uns ein.

»Du wohnst jetzt bei Maya, oder?«, wechselt Jonah dann das Thema, und ich nicke. »Ja, genau.«

»Seid ihr zusammen?«

Seine Frage trifft mich wie ein Elektroschock. »Was? Nein.«

»Wirklich nicht?« Er wirkt überrascht.

»Wir … sind nur Freunde.«

»Ach so, okay. Ich dachte irgendwie, dass ihr … obwohl, na ja, eigentlich seid ihr immer so.«

Wie *so?*

»Egal. Ich freue mich jedenfalls und … Sorry noch mal.«

»Alles gut, wirklich«, versichere ich und schlage mit ihm ein.

Als Jonahs Eltern nach ihm rufen, gibt er ihnen mit einer Kopfbewegung zu verstehen, dass er gleich kommt.

»Tja, ich geh dann mal«, sagt er und hebt die Hand. »War schön, dich gesehen zu haben.«

»Fand ich auch. Und lass dich gern mal wieder im Hauskreis blicken.«

Er lächelt. »Mach ich.«

Als ich zu meiner Gruppe zurückkehre, haben die anderen bereits das Thema gewechselt. Ich höre noch die letzten Fetzen von Mayas Satz, der mit »… auch wenn ich nicht wirklich gläubig bin« endet und muss lächeln. Vermutlich hat sie wieder vom Gottesdienst geschwärmt.

»Sind deine Eltern eigentlich agnostisch oder atheistisch?«, fragt Isa, und beim Wort *Eltern* zuckt Maya leicht zusammen.

»Sie … ich weiß nicht, ich glaube atheistisch. Auf jeden Fall wurde uns keine Religion mitgegeben.«

»*Uns?*« Miri horcht auf. »Hast du etwa Geschwister?«

»Nein, ich meinte nur mich«, korrigiert sie sich schnell und weicht meinem Blick aus. Dabei überrascht es mich nicht, dass sie lügt. Ich respektiere ihre Entscheidung sogar. Manchmal bin ich neugierig, aber manchmal habe ich auch Angst zu erfahren, was passiert sein muss, dass Maya den Kontakt zu ihrer Familie abgebrochen hat und sogar die Existenz ihrer Schwester leugnet.

»Aber dass du nicht christlich bist, könnte irgendwann zum Problem werden«, meint Isa und grinst spöttisch in meine Richtung.

»Warum denn ein Problem?« Maya zieht ein fragendes Gesicht.

»Na, weil Lenny und du dann nicht in einer Kirche heiraten könnt!«

Tom, Isa und Miri prusten los, während ich mit brennenden Wangen zu einer Salzsäure erstarre. Mein Herz rutscht drei, vier, vielleicht auch fünf Etagen tiefer. Ich will irgendwas Schlaues kontern, aber die Worte verheddern sich in meinem Mund.

»Nein, sie … sie muss sich nicht taufen lassen. Das würde auch so gehen.«

Fuck. Das habe ich doch nicht wirklich gesagt?!

Jetzt grölen die anderen so laut, dass die ganze Gemeinde zu uns herübersieht.

»Scheint, als hättest du dir ziemlich viele Gedanken darüber gemacht«, kichert Miri.

»Nein! Ich … ich meinte nur …«

»Und selbst wenn«, bringt sich Maya plötzlich ein, »dann heiraten wir eben nicht in einer Kirche.« Jetzt schaut sie zu mir auf, die Sonne spiegelt sich in ihren strahlenden Augen. Als sie plötzlich nach meiner Hand greift, stocke ich. »Strände sind sowieso viel cooler, oder, Lenny?«

Wieder lachen die anderen, diesmal sogar Maya.

»Ja … viel cooler«, stimme ich zu und spüre Hitze durch meinen Körper schießen, als unsere Finger sich ineinander verflechten.

Nur Freunde. Ja klar. *Nur* Freunde, die in einem Bett schlafen und zusammen duschen und Händchen halten und über Hochzeiten fantasieren …

Scheiße, wem mache ich hier eigentlich was vor?

20. KAPITEL

Maya

Es ist wieder passiert. Ganz vielleicht habe ich es diesmal unterbewusst sogar provoziert, weil ich wirklich, wirklich lange im Bad war. Aber letztendlich war es Lenny, der an die Tür klopfte und mit einem »Darf ich?« um Erlaubnis bat.

Und ich sagte Ja. Und als wir diesmal dicht zusammen unter dem heißen Wasserregen standen, fühlte es sich überhaupt nicht komisch an, sondern … richtig. So richtig, als hätte ich es die letzten vierundzwanzig Jahre falsch gemacht und erst jetzt begriffen, dass man eigentlich *so* duscht und nicht anders. Natürlich weiß ich, wie schräg das klingt, deshalb habe ich es auch niemandem erzählt. Auch dann nicht, als es sich wiederholt hat.

Noch mal und noch mal und noch mal.

Jepp, mein bester Freund und ich duschen zusammen. Völlig nackt waschen wir uns voreinander, als wäre es das Normalste auf der Welt. Weil es sich genauso anfühlt. Normal.

Aber was ist schon dabei? Ist ja nicht so, dass wir irgendeine Grenze überschreiten.

Ja klar, red dir das ruhig ein, spottet mein Unterbewusstsein.

Na gut, möglicherweise streifen wir gelegentlich die Linie, aber so richtig darüber laufen tun wir nicht. Jeder bleibt auf seiner Seite. Und wir duschen schließlich nur.

Mein Unterbewusstsein schnaubt verächtlich.

Oder etwa nicht?

Natürlich nicht, Dumpfbacke!

Was dann?

Keine Antwort.

Hallo?

Wieder nichts. Mein Unterbewusstsein ignoriert mich, als hätte ich es nicht anders verdient.

Grrr …

»Wow. Was hat der Kühlschrank dir angetan?«, erklingt es plötzlich von der Seite, und mit einem Schlag kehre ich in die Küche zurück, die Faust um den Knauf des Kühlschranks geballt, den ich gerade viel zu fest zugeschlagen habe. Schnell ziehe ich die Hand zurück und wirbele herum zu Vicky, die ihre leere Müslischüssel in die Spülmaschine räumt.

»Ist es das Fleisch?«, rät sie und wirft mir durch den Vorhang ihres herabhängenden Ponys einen vielsagenden Blick zu.

»Fleisch? Oh, ach so«, dämmert es mir nach kurzem Überlegen. Seit Ostern und dem Ende der Fastenzeit isst Lenny wieder Fleisch – sehr viel Fleisch. Unser ganzer Kühlschrank ist voll davon, und zu meinem und Vickys Entsetzen hat er Sydney angesteckt, die wir um ein Haar zu einer vorbildlichen Veganerin gemacht hätten. Guter Einfluss und so …

»Wir holen die beiden zurück ins Boot«, sage ich zuversichtlich, was Vicky nur mit einem zweifelnden Grunzen kommentiert.

»Wolltest du nicht was essen?«, erinnert sie mich, und kickt die Spülmaschine mit dem Fuß zu.

»Ja, aber …« *Dann hat mich mein Unterbewusstsein angemault.*

»Dann hat das Rib-Eye-Steak dir den Magen verdorben, was?« Sie imitiert ein Würgen. »Kenn ich.«

Vicky füllt noch ein Glas Wasser, ehe sie aus der Küche tritt und mich mit meinen zermürbenden Gedanken zurücklässt. Unschlüssig stehe ich noch einen Moment da, dann folge ich ihr in ihr Zimmer.

Jetzt oder nie.

»Hey, Vick?«

»Ja?«, ruft sie, mit einem Fuß bereits auf dem Balkon.

»Ich würde gerne deine Meinung zu etwas hören«, sage ich und versuche den vielen Unterlagen auszuweichen, die auf ihrem Boden verteilt sind. Vicky hat zwar einen Schreibtisch, arbeitet aber überall anders, nur nicht dort.

»Worum geht's denn?«, fragt sie und bedeutet mir, neben ihr auf dem kleinen Balkonsofa Platz zu nehmen – was ich ablehne, weil ich viel zu hibbelig bin, um still zu sitzen.

»Mal rein hypothetisch«, beginne ich und knete meine Hände. »Findest du es komisch, wenn zwei Freunde zusammen duschen? Also … einfach nur duschen?«

Vicky schaut stutzig drein. »Ohne übereinander herzufallen?«

Hitze schießt mir in die Wangen. »Ja. Nur duschen. Aber zusammen.«

»Und sie stehen auch nicht aufeinander?«

»Nein. Sie sind nur … befreundet«, entgegne ich leise und halte, mich innerlich wappnend, den Atem an.

Aber der Groschen fällt nicht.

»Na dann wünsche ich ihnen eine schöne Badezeit«, entgegnet sie und zuckt gleichgültig mit den Schultern.

Überrascht sehe ich sie an. »Du findest es also nicht merkwürdig?«

»Warum sollte ich? Es gibt doch etliche Arten von Beziehungen, auch platonische, die sehr körperlich sein können. Gut, für mich ist das wahrscheinlich nichts, aber wenn's denen gefällt, sollen sie doch.«

»Wirklich?«

»Ja. Außerdem spart man bestimmt auch eine Menge Wasserkosten.« Sie legt die Füße auf ihren kleinen Stahltisch ab und nimmt einen Schluck Wasser.

Ein zementschwerer Stein fällt mir vom Herzen. Erleichtert atme ich aus und würde am liebsten die ganze Welt umarmen.

»Danke, Vick«, sage ich und presse mir beide Hände an die Brust. »Du glaubst nicht, wie sehr mich das beruhigt. Denn weißt du … ich und …«

»Warte.« Vicky hebt eine Hand, richtet sich auf und mustert mich mit ungläubigen Augen, die immer größer zu werden scheinen. »Moment. Warte, warte, warte. Dieses hypothetische Szenario, dieses gemeinsame Duschen … Wir reden hier nicht von dir und Sydney, oder?«

Verschämt beiße ich mir auf die Unterlippe.

»O mein Gott, Maya!« Ein plötzlicher Ruck geht durch Vicky, wodurch der halbe Inhalt des Glases auf ihren Schoß schwappt. »Ist das dein Ernst? Du und Lennart duscht zusammen?«

Ich erröte bis zur Haarwurzel. »Gerade meintest du noch, dass du es nicht komisch findest!«

»Tue ich auch nicht, aber du hast von zwei Freunden geredet.«

Ich runzele die Stirn. »Sind wir doch auch.«

»Ihr …« Sie hält inne.

»Wir was? Ändert es sich für dich, weil wir Mann und Frau sind? Mit Sydney duschen wäre okay, aber mit Lenny nicht?«, konfrontiere ich sie.

Vicky blickt so ohnmächtig drein, als wäre sie soeben mit ihren eigenen Waffen geschlagen worden. »Nein, natürlich nicht. Du hast völlig recht, sorry. Ich war nur überrascht, weil ihr beide …« Wieder unterbricht sie sich und schweigt einen

Moment, atmet tief durch. »Okay, anders gefragt: Woher kam dieser plötzliche … äh, Impuls?«, hakt sie nach und greift nach einem Kissen, um ihre nasse Leggings damit abzutupfen.

»Es war kein richtiger Impuls. Es war … es hat sich einfach ergeben.«

»Und warum?«

»Weil es schön ist«, gestehe ich und spüre, wie ein wohliges Prickeln meinen Körper durchfährt. »Gemeinsam unter der Dusche zu stehen, das Wasser über seinen Körper rieseln lassen … Ich kann es auch nicht erklären. Es gefällt mir einfach und fühlt sich überhaupt nicht komisch an, sondern… schön«, sage ich wieder.

»*Schön also*«, wiederholt sie und hebt zweifelnd eine Augenbraue. »Genauso schön wie neulich dein Schmuckkästchen an ihm zu reiben?«

Meine Wangen glühen an. »D-Das kann man nicht vergleichen«, stammele ich.

»Duscht ihr denn nur?«

Ich schnappe nach Luft. »Natürlich!«

»Kein *freundschaftliches* Duschgel über den anderen reiben?«

Gekränkt sehe ich sie an. »Machst du dich gerade über mich lustig?«

»Überhaupt nicht.« Ihr Blick ist klar und ernst. »Ich will es nur verstehen. Warum hattest du überhaupt das Bedürfnis, diese Geschichte mit mir zu teilen?«

Ich ziehe die Stirn kraus. »Was meinst du?«

»Du hast nach meiner Meinung gefragt – da klang es irgendwie so, als wüsstest du selbst nicht, wie du die Situation einschätzen sollst. Aber jetzt wirkst du sehr entschieden.«

»Ich … ich wollte halt wissen, ob du es komisch findest, mit seinem besten Freund zu duschen.«

»Was spielt es für eine Rolle, wie ich darüber denke? Wer entscheidet überhaupt, was in einer Freundschaft erlaubt ist und was nicht? Jeder macht seine eigenen Regeln.«

»Ja«, entgegne ich langsam. Lenny und ich machen unsere eigenen Regeln. Das muss nicht jeder verstehen, vielleicht verstehe ich es selbst nicht. Alles, was ich weiß, ist, dass ich nicht damit aufhören will.

»Aber nur so aus Interesse: Hattet ihr jemals was miteinander?«

Ich schüttele den Kopf. »Nein. Wobei … wir haben uns einmal geküsst«, gebe ich zu.

»Was?!« Vickys spitzer Schrei erschrickt einen Schwarm Raben, der augenblicklich von unserem Hausdach fliegt. »Wann, wie, wo?«

»Vor Ewigkeiten«, sage ich mit einer wegwerfenden Handgeste und beobachte, wie die Vögel im Horizont verschwinden. »Bei unserer ersten Begegnung, genauer gesagt. Die Abiparty. Danach bin ich noch mit zu ihm, erinnerst du dich?«

»Und ob ich mich erinnere.« Zornesblitze schießen aus ihren grünen Augen. »Dieser Mistkerl musste mir versprechen, dich nicht anzurühren! Der kann nachher was erleben! Ich zieh ihm die Ohren lang!«

Wenn der Kloß in meinem Hals nicht so dick wäre, würde ich vielleicht lachen.

»Hör auf. Lenny hat nichts Schlimmes getan. *Ich* habe ihn damals geküsst. Und es blieb wie gesagt nur bei dem einen Mal. Außerdem ist das schon Jahre her. Wer weiß, ob er sich überhaupt noch daran erinnert. Ehrlich, das ist keine große Sache.«

»Das heißt …« Sie drückt ihren Daumen gegen das Kissen. »Du magst wirklich ihn nicht auf *diese* Weise? Du willst nur mit ihm duschen und nicht mehr?«

»Ähm … ich glaube schon.«

»Du *glaubst?*«

»Ich …«

»Oder hast du manchmal das Bedürfnis nach mehr?«

»Keine Ahnung«, stöhne ich und lehne mich gegen das kalte Balkongeländer. »Ja, okay. Manchmal fühle ich mich schon zu ihm hingezogen. Aber ich meine, … Lenny ist ja auch echt süß.«

Und attraktiv, ergänze ich innerlich und spüre, wie beim Gedanken an seinen nassen Körper Hitze in meinen Unterleib schießt.

»Und was ist mit ihm?«

»Was meinst du?«

»Na ja, sieht er dich auch nur als Freundin?«

Ihre Frage trifft mich wie ein Stein gegen den Kopf. »Natürlich tut er das«, sage ich dumpf. »Lenny mag mich nicht auf diese Weise.«

»Wie kannst du dir da so sicher sein?«

»Hm, lass mich mal überlegen. Vielleicht, weil Sydney eher sein Typ ist?«, entgegne ich sarkastisch.

Vicky schnaubt und wirft das Kissen zur Seite. »Ich bitte dich. Das ist doch schon ewig her.«

»Sechs Monate sind keine Ewigkeit.« Ja, ich zähle mit … »Außerdem sind da noch viele Frauengeschichten, von denen er mir nie etwas erzählt hat, weil es ihm – ich zitiere – *unangenehm* ist, mit mir darüber zu reden. Unangenehm«, wiederhole ich, und spüre einen schalen Geschmack auf der Zunge. »Als wäre ich seine Schwester oder so.«

Vicky blinzelt irritiert. »Lenny hat Frauengeschichten?«

»Eine Menge sogar«, sage ich und verdrehe die Augen. »Ich habe es auch erst vor Kurzem erfahren.«

»Damn! Es sind immer die Ruhigen.«

Ja. Stille Wasser sind tief.

»Aber ist das okay für dich?«, fragt Vicky. »Würde es dir nichts ausmachen, wenn er was mit jemanden hätte? Weil du ja *nur* seine beste Freundin bist?«

Ich kralle die Hände um das Geländer, als bei ihren Worten ein unsichtbarer Pfeil in meine Brust schießt.

Okay, Hand aufs Herz: Der Gedanke daran, dass jemand anderes mit ihm duscht oder in einem Bett schläft, jemand anderes seine Kleidung mopst und die ganze Nacht mit ihm durchtanzt, lässt eine ziemlich heftige Übelkeit in mir aufsteigen. So heftig, dass mir beinahe schwindelig wird.

Aber was bedeutet das im Klartext? *Was bedeutet es, Maya?*, herrsche ich mich im Geiste selbst an. Ist es das, was ich denke? Hat Lenny sich wieder zurück in mein Herz geschlichen? Oder war er sowieso die ganze Zeit schon da?

Als ich nicht antworte, lehnt Vicky sich wieder zurück und wirft einen wissenden Blick auf ihre Fingernägel.

»Keine weiteren Fragen.«

21. KAPITEL

Lenny

Als ich nach Hause komme, finde ich meine WG-Mitbewohnerinnen in trauter Dreisamkeit im Wohnzimmer vor. Sydney hat die Beine auf den Tisch gelegt und zappt durch die Netflix Originals. Vicky sitzt in der Mitte und hält ein paar Strähnen von Mayas Haaren in ihren Fingern, die bereits zur Hälfte geflochten sind. Ich will mich gerade bemerkbar machen, als es in meiner Hosentasche vibriert.

Maya: Wann bist du da? :)

Welch Zufall aber auch. Lächelnd entsperre ich mein Handy und antworte.

Ich: Schau mal hoch.

Sofort ruckt ihr Kopf zur Tür, und als unsere Blicke sich treffen, ist da eine Intensität in ihren Augen, die mir kurz den Atem raubt.

»Hey«, sage ich, als meine Stimmbänder wieder funktionieren. Vicky und Sydney fahren ebenfalls herum.

»Lennart.« Vickys tiefe Stimme hat einen seltsamen Unterton, den ich nicht einordnen kann. Mit einem schelmischen Grinsen winkt sie mich zum Sofa. »Komm doch zu uns.«

Ich lege meinen Rucksack ab und folge ihrer Aufforderung. Maya rückt zur Seite, um mir Platz zu machen, und als ich mich zu ihr setze, überkommt mich der seltsame Impuls, mich vorzubeugen und sie zu küssen.

Ich grabe die Finger in meine Faust, um es nicht zu tun.

»Hast du schon was gegessen?«, fragt Sydney und lehnt sich über das Sofa, um mich anzusehen.

Ich schüttele den Kopf und konzentriere mich auf den scharfen Schmerz in meinen Handflächen, der die Nüchternheit zurück in meine Gedanken bringt. »Noch nicht.«

»Wie wär's mit einem Hackbraten? Ich habe schon seit Tagen Lust darauf, müsste aber noch mal los, weil ich nicht alle Zutaten dafür habe.«

»Ähm, hast du vielleicht vergessen, dass hier auch zwei Veganerinnen leben, du Fleischsüchtige?«, erinnert Vicky sie in einem Tonfall so rau wie Schleifpapier. Mir zugewandt formt sie mit den Lippen ein anklagendes »Was hast du getan?«.

Ich lächele entschuldigend. »Sorry, ich wollte kein schlechter Einfluss sein.«

»Bist du nicht«, sagt Maya prompt und klappt den Mund sofort wieder zu, als hätte sie diesen Gedanken lieber für sich behalten.

»Dann kümmert ihr euch doch ums Essen«, pfeffert Sydney zurück.

»Würde ich ja, wenn ich nicht zu faul wäre«, erklärt Vicky und zuckt träge mit den Schultern, als ob nichts daran zu ändern wäre.

»Ich kann auch was machen«, biete ich an. »Aber wie ihr wisst, bin ich nur gut in Waffeln. Wobei man die theoretisch auch herzhaft essen kann«, überlege ich. »Kennt ihr Kartoffelwaffeln?«

Sydneys Augen leuchten auf. »Oh ja, die schmecken so ähnlich wie Kartoffelpuffer, oder? Aber anstatt in die Pfanne kommen sie ins Waffeleisen. Und man kann sie mit allen möglichen Soßen servieren.«

»Ja, genau, aber mir fällt gerade ein, dass die, glaub ich, mit Ei sind«, überlege ich.

»Ach, dafür finde ich bestimmt eine Alternative«, winkt sie ab und springt auf, offenbar doch motiviert, sich um das Abendessen zu kümmern.

»Soll ich helfen?«, rufe ich ihr nach.

»Erst mal nicht, aber ich sag Bescheid, wenn ich dich brauche.«

»So, fertig.« Vicky wirft Maya den geflochtenen Zopf über die Schulter und klatscht sich selbst ab.

»Danke, Vick.« Mit einem entzückten Gesichtsausdruck fährt Maya sich über den glatten Zopf, und wieder will ich sie küssen. Küssen und nie mehr damit aufhören.

»Wie kommt's eigentlich, dass du schon so früh zurück bist?«, fragt Vicky von der Seite. »Vince meinte, dass ihr noch zum Sport gehen wolltet.«

»Ja, aber ich habe wieder abgesagt, weil noch ganz kurzfristig eine Wohnungsbesichtigung reingekommen ist.«

Stille kehrt in den Raum. Vicky und Maya mustern mich überrascht, wobei Letztere beinahe schockiert wirkt.

»Du … siehst dich nach Wohnungen um?«, fragt sie tonlos.

»Ja, ich meinte doch, dass ich nebenbei suchen würde.«

Maya nickt und beißt sich auf die Unterlippe. Ihr Ausdruck ist verlegen, unsicher, und gerade würde ich fast alles dafür geben, um zu wissen, was sie denkt.

»Also meinetwegen musst du nicht ausziehen«, meint Vicky, und angelt nach ihrer *Star-Wars*-Teetasse, von der ich stark vermute, dass sie eigentlich Sydney gehört. »Ich habe mich echt schnell an dich gewöhnt.« Sie führt die Tasse an ihre Lippen und lächelt nachdenklich. »Um ehrlich zu sein, weiß ich gar nicht mehr, wie es ohne dich war. Es ist, als ob du schon immer da gewesen wärst.«

Boah, Cuteness Overload! So was Nettes hat sie noch nie zu mir gesagt. Ich mag Vicky, hatte aber immer mehr mit Maya und Sydney zu tun, und war deshalb nie sicher, ob wir wirklich so was wie Freunde sind. Bis jetzt jedenfalls.

»Ich würde mich auch freuen«, ruft uns Sydney aus der Küche zu. »Dass du hier bist, hat der WG einen frischen Schwung verliehen. Und neue Rezepte!«

Vicky brummt zustimmend, während der Druck in meiner Brust immer enger wird. Ich weiß gar nicht, wohin mit diesen lieben Worten.

»Na ja, das mit der Wohnung klappt wahrscheinlich sowieso nicht«, entgegne ich nach einer etwas längeren Pause. »Ich war einer von hundert Besuchern. Die Schlange ging bis nach draußen.«

»Der Klassiker«, schnaubt Vicky. »Aber dann kannst du noch eine Weile bei uns bleiben. Stimmt's, Maya?« Sie stupst ihre Freundin mit der Schulter an, die ihr daraufhin einem finsteren Blick zuwirft.

»Ich glaube, Sydney hat nach dir gerufen«, sagt sie spitz. »Du sollst ihr beim Hackbraten helfen.«

»Hatten wir uns nicht auf Waffeln geeinigt?«

»Sieh lieber noch mal nach«, knurrt sie und rüttelt an Vickys Bein, um sie zum Aufstehen zu bewegen.

»Ist ja gut.« Lachend erhebt sie sich. »Message angekommen.«

Erst als Vicky hinter der Tür verschwindet, wird mir klar, dass Maya sie gerade weggeschickt hat. Aber warum? Um mit mir allein zu sein? Was will sie sagen, das Vicky nicht hören soll?

»Du bist echt schwer zu lesen, weißt du das?«, sagt sie leise, den Blick prüfend auf mich gerichtet.

Am liebsten würde ich loslachen. *Ich?* Ich bin schwer zu lesen?

»Nie weiß ich, was du denkst. Und wenn ich glaube, dich zu durchschauen, überraschst du mich doch wieder.«

»Ich …« Weil ich nicht weiß, was ich erwidern soll, schließe ich den Mund wieder. Theoretisch könnte ich ihr die Worte einfach zurückgeben, aber ich habe keine Ahnung, in welche Richtung dieses Gespräch geht. Liegt es an der Wohnungsbesichtigung?

»Ich bin eben ein sehr geheimnisvoller Mensch«, setze ich von Neuem an, lehne mich zurück und mache ein verwegenes James-Dean-Gesicht.

Aber sie lacht nicht.

»Ist denn … also, ist alles okay bei uns?«, fragt sie vorsichtig, und wenn ich vorhin schon verwirrt war, ist das nichts im Vergleich zu jetzt.

»Klar«, entgegne ich leicht irritiert.

»Sicher?« Skepsis huscht über ihr Gesicht. »Denn wenn irgendwas sein sollte, wenn dich was stört … wenn du Grenzen ziehen willst oder sonst irgendwie deinen Freiraum brauchst …«

Mein Herz rast, als mir der Inhalt ihrer Worte bewusst wird. *Davon* spricht sie. Deshalb hat sie Vicky weggeschickt.

Frustriert beiße ich die Zähne aufeinander. Ist das ihr verdammter Ernst? Sie will wissen, ob *ich* Freiraum brauche? Ich, der sich zu ihr unter die Dusche stellt, zu ihr ins Bett legt, und sie ständig einlädt, mich zu begleiten, weil ich keine Minute ohne sie sein will?

Und *sie* kann mich nicht lesen?

»Dann können wir gerne darüber reden«, fährt sie fort und

zögert einen Moment, spielt an ihrem Zopf. »Wir … können über alles reden.«

Nein, können wir nicht.

»Aber du musst deshalb nicht unbedingt nach anderen Wohnungen suchen. Wir alle würden uns freuen, wenn du noch eine Weile hierbleibst. Oder auch länger als eine Weile«, ergänzt sie und schenkt mir ein so ansteckendes Lächeln, dass es meine Lippen regelrecht dazu zwingt, es zu erwidern. »Meinetwegen auch für immer.«

Für immer mit Maya.

Ich schlucke, als mir ihre Worte wie Säure in der Kehle aufsteigen.

»Okay«, bringe ich heiser heraus und reiße den Blick von ihr los, weil es inzwischen einfach nur wehtut, es zu unterdrücken. Den Drang, sie zu berühren, und die Worte, die mir schmerzlich auf der Seele brennen, niemals laut auszusprechen.

Weil wir *Freunde* sind.

Ich bin gefangen und kann nicht raus, obwohl ich selbst es bin, der mich einsperrt.

Für immer mit Maya. Und für immer ohne sie.

22. KAPITEL

Lenny

Wir haben eine neue Mitarbeiterin. Sie heißt Anne, ist neunzehn Jahre alt und arbeitet seit Anfang des Monats im *Coffee & Books*, was mir – wenn sie sich heute nicht bei mir vorgestellt hätte – vermutlich sogar entgangen wäre. Mein Körper ist zwar irgendwie anwesend, aber mein Geist, meine Gedanken sind immerzu bei meiner besten Freundin.

Ob ich vielleicht doch ausziehen sollte? Nicht, dass ich will. Ich liebe die WG und das Zusammenleben. Aber Maya ist mir einfach zu *nah*. Wir leben wie in einer Beziehung, nur ohne das Commitment einer festen Beziehung. Ich weiß nicht, wie lange ich diesen »Nichts Halbes und nichts Ganzes«-Zustand noch ertrage, ohne dass mein Herz irgendwann explodiert.

Die Wahrheit ist, dass ich lange nicht mehr so gefühlt habe. Klar hat es mir immer einen kleinen Stich verpasst, wenn sie von irgendwem anderen schwärmte, aber ich dachte, ich wäre drüber hinweg. Dachte, dass ich damit klarkäme, dass wir nur Freunde sind. Dass ich die Gefühle überwunden hätte.

Und nicht nur verdrängt.

»Wie findest du eigentlich Anne?«, erkundigt sich Sydney, kaum, dass unsere neue Mitarbeiterin in den Feierabend entschwunden ist.

»Nett«, antworte ich, während ich Anne durchs Fenster zurückwinke.

»Ja, sehr nett«, bestätigt Sydney langsam. »Und auch hübsch, oder?«

»Joa.« Ich zucke mit den Schultern, während ich den Blick durch das Café schweifen lasse. Keine Gäste mehr da, nur das Chaos auf den Tischen, das sie hinterlassen haben. Die Bücherwand wirkt wie ausgerupft, weil in den letzten Wochen zu viele Bücher mitgenommen wurden, aber zu wenig neue hinzugekommen sind.

Meine Augen bleiben an einem Gemälde hängen, das ein bisschen so aussieht wie dieses eine berühmte, wo ein geistähnliches Wesen sich die Hände ans Gesicht hält und schreit.

Mayas Bild.

Vermutlich wäre es mir vorher nicht aufgefallen, aber seit wir zusammenwohnen, erkenne ich ihren Zeichenstil, der mich bei vielen ihrer Werke verstört. Schwarze Silhouetten, die immerzu etwas Trauriges, Düsteres an sich haben, aber vor einem fröhlich knalligen Hintergrund stecken.

Dabei kann sie auch ganz anders zeichnen. Neulich erst hat sie *Poseidons Badehaus* in unserem Zimmer aufgehängt, das mit so zarten, klaren Strichen versehen ist, dass es geradewegs aus irgendeinem klassizistischen Museum kommen könnte. Deshalb überrascht es mich, dass ihre Kreativität *das* wiedergibt.

Ich will sie fragen, woher das kommt, will fragen, warum sie die abstrakte Düsternis bevorzugt, ob sie das Chaos in ihrem Kopf durch ihre Werke kanalisiert, und warum die meisten ihrer Bilder etwas zutiefst Melancholisches ausdrücken.

Aber sie würde mir ohnehin nicht antworten. *Wir können über alles reden*. Dass ich nicht lache.

»Vorhin hat sie mich gefragt, ob du in einer Beziehung bist«, fährt Sydney fort.

»Wer?«, frage ich geistesabwesend.

»Anne, natürlich!«

»Oh.« Ich reiße den Blick von Mayas Bild los und lasse ihn zur Uhr fliegen. Viertel vor sieben. »Wollen wir langsam mal aufräumen? Ich glaube, es kommt sowieso keiner mehr.«

»*Oh?* Mehr hast du nicht zu sagen?« Sydney starrt mich an, als hätte ich sie mit einem ihrer selbst gemachten Cookies beworfen. »Diese Information interessiert dich also kein bisschen?«

»Na ja, sie hat doch nur gefragt, ob ich Single bin.« Ich schnappe mir einen Lappen. »Das bedeutet aber nicht …«

Dass ich zu haben bin.

»Was bedeutet es nicht?«

»Ich … kenn sie doch noch gar nicht«, sage ich ausweichend und beginne über die runden Kaffeeflecken der Tresenausgabe zu wischen. Es sind mehr als üblich, vermutlich hat Anne vergessen, Untertassen zu benutzen.

»Aber was nicht ist, kann ja noch werden«, versucht sie es weiter.

»Ja, aber wir arbeiten zusammen«, erinnere ich sie. »Sich ständig zu sehen, bei der Arbeit und privat … Wo endet das denn?«

Erst als ich meinen Satz beende, fällt mir auf, dass ich indirekt auf sie und Luke anspiele.

»Schau dir doch Tina und Vera an«, füge ich deshalb hinzu. Ich weiß zwar nicht im Detail, was bei meiner Chefin und ihrer Freundin gerade abgeht, aber die zwei gehen sich schon seit Tagen aus dem Weg und tauschen Schichten, damit sie nicht zusammenarbeiten müssen.

»Na und? Jeder streitet mal, auch im Job. Zusammen zu arbeiten kann aber auch Vorteile haben.«

»Als da wären?«

»Zum Beispiel …« Sydney tippt sich auf aufs Kinn und grübelt ein wenig. Dann erhellt ein Geistesblitz ihre großen Augen.

»Luke?«, ruft sie in die Küche.

»Ja?«

»Komm mal kurz.«

Kurze Zeit später tritt er heraus, in der Hand das klobige Etikettiergerät, mit dem er gerade dabei ist, das Haltbarkeitsdatum auf den Kühlprodukten zu beschriften.

»Was gibt's?«

Als Antwort streckt Sydney ihm den Kopf hin, und schließt die Augen. Überraschung regt sich in seiner Miene, doch er zögert keine Sekunde, beugt sich vor und drückt seine Lippen sanft auf ihre.

Noch immer die Augen geschlossen, lächelt Sydney, als sie sich wieder voneinander lösen.

»Okay, du kannst wieder gehen.«

Luke schaut stutzig drein. »Und dafür sollte ich herkommen?«

Sie nickt frech, was ihm ein belustigtes Lächeln entlockt. Wieder küsst er sie, diesmal länger und tiefer. Dann hebt er das Etikettiergerät wie zum Winken und verschwindet wieder in der Küche.

»Siehst du?« Sydney wirbelt zurück zu mir und wirft mir einen besserwisserischen Blick zu.

Ich unterdrücke ein Lachen. »Das ist dein Vorteil? Man fällt bei der Arbeit übereinander her?«

»Nein, man liebt sich«, widerspricht sie und entreißt mir den Lappen, als würde sie mir damit auch meine Meinung nehmen wollen. »Eine kleine liebevolle Geste zwischendurch. Das gibt einem sehr viel Kraft und ist schön.«

Ich wusste nicht, dass Sydney so kitschig ist.

»Wenn du meinst«, sage ich und zucke mit den Schultern.

Sydney macht ein unglückliches Gesicht. »Manno.«

»Was denn?«, frage ich irritiert.

»Ich verstehe einfach nicht, warum du keine Freundin hast«, platzt sie heraus.

Verdattert starre ich sie an. Wo kommt das denn auf einmal her?

»Du bist gut aussehend und nett und magst *Star Wars* und hast irgendwie alles«, zählt sie an den Fingern ab.

»Ähm, dir ist schon klar, dass dein Freund nur einen Raum weiter ist …«

»Aber sie hat recht«, ruft Luke zurück.

Sydney nickt zufrieden. »Na siehste!«

»Okay«, lache ich und entreiße ihr den Lappen wieder. »Aber warst du es nicht, die *mich* abserviert hat?«

Es wundert mich selbst, wie einfach mir die Worte über die Lippen kommen. Offenbar ist wohl genug Zeit vergangen, um darüber scherzen zu können.

»Ja, aber doch nur, weil Luke zuerst da war«, entgegnet sie und macht eine abwinkende Geste.

»Das hört man doch gern«, dröhnt es aus der Küche, und ich beiße mir auf die Unterlippe, um nicht wieder loszuprusten.

»Ich glaube, du bist viel zu wählerisch«, redet Sydney weiter, und nun muss ich doch lachen.

»Willst du damit sagen, dass keine so ist wie du?«, frage ich spöttisch.

Sydney reißt die Augen auf. »N-Nein, doch nicht so!« Ihre Wangen bekommen einen Rotstich. »Ich wollte nur sagen, dass du potenzielle Interessentinnen hast, aber ihnen trotzdem keine Chance geben willst.«

Ja, weil die Einzige, die mich interessiert, mich nicht will.

Darauf erwidere ich nichts, und bald darauf lässt Sydney das Thema fallen und läuft um den Tresen, um das benutzte Geschirr von den Tischen zu sammeln. Ich wische die Arbeitsflächen sauber und mache mich dann daran, den Kassenbestand zu zählen. Leider verrechne ich mich ständig, weil Maya wieder durch meine Gedanken schleicht. Sie ist einfach überall, an jeder Ecke, selbst das Zählen von Geld erinnert mich an sie. Fünf Mal muss ich die Kasse überprüfen, erst dann bin ich halbwegs sicher, dass die Summe stimmt.

»Guck mal. Das sind Maya und du.«

Der Klang ihres Namens lässt mich zusammenzucken. Blinzelnd schaue ich auf und sehe, wie Sydney mir über den Tresen ihr Handy hinhält, das irgendein Meme zeigt. Ich beuge mich vor und mustere das lilahaarige Mädchen, das sein Gesicht liebevoll an sein Kuscheltier presst. Als Bildunterschrift steht: *When you melt with your best friend.*

Wow. Meine Mutter behauptet immer, dass man mir die Gefühle direkt vom Gesicht ablesen kann, aber offensichtlich stimmt das nicht. Dass Maya es auch nach Jahren nicht blickt, wundert mich nicht, aber dass nicht einmal Vicky oder Sydney irgendwas merken, ist einfach nur absurd. Wie kann Sydney mir dieses Meme zeigen, das Lagerfeuer in meinem Gesicht übersehen und mir sogar die neue Mitarbeiterin andrehen wollen?

»Ich glaube, das schicke ich Maya«, verkündet Sydney, hält dann aber inne. »O-Oder lieber nicht.«

Ich runzele die Stirn. »Warum nicht?«

»Gerade ist es etwas komisch zwischen uns.« Sie streicht sich eine Strähne hinters Ohr. »Ich glaube, sie ist sauer auf mich. Es ist zwar nichts passiert, aber irgendwie kommt es mir so vor, als ob sie mich meidet.«

»Vielleicht nur ein Missverständnis. Frag doch einfach, was los ist.

»Darüber habe ich auch schon nachgedacht«, murmelt sie und steckt ihr Handy wieder ein. »Aber was, wenn gar nichts ist und ich es mir nur einbilde?«

Nein, tust du nicht, will ich sagen. *Hör auf dein Bauchgefühl. Verschwende nicht Jahre deines Lebens, um es zu unterdrücken. Davon geht das Gefühl auch nicht weg. Es schlummert nur, snoozt vor sich hin, bis es irgendwann wieder erwacht.*

Als der Laden offiziell schließt, mache ich mich an das Putzen der Kaffeemaschine. Sydney kümmert sich um den Boden und Luke um die Küche. Während ich den vertrauten Duft von Arabica-Bohnen inhaliere, empfinde ich auch herbe Wehmut. Bald ist das hier alles vorbei. Die Masterarbeit ist so gut wie fertig, und obwohl ich es nicht abwarten kann, sie endlich abzugeben, will ich nicht, dass die Studienzeit endet. Will, dass alles so bleibt, wie es ist. Will aber auch nicht auf der Stelle treten. Ich will irgendwie alles und gar nichts.

Ob das die Mittzwanziger-Sinnkrise ist, die *Quarterlife Crisis*, von der alle immer sprechen?

»Wollen wir nachher noch ins *Epos* gehen?«, fragt Sydney, während sie die Espressogläser über der Kaffeemaschine auftürmt. »Du meintest doch mal, dass sie Hot Wings mit einem Blue Cheese Dip auf der Karte haben.«

O Mann, offenbar bin ich wirklich ein schlechter Einfluss. Aber die Aussicht, heute Abend etwas Abstand von Maya zu gewinnen, klingt verlockend.

»Okay.«

»Cool.« Sie sortiert die restlichen Tassen und geht dann in die Küche.

»Luke?«

»Ja?«

»Ich will die Hot Wings im *Epos* probieren.«

»So lecker sind die gar nicht.«

»Egal.«

»Wie du willst. Kommt Wuffi auch mit?«

Ich horche auf. *Wuffi?*

Sydney stößt einen erstickten Laut aus. »Du Fiesling«, zischt sie und schließt die Tür hinter sich. »Hör auf ihn so zu nennen.«

»Ach, shit. Lenny meinte ich.«

Lenny?

Jeder meiner Muskeln spannt sich an. Ich bin wie erstarrt. Das alte stumpfe Messer, das mir schon seit meiner Schulzeit in der Brust sitzt, erwacht wieder zum Leben. Dreht sich um die eigene Achse, bohrt sich tiefer in mich hinein.

Mein Atem geht flach, während sich der Schmerz in meiner Brust immer weiter ausdehnt.

Luke nennt mich Wuffi?

23. KAPITEL

Maya

Als Lenny nach Hause kommt, stürmt er ohne jeden Gruß an mir vorbei.

»Was ist los?«, frage ich und laufe ihm nach. Aber er schüttelt nur den Kopf, schmeißt seinen Rucksack aufs Bett und geht zurück zum Flur, um sich die Schuhe auszuziehen.

»Lenny?«, frage ich besorgt. »Lenny?«

Wieder reagiert er nicht, speist mich nur mit einem »Nicht jetzt«-Blick ab und steuert das Bad an. Entschlossen folge ich ihm trotzdem, bremse aber noch rechtzeitig, als er mir einfach die Tür vor der Nase zuschlägt.

Verdattert blinzele ich. *Was war das denn?*

Ich will mich gerade abwenden, als das vertraute Rauschen der Dusche erklingt und ich zögernd innehalte. Eigentlich hat Lenny deutlich gemacht, dass er allein sein will. Ich sollte ihn besser in Ruhe lassen.

Oder … oder …

Ich umfasse den Türknauf.

»Ich komme jetzt rein«, teile ich ihm mit und tue es dann wirklich, als ich immer noch keine Antwort bekomme. Auf dem Fußboden entdecke ich seine Kleidung und befreie mich kurzerhand ebenfalls aus meiner. Gänsehaut schießt über meine Beine, als meine nackten Füße die Fliesen streifen.

Vorsichtig klopfe ich an die Duschkabine, warte kurz, um

ihm die die letzte Möglichkeit zu geben, mich wegzuschicken. Doch er tut es nicht. Er sagt gar nichts, und ich atme tief durch, bevor ich die Glastür schließlich aufschiebe.

Der Wasserstrahl fällt auf Lennys Schultern und strömt über seinen glatten Körper. Mein Herz macht einen kleinen Hüpfer, weil mir dieser Anblick inzwischen so vertraut ist.

»Was ist passiert?«, frage ich und schließe die Tür hinter mir.

Er antwortet nicht.

»Hey.« Ich lege die Hand auf seinen Arm, der so hart ist wie Granit. Ich kann gar nicht an ihm rütteln, so angespannt ist er.

»Lenny.« Meine Stimme ist sanft. »Rede mit mir.«

Lenny presst die Lippen kurz zusammen, dann, endlich, sieht er mich an. Seine Ozeanaugen sind matt und trüb.

»Luke nennt mich Wuffi«, murmelt er.

»Was?«

Lenny schließt den Mund und weicht wieder meinem Blick aus.

Ich ziehe eine irritierte Fratze. »Wie … also … warum?«, hake ich nach.

»Keine Ahnung. Weil er mich scheinbar für ein Hündchen hält?« Er schnaubt. »Was weiß ich.«

Ich verstehe kein Wort. Also, ich verstehe es schon, aber es macht keinen Sinn. Warum sollte Luke so etwas sagen?

»Früher in der Schule haben sie mich immer Schweinchen genannt«, redet er weiter. »Du weißt schon, wegen meines Namens.« Er lächelt kalt, und mein Magen rutscht mir bis zu den Kniekehlen.

Oh Lenny!

»Ich dachte, dass es aufhören würde, wenn ich ihn ändere.« Seine Worte sind so leise, dass sie fast vom Prasseln des Wassers verschluckt werden. »Aber scheinbar lag es nicht am Namen, sondern an mir. Ich bin die Witzfigur, egal, wie ich heiße.«

»Bist du nicht«, wehre ich ab und kneife die Augen leicht zu, als vereinzelte Wasserspritzer in meine Richtung fliegen.

»Doch.«

»Nein!«

Er verdreht die Augen. »Schon gut. Du verstehst das nicht.«

Und ob ich es verstehe, die Witzfigur zu sein.

»Nein!«, wiederhole ich etwas lauter. »Keine Ahnung, was in Luke gefahren ist, aber so was geht gar nicht. Man gibt seinem Freund nicht solche Spitznamen. Man gibt ihn niemandem. Ich bin sicher, dass da irgendein gigantisches Missverständnis vorliegt, denn du bist auf keinen Fall …« Ich halte inne, weil ich das Wort nicht wiederholen will.

Lenny lächelt, aber es ist nicht mein geliebtes Schmunzeln, sondern ein so liebloses, trauriges, dass mich der Anblick innerlich zerreißt. Wasser perlt an seinem Kinn hinab, und plötzlich liegt meine Hand auf seiner Wange, streicht über die Konturen seines Kiefers.

»Scheiß auf die anderen«, flüstere ich. »Für mich bist du der Coolste von allen.«

Lenny mustert mich schweigend, sein Blick ist undurchdringlich. Dann schluckt er.

»Du bist die einzige …«

Die einzige was?

Aber Lenny spricht nicht weiter. Stattdessen ruckt sein Kopf zur Tür, der Blick fragend, wachsam.

»Was ist?«

»Ich glaube …«

Und dann höre ich es auch. Blitzschnell fahre ich herum, lausche den Schritten, die sich der Tür nähern, und stoße einen kleinen überraschten Schrei aus, als jemand hereinstürmt.

»Oh, Maya?«

Sydney.

»Sorry, ich wusste nicht, dass jemand hier ist.«

Doch, ich. Und Lenny. Direkt hinter mir. Oder besser gesagt *an* mir? In meinem Fluchtinstinkt bin ich nach hinten gestolpert, direkt gegen seinen Rücken. Und er … hat mich aufgefangen. Seine Hände liegen um meinem Bauch.

Mein Puls rast.

»Weißt du vielleicht, wo Lenny ist? Seine Tasche liegt in eurem Zimmer, aber ich kann ihn nirgends finden.«

Wäre das Duschglas nicht vollständig beschlagen, hätte sie ihn schon längst entdeckt.

»Er … er …«

Plötzlich drückt Lenny seine Finger leicht in meine Haut, vermutlich, um mir irgendwas zu signalisieren, aber es sorgt nur dafür, dass Hitze durch mich hindurchschießt, und sich über meinen ganzen Körper ausbreitet. Meine Zehenspitzen erreicht. Meine Zunge lähmt.

»Hast du ihn gesehen?«

»Nein«, bringe ich heraus.

»Vielleicht ist er schon gegangen. Scheiße! Ich muss mich unbedingt bei ihm entschuldigen! *Wir* müssen uns entschuldigen.«

Lennys ganzer Oberkörper bewegt sich, als er heftig den Kopf schüttelt, und diesmal verstehe ich.

»Ich … ähm … Vielleicht wäre es besser, wenn ihr Lenny erst mal etwas Zeit für sich gebt«, presse ich hervor, und drohe in Ohnmacht zu fallen, als ich ihn – *ihn* – an meinem Hintern spüre.

Heilige Scheiße!

»Ja. Ja, du hast völlig recht. Am besten, wir gehen jetzt.«

Ja, geht! Geht, bevor meine Beine zusammenklappen und ich uns beide entlarve.

»Und … Maya?«

»Ja?«, krächze ich.

»Ich würde mich freuen, wenn wir uns beide auch noch mal aussprechen würden. Ich hab das Gefühl, dass … egal, ich will gar nicht weiter stören. Dusch in Ruhe weiter. Aber lass uns bald reden.«

»Okay«, piepse ich.

Als die Tür ins Schloss fällt, bin ich noch immer wie erstarrt. Und Lenny ist es auch. Keiner von uns rührt sich. Niemand sagt ein Wort. Das heiße Wasser rieselt auf uns herab, klebt uns aneinander. Ich atme flach, meine Zellen sind in heller Aufruhr. Vorhin noch war ich panisch, jetzt ist das Pendel zur Aufregung übergesprungen. Obwohl das Wasser warm gestellt ist, fühlt es sich kalt auf meiner überhitzten Haut an. Sie prickelt da, wo unsere Körper sich berühren, und da, wo sie sich nicht berühren, will sie prickeln.

»Maya«, haucht er, und ich explodiere fast, als er meinen Namen auf diese Weise sagt. So heiser, so atemlos.

Und dann erwacht sein linker Daumen zum Leben. Nur der linke Daumen, der ganz zart über meinen Rippenbogen fährt. Wie auf Knopfdruck stellen sich meine Brustwarzen auf, und ich unterdrücke ein leises Stöhnen. Noch immer ist es nur der Daumen, der sich bewegt, noch immer nur die eine Stelle.

Heilige Scheiße! Was tun wir hier? Was tut *er* hier? Und warum will ich mehr davon?

Meine Lider fallen zu, und aus irgendeinem Grund verleiht mir die Dunkelheit mehr Mut. Mit angehaltenem Atem lege ich meine zitternden Hände auf seine, und lenke sie, Millimeter für Millimeter. Immer höher und höher. Als ich spüre, wie seine Erektion zuckt, keuche ich leise auf, und genau wie damals beim Tanzen sind da wieder diese elektrischen Impulse, die durch meinen ganzen Körper rasen. Schließlich erreichen seine Finger die Unterseite meiner Brüste, und wir beide atmen scharf ein. Wieder zuckt es hinter mir, und ich platze fast vor Erregung.

Ich will ihn.

So sehr, dass sich mein Herz vor Schmerz windet.

Aber warum tut es weh? Warum ist neben all der Lust auch dieses erdrückende Gefühl in der Brust? Und warum laufen mir trotz all der Euphorie auch heiße Tränen über die Wangen?

Weil ich mehr will, dämmert es mir. Nicht nur seinen Körper, sondern auch sein Herz.

Und er? Will er mich auch? *Mich* und nicht meinen nackten Körper, auf den er reagiert, weil er gerade traurig ist und sich nach Ablenkung sehnt?

Vorsichtig hebe ich den Kopf, und sehe, wie sein lustvoller Blick meinem vorsichtigen begegnet, erinnere mich daran, wie er mich damals im Club genauso angesehen hat. So erfahren und gewissenhaft.

Meine Kehle wird eng, und mit einem Mal fühle ich mich wie eine von den vielen Frauen, mit denen Lenny sich in den letzten Jahren vergnügt, aber nie wieder über sie gesprochen hat. Denn warum auch sollte es bei mir anders sein? Wann war da jemals jemand, der mir nicht nur seinen Körper, sondern auch sein Herz geschenkt hätte und beides gleichermaßen von mir wollte?

Ein plötzliches Schluchzen verlässt meinen Hals, und sofort stoppen Lennys Hände inmitten der Bewegung.

»Alles okay?«, fragt er besorgt, aber anstelle einer Antwort winde ich mich aus seinem Griff, und taumele aus der Dusche. Schwindel hämmert gegen meinen Schädel, und ich stolpere fast über mein Skateboard, als ich ohne Handtuch aus dem Bad renne. In meinem Zimmer angekommen, schnappe ich mir den grauen Bademantel, der an der Tür hängt, und schlüpfe in mein Bett, dessen Laken ich in Sekundenschnelle tränke.

Keine Minute später tritt Lenny ebenfalls herein. Er hat sich lieblos abgetrocknet und trägt nur seine Boxershorts. Seine Erektion zeichnet sich noch immer durch den Stoff ab. Die nächste Ladung Tränen befreit sich aus meinen Augen. Ich brauche jetzt Abstand, aber ich kann ihm nicht ausweichen. Und er kann mir nicht ausweichen, weil wir uns ein verdammtes Zimmer teilen.

Und so wird es immer sein.

»Du musst ausziehen«, flüstere ich, und er nickt, ohne ein Wort zu sagen. Ohne nachzufragen, was überhaupt passiert ist, was der Grund für meinen Ausbruch war. Stattdessen umrundet er die Wasserspur, die ich hinterlassen habe, läuft zu seinem Bett, und zieht seinen Koffer darunter hervor.

Schweigend beginnt er seine Sachen zu packen und wirkt verdächtig gelassen, beinahe, als ob er die ganze Zeit gewusst hätte, dass das irgendwann passieren würde. Plötzlich muss ich an Jonah denken. Jonah, der ihn einfach so vor die Tür gesetzt hat. Und jetzt stehe ich kurz davor, genau das Gleiche zu tun.

»Lenny. Bitte denk jetzt nicht … Es ist nicht, weil …«

»Schon gut«, wehrt er ab und angelt nach einer alten Jeans. »Ich habe wohl irgendwas falsch verstanden.«

Nein, hat er nicht.

»Tut mir leid.« Mit der Decke wische ich mir über die feuchten Augen. »Es hatte nichts mit dir zu tun.«

Ein hartes Lächeln tritt auf sein Gesicht. »Klar.«

»Das meine ich ernst! Es ist nur …«

Ob ich es sagen sollte? Und damit unsere Freundschaft riskieren? Aber können wir danach überhaupt noch zurückgehen? Nachdem wir die Grenze so weit überschritten haben, dass sie gar nicht mehr zu sehen ist? Nachdem ich mein Herz auf dem Weg verloren habe und es jetzt irgendwo auf seiner Seite ist?

»Du musst mir nichts erklären. Die Message ist auch so angekommen.«

In diesem Moment sieht er genauso verloren aus wie der Junge, den ich damals kennengelernt habe. Der Junge, der mir nicht einmal seinen Namen verraten wollte, weil er Angst hatte, dass ich über ihn herziehen würde. Und jetzt erfährt er, dass ihm ein guter Freund lächerliche Kosenamen gibt und seine beste Freundin heulend wegrennt, als er sie berührt.

»Ich fahre zu meinen Eltern.«

»Nein. Bleib«, überlege ich es mir anders. »Bitte bleib. Ich schlafe auf dem Sofa, wenn du willst.«

»Nein.«

»Doch. Bleib.«

Bleib bei mir.

»Ich kann nicht.« Seine Stimme ist kaum mehr als ein Flüstern.

»Lenny.« Sein Gesicht verschwimmt vor lauter Tränen. »Bitte«, wispere ich. »Tut mir leid. Ich wollte dich nicht verletzen. Es ist nur ... ich ... ich ... ich ...« Und dann halte ich es einfach nicht mehr aus.

Scheiß drauf.

»Ich mag dich, okay?«, schreie ich.

24. KAPITEL

Lenny

Ich erstarre. Blicke sie ungläubig an. Verstehe nicht, was sie da sagt. Ihre Worte hängen schwer in der Luft, genau in der Mitte des Raumes, an der Grenze, die unser Zimmer teilt – ihre und meine Seite. Zwei Lager, und jetzt schießt sie mit einer Munition, die mich mitten ins Herz trifft.

»Nicht nur als Freund, sondern als … alles.« Sie zieht die Nase hoch und reibt sich über die geröteten Augen. »Ich mag dich«, sagt sie wieder. »Und natürlich wollte ich das vorhin. Ich will es ständig.«

Ob ich gerade träume? Ob ich vorhin in der Dusche ausgerutscht und in einem Paralleluniversum aufgekommen bin? In einer utopischen Welt, in der meine beste Freundin mir ihre Gefühle gesteht, weil sie genauso empfindet wie ich? Denn das wäre allemal realistischer als … na ja, dass das hier alles wahr ist.

»Aber ich kann so was nicht«, fährt sie fort und umklammert die Bettdecke. »Dieses Freundschaft-Plus-Ding ist nichts für mich. Das war es nie.«

Hä?

Ich komme nicht mehr mit.

»Und ich ertrage es nicht länger, immer nur *dafür* gut genug zu sein. Die Leute wollen mit mir in die Kiste, aber sie können oder wollen mich nicht lieben. Und schon gar nicht können sie mich als Nummer eins in ihrem Leben sehen. Nein, wenn überhaupt, dann bin ich die zweite Wahl. Sydney kommt immer vor mir.«

Sydney?

Ich verstehe kein Wort.

»Wovon redest du?«

»Ich rede von Max. Max, der erst auf Sydney stand und es, erst nachdem es nicht mit ihr geklappt hat, bei mir versucht hat. Und du bist kein Stück besser!«

»Ich?«, wiederhole ich, weil ich noch immer nicht verstehe, wie sie darauf kommt, uns beide miteinander zu vergleichen.

»Ja, du!« Ihr zitternder Finger zeigt anklagend auf mich. »Auch du hast mir Sydney vorgezogen, obwohl ich die ganze Zeit vor deiner Nase war. Ist ja auch okay. Man kann nichts für seine Gefühle. Aber ich hab keinen Bock, die zweite Wahl zu sein, nur weil es mit deiner ersten nicht geklappt hat.«

Sämtliche Luft entweicht meinem Körper.

»Was redest du da? Du warst überhaupt nicht …«

»Und ich will nicht immer nur der Kumpel sein«, fällt sie mir ins Wort, und ihre Stimme bricht. »Jahrelang gefriendzoned zu werden, macht einen irgendwann kaputt. Ich will nicht immer nur die sein, mit der man spontane Nümmerchen unter der Dusche schiebt und dann wieder abzieht.«

Ihre Worte fühlen sich an wie eine mit Splittern besetzte Ohrfeige, und mit ihnen trifft mich der Zorn, wie ich ihn noch nie gespürt habe.

»Du glaubst wirklich, dass es darauf hinausgelaufen wäre? Auf ein *Nümmerchen?*«

»Worauf denn sonst?«, blafft sie.

Sag du es mir, denke ich verbissen. *Schließlich bist du dazugekommen. Du hast meine Hände genommen und auf deinen Körper gelegt.*

»Ich stand nicht zuerst auf Sydney«, sage ich stattdessen, weil ich diese Absurdität unbedingt als Erstes klarstellen will.

Aber Maya schnaubt nur. »Toll, dann war ich halt die dritte, vierte oder hundertste Wahl!« Sie macht eine wegwerfende Handgeste. »Macht es auch nicht besser.«

Wut wallt in mir auf. »Nein, Maya, du warst die erste!«

25. KAPITEL

Maya

Die erste, hallen seine Worte in meinem Kopf wider, aber ich verstehe sie nicht. Wie kann das sein? Das ergibt überhaupt keinen Sinn.

»Aber … ich hab dich doch geküsst«, sage ich, als meine Stimme endlich wieder auftaucht. »Damals!«

»Und ich hab dich zurückgeküsst!«

»Aber danach hast du nie wieder etwas gesagt. Ich bin sogar bei dir eingezogen, und du hast nie etwas versucht!«

»Weil ich nicht aufdringlich sein wollte! Du hast bei uns gewohnt, und ich wollte dir nicht das Gefühl vermitteln, dass ich dich nur *deshalb* bei mir wohnen lasse, um dich anzubaggern. Aber von dir kam auch nichts mehr, und dann dachte ich, dass der Kuss einfach nur aus dem Affekt war. Weil du was getrunken hattest und überfordert warst oder keine Ahnung.«

»LOL, wie kann man denn jemandem aus dem Affekt seinen ersten Kuss schenken? Ich mochte dich, verdammte Scheiße!«

Lenny rauft sich die Haare. »Ich mochte dich auch!«

»Warum hast du dann nichts gesagt?«

»Weil ich dachte, dass du mich nur als einen Freund siehst!«

»Und ich dachte dasselbe!«

Keine Ahnung, wann wir beide vom Bett aufgesprungen sind, aber jetzt stehen wir uns mitten im Raum gegenüber. Das Licht ist ausgeschaltet, und allmählich wird es dunkel. Lennys

Brustkorb hebt und senkt sich schnell. Er sieht überfordert und verwirrt und wütend aus. Genau wie ich. Meine Gedanken tanzen nicht mehr, sie trampeln und sind völlig außer Rand und Band.

Ich schüttele den Kopf, ungläubig, fassungslos.

»*Ich* hab dich geküsst«, rufe ich uns erneut in Erinnerung. »*Ich* habe den ersten Schritt gemacht. Aber dann hast *du* am nächsten Tag so getan, als wäre nichts.«

»Weil ich schüchtern war.« Er hebt hilflos die Schultern. »Erklär mal einem unerfahrenen achtzehnjährigen Jungen, was er tun soll, wenn er neben dem wunderschönen Mädchen aufwacht, in das er sich letzte Nacht schockverliebt hat.«

Schockverliebt. Dieses Wort schlägt mit einem so brutalen Schall ein, dass es meinen gesamten Brustkorb erschüttert.

Mir bleibt die Luft weg.

»Du … warst schockverliebt?«, bringe ich heraus.

»War ich«, bestätigt er, und ein verbitterter Ausdruck legt sich auf seine Züge. »Und klar habe ich irgendwie versucht, mein Interesse zu zeigen, zumindest soweit ich konnte. Aber dann bist du ausgezogen und hast mit den ersten Typen angebändelt, die mit ihren Lederjacken und Tattoos ganz anders waren als ich. Dann war sowieso klar, dass ich keine Chance mehr hatte.«

Mir kommt die Galle hoch. Taumelnd trete ich einen Schritt zurück, falle aber trotzdem in die Schlucht der schamvollen Erinnerung.

Es war kurz nach unserem Einzug in die WG. Vicky und ich gingen auf eine Homeparty, und dort traf ich ihn – ich kannte nicht einmal seinen Namen. Ich machte den ersten Schritt, ich lud ihn zu mir nach Hause ein. Er war nett und respektvoll, aber als er in mich eindrang, musste ich einen Schluchzer unterdrücken. Nicht vor Schmerz, sondern weil ich so sehr wollte, dass es Lenny war, der auf mir lag.

»Aber das habe ich doch nur gemacht, um dich zu vergessen«, sage ich erstickt und drücke mir die Zeigefinger gegen die Schläfen. »Ich wollte dich einfach nur aus meinem Kopf kriegen. Endlich weiterziehen, damit meine Gefühle unserer Freundschaft nicht im Weg stehen.«

Lenny mustert mich mit zusammengepressten Lippen. »Hat es denn geklappt?«

»Ja … das dachte ich zumindest. Bis …«

»Bis was?«

»Bis du hier eingezogen bist«, gestehe ich leise. »Dann kam alles wieder hoch.«

Lenny bläst erst die Backen auf und atmet dann tief aus. »Das kann doch alles nicht wahr sein«, murmelt er und wankt wie benommen zu seinem Bett. Er setzt sich hin, stützt die Ellenbogen auf den Knien ab, und reibt sich erschöpft über das Gesicht.

»Ja«, stimme ich zu und stolpere in seine Richtung. »Wir haben uns gegenseitig gefriendzoned. Obwohl wir aufeinander standen.«

Jetzt bin ich ganz sicher, dass Aliens unsere Welt steuern. So was Absurdes kann kein Zufall sein.

Als ich direkt vor ihm stehe, hebt er den Kopf. Seine Haare sind noch immer nass und zerzaust.

»Du … standest wirklich auch auf mich?«, fragt er leise.

»Ja.« Ich lege eine Hand auf seinen feuchten Schopf.

Sein Adamsapfel hüpft, als er schluckt. »Wirklich?«

»Ja!«, sage ich wieder, und ziehe ihn sanft an den Haaren. »Darum bin ich damals nach der Party mit zu dir gegangen und nicht zu Vicky oder Sydney. Ich habe gesagt, dass es okay ist, in einem Bett zu schlafen. Und ich habe dich geküsst«, erinnere ich ihn wieder. »Ich mochte dich. Wie konntest du das alles missverstehen?«

»Ich dachte, das wäre deine Art. So offen, meine ich. Ein bisschen flirty eben. Und sorry, dass ich wieder davon anfange, aber was soll ich auch denken, wenn nicht ich es war, mit dem du auf Dates gegangen bist?«

»Aber doch nur, weil ich dachte, dass du überhaupt nicht auf Dates gehst! Bis vor ein paar Wochen wusste ich nicht einmal davon. Du hast nie etwas erzählt, deshalb dachte ich, dass … na ja, auch nichts passiert wäre. Mir war nicht klar, dass du dich hinter meinem Rücken noch mit Tausend anderen getroffen hast.«

Lenny blinzelt. *»Hinter deinem Rücken?«*

»Du weißt, wie ich es meine«, sage ich und mache eine wegwerfende Handbewegung.

»Nein, eigentlich nicht.«

Ich auch nicht, denke ich. Was wollte ich damit sagen? Dass ich mich von ihm betrogen gefühlt habe? Dass ich unbewusst davon ausgegangen bin, dass er eigentlich zu mir gehört? Dass ich irgendwelche lächerlichen und höchst unangemessenen Besitzansprüche auf ihn hatte?

O Mann. Ja, genau das wollte ich sagen!

Scham geißelt mich von allen Seiten. Ich will gerade einen Schritt zurücktreten und mich darauf konzentrieren, mich wegzubeamen, als Lenny nach meiner Hand greift.

»Komm her«, sagt er sanft und zieht mich auf seinen Schoß. Ein Schaudern durchfährt ihn, als mein nasser Bademantel auf seine nackte Haut trifft, trotzdem schlingt er die Arme fest um mich.

»Ist das okay?«, vergewissert er sich, und seine Frage ist so bedachtsam, respektvoll und so typisch Lenny, dass meine ganze Haut anfängt zu kribbeln.

»Ja, das ist es. Und für dich?«

»Natürlich.«

Natürlich. Er sagt es so entschlossen, so bestimmt. Als wäre es lächerlich, auch nur daran zu zweifeln.

Langsam hebe ich den Kopf und suche seinen Blick, greife nach ihm und lasse ihn nicht los. Ein Teil von mir glaubt noch immer nicht, dass das hier wirklich passiert. Ich sitze auf seinem Schoß, werde von ihm im Arm gehalten, und doch spüre ich mein unsicheres Herz zweifeln.

Welchen Moment unterscheidet diesen von anderen?, fragt es. Wir lagen uns schon oft in den Armen, haben uns schon oft gehalten und waren doch nur beste Freunde.

Und als würde Lenny ahnen, dass ich irgendeinen Beweis dafür brauche, dass wir mehr füreinander sind, küsst er mich.

26. KAPITEL

Lenny

Dieser Moment ist zu schön, um wahr zu sein. Zu schön, um ihn vollkommen zu genießen, weil man nicht fassen kann, was gerade passiert. Meine Lippen liegen hart und fest auf Mayas, als würden sie diesen Kuss nie mehr enden lassen wollen. Als würden sie von der Angst getrieben sein, der Druck verschwinde mit dem nächsten Wimpernschlag, sobald sich unsere Lippen nicht mehr berühren.

Doch die Angst verfliegt, als mich Maya so energisch zurückküsst, dass ich nach hinten aufs Bett kippe. Ich schließe die Arme um ihren Rücken und ziehe sie noch enger an mich, während Maya mein Gesicht mit beiden Händen umfasst und wieder küsst. Wieder und wieder. Unsere Münder verschmelzen miteinander, und als unsere Zungenspitzen sich berühren, entringt sich uns beiden ein kleines Stöhnen. Langsam lasse ich die Zunge um ihre kreisen, begrüße sie von allen Seiten, und spüre neben dem wachsenden Druck in meiner Boxershorts auch etliche andere Gefühle auf mich einströmen. Da ist zum einen die jahrelang angestaute Sehnsucht, aber zum andern auch die bittersüße Vertrautheit, weil meine Lippen sich nach all der Zeit noch immer an ihre erinnern.

Je länger wir so liegen, desto leidenschaftlicher werden unsere Küsse. Ich nehme Mayas Unterlippe zwischen meine Zähne und sauge sehnsuchtsvoll daran. Wieder entringt sich ihr ein kleines Stöhnen, und ich kann nicht anders, als an der Realität zu zweifeln. Das hier wollte ich schon so lange, und jetzt …

»Passiert das gerade wirklich?«, frage ich, als wir uns kurz voneinander lösen, um Luft zu holen.

»Es passiert wirklich«, haucht Maya und küsst mich wieder.

»Ich … es … ist so unfassbar«, sage ich stockend. »Ich kann es noch immer nicht glauben.«

Bei jedem anderen Menschen hätte ich Angst davor, das zuzugeben. Männer dürfen schließlich keine Unsicherheit zeigen, denn das wäre ja voll abtörnend! Aber Maya hat mich schon immer so angenommen wie ich bin. Seit dem Moment unserer ersten Begegnung *konnte* ich einfach nur ich sein. Ohne mich je zu verstellen.

»Ich auch nicht.« Ihre Stimme bricht, und als sie leise schluchzt, verändert sich mit einem Schlag die Atmosphäre im Raum.

»Hey.« Ich rolle uns beide auf die Seite und schiebe mich ein Stück von ihr, um sie besser anzusehen.

»Tut mir leid.« Maya wischt sich etwas aus dem Augenwinkel. »Ich will nicht heulen. Aber das ist gerade so überwältigend. Ich komme selbst nicht darauf klar. Dass du genauso empfindest, ist so … ich weiß nicht.« Sie schüttelt den Kopf, wodurch ihr ein paar Strähnen ins Gesicht fallen. Vorsichtig streiche ich sie zur Seite und nicke aufmerksam, hoffe, dass sie weiterspricht.

»Du … du sagst, dass du es nicht glauben kannst, aber ich verstehe nicht, wie du die Anzeichen übersehen konntest. Mag ja sein, dass ich ein offener Mensch bin, aber in all den Jahren habe ich so oft deine Nähe gesucht, während du mich immer auf Abstand gehalten hast.« Ihre Stimme zittert. »Weißt du noch? Der Abend im *Epos* neulich?«

Ich muss kurz überlegen. »Der vor deinem Geburtstag?«

»Ja. Du hast Witze darüber gemacht, weil ich so anhänglich war. Du hast mir sogar diesen Barkeeper Tom angedreht … Vielleicht nicht angedreht«, fährt sie zurück, »aber auf jeden Fall nicht ausgeredet. Und das ist nur ein Beispiel von Hunderten. Ständig hast du in aller Deutlichkeit klargestellt, dass wir *nur* Freunde sind.«

»Aber doch nur, weil ich es nicht anders ertragen habe«, flüstere ich und kann kaum noch richtig atmen, weil mir ihre Worte einen Kloß in den Hals gesetzt haben. »Immer wenn du betrunken warst, bist du mir so nahegekommen. Es war zu viel. Zu schön. Und am nächsten Tag war alles vorbei. Dann war ich wieder nur ›Lenny, der beste Freund‹. Ich habe das nicht ausgehalten. Ich musste Grenzen ziehen. Jedenfalls habe ich es versucht. Aber als ich hier eingezogen bin, ging das nicht mehr.« Ich suche ihre Hand, verschränke unsere Finger ineinander. »Da konnte ich dir nicht mehr ausweichen und wollte es auch gar nicht. Und da wusste ich, dass es nie richtig vorbei war. Dass meine Gefühle immer da waren, aber so tief vergraben, dass ich selbst nicht bemerkt habe, dass sie noch da sind.«

Maya mustert mich mit riesigen Augen. Ein paar Sekunden lang starrt sie mich einfach nur an, dann lacht sie erstickt auf und wischt sich wieder über die Augen. »Das ist so Nicholas-Sparks-mäßig.«

Ich lächele amüsiert. »Na ja, darauf stehst du ja auch, oder?«

»Ja«, schnieft sie. »Und du weißt das, weil du fast alles von mir weißt. Nur von meinen Gefühlen hattest du keine Ahnung.«

Gefühle. Sie hat es schon wieder gesagt. Maya hat tatsächlich Gefühle für mich, romantische Gefühle. Mein Herz trommelt wie bei einem Schlagzeugsolo.

»Und du nicht von meinen«, gebe ich tonlos zurück.

Maya schüttelt den Kopf, fassungslos, ungläubig.

»Passiert das gerade wirklich?« Diesmal ist sie es, die die Frage stellt.

Als Antwort ziehe ich sie noch enger an mich. Halte sie fest. Lasse sie nicht los. Vergrabe mein Gesicht in ihren Himbeerhaaren.

Keine Ahnung, wie lange wir so liegen. Es ist stockdunkel, ich kann kaum noch etwas sehen und muss ständig über Mayas Rücken streichen, um mich zu vergewissern, dass sie wirklich da ist. Dass ich sie noch immer in meinen Armen halte. Sie, Maya.

Meine beste Freundin.

Irgendwann spüre ich, wie ihr Atem in regelmäßigen Abständen auf meinen Hals trifft und sie die süßesten kleinen Schnarcher von sich gibt. Sie ist eingeschlafen. Meine Lider fühlen sich ebenfalls schwer an, aber ich kann sie trotzdem nicht schließen. Der Wunsch, jeden einzelnen Moment in mich aufzusaugen, lässt es nicht zu. Ich will keine Minute verpassen. Keine Sekunde. Und je müder ich werde, desto stärker wächst die Panik, dass das hier alles vorbei sein könnte, wenn ich morgen früh aufwache.

»Was ist los?«, nuschelt Maya, als ich über die berühmte Treppe stolpere, die Schlaf und Bewusstsein verbindet, und dabei so heftig zusammenzucke, dass sie davon wach wird. »Kannst du nicht schlafen?«

»Ich will nicht«, korrigiere ich und gähne.

»Warum?«

»Weil … ich Angst habe, dass du weg bist, wenn ich aufwache.«

Jetzt öffnet sie die Augen richtig. Trotz der Dunkelheit sehe ich einen ernsten Schleier auf ihr Gesicht fallen. »Das werde ich nicht, Lenny. Das ist kein Traum. Ich bin hier und gehe auch nicht weg.«

»Versprochen?«, frage ich leise.

»Versprochen.« Sie hebt den Kopf, ihre Lippen streifen mein Kinn. »Oh, ich wollte eigentlich deinen Mund erwischen.«

Schmunzelnd komme ich ihr entgegnen, küsse sie, zerfließe unter dieser zarten Berührung.

»Schlaf jetzt, okay? Ich bin hier«, sagt sie erneut. »Ich bin …«

Das Letzte höre ich nicht, weil ich endlich in den bittersüßen Schlaf gleite.

Und ich träume von ihr.

27. KAPITEL

Maya

Als ich aufwache, liegt Lenny nicht mehr neben mir. Blinzelnd taste ich über seine Bettseite. Sie ist noch warm.

»Lenny?«, rufe ich und setze meinen nackten Fuß auf den Boden. Die ersten Sonnenstrahlen, die durch die blauen Vorhänge dringen, lassen den ganzen Raum in einem petrolfarbenen Licht erstrahlen.

»Lenny?«, wiederhole ich etwas lauter und trotte leise aus dem Zimmer.

Im Wohnzimmer ist er nicht. Auch nicht in der Küche oder im Bad. Die offen stehenden Türen von Vicky und Sydney verraten mir, dass sie letzte Nacht gar nicht nach Hause gekommen sind.

Ich bin allein. Und Lenny ist weg.

Kälte kriecht mir in die Glieder. Aber wie kann das sein? Letzte Nacht war er doch noch … Ob er es sich anders überlegt hat? Ob das alles für ihn nur ein riesiger Fehler war? Aber warum hat er sich nicht einmal verabschiedet? Warum ist er einfach weg, ohne …

Tränen steigen mir in die Augen und drohen wie bei einer Fontäne aus mir herauszuschießen, als ich plötzlich höre, wie der Schlüssel im Schloss gedreht wird.

Lenny tritt ein und zuckt leicht zusammen, als er mich im Hausflur entdeckt.

»Oh, hey.« Er schenkt mir ein kleines Lächeln. Wie jeden Morgen stehen seine Haare in alle Richtungen ab, und ganz oben ringelt sich sein Morgenlöckchen.

Sein vertrauter Anblick saugt mir die Luft aus den Lungen. »Wo warst du?«, frage ich atemlos.

»Ich konnte nicht mehr schlafen und habe uns Frühstück geholt.« Wie zum Beweis hebt er die Papiertüte in die Luft, auf der das Brezel-Logo der Bäckerei um die Ecke prangt.

Alles ist gut. Er hat nur Frühstück geholt. Beruhige dich wieder, Maya.

»Und warum hast du nicht Bescheid gesagt?« Es soll nicht anklagend klingen, aber ich bin so aufgewühlt, dass ich keine Kontrolle mehr über meine Stimme habe.

Lenny mustert mich verwirrt. »Ich hab dir doch geschrieben, dass ich kurz losgehe«, erklärt er und tippt sich auf die Hosentasche.

»Du …«, fange ich an und breche ab. Ich bin gar nicht auf die Idee gekommen, auf mein Handy zu schauen. Meine Angst, ihn zu verlieren, hat mich kaum noch klar denken lassen. Ich bin einfach nur ausgetickt, als er weg war.

»Was ist denn los?«, fragt er und stellt die Tüte auf dem kleinen Flurtisch ab.

»Ich … ich dachte, dass du bereust, was gestern passiert ist.«

Lenny reißt die Augen auf. »Was! Warum sollte ich das bereuen?«

»Keine Ahnung.« Meine Hand fliegt zu meinem Piercing. »Ich habe einfach Panik gekriegt, als du nicht mehr neben mir lagst.«

»Aber ich war doch nur zehn Minuten weg. Nicht mal. Außerdem sind meine ganzen Sachen noch hier.« Er deutet hinter mich auf seinen offenen Koffer, an dem ich vorhin einfach vorbeimarschiert bin.

»Natürlich«, murmele ich und schließe die Augen, als mir heiße Scham in die Wangen schießt. »Tut mir leid. Ich wollte nicht zu anhänglich sein. Ich … o Mann«, stöhne ich und halte mir den Unterarm vor die Augen. Ich bin echt erbärmlich.

Die Dielen knarzen, als Lenny auf mich zugeht. Als er vor mir steht, zieht er meinen Unterarm runter und sucht meinen Blick. »Hey, May May. Sieh mich an.«

Widerwillig schaue ich auf. Er lächelt.

»Du kannst gar nicht *zu* anhänglich sein, okay? Zu viel von dir geht gar nicht. Und nur fürs Protokoll: Gestern war die zweitschönste Nacht meines Lebens.«

Und da ist es wieder. Das vertraute Flattern in meinem Bauch, wenn Lenny etwas so Schönes sagt, dass es mir den Atem raubt.

»Und was war die schönste Nacht?«

»Welche wohl?« Lenny legt den Kopf schief, und sein Lächeln wird noch breiter. »Die, in der wir uns kennengelernt haben, natürlich.«

Okay, noch mehr von diesen süßen Worten und ich kriege einen Herzinfarkt!

»Du stellst Nicholas Sparks schon wieder in den Schatten«, warne ich und kann nicht glauben, dass sich der Druck hinter meinen Augen erneut ankündigt. Ich bin so glücklich. Warum will ich pausenlos weinen?

»Das war ein Kompliment, hoffe ich?«, fragt er und beugt sich zu meinem Gesicht hinab. Ich nicke, schlinge die Arme um seinen Nacken, doch plötzlich richtet sich Lenny wieder auf, und ich verliere den Boden unter den Füßen. Instinktiv verschränke ich die Beine um seinen Rücken und spüre, wie meine Körpertemperatur ansteigt, als Lenny seine Hände um meinen Hintern legt. Ein paar Sekunden lang sehen wir uns in die Augen, dann treffen unsere Münder aufeinander, und ein sehnsuchtsvoller Laut entkommt mir. Mitten im Flur halten wir uns und küssen uns so innig, als hätten wir uns Jahrzehnte nicht gesehen. Das Gefühl seiner Lippen auf meinen ist noch immer so neu, so fremd, und doch so unglaublich vertraut. Mein Herz setzt sich in eine Rakete, bereit, in Richtung Weltall geschossen zu werden.

Houston, wir haben ein Problem! Wir betreten gleich außerirdisches Terrain und können vermutlich nie mehr zurück!

»Ich hab dich vermisst«, flüstert er und küsst meine Nase.

»Du warst nur zehn Minuten weg. Sei mal nicht so anhänglich«, necke ich ihn, und er lacht leise, bevor er mich wieder küsst.

»Pass auf das Skateboard auf«, murmele ich an seinen Lippen, und er nickt, während er sich, ohne sich von mir zu lösen, an meinem Board vorbeischiebt und unser Zimmer ansteuert.

»Warte kurz«, sagt er, und als er Anstalten macht, mich loszulassen, schüttle ich den Kopf und klammere mich wie ein Äffchen an ihn. Ich kann ihn nicht loslassen, will keine Sekunde mehr ohne ihn sein.

»Nur kurz«, ächzt er. »Ich will meine Jacke ausziehen.«

»Oh.« Das ist was anderes. Sofort entspanne ich meine Beine und lasse mich von ihm absetzen.

»Und wenn du schon dabei bist, kann das T-Shirt mit weg«, sage ich und stelle mich auf die Zehenspitzen, um den Saum seines Shirts anzuheben.

Aber Lenny fängt meine Hände ab und mustert mich überrascht. »Wirklich?«

»Und auch die Hose«, mache ich weiter und versuche, mich aus seinem Griff zu befreien, doch er hält mich weiter fest. Fixiert mich mit seinem Blick. Ein blaues Feuer lodert in seinen Ozean-Augen, und mit einem Mal fühle ich mich wieder in den Moment im Club zurückversetzt. Als wir zusammen tanzten und er mir einen so begehrenden Blick zuwarf, den ich regelrecht auf meiner Haut spüren konnte. Bei der Erinnerung daran pocht es in meinen Schenkeln.

Schließlich lässt Lenny meine Hände los, hält aber weiterhin Blickkontakt, während er sich erst das T-Shirt über den Kopf streift und anschließend die Schnalle seines Gürtels löst. Nachdem er sich auch aus seiner Hose befreit hat, setzt er sich auf die Bettkante und greift nach meiner Hand. Mit einem sanften Ruck zieht er mich an sich, und ich schlucke, als ich die andere Hand auf seine Brust lege. Er fühlt sich so gut an. So fest und definiert. Die prickelnde Vorfreude überschlägt sich fast und strömt mit aller Macht in meine Hände. Ich will alles von ihm berühren.

»Darf ich das ausziehen?«, fragt Lenny und zieht zaghaft am Bund meines Bademantels.

Ich nicke und spüre einen kalten Schauer über meinen Rücken fahren, als er den Knoten löst und der Mantel von meiner Haut gleitet. Obwohl es nicht das erste Mal ist, dass sein Blick auf meinem nackten Körper liegt, wirkt es gerade trotzdem so.

»Du bist so schön.« Sein hungriger Blick brennt lodernd süß auf meiner Haut. Ich will seine Worte erwidern, doch sie verlieren sich in meiner Kehle, als seine Hände langsam zu meinen Brüsten wandern.

»Ist das okay?«, fragt er wieder, und ich nicke schnell.

»So was von okay.«

Er lächelt und wieder finden seine Lippen meine, doch diesmal ist es, als würden sie sich verschlingen, ineinander verlieren. Ohne seinen Mund von mir zu lösen, massiert er meine Brüste. Ich kralle meine Finger haltsuchend in seinen Schopf, weil der Boden unter mir ins Wanken gerät.

Lennys Lippen wandern weiter, über meinen Mund hinweg

zu meiner Wange, meinem Kiefer und meinem Hals. Ich lege den Kopf in den Nacken und schließe die Augen.

Lenny küsst mich. *Überall.* Und Gott, er kann das so gut! Mir entkommt ein Stöhnen, das schon fast leidend klingt, dabei leide ich nur vor Lust und Sehnsucht.

Als er meine Brustwarze mit der Zunge umkreist und leicht an ihr knabbert, geben meine Knie endgültig nach. Lenny kippt rücklings auf seine Laken, als ich auf ihn falle. *Nackt.*

Wir beide atmen scharf ein. Zwar trägt er noch seine Boxershorts, aber so nah waren wir uns noch nie. So nah war *er* mir noch nie. Seine Erektion drängt sich hart gegen mich und entfacht Hitze zwischen meinen Schenkeln.

»Lenny?«

»Ja?«, entgegnet er stockend.

»Kannst du dich auf mich legen? Ich will ...« *Dein Gewicht auf mir spüren. Umschlossen von einer sicheren Wand aus dir sein.*

Die letzten Worte kommen mir nicht über die Lippen, aber Lenny gehorcht sofort und rollt uns beide so schnell herum, dass mein Gehirn einen Moment braucht, um den Orientierungssinn wiederzufinden.

»Besser?« Ich spüre sein Lächeln an meinen Lippen. Nickend schlinge ich die Beine um seinen Hintern, ziehe ihn enger an mich. »Viel besser.«

Und doch reicht es mir noch immer nicht. Ich brauche mehr von ihm. Mehr Körper, mehr Haut. Ich zerre an seinen Boxershorts, aber meine Hände zittern zu sehr, um sie abzustreifen.

»Maya.« Lenny löst sich von mir, und hebt den Kopf leicht an, um mich besser ansehen zu können. Blonde Strähnen fallen über sein gerötetes Gesicht. »Ich ... du glaubst nicht, wie lange ich das schon will.«

»Ich auch«, sage ich atemlos und versuche, seine Shorts weiter runterzuschieben.

»Aber … bist du dir sicher?«

»Ja.« Ich nicke eilig und komme seinem Mund entgegen, doch er hält mich zurück.

»Ich meine nur … In den letzten paar Stunden ist so viel passiert, und wir … wir … also, nicht, dass wir im Eifer des Gefechts irgendwas ü-überstürzen?«

Ist das sein Ernst? Ihm versagt fast die Stimme vor Verlangen, und er überlegt, aufzuhören? Was glaubt er denn, wohin das führt, wo wir doch schon nackt aufeinanderliegen?

»Willst du das denn?«, frage ich zurück.

»Nein, aber …«

Erleichterung durchströmt mich.

»Gut, denn ich finde, dass wir lange genug gewartet haben. Nur wegen unserer eigenen Unfähigkeit passiert das hier erst jetzt und nicht schon vor fünf Jahren.«

Meine Worte untergraben seine. Ich sehe es in seinem Blick und erhalte die Bestätigung, als er sich von mir rollt, und die Boxershorts auszieht. Im nächsten Moment ragt er wieder über mir auf, der Kiefer angespannt, der Blick voller Erregung. Quälend langsam schiebt er meine Beine auseinander, bis ich seine Härte an meiner Mitte spüre. Ich bohre meine Finger in seinen Rücken, zerfließe fast vor Ungeduld.

Dann, endlich, *endlich*, dringt er in mich ein, langsam und vorsichtig. Ich keuche leise auf. Lenny verharrt mitten in der Bewegung, vergewissert sich mit einem Blick, dass es mir gut geht, und erst als ich nicke, zieht er sich langsam zurück, bevor er im nächsten Moment wieder zustößt. Diesmal härter. Tiefer. Noch tiefer. Bis zum Anschlag, und ich kann nicht anders, als vor Lust aufzuschreien.

Das ist das Schönste und Intensivste, was ich je erlebt habe. Ich schließe die Augen, meine Tränen lassen sich kaum noch zurückhalten. Als ich sie jedoch wieder öffne und seine Ozean-

Augen ebenfalls feucht schimmern, kann ich nicht anders. Ich lasse los. Und Lenny tut es auch. Mit zusammengepressten Lippen drückt er seine Stirn gegen meine, und ich spüre seine Tränen auf meine Wangen tropfen, wo sie sich mit meinen vermischen.

Das Gefühl zwischen meinen Beinen, Lennys Körper auf meinem, sein Geruch, sein Gewicht, seine Bewegungen. Es ist zu viel. Zu gut. Zu perfekt.

Ich zersplittere in tausend Teile.

28. KAPITEL

Maya

»Okay, noch mal zum Mitschreiben: Ihr hattet Sex und habt dabei geflennt, aber nicht, weil es schlecht war, sondern extrem gut«, fasst Vicky zusammen und senkt leicht den Kopf, um mir über den Rand ihrer knallgelben Sonnenbrille, die perfekt zu ihrem Kleid passt, einen vielsagenden Blick zuzuwerfen.

»So ungefähr«, sage ich und strecke die Beine auf dem weichen Rasen aus. Wir sitzen auf der kleinen Wiese vor der Alten Nationalgalerie. Links von uns erstreckt sich das Neue Museum, in dem Vicky arbeitet, und zur Rechten die Spree. Da die Uni wieder begonnen hat und Vicky heute arbeitet, hatte ich den Einfall, meine Mittagspause auf die Museumsinsel zu verlegen. Mein Campus ist nur zehn Minuten von hier entfernt, und das Wetter spielt ebenfalls mit. Keine Spur vom launischen April, bis jetzt zeigt er sich ausschließlich von seiner warmen und sonnigen Seite. Ich trage meine liebsten Jeans-Hotpants, die ich mit einem schwarzen Crop Top, einer dicken cremefarbenen Strickjacke, und schwarz-weiß karierten Slipper Vans kombiniere. Neben mir mein Skateboard, das umgedreht auf dem Rasen liegt und dank meiner kläglichen Kickflip-Versuche an Tail und Nose völlig zerkratzt ist.

»Und was genau hat euch zu Tränen gerührt?«

Jemand, der Vicky nicht kennt, könnte Spott oder Ironie in ihrer Frage vermuten. Aber ich weiß es besser. Sie macht sich nicht lustig, sie will es einfach nur wissen.

»Die ganze Situation«, antworte ich und richte den Blick auf das Denkmal von Friedrich Wilhelm IV., der auf einem Pferd vor der Nationalgalerie Wache hält. »Ich weiß auch nicht. Ihm nach all den Jahren so nahe zu sein, nur ihn zu sehen, nur ihn zu spüren … Es war einfach überwältigend. Ich kann es gar nicht richtig erklären.«

Aber Vicky nickt, als würde sie genau verstehen, was ich meine.

»Und was ist jetzt mit euch?« Sie nimmt einen Schluck aus ihrer Thermoskanne und macht eine uneindeutige Handgeste. »Seid ihr jetzt offiziell zusammen, oder wie?«

»Gute Frage.« Ich zucke mit den Schultern. »Um ehrlich zu sein, weiß ich das selbst nicht so genau. Wir sind noch nicht dazu gekommen, darüber zu reden.«

Irgendwas in meinen Worten scheint so absurd zu sein, dass sich Vicky an ihrem Tee verschluckt und einen kleinen Hustenanfall bekommt.

»Wie – ihr habt nicht darüber geredet?«, echot sie, wobei ihre Stimme vibriert, als ich ihr mehrmals auf den Rücken klopfe. »Ihr habt euch zwei ganze Tage lang in eurem Zimmer verbarrikadiert. Ihr seid nicht einmal rausgekommen, um was zu essen. Was habt ihr denn sonst die ganze Zeit … Oh, ach so.« Ihre Zahnlücke blitzt hervor, als sie mir ein verwegenes Grinsen schenkt. »Verstehe, verstehe.«

Beschämt senke ich meinen roten Kopf. »Ich kann es gar nicht richtig glauben«, gestehe ich und puste die lose Strähne weg, die mir ins Gesicht gefallen ist. »Jahrelang waren wir nur Freunde. *Beste* Freunde. Und jetzt …«

»Duscht ihr zusammen und treibt es wie die Karnickel«,

beendet Vicky meinen Satz, und vor lauter Schock klappt mir die Kinnlade runter.

»Was denn?« Ihr Grinsen wird breiter. »Ich hab doch recht.«

»Trotzdem …«

»Ist es dir denn ernst mit ihm?«, fragt sie weiter. »Willst du, dass es mit euch weitergeht? Also in Richtung … *Ernsthausen* meine ich.«

Dass sie das überhaupt noch fragt!

»Was glaubst du denn? Natürlich will ich das! Ich …«

Liebe ihn. Aber das spreche ich nicht laut aus, weil es mir viel zu sehr Angst macht, wie richtig sich diese Worte auf meiner Zunge anfühlen.

»Ja, aber woher soll ich das wissen?« Vicky klemmt sich die Thermoskanne zwischen die Oberschenkel und nimmt die Sonnenbrille ab. »Als wir das letzte Mal miteinander gesprochen haben, hast du in aller Deutlichkeit betont, dass ihr *nuuur* Freunde seid.«

»Sind wir ja auch. Lenny ist mein bester Freund. Aber er ist auch … alles, glaube ich.«

»Alles?« Vicky zieht eine Augenbraue hoch, und diesmal liegt kein belustigter Ausdruck in ihren grünen Augen. »Bester Freund? Zimmergenosse? Liebhaber? Seelenverwandter?«

Ich richte den Blick auf meine blassen Beine, die schon viel zu lange kein Sonnenlicht mehr gesehen haben. »Ja«, antworte ich ehrlich.

»Und warum hast du das nicht beim letzten Mal gesagt?«

»Weil ich es da noch nicht wusste. Also … ich wusste es vermutlich schon, aber ich wollte es mir nicht eingestehen. Ergo wusste ich es nicht wirklich«, fasse ich zusammen.

Ein kleines Schnauben entfährt meiner besten Freundin. »Ich kenne echt niemanden, der seine eigenen Gefühle derart verdrängt wie du.«

»Schuldig im Sinne der Anklage«, murmele ich und streife mir die Vans von den Füßen, ehe ich mich rücklings auf den weichen Rasen fallenlasse. In dieser Position spannt meine Hose nicht mehr so, sodass ich viel besser atmen kann. Gedankenverloren richte ich den Blick nach oben. Zwischen den grünen Baumkronen ragt der Himmel in einem klaren Azurblau. Ein einsames Wölkchen zieht über den Himmel und ihre Form erinnert mich an Lennys Morgenlocke. Sehnsucht überkommt mich, was vermutlich lächerlich ist, weil wir zusammenwohnen und uns erst vor ein paar Stunden voneinander verabschiedet haben. Trotzdem vermisse ich ihn, will am liebsten die ganze Zeit nur bei ihm sein.

»Ich habe Angst, dass ich Lenny verjage, weil ich ihm zu anhänglich werde«, gestehe ich und streiche mit den Fingern über das weiche Gras.

»Als ob«, meint Vicky entschieden und tätschelt mein Knie.

»Wie kannst du dir da so sicher sein?«

So manche haben mich schließlich auch für weniger fallengelassen …

»Weil man einfach nicht genug von dir kriegt.«

Ich verdrehe die Augen. »Das sagst du nur, weil du meine beste Freundin bist.«

»Wohl eher genau deshalb.« Ihr Kopf wirft einen Schatten auf mein Gesicht, als sie sich in meine Richtung beugt. »Du bist nicht ohne Grund meine beste Freundin. Wenn du willst, mache ich dir eine Liste von all den Dingen, die ich toll an dir finde, aber meine Mittagspause ist gleich vorbei, und ich hoffe, du glaubst mir auch so.«

Jetzt muss ich doch lächeln. »Das hast du süß gesagt.«

»Ich bin ja auch süß.« Sie grinst verschmitzt und schaut dann an mir vorbei. »Dein Handy hat gerade geblinkt.«

»Oh.« Ohne mich aufzurichten, taste ich blindlings danach

und halte eine Hand über den Bildschirm, um das reflektierende Licht abzuschirmen.

Sydney: Mein Kurs ist ausgefallen. Bist du in der Mensa?

Ich: Nein, mit Vicky auf der Wiese vor der Alten Nationalgalerie.

Sydney: Oh, okay.

Ich: Aber du kannst dich gern anschließen. :)

Sydney: Ich wollte eigentlich mit dir reden. Aber es ist ziemlich persönlich. Keine Ahnung, ob du Vicky dabeihaben willst …

Persönlich? O nein. Bestimmt will sie wissen, warum ich in letzter Zeit so abweisend zu ihr war. Mein Magen verkrampft sich. Manno. Können wir nicht einfach das Gespräch skippen und zu dem Teil übergehen, in dem wir uns wieder vertragen?

Ich: Doch, komm ruhig! Dass Vicky dabei ist, macht mir nichts aus.

Im Gegenteil, vielleicht kann ihre Anwesenheit unsere Spannungen noch leichter entschärfen.

Sydney: Okay, bis gleich!

»Sydney ist auch bald da«, teile ich Vicky von der Seite mit.

»Sag ihr, sie soll mir einen Cookie mitbringen.«

»Sie kommt nicht vom Café, sondern von der Uni.«

»Ach so, schade.« Ihr Blick linst zu mir rüber. »Aber wenigstens könnt ihr dann endlich miteinander reden.«

Miteinander reden?

Sofort richte ich mich auf. »Was hat sie gesagt?«

»Nicht viel.« Vicky legt den Kopf in den Nacken und lässt die Sonne auf ihr Gesicht scheinen. »Nur, dass sie das Gefühl hat, dass du sauer auf sie bist. Aber sie weiß nicht, warum.«

»Ich war nicht sauer, sondern eifersüchtig«, seufze ich und lasse den Kopf auf meine angewinkelten Knie sinken.

»Weil Lenny früher in sie verknallt war?«

»Ja. Und erspar mir bitte den Vortrag«, halte ich sie gleich auf. »Ich weiß selbst, wie lächerlich es ist, weil Sydney total glücklich mit Luke ist und Lenny sowieso längst über sie hinweg.«

»Okay, aber ich wollte dir eigentlich sagen, dass ich dich verstehe.«

Überrascht blicke ich sie von der Seite an. »Wirklich?«

»Ja. Wenn man verliebt ist, denkt man nicht mehr klar. Dann jagt eine Emotion die nächste – Liebe, Angst, Eifersucht. Das totale Chaos. Und irgendwann dreht man völlig am Rad. Schau dir Vince und mich an. Was für ein Theater das war. Und von Luke und Sydney will ich gar nicht erst anfangen!«

Das Entsetzen in ihrer Stimme bringt mich zum Lachen. »Du hast recht. Man dreht am Rad, wenn man verliebt ist.«

Ich habe am Rad gedreht. Wegen Lenny.

»Ah, da ist Sydney«, sagt Vicky und deutet mit dem Kinn hinter mich. Schnell fahre ich herum und verziehe das Gesicht, als ich meinen Hals dabei halb verrenke. Aua. Den Nacken massierend beobachte ich, wie unsere Freundin durch die säulenartigen Kolonnaden auf uns zuläuft. Sie trägt ihr typisches Sydney-Outfit – ein schlichtes weißes Top, verwaschene

Boyfriend Jeans und helle Sneakers. Die lockigen Haare stehen ihr wild vom Kopf ab und sind vom Wind leicht zerzaust.

Als sie uns erreicht, springe ich auf und drücke sie, bevor sie irgendwas sagen kann, ganz fest an mich.

»O Mann, Syd. Ich schulde dir eine Entschuldigung. Oder gleich zehn. Ich war echt unfair zu dir, weil ich unsicher war und meinen Frust an dir ausgelassen habe. Das tut mir total leid. Ehrlich, ich war einfach … Hey, ist alles okay?«

Besorgt trete ich zurück, und mustere meine Freundin, die stocksteif dasteht und viel zu blass um die Nase wirkt.

»Was ist los?«, frage ich alarmiert.

»Ich … weiß nicht, wie ich es sagen soll.« Sie senkt den Kopf.

»Worum geht es denn?«

»Es ist nur eine Theorie, und vielleicht liege ich auch falsch.« Ihr Ausdruck wird unsicher, beinahe ängstlich. »Eigentlich geht es mich überhaupt nichts an, und vielleicht weißt du es auch schon längst, aber wenn nicht, und es wirklich wahr sein sollte, dann … also … ich würde es wissen wollen.«

Irritiert starre ich sie an. »Was sollte ich wissen? Wovon redest du überhaupt?«

Sydney bläst tief Luft in ihre Lungen und atmet bedächtig aus. Schließlich greift sie in ihre hintere Hosentasche und zückt ihr iPhone. Mit zitternden Fingern tippt sie auf den Bildschirm, holt erneut tief Luft und reicht es mir schließlich.

Vicky und ich schlagen die Köpfe gegeneinander, als wir uns zeitgleich vorbeugen. »Au«, sagen wir beide, weichen aber trotzdem nicht zurück, während wir einen Blick auf das Handy werfen.

Und noch bevor mein Gehirn registriert, was es da sieht, begreife ich es. Begreife das, was ich schon seit Wochen insgeheim vermutet habe. Begreife, dass die Vergangenheit mich eingeholt hat. Dass ich ihr nie entkommen konnte.

Nie frei sein werde.

Meine Knie fangen an zu zittern, und mit einem Mal ist es, als stünde die Welt senkrecht. Ich rutsche ab, kann mich nicht festhalten, und fühle mich wie im freien Fall, während ich in Lichtgeschwindigkeit auf die Wirklichkeit zurase.

»Ha, das bist so was von du, Maya«, meint Vicky mit einem belustigten Blick auf das Meme, das ein kleines Mädchen mit zerzausten lila Haaren zeigt. Es blickt verschlafen zur Kamera, und als Bildunterschrift steht irgendwas von bis drei Uhr morgens wach sein. So genau sehe ich es nicht, weil meine Sicht immer mehr verschwimmt. Mein Herz, von dem ich dachte, dass ich es in den letzten Jahren mühevoll zusammengeflickt hatte, zerbricht mit einem scharfen Schnitt in zwei Teile.

Vicky weiß gar nicht, wie recht sie hat. Denn das lilahaarige Mädchen, das Kind aus der alten trashigen Kindersendung, bin ich.

29. KAPITEL

Lenny

Vince: Jo, Lust zum Fitness zu gehen?

Ich werfe einen Blick auf die Uhr. Kurz nach zwei. Normalerweise gehen wir nicht vor Mitternacht.

Ich: Jetzt? Wird es um diese Uhrzeit nicht viel zu voll sein?

Vince: Vielleicht, aber ich habe einen richtig stressigen Arbeitstag und muss in meiner Mittagspause dringend meinen Frust abbauen.

Zögernd halte ich inne. Eigentlich hätte ich Lust, hinzugehen. In mir ist zu viel Energie, und vermutlich platze ich, wenn ich sie nicht bald irgendwo entlade. Aber was, wenn es nicht nur wir zwei sind? Was, wenn sich sein bester Freund auch anschließt?

Nach ein paar Sekunden schickt Vince die nächste Nachricht hinterher.

Vince: Luke kommt nicht, falls dich das interessiert. Er arbeitet.

Erleichtert atme ich aus, spüre mit dem nächsten Atemzug aber auch leichtes Unbehagen auf mich einströmen. Wenn

Vince Rücksicht auf mich nimmt, kennt er vermutlich auch den Grund, warum ich Luke momentan aus dem Weg gehe.

Ich: Okay. Wann?

Vince: In einer halben Stunde?

Ich: Alles klar.

Ich will gerade mein Handy wieder einstecken, als eine neue Nachricht aufploppt.

Tina: Was machst du gerade?

Ich: Bin noch zu Hause, aber gehe gleich mit Vince zum Fitness.

Bitte frag mich nicht, ob ich spontan für irgendwen einspringen soll, bete ich innerlich. Tina weiß, dass ich trotz meiner Verabredung zu nett bin, um abzulehnen. Doch dann würde ich mit Luke zusammenarbeiten, und das kriege ich aktuell einfach nicht hin. Der Schmerz, den sein Kosename hinterlassen hat, brennt noch immer in mir.

Aber Tina überrascht mich.

Tina: Kann ich mitkommen?

Ich: Zum Fitness? Klar.

Tina: DANKE!!!

Großbuchstaben und drei Ausrufezeichen?

Ich: Natürlich. Aber ist alles okay?

Tina: Vera …

Also sind die beiden wohl noch immer im Streit. Ach Mensch, die Arme.

Ich: Wir besorgen dir einen Boxsack.

Tina: Wenn nicht, haue ich einfach auf Zement.

Okay, wow …

Ich: Versuchen wir es erst mal mit dem Boxsack!

*

»Hey, Mann«, begrüßt mich Vince, als ich den stickigen Umkleideraum betrete.

»Hey.« Ich schlage mit ihm ein und deute zur Tür. »Tina ist auch mitgekommen.«

»Tina?« Er stutzt.

»Ja.« Ich lege meinen Rucksack auf der Bank ab und werfe ihm einen flüchtigen Blick zu. »Ist doch okay, oder?«

»Klar.« Ein seltsames Lächeln umspielt seine Lippen. »Aber was ist mit Maya?«

Beim Klang ihres Namens fährt mein Puls hoch. »W-Was soll mit ihr sein?«

»Na ja, in letzter Zeit bringst du jedes Mal, wenn wir uns sehen, ein neues Mädchen mit.« Er zwinkert mir zu und sein Grinsen wird breiter.

»Was? Nein, ich … ich …«

Vince prustet los. »Das war nur ein Witz. Und jaja, ich weiß. Du und Maya seid nur Freunde«, äfft er mich nach.

Freunde, die in den letzten achtundvierzig Stunden neunmal miteinander Sex hatten.

Fiebrige Hitze steigt in mir auf. Am liebsten würde ich alles erzählen, aber als ich zum Sprechen ansetze, kann mein Mund keine Sätze mehr bilden. Vielleicht ist das, was zwischen uns passiert ist, schlichtweg so unbeschreiblich, dass kein Wortschatz der Welt ausreichen würde, um es zu erklären.

Ich beschließe, das Thema fallen zu lassen und mich umzuziehen. Da ich schon in meinen Sportsachen hergekommen bin, muss ich nur die Schuhe wechseln. Ich schließe den Spind und folge Vince nach draußen.

Tina sitzt bereits an der Bar und schlürft einen Proteinshake. Sie trägt eine schwarze Leggings und ein oranges T-Shirt, das sich irgendwie mit ihren roten Haaren beißt.

»Hey, Tina.« Vince geht leicht in die Knie, und schließt sie in die Arme.

»Hey, schöner Mann.« Tina tätschelt seinen Rücken und schenkt ihm ein müdes Lächeln.

»Was ist los?«, fragt Vince geradeheraus.

Tina seufzt und saugt den letzten Schluck ihres Getränks durch den Strohhalm. Dann atmet sie geräuschvoll aus und knallt das Glas auf den Tresen, als säßen wir in einer mittelalterlichen Kneipe.

»Vera macht mich fertig«, brummt sie und wischt sich etwas Shake vom Mund.

»Warum?«

»Weil sie immer so scheißkalt ist. Als wir zusammenkamen, dachte ich, dass ich endlich wüsste, woran ich bei ihr bin, aber sie hält nach wie vor all ihre Gedanken in ihrer Büchse der Pandora verschlossen.«

»Und deshalb habt ihr euch gestritten?«, fragt Vince.

»Ja, sie sagt, ich *erdrücke* sie.«

»Vielleicht tust du das auch«, rutscht es mir, ohne nachzudenken, raus.

Tinas Augen weiten sich.

»Ich mein' klar, ihr seid jetzt zusammen«, setze ich schnell hinterher, »aber Vera ist halt sehr verschlossen, und nur weil man in einer Beziehung ist, heißt das nicht, dass man der anderen Person jedes Geheimnis erzählen *muss*. Vielleicht kommt das mit der Zeit noch, aber wenn nicht, musst du das respektieren.«

So wie ich Mayas Geheimnis respektiere.

Der Blick aus Tinas blauen Eisaugen bohrt sich in mich. »Also bin ich schuld, ja?«, fragt sie spitz.

»N-Nein, das habe ich nicht gesagt«, stammele ich und hebe abwehrend die Hände. »Ich kenne ja gar nicht die ganze Geschichte. Und ich verstehe natürlich, wie frustrierend es ist, wenn die andere Person einfach nie Klartext spricht.«

Tina stöhnt laut und bettet ihren Kopf auf den Tresen. »Lenny, wo ist der Boxsack, von dem du geredet hast?«

»Ganz hinten in einem extra Raum«, sage ich und deute hinter uns.

»Komm, ich zeig dir, wo er ist«, meint Vince und berührt sie leicht an der Schulter. »Einer meiner Kumpels ist auch da. Er ist der Beste im Boxen und kann dir sicher ein paar Schläge zeigen.«

Missmutig rappelt sich Tina auf und stapft Vince wie ein bockiges Kind hinterher. Ich folge den beiden nicht, und setze mich stattdessen auf Tinas Platz. Als die Bedienung an mir vorbeikommt und fragt, ob ich einen Wunsch habe, bestelle ich mir kurzerhand den gleichen Shake, den Tina hatte. Vielleicht hilft er mir, meine erhitzten Gedanken etwas abzukühlen.

Maya. Vor dem Wochenende dachte ich nur an sie, aber jetzt ist es, als hätten sich ihr Name, ihr Aussehen, ihre Stimme und jede noch so kleine Erinnerung in meiner Gehirnwand festgetackert. Ich will nach meinem Handy greifen, doch dann fällt mir ein, dass ich es vorhin im Spind eingeschlossen habe. Vielleicht besser so, denke ich. Ich sollte nicht jede zweite Sekunde darauf starren und überlegen, ihr zu schreiben.

Reiß dich zusammen, Lenny. Gib ihr Freiraum. Erdrück sie nicht mit deiner Liebe. Heute Abend seht ihr euch sowieso wieder.

»Du trinkst das Zeug jetzt schon?«, fragt mich Vince, als er sich wieder zu mir stellt.

»Ja, irgendwie hatte ich Lust, nachdem ich ihn bei Tina gesehen habe. Aber der ist echt gut. Willst du auch?«

»Nein, danke. Ich hasse Vanille.«

»Das ist keine Vanille, sondern irgendwas Zimtiges.«

Vince erschaudert. »Irgh, noch schlimmer. Schokolade ist das einzig Wahre.«

Ich zucke mit den Schultern und nehme noch einen Schluck von der dickflüssigen Masse, die sich ziemlich schwer durch den Strohhalm ziehen lässt.

»Du musst hier übrigens nicht warten«, sage ich, als ich einen Blick auf mein Glas werfe, das nach fünf Schlucken noch immer fast voll aussieht.

»Alles gut«, winkt er ab. »Ich setze mich einfach kurz zu dir.«

Er schnappt sich einen Hocker und schiebt ihn ein Stück näher an meinen. Einen Moment lang fixiert er mein Getränk.

»Na gut, lass mich doch mal.« Er greift nach meinem Glas und nippt kurz daran. »Hm.« Er lässt sich den Geschmack ein paar Sekunden lang auf der Zunge zergehen und kneift die Augen konzentriert zusammen. »Nicht so eklig wie erwartet, aber trotzdem nicht meins.«

Schmunzelnd nehme ich mein Glas wieder entgegen. »Was war jetzt eigentlich bei der Arbeit?«, erkundige ich mich.

Vince stößt einen genervten Laut aus. »Es war einfach anstrengend. Wir sind total unterbesetzt. Die Firma expandiert, aber sie stellen trotzdem nicht genügend Leute ein, um Kosten zu sparen. Geizhälse«, grummelt er. »Die können so was von vergessen, dass ich nach dem Master bei ihnen Vollzeit anfange.«

Überrascht blicke ich ihn von der Seite an. »Haben sie dir ein Angebot gemacht?«

»Ja. Vor einer Weile schon.« Er sagt es, als wäre es nur ein weiterer Stempel auf der »10 Stempel, bis du ein Gratisgetränk bekommst«-Karte, die wir neuerdings im *Coffee & Books* anbieten.

»Cool«, sage ich trotzdem. »Du musst natürlich nicht bei ihnen anfangen, aber es ist sicher ein gutes Gefühl zu wissen, dass man nach dem Studium notfalls was hat.«

Ich bin nach wie vor total planlos, wie es nach der Uni weitergeht, dabei ist die Masterarbeit schon fast fertiggeschrieben. Andererseits bin ich mit den Gedanken ohnehin nur bei Maya.

»Ja, das stimmt«, räumt Vince ein.

Ein paar Sekunden lang sitzen wir in angenehmem Schweigen nebeneinander. Im Hintergrund dudelt Mabels *Mad Love*. Ich wippe mit dem Fuß zum Takt und schlürfe weiter mein Getränk, als Vince unverhofft die Stille durchbricht.

»Luke hat mir übrigens erzählt, was passiert ist«, beginnt er leise.

Sofort höre ich auf, mit dem Fuß zu wippen. Na super. Irgendwie hatte ich gehofft, dass Vince zu höflich wäre, um das Thema anzuschneiden.

»Überrascht mich nicht«, entgegne ich kühl.

»Er kann manchmal ein richtiger Arsch sein.«

Ist das so? Bisher habe ich Luke als ziemlich netten Kerl wahrgenommen. Immer freundlich, immer lächelnd, immer gut drauf. Alles, aber kein Arsch.

»Inwiefern?«, hake ich nach.

»Nicht, dass er ein schlechter Kerl wäre«, beeilt er sich zu sagen. »Im Gegenteil. Er ist einer der besten Menschen, die ich kenne. Aber gelegentlich kommt eben das Kind in ihm heraus.«

»Das Kind?«, wiederhole ich dünn. »Und deshalb gibt er mir Hundenamen?«

Vince verzieht das Gesicht. »Das war echt mies. Aber – und das soll keine Rechtfertigung sein – es tut ihm richtig, richtig leid.«

»Ja, ich weiß.«

»Hat er es dir erklärt?«

»Hat er«, blaffe ich. »Der Name Lenny erinnert ihn an einen Hund, und dann hat sich wohl *Wuffi* in seinem Kopf festgesetzt.«

Klingt wirklich kindisch, wenn man so darüber nachdenkt. Aber das macht es nicht weniger verletzend.

»Du bist noch wütend auf ihn, oder?«

»Ich weiß nicht, ob wütend, das richtige Wort ist«, sage ich und reibe mir über die kalt gewordenen Arme. »Ich bin …«

Beschämt. Und traurig. Und enttäuscht.

»Tut mir echt leid, Mann.« Vince sieht ehrlich getroffen aus, und mit einem Mal überkommt mich das Bedürfnis, es ihm zu erklären. Erklären, warum es mich so trifft.

Ich zücke meine Mitgliedskarte für das Fitnessstudio aus der Hosentasche und reiche sie ihm. »Hier.«

Vince mustert sie leicht irritiert. »Was soll ich damit?«

»Lies den Namen.«

Sein Blick huscht zweifelnd zu mir, dann senkt er den Kopf

und kneift die Augen leicht zusammen. Seine Lider flattern, als er begreift.

»Oh.«

Scham rumort in meinem Magen, so wild, dass ich sicher bin, dass sich irgendwelche Organe verschoben haben. »Ja.«

»Das bedeutet … dein Nachname ist Lennart?«

»Ja. Ich nenne mich erst seit einigen Jahren so, weil mein Vorname …« Ich schlucke und deute auf die Karte. »Nun ja …«

Vince nickt traurig. »Das verstehe ich.«

»Ach ja?« Meine Kiefer spannt sich an. »Du verstehst also, wie es ist, wegen seines eigenen Namens verspottet zu werden?«

Jetzt wird seine Miene hart. Anstelle einer Antwort legt er meine Karte auf dem Tisch ab und zückt nun seine eigene. Als er sie mir reicht, wandert mein Blick automatisch zu seinem Namen.

Quang Nguyễn.

»Was?« Ich werfe ihm einen irritierten Blick zu. »Du … heißt gar nicht Vince?«

»Doch. Aber nicht auf dem Pass. Ich habe mir den Namen irgendwann selbst gegeben, weil ich keine Lust mehr hatte, dass sich niemand meinen Namen merken konnte.«

»Krass … Dann verstehst du mich wirklich.«

»Ja.« Seine Lippen pressen sich fest zusammen. »Ich wünschte, es wäre anders, aber das Leben ist leichter, wenn man sich selbst ändert, statt darauf zu warten, dass die Gesellschaft es tut.«

Ich räuspere mich, als irgendwas in meiner Kehle anschwillt. »Das ist es.«

»Und man wird nicht aufgezogen.«

Der Griff um mein Glas wird fester. »Offenbar schon.«

Wuffi.

Luke ahnt gar nicht, welch tiefe Wunde er aufgerissen hat.

»Früher haben mich die Leute immer Schweinchen genannt«, sage ich leise. »Das war scheiße, weil … man wird eben nicht gern als Tier bezeichnet.«

»Natürlich nicht.« Vince mustert mich einen Moment lang schweigend und reibt sich dabei nachdenklich über den Kiefer.

»Was ist?«, frage ich, als er mich auch weiterhin ansieht.

»Ich überlege nur, ob ich es tun soll«, sagt er und klingt unschlüssig. »Eigentlich darf ich nicht, und Luke wird mich vermutlich dafür umbringen, dass ich geplaudert habe, aber eigentlich hat er es nicht anders verdient. Und dann ist es wenigstens gerecht, weil auch er blamiert wurde.«

»Blamiert?«

Jetzt erscheint ein Grinsen auf seinen Lippen, und in seinen Augen sehe ich, dass die Entscheidung gefallen ist. »Oh, ja. Mach dich gefasst auf die berühmte Geschichte mit der Sojasoße.«

Sojasoße?

»Davon weiß fast niemand, weil sie wiiiiirklich ziemlich peinlich ist.«

»Okay …«, sage ich hörbar skeptisch.

»Also.« Vince reibt sich die Hände und holt tief Luft. »Es war vor sechs oder sieben Jahren. Wir waren noch in der Schule, und Luke war ein richtiger Kindskopf. Hat viel Scheiße gebaut, ständig geschwänzt und all das.«

Luke – ein Schwänzer? Kann ich mir gar nicht vorstellen. Bisher hat er immer einen ziemlich ambitionierten Eindruck auf mich gemacht. Er ist noch nie zu spät gekommen und macht ständig Überstunden. Ganz zu schweigen von den vielen Veranstaltungen, die er freiwillig auf die Beine stellt.

»Vermutlich liegt das daran, dass diese alberne kindliche Seite bei ihm zu Hause nie erlaubt wurde – er hat extrem strenge Eltern«, setzt er hinzu und zuckt die Schultern. »Ist natürlich keine Rechtfertigung dafür, andere zu verletzen, aber ich sag das nur, damit du weißt, wie er tickt. In der Schule hat er überkompensiert. Na ja, egal. Jedenfalls hat Luke einmal einen ziemlich blöden Spruch bei Said gebracht«, erzählt Vince weiter.

»Wer ist Said?«

»Das war einer unserer gemeinsamen Kumpels. Wir hatten eine Clique. Said, Luke, ich und …« Er räuspert sich. »Alex. Meine Freundin. Also … damalige.«

Oh. *Die* Alex. Ich nicke schnell, damit er nicht weiterreden muss. Maya hat mir die Geschichte schon erzählt.

Vince schüttelt den Kopf und wirkt einen Moment lang zerstreut. Dann klärt sich der Nebel in seinem Blick, und er grinst wieder.

»So, und nun zur Geschichte: Saids Eltern kommen aus der Westsahara, und der kindische Luke fand es lustig, irgendeinen völlig unpassenden Spruch zu bringen, ob seine Familie nach dem Urlaub mit Kamelen hergekommen ist oder so.«

Ich reiße die Augen auf. »Boah!«

Vince winkt ab. »Ja, ich weiß. Richtig schlimm. Said war natürlich extrem sauer und verletzt, und auch wenn Luke sich sofort entschuldigt hat, wollte er es ihm trotzdem heimzahlen.« Plötzlich muss Vince lachen, fängt sich dann wieder, setzt zum Sprechen an, und muss wieder lachen.

»Ich schätze, hier kommt die Sojasoße ins Spiel?«, frage ich amüsiert.

»Ganz genau«, gluckst er und streicht sich die tintenschwarzen Haare aus der Stirn. »Ein paar Tage später hat er Alex und mich zusammengetrommelt und uns in seinen Plan eingeweiht. Said würde Luke erzählen, wie er gehört habe, dass Sojasoße irgendwelche aphrodisierenden Stoffe enthalte, und dass, wenn man sich damit einreibe, die krassesten Pheromone aktiviert werden. Also in Bezug auf – du weißt schon.«

Ich ziehe eine Grimasse. »Und das hat er geglaubt?«

»Er war zumindest neugierig genug, um es zu versuchen.«

»Er hat ernsthaft in Sojasoße gebadet?« Die Bedienung schaut verstört zu uns rüber, und erst jetzt fällt mir auf, wie laut meine Frage war.

Wieder lacht er. »Nicht direkt gebadet, aber ja, er hat sich auf jeden Fall genug Flaschen gekauft, um sich kräftig damit einzuschmieren.«

»Ähm. Wow.«

»Jepp. Am nächsten Tag sollte Alex so tun, als würde sie sich an Luke ranschmeißen, und ihm vorgaukeln, wie unwiderstehlich er sei und so weiter. Und ich sollte den eifersüchtigen Freund spielen und ihr sagen, dass sie bloß die Finger von meinem besten Kumpel lassen soll.«

Ich pruste los. »Wie alt wart ihr da?«

»Sechzehn. Aber das Beste kommt noch. Said hat einen draufgesetzt und gesagt, dass man länger durchhält, wenn man das Zeug pur trinkt.«

Ich reiße den Mund auf. »Du verarschst mich doch.«

»Nein.« Er wischt sich eine Lachträne aus dem Auge.

»Er hat darin gebadet und es getrunken?«

»Ja.« Vince krallt sich an mir fest, um vor Lachen nicht umzukippen, während ich mir nur denke: *Ernsthaft Luke? Ernsthaft?*

»Und dann?«, frage ich.

»Oh, das ist bitter.« Vince setzt sich wieder aufrecht und macht eine bedeutungsvolle Pause. »Wie es aussah, hatte seine nächste Eroberung kein Problem mit dem penetranten Sojageruch. Aber sie stand überhaupt nicht darauf, dass er vor lauter Übelkeit auf ihr Bett gereihert hat.«

»O shit.« Ich verziehe das Gesicht, und spüre auf einmal so etwas wie Mitgefühl für den jungen Teenager Luke.

»Zum Glück hat Alex das Mädchen dazu überredet, die Geschichte für sich zu behalten. Niemand hat davon erfahren. Nur wir haben ihn damit aufgezogen.«

»Aber wie naiv war er denn bitte? Er hätte das mit der Sojasoße doch einfach nur kurz googeln müssen.«

Vince hebt die Schultern. »Keine Ahnung. Luke hat sich früher auf jeden Scheiß eingelassen und einfach gemacht, ohne nachzudenken. Aber wenigstens hat er aus Saids Rache gelernt und nie wieder einen rassistischen Spruch von sich gegeben.«

»Also eine Geschichte mit Happy End«, wende ich ein.

»Richtig.«

Lächelnd schüttele ich den Kopf. »Trotzdem echt peinlich.«

Vince lacht wieder. »Richtig.«

*

Nach dem Sport – den man von meiner Seite aus nicht wirklich als Sport bezeichnen kann, weil ich nach dem Shake so voll war, dass ich nur gemächlich auf dem Laufband traben konnte –, finde ich mich in der Umkleide wieder. Als ich auf mein Handy blicke, erstarre ich. Zehn verpasste Anrufe von Sydney, siebzehn verpasste Anrufe von Vicky. Und der Homescreen voller Nachrichten.

Sydney: Ist Maya bei dir?

Vicky: Hast du mit Maya geredet?

Sydney: Kannst du Maya erreichen? Uns antwortet sie nicht.

Vicky: Lennart! Bitte sag uns, wenn Maya bei dir ist.

Sydney: Wir machen uns echt Sorgen!

Mein Herz rutscht mir in die Kniekehle. Was zum Teufel ist passiert?

30. KAPITEL

Maya

Alles, was ich je wollte, war, frei zu sein. Frei von meiner Familie, frei von meiner Vergangenheit. Frei, über meinen eigenen Körper zu entscheiden.

Wie naiv ich war. Dachte ich wirklich, ich könnte die Stadt wechseln, meine Familie blockieren und mein altes Leben ausradieren, indem ich nie mehr zurückblicke, nie mehr über das rede, was geschehen ist? Dachte ich allen Ernstes, dass der Schmerz, die Gefühle verschwinden, wenn ich sie nur lange genug verdränge?

»Hey, you alright?« Die junge Tätowiererin, die sich mir als Hazel vorgestellt hat, wirft mir durch ihre stark getuschten Wimpern einen prüfenden Blick zu.

Ich glaube, sie ist neu. Als ich das letzte Mal hier war, war sie noch nicht da – an die grünen Haare würde ich mich definitiv erinnern.

»Ja.« Schnell wische ich mir die Tränen aus den Augen.

»Hast du es dir anders überlegt?«, fragt sie mit einem leichten britischen Akzent und lässt den Blick für eine Millisekunde zu meinem Vertrag huschen, den ich vorhin unterschrieben habe.

»Nein. Ich will das Tattoo«, sage ich mit fester Stimme. Ich will es schon seit Ewigkeiten. Ich habe meinen Plan lediglich aus Faulheit nie in die Tat umgesetzt.

Bis jetzt.

»Okay.« Hazel legt den Sticker auf meinen Oberschenkel und drückt mit ihren rosa Gummihandschuhen sanft darauf. Als sie den Sticker wieder abzieht, erscheint der handgroße Abdruck einer Eule auf meinem Bein – auch noch in meiner Hassfarbe Lila! Aber sie zeigt meine Skizze, die ich neulich bei der Arbeit auf meinen Block gekritzelt habe, und das hat etwas Tröstliches. Hazel hat sie gescannt, vergrößert und schließlich ausgedruckt. Es ging alles ganz schnell. Niemand war vor mir da, ich durfte einfach reinmarschieren (natürlich nicht, ohne meinen Ausweis zu zeigen, um zu bestätigen, dass ich über achtzehn bin), meinen Tattoowunsch äußern, und nachdem das Motiv feststand, auf einer der schwarzen Lederliegen Platz nehmen.

»Warum eine Eule?«, fragt sie und sprüht Desinfektionsmittel auf meinen glatt rasierten Oberschenkel.

»Weil sie süß sind, schätze ich. Und genau wie ich nachtaktiv.«

»Same.« Sie lächelt und wischt die feuchte Stelle mit einem Tuch ab. »Außerdem – die Eule ist ein Symbol für wisdom and prudence.«

Weisheit und Klugheit?

»Cool. Wusste ich gar nicht.«

»Oder auch the death bird that brings bad luck«, fügt sie schulterzuckend hinzu und schraubt die Nadel an die Maschine.

Todesvogel???

»Ähm. Ich nehme lieber klug und weise«, sage ich schnell und reibe mir über den anderen Oberschenkel, auf dem sich Gänsehaut gebildet hat.

Hazel nickt gleichgültig, zieht sich eine Schutzmaske über und beugt sich über mein Bein. Im nächsten Moment ertönt das vertraute Vibrieren. Ich richte den Blick auf die braune Retrowand, als die ersten Nadelstiche meine Haut durchdringen. Aus der Ferne kann ich die Kundenfotos nicht genau erkennen, die sich in schwarzen unterschiedlich großen Vintagerahmen über der ganzen Wand verteilen, aber plötzlich erinnere ich mich wieder daran, wie eines der Fotos die Inspiration für mein erstes Tattoo, dem Kompass auf meinem Unterarm wurde, das ich mir vor Jahren habe stechen lassen.

Gehe deinen Weg, verliere dich nicht, und wenn doch, dann hilft dir der Kompass, zurückzufinden.

Ich weiß, meine Tattoomotive sind nicht sehr einfallsreich, aber sie alle haben eine tiefe Bedeutung. Der Kompass, der mir den Weg weist, die Lotusblüte auf meinem Rücken, die für die Selbstverwirklichung und Wiedergeburt steht. Und natürlich der Spruch unter meinem Herzen. *My Body My Choice.*

Mein Körper. Mein Körper. Mein Körper.

Meine Entscheidung. Meine Entscheidung. Meine Entscheidung.

»Does it hurt?«, fragt Hazel und stoppt die Maschine.

»Nein.« Ich streiche mit dem Saum meines Cardigans die erneut aufkommenden Tränen weg. »Also doch, ein ganz kleines bisschen, aber das ist irgendwie ein guter Schmerz.«

»Guter Schmerz?«, wiederholt sie und wischt über die verschmierte Tinte. Sie hat unten angefangen, am Ast, auf dem die Eule später sitzen wird.

»Ja.« Ich betrachte mein Bein voller Wehmut. »Weil aus dem Schmerz etwas Wunderschönes entsteht.«

Und weil ich darüber entscheide, was ich meinem Körper aussetze. *Ich* entscheide, wie er aussieht.

Und gaukele mir vor, dadurch frei zu sein …

»Also sind das Tränen der Freude?«

Nein.

»Ja.«

»Got it. Aber halt bitte trotzdem still. Nicht, dass deine kleine Eule am Ende wie ein Cartoon aussieht.«

Ein Cartoon. Eine Karikatur. Eine Witzfigur.

Genau wie ich. Die Leute verspotten mich. Damals und heute. Und nichts davon liegt in meiner Kontrolle.

Ich war ein Kind!, schreie ich durch die Hallen meiner Seele. Ein Kind, das sich für seine Familie aufopfern sollte. Nein, *musste*. Ich hatte keine andere Wahl. Niemand hat mich um Erlaubnis gefragt.

Ohne dich schaffen wir das nicht. Ohne dich verlieren wir das Haus. Ohne dich werden wir obdachlos. Willst du das, Maya? Willst du, dass wir auf der Straße landen?

Dreckige Lügnerin. Ich will meine Mutter nie, nie, nie wiedersehen. Weder sie noch meine Schwester.

Meine Schwester ...

In den letzten Wochen hat sie mir zweimal geschrieben, während ich ihre Nachrichten einfach gelöscht habe, ohne sie zu lesen. Aber jetzt bin ich neugierig. Ob es Zufall ist, dass sie sich ausgerechnet jetzt bei mir gemeldet hat? Ich frage mich, ob die gelöschten Nachrichten noch da sind.

Ohne die untere Hälfte meines Körpers zu bewegen, angele ich vorsichtig nach dem Handy neben mir, und reiße beim Anblick meines Homescreens entsetzt die Augen auf.

O Gott. Wie viele Nachrichten haben mir Vick und Syd geschrieben? Ich habe ihnen doch gesagt, dass ich jetzt meine Ruhe brauche. Na toll, und Lenny haben sie offenbar auch alarmiert, denn er hat mehrmals versucht, mich anzurufen.

Ich stöhne leise. Sie sollten sich doch keine Sorgen machen. Gut, vielleicht hätte ich nicht einfach heulend vor ihnen davonskaten sollen, aber ich brauchte eben Zeit für mich.

Ich nehme mir vor, mich gleich zurückzumelden, aber vorher muss ich überprüfen, ob Sophies E-Mails noch da sind. Schnell wische ich die Nachrichten beiseite, öffne meine Mail-App und klicke auf *Papierkorb*. In der Suchleiste gebe ich den Namen meiner Schwester ein. Im nächsten Moment springt die Nachricht hervor, die sie mir zuletzt geschickt hat. Die andere ist inzwischen wohl endgültig gelöscht worden.

»Don't move«, ermahnt Hazel mich streng, als ich beim Anblick des Betreffs »MAYA!!!« leicht zusammenzucke.

»Sorry«, murmele ich und halte den Atem an, während ich die Nachricht öffne.

Hey Maya,
ich weiß nicht, ob du meine letzte Nachricht bekommen oder einfach ignoriert hast, aber ich versuche es noch mal.
Wahrscheinlich hast du schon mitbekommen, dass Chinchilla Lila *wieder aus der Versenkung ausgegraben wurde. Ich kann mir gar nicht vorstellen, wie du dich dabei fühlen musst. Mama und ich machen uns Sorgen um dich. Außerdem fühlen wir uns furchtbar. Mama kann deshalb kaum schlafen, und mir geht es auch echt mies. Ich weiß, ich war noch ein Kind, und hab unserer Mutter viel nachgeplappert. Aber jetzt bin ich älter und bereue zutiefst, wie ich dich behandelt habe.*
Wir vermissen dich sehr und respektieren, dass du keinen Kontakt mehr zu uns haben willst. Aber wir sind trotzdem für dich da, wenn du uns brauchst.
Alles Liebe
Sophie

Stirnrunzelnd lese ich die Nachricht ein zweites Mal. *Ich kann mir gar nicht vorstellen … Bereue zutiefst …* Meine Schwester klingt so erwachsen, überhaupt nicht, wie das kleine nervige

Kind, an das ich mich erinnere. Und doch erkenne ich meine Mutter schmerzlich in ihr wieder. Zwar gibt Sophie zu, dass sie früher keine eigene Meinung hatte, aber Phrasen wie »Außerdem fühlen wir uns furchtbar« und »Mama kann deshalb kaum schlafen« tendieren ebenfalls zur emotionalen Manipulation, mit der ich meine gesamte Kindheit lang konfrontiert wurde. Vermutlich war es nicht ihre Intention, mir Schuldgefühle einzureden, aber macht es das wirklich besser?

Schweigend lege ich mein Handy zur Seite. Dass die beiden sich sorgen und sich nach mir erkundigen, bringt nicht die erhoffte Erleichterung. Im Gegenteil, sie macht mich nur noch wütender. Manche Dinge sind und bleiben unverzeihlich. Reue und Einsicht können auch nichts daran ändern. Meine Familie hat mir meine Kindheit gestohlen, mein Leben, das ich nie richtig werde genießen können, weil mich die Fesseln der Vergangenheit permanent umschlingen.

Ich werde nie frei sein.

31. KAPITEL

Lenny

Das *Neverland Ink* versteckt sich in einer ruhigen Seitenstraße unweit vom Görlitzer Park. Wegen der verspiegelten Fenster kann ich nicht ins Innere spähen, aber das rostige schwarze Logo, in dem Peter Pans Silhouette über den Schriftzug fliegt, verrät mir, dass ich richtig bin. Als ich die Tür aufstoße, schlägt mir laute Metal-Musik entgegen. Hier ist es kühler als draußen, und ein undefinierbar herber Raumgeruch kratzt in meiner Nase.

»Hi«, begrüßt mich ein schlaksiger Typ, der hinter dem mit Stickern vollgeklebten Tresen steht. Er sieht etwas jünger aus als ich, seine kurzen Haare sind weißblond gefärbt, und er hat zwei nagelgroße schwarze Tunnel in seinen Ohrläppchen. »Hast du einen Termin?«

»Nein, ich wollte nur zu meiner …« *Besten Freundin? Festen Freundin? Seelenverwandten?*

»Ah, du meinst, die Heulsuse?« Er nickt wissend.

»Heulsuse?«

»Warte, ich bringe dich«, sagt er und rappelt sich auf.

Stirnrunzelnd folge ich ihm durch die Tür in einem Raum, der von grellem Licht erhellt wird. Hier drin ist die Musik etwas leiser und wird von einem vibrierenden Geräusch begleitet, das mich an eine elektrische Zahnbürste erinnert. Sofort entdecke ich Maya, die als einzige Kundin eine der vier Liegen besetzt.

»Lenny?«

Als unsere Blicke sich treffen, begreife ich, worauf der Blondschopf angespielt hat. Selbst aus der Entfernung kann ich sehen, wie rot und verquollen ihre Augen sind.

Die Tätowiererin mit waldmeistergrünen Haaren unterbricht ihre Arbeit und folgt Mayas Blick.

»Hey.« Ich löse mich aus meiner Starre und setze mich langsam in Bewegung. In Anbetracht dieser ernsten Situation sollte ich vermutlich nicht an so etwas Banales denken, aber ich habe keine Ahnung, wie ich sie nach unserem gemeinsamen Wochenende begrüßen soll. Normalerweise würde ich sie einfach kurz in den Arm nehmen, aber jetzt …

Meine Grübeleien finden ein jähes Ende, als mich Maya am Saum meines Shirts zu sich zieht, und mir einen festen Kuss auf den Mund drückt.

Mein Puls verdoppelt sich. In den letzten achtundvierzig Stunden lagen unsere Lippen zwar fast permanent aufeinander, aber jetzt sind wir nicht mehr in der geheimen dunklen Höhle unseres Zimmers. Wir küssen uns in der Öffentlichkeit. Und das katapultiert das, was ein Teil von mir wohl noch immer für einen Traum gehalten hat, schlagartig in die Realität. Das zwischen Maya und mir – es passiert wirklich.

»Ist das … your love?«, fragt die Tätowiererin mit einem Akzent, den ich nicht ganz einordnen kann. »Deine … Liebe?«

Ihre Liebe … Vielleicht leidet mein Herz gerade unter einer besonderen schweren Form von Herzklopfen, vielleicht zerspringt es gleich aber auch einfach.

»Ähm. Ich … glaube schon.« Maya lässt mein Shirt wieder los und wirft mir einen vorsichtigen Blick zu, so als wolle sie fragen, ob ich dieser Bezeichnung ebenfalls zustimme. Wenn ich könnte, würde ich nicken, aber meine Körperfunktionen sind kurzzeitig abgestürzt.

Es ist kein Traum. Es ist kein Traum. Es ist kein Traum.

Irgendwie schaffe ich es als Antwort zu lächeln, und Mayas Lippen scheinen meine zu imitieren.

»Du hast es noch vor den anderen geschafft«, stellt sie fest.

Mit *den anderen* sind wohl Sydney und Vicky gemeint.

»Ja, ich hab mich beeilt«, sage ich und stelle meine Sporttasche auf dem Boden ab.

Ein schuldbewusster Ausdruck tritt in ihre braunen Augen. »Das hättest du nicht tun müssen. Es geht mir gut.«

»Sie heult die ganze Zeit«, sagt die Tätowiererin und beugt sich wieder über Mayas Bein, auf dem die Umrisse einer Eule abgebildet sind.

»Aber nicht vor Schmerzen«, stöhnt Maya und klingt, als hätten sie diese Unterhaltung schon mehrmals geführt.

»There's also inner pain«, murmelt die Tätowiererin in ihre OP-Maske und streicht mit einem Tuch über die Stelle, in der die Nadel sie zuletzt gestochen hat.

Maya verstummt und beißt sich auf die Unterlippe.

»Was ist passiert?«, frage ich und lasse die Finger sanft in ihre Haare gleiten.

Mayas Kiefer spannt sich an. »Haben Syd und Vick dir nicht schon alles erzählt?«, fragt sie und weicht meinem Blick aus.

Ich schüttele den Kopf. »Sie haben nur gefragt, ob du bei mir bist, und gesagt, dass sie sich Sorgen machen.«

Die ich jetzt natürlich auch habe, ergänze ich innerlich.

Maya seufzt tief.

»Willst du darüber reden?«

Sie zuckt schwach mit den Schultern und weicht meinem Blick aus. »Selbst wenn ich wollte, ich wüsste nicht mal, wo ich anfangen sollte. Wie findet man auch Worte für so was?«

So was? Was meint sie mit *so was?*

»Hazel?« Der Typ vom Tresen tritt wieder in den Raum. »Ich hab hier noch zwei Besucherinnen, die zur … Kundin wollen«, sagt er und deutet mit dem Kinn zu Maya.

Gut, dass er sich die *Heulsuse* diesmal verkniffen hat, sonst hätte ich ihn vermutlich mit irgendwas beworfen.

Sydney und Vicky spähen durch den Türrahmen und machen Anstalten hineinzustürmen, aber der Typ legt seine Hand wie eine Schranke vor die Tür.

Irritiert schaut Hazel zu Maya rüber. »And who ist that?«

»Das sind …« Maya hält kurz inne und lächelt dann. »Sie sind auch meine *Liebe*.«

*

Es dämmert bereits, als Maya eine ausgetretene Kippe zur Seite kickt und neben uns Platz auf der Wiese nimmt. Wir haben im Görlitzer Park auf sie gewartet, weil Hazel bei all den vielen Menschen nicht in Ruhe arbeiten konnte. Mein Blick fällt auf ihr mit Folie bedecktes Tattoo, unter dem sich die frisch gestochene Eule versteckt.

Zum hundertsten Mal raufe ich mir die Haare. Bisher weiß ich nicht viel – und das, was mir Sydney und Vicky erzählt haben, verwirrt mich so sehr, dass in meinem Kopf nur lauter Fragezeichen sind. Ich meine – wie soll man auch verstehen, wenn die eigene beste Freundin zu einem Meme wird, weil sie anscheinend so was wie ein Kinderstar war?!

»Okay, ich versuche es so kurz und knapp wie möglich zu erzählen«, sagt Maya und richtet den Blick auf den roten, brennenden Abendhimmel. Ihre Haltung ist krumm, die Schultern wie eingefallen. Noch nie hat sie so zerbrechlich ausgesehen. Als ob der nächste Windhauch sie einfach umschmeißen könnte.

»Ich war etwa fünf oder sechs Jahre alt, als ich mit meiner Mutter in einem Einkaufsladen war und uns eine Frau von einer Schauspielagentur anquatschte. Sie hat mein Lachen gehört, und uns spontan zu einem Casting eingeladen, bei dem ein Kinderspielzeug beworben wurde.«

Ich halte den Atem an.

»Obwohl meine Mutter anfangs skeptisch war, gingen wir trotzdem hin, und keine Ahnung warum, aber ich bekam die Rolle. Mein erstes Casting, und schon wurde ich genommen.« Sie lächelt matt. »Wir alle haben uns so gefreut.«

»Wer ist wir?«, fragt Vicky leise.

»Damals waren es noch meine Mutter, ich und meine beiden Großeltern. Wir haben zusammengewohnt.«

»Und wo?«

»Kennt ihr nicht. Irgendein winziges Kaff in NRW. Aber die nächstgelegene große Stadt war Köln.«

Köln. Vermutlich ist diese Information völlig irrelevant für die Geschichte, aber sie bereitet mir trotzdem Bauchschmerzen.

Ich weiß so gut wie nichts von ihr.

»Und dein Vater?«, fragt Sydney.

»Ich habe keinen«, murmelt Maya, den Blick noch immer auf die Eule fixiert. »Ich bin das Produkt eines One-Night-Stands aus einem Griechenlandurlaub. Meine Mutter hat erst Wochen später gemerkt, dass sie schwanger war.«

»Oh. Das heißt, dein Vater … ich meine dieser Mann«, korrigiert sich Sydney hastig, »weiß gar nicht, dass er eine Tochter hat?«

»Nope. Meine Mutter kannte ihn ja selbst kaum. Dementsprechend konnte sie mir auch nichts über ihn sagen, außer, dass ich ihm ähnlich sehe.«

Noch eine Information, die mich umhaut. Maya hat mir nie von ihrer Familie erzählt, aber offenbar bin ich ganz selbstverständlich davon ausgegangen, dass sie genau wie ich Mutter und Vater hat. Oder sie zumindest getrennt wären.

Ich will sie fragen, wie das für sie war. Ob ihr ein Vater in ihrem Leben gefehlt hat, ob sie ihn je suchen wollte, oder es vielleicht sogar getan hat. Aber ich bin so überfordert, dass ich kein einziges Wort herausbringe.

»Jedenfalls sind wir in sehr ärmlichen Verhältnissen aufgewachsen«, fährt sie fort. »Meine Mutter hat zwar gearbeitet, aber sie musste sich auch um mich und ihre kranken Eltern kümmern. Das Geld war immer knapp und hat nie gereicht, um alle Kosten zu decken.« Sie hält kurz inne, und streicht sich über den Arm, als ein kleiner Wind über den Park zieht. »Also hatte sie irgendwann die Idee, mich auf weitere Castings zu schicken. Die Aufträge wurden zwar nie gut bezahlt, aber ihr wisst schon, in der Hoffnung, dass mich irgendwer entdeckt und ich ein Superstar werde. Die meisten fangen schließlich früh an.« Ihr Kiefer ist angespannt, die Miene wird immer finsterer.

»Manchmal hat es Spaß gemacht, aber die meiste Zeit war es nur anstrengend. Ein Casting nach dem anderen, obwohl ich meistens sowieso abgelehnt wurde. Manchmal bekam ich zwar kleine Rollen, aber wirklich viel kam dabei nicht raus. Trotzdem musste ich immer hingehen.«

»Du musstest?« Es ist die erste Frage, die ich stelle, und meine Stimme klingt heiser und brüchig.

»Ja, ich musste. Meine Mutter hat mich oft genug daran erinnert, dass wir ohne mich pleitegehen würden.«

Ich schlucke. Was für ein Druck das für ein kleines Mädchen gewesen sein muss.

»Aber du warst doch ein Kind«, japst Sydney, und ich könnte schwören, dass sich ihre Haare ein Stück aufstellen. »Kinder arbeiten nicht, das ist die Aufgabe der Eltern!«

»Ich weiß.« Maya zuckt mit den Schultern. »Aber das hat meine Mutter spätestens dann nicht mehr interessiert, als meine Großeltern kurz nacheinander gestorben sind und uns einen Haufen Schulden hinterlassen haben. Ab da brauchten wir alles Geld, das wir kriegen konnten, andernfalls hätten wir das Haus verloren. Meine Mutter hat mich das nie vergessen lassen.«

Erpressung, denke ich. Seinem Kind indirekt ein schlechtes Gewissen zu machen, es unter Druck zu setzen und ihm keine andere Wahl zu geben, ist nichts anderes als widerliche emotionale Erpressung.

»Meine Mutter war regelrecht besessen davon, dass ich ein Star werde und sich unsere Geldprobleme auf diese Weise in Luft auflösen. Wie ich dabei empfand, war ihr immer egal. Und meiner Schwester auch.«

»Warte, du hast eine Schwester?«, fragt Sydney dazwischen.

»Oh. Ja, die habe ich.« Maya schüttelt zerstreut den Kopf. »Sorry, ich erzähle das alles total wirr.« Sie schließt kurz die Augen und atmet tief durch, um sich zu sammeln. »Also – ich habe eine Schwester, die fast zehn Jahre jünger ist als ich. Meine Mutter hatte für eine Weile einen Freund, und mit ihm hat sie Sophie gekriegt. Nachdem sie sich getrennt haben, hat er seine väterlichen Pflichten aber trotzdem erfüllt. Sie finanziell unterstützt, am Wochenende zu sich genommen, und all so was.«

»Nur sie?«, fragt Vicky leise.

Maya nickt knapp. »Nur sie.«

Meine Lungen schrumpfen auf Erbsengröße.

»Als Sophie da war, hat sich ohnehin alles geändert. Meine Mutter war total vernarrt in sie. Sie war ihr Lichtblick in dieser dunklen Zeit, hat ihr Freude und Zuversicht geschenkt. Schon klar, Babys sind süß, und am Anfang ist es wohl normal, dass sich alles um sie dreht. Aber die beiden haben sich seit Tag eins blendend verstanden. Bei meiner Mutter und mir war das nie so. Wir waren immer gegeneinander, nie auf einer Seite. Ich glaube, sie hat selbst nicht mal gemerkt, wie sehr sie meine Schwester bevorzugt hat. Dass für Sophie noch immer etwas Geld übrig war. Dass sie die teuren Geschenke bekam, und die neuen Schulsachen. Aber wehe, ich beschwerte mich darüber, denn sonst hieß es wieder, ich sei eifersüchtig, und gönne meiner kleinen Schwester nichts.«

Wut und Hilflosigkeit stauen sich in meiner Kehle an. Ich kann einfach nicht glauben, was ich da höre. Ein Teil von mir will es nicht glauben, hält das alles für einen verspäteten Aprilscherz oder die versteckte Kamera.

Mayas Blick fällt auf ihr Skateboard. Der Ausdruck in ihren Augen ist traurig, wehmütig. »Meine Mutter hat mir nie erlaubt, es zu lernen. Genau wie Inlineskaten oder Fahrrad fahren. Sie fand es zu *gefährlich*.«

»Gefährlich, weil sie Angst hatte, dass du dir wehtust?«, hake ich vorsichtig nach.

»Nein.« Sie schnaubt. »Weil sie nicht wollte, dass mein Körper einen Kratzer abkriegt. Der musste um jeden Preis intakt bleiben. Ich konnte nicht riskieren, wegen eines blauen Flecks oder eines gebrochenen Beins vom Casting ausgeschlossen zu werden.«

Ich grabe meine Fingernägel in die feuchte Erde. *Intakt bleiben*. Das klingt so technisch. Als ob sie, ihr Körper, bloß eine Maschine wäre.

»Ich habe auch erst ganz spät eine Zahnspange bekommen, weil ich bei den Castings nicht wie ein Teenager aussehen durfte. Ich musste schließlich weiterhin als kleines Kind durchgehen.«

Stimmt, erinnere ich mich. Maya hat ihre Zahnspange getragen, bis sie einundzwanzig war. Ich fand das immer cool, aber ihr war das unangenehm.

»Was spricht denn dagegen, wie ein Teenager auszusehen?«, fragt Vicky irritiert. »Gibt es nicht auch genügend Rollen für Jugendliche?«

»Doch, aber je jünger die Kinder, desto strenger sind die Vorschriften, was die Drehzeit angeht. Es wird deshalb immer nach Schauspielenden gesucht, die älter sind, aber möglichst jung aussehen.«

»Also hast du immer für jüngere Rollen vorgesprochen?«, fragt Sydney, und Maya nickt.

»Ja. Je älter ich wurde, desto mehr Aufträge bekam ich, weil ich noch so klein war. Ich hatte auch immer dieselbe Frisur, weil meine Mutter nicht wollte, dass ich anders als auf den Fotos aussehe.«

Plötzlich zupft eine Erinnerung an mir. Eine, die schon Jahre zurückliegt, aber trotzdem sehr präsent ist, weil meine Gedanken mich immer wieder zurück zur Nacht unserer ersten Begegnung bringen. Damals hat Maya etwas gesagt, dass ich erst jetzt richtig zu verstehen glaube.

»Lenny? Ich will Skateboard fahren lernen. Und Ski fahren. Und Snowboarden. Und ich will ganz viele Tattoos haben. Ganz, ganz viele, überall an meinem Körper.«

Weil sie endlich frei war. Weil sie und niemand sonst über ihren Körper bestimmen durfte.

»Tja, und dann, als ich zwölf war, begann der Höhepunkt meiner Karriere. Ich hatte die Hauptrolle in einer Kindersendung ergattert. *Chinchilla Lila*«, verkündet sie unheilvoll, als würde es sich um einen Thriller handeln.

Bei der Erwähnung des Titels machen Sydney und Vicky beide fragende Gesichter, während ich sofort ein Bild vor Augen habe. Meine jüngste Schwester Lissi hat die Sendung manchmal geguckt.

Das war Maya?

»Kennt ihr wahrscheinlich nicht, immerhin war es eine Kindersendung, und ich habe eine gespielt, die halb so alt war wie ich. Im Großen und Ganzen handelt die Show von der wissbegierigen kleinen Lila, die den Zuschauenden ein bisschen was aus dem Tierreich erklärt. Sie heißt so wie die Farbe ihrer Perücke, und ihr Co-Moderator ist ein Chinchilla. Also … kein richtiges, sondern ein Stofftier.«

Mir fällt auf, dass Maya in der dritten Person spricht, als wäre es nicht sie, von der sie gerade erzählt. Ob sie das absichtlich macht? Um sich in irgendeiner Weise von der Figur zu distanzieren?

»Die Folgen beginnen immer gleich. Lila liegt in ihrem Bett, kann nicht schlafen und redet mit ihrem Stofftier. Dann klappt sie ihr Buch auf, um mehr über die Tierwelt zu erfahren, und ab dann wird es etwas dokumäßig, weil ein bisschen über das Tier erzählt wird, um das es in der Folge geht. Im Anschluss wird zurück zu Lila geschwenkt, die ein bisschen über das Tier nachdenkt, über das sie gerade etwas gelernt hat. Dann albert sie ein bisschen mit ihrem Chinchilla rum, ahmt die Tiere nach, und am Ende kommt ihre Mutter, und erinnert sie daran, dass sie jetzt endlich schlafen gehen soll.«

»Das klingt voll süß«, sagt Vicky, aber Maya schnaubt. »Es war nicht süß, sondern trashig.«

Den Eindruck hatte ich damals leider auch. Ich hab Lissi oft damit aufgezogen, dass sie vor dem Schlafengehen so was Lächerliches angeschaut hat. Aber jetzt, wo ich weiß, dass es Maya war, die im Fernsehen lief …

»Zum Glück ist die Serie nach einer Staffel abgesetzt worden. Mama war natürlich super enttäuscht, aber ich war einfach nur froh, dass es vorbei war. *Chinchilla Lila* war meine erste und einzige größere Rolle. Danach folgten noch kleine Werbespots und Statistenrollen, aber es wurde mit der Zeit immer weniger, weil ich aufhörte, mir Mühe zu geben. Jeder in der Schule wusste, wer ich war, und hat sich über mich lustig gemacht.«

»Sie haben sich lustig gemacht?«, wiederholt Sydney entsetzt.

»Jepp.«

»Krass! Ich dachte immer ... also früher hatte ich ein Kind in der Klasse, deren Mutter Sängerin war, und die war sogar eine der beliebtesten Schülerinnen. Alle wollten mit ihr befreundet sein.«

»Eine Mutter als Sängerin zu haben, macht einen auch cool. Aber als Teenager die Hauptrolle in einer peinlichen Kindersendung zu kriegen, zum Freak. Ich war ganz bestimmt nicht beliebt. Ich wurde nicht gemobbt oder so, aber die Leute haben mich ständig angestarrt und getuschelt.«

Anstarren und tuscheln ist auch Mobbing.

Gewaltvolle Blicke, gewaltvolle Worte. Selbst wenn es nicht böse gemeint ist.

Schweinchen! Schweinchen!

»Ich habe deswegen sogar die Schule gewechselt. Danach wurde es besser, weil mich da keiner kannte. Vermutlich war dieser Neuanfang das Einzige, das mich davor bewahrte, in eine fiese Depression zu rutschen.«

Ihre letzten Worte hängen schwer in der Luft.

Maya schließt mit einem Seufzen und lehnt sich zurück, ihr erschöpfter Blick verliert sich im Horizont.

Sehr langes Schweigen tritt ein. Ich weiß nicht, was ich sagen soll, und vermutlich geht es den anderen genauso. Ich versuche die gehörten Worte zu verdauen, doch sie klemmen irgendwo in meiner Speiseröhre, und verursachen ein brennendes Gefühl in meiner Brust.

Ich kann einfach nicht glauben, dass *das* das Geheimnis ist. *Das*. Zwar hatte ich schon vermutet, dass ihre Familie irgendwie damit zusammenhing, aber nie im Leben hätte ich erwartet, dass es eine alte Kinderkarriere ist, die Maya so lange in ihrer Festung verschlossen hielt. Wie soll man auch jemals auf so was kommen? Und wie konnte sie nur so lange über diesen Teil ihres Lebens schweigen? Einfach umziehen und die Vergangenheit hinter sich lassen? Sich in einer anderen Stadt neu erfinden, andere Menschen kennenlernen und sich nicht einmal ihren Liebsten offenbaren?

Ich glaube, ich bin wütend, dabei weiß ich, wie unangemessen das ist. Maya ist mir überhaupt nichts schuldig. Aber ich wäre so gern für sie da gewesen. Sie hätte das alles nicht mit sich selbst ausmachen müssen. Wie hat sie das geschafft, ohne in tausend Teile zu zerspringen?

»Und dann?«, frage ich mit belegter Stimme. »Also, wie kam es … Na ja, ihr habt ja jetzt keinen Kontakt mehr, oder?«

»Nope.« Maya blinzelt träge. Ihr Gesicht ist blass, und sie wirkt todmüde und ausgelaugt. Als hätte das Erzählen ihr sämtliche Kraft entzogen. »Eines Tages habe ich erfahren, dass meine Mutter mich die ganze Zeit belogen hatte. Wir waren nämlich nicht so arm, wie ich immer dachte.«

Ein Schrei des Unglaubens brennt in meiner Kehle, doch ich presse die Lippen fest zusammen, und atme mehrmals tief durch.

»Wie hast du es herausgefunden?«, frage ich weiter.

»Ihre Kontoauszüge. Sie lagen einmal offen auf dem Esstisch. Ich habe einen Blick auf sie geworfen und erst mal nichts verstanden. Die Summe, die ich dort sah …« Maya schüttelt den Kopf. »Ich konnte es kaum glauben. Wir standen nicht kurz vorm Ruin. Wir waren nicht reich, aber ein Kontostand mit einem Plus vorne war auch nicht bettelarm. Natürlich habe ich meine Mutter sofort damit konfrontiert, aber sie hat nur so getan, als wäre ich ein dummes Kind, das nichts von der Welt versteht. Dabei war ich kein Kind mehr. Ich war sechzehn, und sie konnte mir nicht länger etwas vormachen. Also habe ich sie so lange unter Druck gesetzt, bis sie es zugegeben hat.«

»Und was hat sie gesagt?«, fragt Vicky.

»Dass die Schulden meiner Großeltern dank des Vaters meiner Schwester zwar größtenteils beglichen waren, aber sie trotzdem Geld zur Seite legen wollte, für den Fall, dass wieder harte Zeiten auf uns zukämen. Und ich glaubte ihr. Das tue ich vielleicht sogar noch immer. Ich meine – es macht ja auch Sinn, nach all den Schulden einen vorsichtigen Umgang mit Geld zu entwickeln. Trotzdem war ich natürlich wütend. Wütend und traurig und entsetzt. Ich ging nie wieder zu einem Casting, und stritt mich jeden Tag mit meiner Mutter und meiner Schwester. Manchmal wollte ich sogar weglaufen, weil ich es einfach nicht mehr aushielt. Aber da ich nie wusste, wohin ich gehen sollte, wartete ich noch zwei endlos lange Jahre, bis ich achtzehn wurde und die Schule beendet hatte. Danach bin ich weg und habe nie wieder zurückgeblickt.« Ihr Blick fällt wieder auf ihre Eule. »Tja, und hier sind wir nun. Fünfeinhalb Jahre später. Und *Chinchilla Lila* ist wieder da. In den letzten Jahren habe ich mir erfolgreich eingeredet, dass die Sendung einfach in Vergessenheit geraten ist. Aber ich lag wohl falsch.«

Missmutig zückt sie ihr Handy, tippt darauf herum und hält es dann in die Mitte. Wir alle beugen uns ein Stück vor. Maya hat Instagram geöffnet und in der Suchleiste #chinchillalila eingegeben. Der Feed zeigt unzählige Memes. Bildausschnitte, Videos und Reels.

Ein Foto von Lila, die mit einem schelmischen Grinsen im Buch liest.

Wenn dir jemand sagt, dass du das ganze Buch unmöglich in einem Tag beenden kannst.

Ein Video, in dem sie ihr Kuscheltier mit aufgerissenen Augen anstarrt und ein ungläubiges »Noin!« ausruft.

Wenn dir jemand etwas erzählt, das du schon weißt, und du Unwissenheit heucheln musst.

Eine Fotoserie, in der sie erst müde und dann fröhlich und aufgeweckt wirkt.

Ich den ganzen Tag vs. ich um drei Uhr morgens.

Ein Video, wie Lila zusammenhangloses Zeug vor sich hin brabbelt, vermutlich, um ein Tier zu imitieren.

Wenn du in deinem Lebenslauf angegeben hast, dass du fließend Französisch sprichst.

Die Memes sind lustig, keine Frage, aber ihr Anblick lässt trotzdem Zorn in mir auflodern. Das hier ist Maya, über die alle lachen. Meine beste Freundin. Meine ... *Liebe.*

Jetzt, wo ich weiß, dass sie es ist, erkenne ich auch die Ähnlichkeit. Dieselben großen Augen, dieselbe süße Stupsnase. Und doch wäre ich vermutlich nicht von selbst darauf gekommen, denn die lila Haare sind einfach zu einnehmend.

»Ganz ehrlich, ich liebe Memes, aber ich find's widerlich, wenn Kinder verspottet werden«, sagt Vicky und rümpft die Nase.

»Ich finde es generell widerlich«, murmelt Maya und steckt ihr Handy wieder ein. »Hinter jeder Person, über die man sich lustig macht, steckt ein Mensch mit Gefühlen, und der hat nicht zugestimmt, eine Witzfigur zu werden. *Ich* habe nicht zugestimmt. Vielleicht verdienen die Produzenten der Serie sogar etwas daran, aber ich nicht. Ich werde nur ausgelacht.«

»Aber doch nicht *du* wirst ausgelacht«, sagt Sydney und richtet sich auf, um ihre Knie durchzustrecken. »Sorry, ich kann so nicht mehr sitzen.«

»Wer sonst?«, fragt Vicky und erhebt sich ebenfalls.

»Na, das Meme«, meint Sydney und deutet auf Maya. »Niemand lacht über die Person, sondern über den Witz.«

»Aber trotzdem steckt ein Mensch dahinter«, sage ich und rappele mich nun auch auf, ehe ich Maya die Hand hinhalte. »Und selbst, wenn man damit nicht die Person selbst angreifen will, ist es trotzdem verletzend, die ganze Zeit verspottet zu werden.«

Ein trauriges Lächeln umspielt Mayas Lippen, und am liebsten würde ich sie an mich ziehen und ihr die Trauer aus dem Gesicht küssen. Stattdessen drücke ich ihre Hand, und sage: »Danke, dass du uns das alles erzählt hast.«

Einen Moment lang stehen wir im Kreis, lassen das Gehörte sacken, und schauen dabei alle in unterschiedliche Richtungen. Ich will irgendwas sagen oder machen, das dieser Situation angemessen ist, aber noch nie in meinem Leben war ich so überfordert. Die Gedanken in meinem Kopf sind wie weggeblasen.

»Wollen wir langsam los?«, fragt Maya, als sie sieht, wie sich Vicky mehrmals fröstelnd über den Arm reibt.

Vicky nickt. »Ja, gern. Es ist echt kalt geworden.«

Während wir zu viert zu dem mit Graffiti beschmierten Ausgang des Görlitzer Parks schlendern, halten Maya und ich uns noch immer an den Händen. Aber weder Sydney noch Vicky geben einen Kommentar ab. Ob sie ihnen von uns erzählt hat? Oder sind alle noch zu sehr durch den Wind, um es überhaupt zu registrieren?

Am Bahnhof angekommen stellen wir uns vor eine Bank, ohne uns hinzusetzen. Vermutlich tut es uns allen gut, eine Weile zu stehen.

»Was ist?«, fragt Maya an Sydney gewandt.

»Ich erinnere mich gerade nur etwas«, murmelt sie und umklammert das Ende von Mayas Skateboard, das sie für sie trägt.

»Weißt du noch die FUL-Liste, die ich damals wegen Luke gemacht habe?«

FUL-Liste? Da klingelt bei mir nichts.

Maya runzelt die Stirn. »Jaaa?«

»Ich hab euch doch beide gefragt, was auf eurer Liste stehen würde, und du meintest …«

Abrupt verkrampft sich Mayas Hand in meiner. Offenbar erinnert sie sich wieder.

»Dass du frei sein willst.« Sydney senkt den Kopf und schaut auf das Skateboard. »Hast … du damit *das* gemeint?«

Maya antwortet, indem sie nicht antwortet.

Sydney flucht leise und schüttelt fassungslos den Kopf. »Es tut mir so leid, dass dir das passiert ist.«

Gute Wortwahl, denke ich. Ihr ist etwas passiert. Etwas, worauf sie keinen Einfluss hatte. Sie wurde gedrängt und erpresst. Mütter, die ihre Kinder vor die Kamera zwingen, um reich zu werden. Das ist einfach nur abartig.

»Hattest du nie das Bedürfnis, darüber zu reden?«, fragt Vicky.

»Nein.« Maya verzieht das Gesicht. »Ich kann nicht einmal darüber nachdenken. Außerdem muss ich nicht darüber reden – das ganze Internet tut es ohnehin schon.« Tränen blitzen in ihren Augen auf, doch sie legt den Kopf in den Nacken, um sie zurückzudrängen.

»Mach dir keine Sorgen.« Vicky macht eine abwinkende Geste. »Memes sind eh nie von Dauer. Ich bin sicher, dass in ein paar Wochen keiner mehr darüber reden wird.«

»Das hoffe ich sehr. Aber bis dahin werde ich mich vermutlich trotzdem bei sämtlichen Plattformen ausloggen. Ich ertrage es nicht, die ganze Zeit mit meiner Vergangenheit konfrontiert zu werden.«

»Ist wohl vernünftig«, sage ich leise und ziehe Maya nun

doch an mich. Ich kann nicht anders. Ich muss sie einfach halten, spüren, und ihr das Gefühl geben, dass sie geliebt wird. *So unendlich geliebt.*

Maya schlingt die Arme um meinen Rücken und drückt schniefend ihr Gesicht gegen meine Brust.

Irgendwann schaue ich zu Vicky und Sydney rüber, die uns beide lächelnd beobachten.

»Ihr wisst es«, stelle ich überrascht fest.

Sydney zuckt lächelnd mit den Schultern. »Na ja, ihr habt letztens zusammen geduscht.«

Maya zuckt unter meinem Griff zusammen. »Du weißt davon?«, japst sie.

»Nur weil Lennys Sachen mit deinen auf dem Boden lagen, als ich neulich versehentlich reingeplatzt bin«, sagt sie schnell.

»Oh«, sagen Maya und ich gleichzeitig, was Sydney und Vicky ein kleines Lachen entlockt.

»Aber ... ist das auch okay für euch?«, fragt Maya vorsichtig.

»Dass ihr beide ein Paar seid?« Vicky sieht uns an und grinst. »Hat zwar ein bisschen gedauert, bis ich's gecheckt habe, aber ich glaube, ihr seid wie füreinander geschaffen.«

Mayas Griff um mich wird fester. »Auch ... mit uns zusammenzuleben?«

»Da ich ziemlich stark davon ausgehe, dass ihr euch sowieso niemals trennen werdet, ist das okay für mich.«

»Für mich auch«, pflichtet Sydney ihr fröhlich bei und hakt sich bei Vicky unter.

Ein Paar. Wie füreinander geschaffen. Niemals trennen.

Mein Herz rattert.

Ich will so sehr daran glauben. Aber was, wenn wir alle falschliegen? Meine größte Angst ist, dass das mit uns beiden ein böses Ende nimmt und ich meine beste Freundin für immer verliere.

Ein Paar. Wie füreinander geschaffen. Niemals trennen.
Aber was, wenn nicht?
Ich ziehe Maya ein Stück fester an mich. Ja, was, wenn nicht?

32. KAPITEL

Drei Monate später

Maya

Und sie lebten glücklich bis ans Ende ihrer Tage.

Mit diesem Gedanken wache ich jeden Morgen auf. Als ob ich in einer Dauerschleife auf der letzten Seite des Märchens lebe, bei dem der schönste Teil eigentlich erst richtig losgeht. Der, bei dem die zwei Liebenden alle Hürden überwunden haben und bis ans Ende ihrer Tage zusammenbleiben.

»Bist du glücklich? Du siehst glücklich aus.«

Ich blicke zu Lenny, der mich lächelnd beobachtet.

»Ich bin glücklich«, bestätige ich und streiche ihm über sein abstehendes Morgenlöckchen. »Ich bin so glücklich, dass es mir fast Angst macht.«

»Geht mir auch so.« Mit dem Daumen fährt er über mein Handgelenk und streift meinen Puls, der bei jeder seiner Berührungen ein bisschen schneller wird. »Mein Leben läuft gut. *Zu* gut. Ich hab den Master bestanden, habe so viel Freizeit wie noch nie, lebe in einer extrem coolen WG, und …«, er sucht meinen Blick, hält kurz inne und lächelt, »… außerdem bin ich mit dem wunderschönsten Mädchen auf der Welt zusammen, das zugleich auch meine beste Freundin ist.«

Seine Worte rauschen durch mich hindurch wie eine warme Sommerbrise.

»Mein Leben ist perfekt.«

»Perfekt«, wiederhole ich und beuge mich vor, um ihn zu küssen, so, wie es am Ende eines Märchens üblich ist.

Nur dass das hier nicht unser Ende ist, sondern der Anfang.

»Ich liebe dich«, sagt er, und egal, wie oft ich es höre, bei diesem kleinen Satz vollführt mein Herz jedes Mal einen Radschlag.

»Ich liebe dich auch«, sage ich und kuschele mich an seine warme nackte Brust.

Perfekt. Perfekt. Perfekt.

»Maya?«, flüstert er meinen Namen, als ich kurz davor bin, wieder einzudösen.

»Hm?«, mache ich mit geschlossenen Augen.

»Hörst du das?«

Sofort schlage ich die Lider wieder auf und spitze die Ohren, doch da ist nur unser beider Atem. »Was meinst du? Ich höre nichts.«

»Eben.« Er grinst. »Vicky und Sydney sind weg.«

»Oh.« Vermutlich in der Bib. Seit die beiden an ihrer Masterarbeit schreiben, gehen sie immer früh los, um sich einen guten Platz zu sichern.

»Oh!«, stoße ich erneut hervor und begreife endlich, worauf er anspielt. Wir haben die Wohnung ganz für uns allein.

Und mit einem Mal bin ich hellwach.

»Wollen wir gleich zusammen duschen?«, raunt er mir verheißungsvoll zu.

Ein aufgeregtes Kribbeln erfasst mich. Das haben wir lange nicht mehr gemacht. »Ja, wir wollen.«

»Und … wollen wir da auch …« Seine Lippen streifen meine Schläfe, wandern weiter zu meinem Ohr, küssen die empfindliche Stelle dahinter.

Gänsehaut kriecht über meinen Nacken. »Ja, wir wollen!«,

sage ich wieder und quieke auf, als Lenny mich ohne Weiteres hochhebt, über die Schulter wirft und aus unserem Zimmer trägt. Nein, rennt. Als könnte er es gar nicht abwarten.

Kichernd lasse ich mich von ihm ins Bad tragen und dort auf die Waschmaschine setzen. Ich öffne die Beine, schlinge sie um seine Hüfte und presse meinen Brustkorb gegen seinen, während unsere Lippen zueinanderfinden. Ich trage nur eins seiner T-Shirts, und als er es mir über den Kopf zieht, sitze ich völlig nackt vor ihm. Lennys Blick gleitet über mich, als täte er es zum ersten Mal, ein so heißer, hungriger Blick, der mir geradewegs unter die Haut geht. Ohne die Augen von mir zu lösen, streift er sich die Boxershorts von den Hüften. Dann stellen wir uns unter die Dusche. Das warme Wasser prasselt auf uns herab, der Duft von Kokos hängt im Dampf, unsere Körper voller weißem Schaum, und mein Puls irgendwo an der Decke.

Lenny dreht mich sanft herum und dringt von hinten in mich ein. Mit der einen Hand massiert er meine Brust, die andere umkreist meine Klitoris. Inzwischen kennt er meinen Körper, weiß, was mir gefällt, weiß, was er tun muss, um mir ein Stöhnen zu entlocken. Ich schließe die Augen, presse die Wange gegen die kalte Duschwand, während der Druck seiner Hände fester und seine Stöße schneller werden. Haut klatscht auf Haut, Stöhnen folgt auf Stöhnen. Und dann, zwischen unbändiger Hitze und Ekstase, verliere ich mich in einem lustvollen Beben.

Lenny hält mich einen Augenblick lang fest, stützt mich. Erst, als mein Atem allmählich gleichmäßiger wird, drehe ich mich zu ihm. Noch immer plätschert das Wasser über unsere Köpfe. Lenny streicht mir das nasse Haar aus dem Gesicht und wirft mir wieder einen dieser Blicke zu, als hätte er nie etwas Schöneres gesehen.

»Ich liebe dich«, dringt seine Stimme durch das Rauschen, und ich schwöre, dass kein Orgasmus der Welt so viele Endorphine in mir freisetzen kann, wie diese drei kleinen Worte.

»Ich liebe dich auch.«

So, so sehr.

»Übrigens habe ich wieder den Faden gespürt.«

»Oh, wirklich?« Mir wurde die Kupferspirale schon vor einem Jahr eingesetzt, und eigentlich hieß es, dass der kleine Faden, der heraushänge, nicht spürbar sei. Doch in bestimmten Positionen fühlt Lenny ihn manchmal.

»Aber es hat nicht wehgetan, oder?«

»Nein, nur etwas gepikst.«

»Tut mir leid.« Ich beiße mir auf die Unterlippe und werfe ihm ein schüchternes Lächeln zu. »Kann ich es irgendwie wieder gutmachen?«

»Nee, musst du nicht«, winkt er ab. »Du kannst ja nichts dafür.«

Oh Mann. Lenny ist echt mies im Dirty Talk.

»Vielleicht will ich aber«, säusele ich und fahre mit den Fingern seine Bauchmuskeln entlang, ehe ich, ohne den Blick von ihm zu lösen, langsam auf die Knie gehe. Und als Lenny begreift, was ich vorhabe, stockt ihm der Atem. Er mag meinen Körper vielleicht kennen, aber ich tue dasselbe mit seinem.

*

Lennys Familie sitzt bereits draußen auf der Terrasse, als wir zu ihnen stoßen. Der Garten der Lennarts ist klein und gemütlich. Anstelle von Zäunen wird er von hohen Buchsbaumhecken umschlossen. Es gibt einen kleinen Teich mit Fischen, einen großen Apfelbaum, und ganz viele Blumen, die dem Garten den ultimativen *Animal-Crossing*-Vibe verleihen.

»Hey, entschuldigt die Verspätung«, begrüßt Lenny die Runde. Bis auf seine Eltern sind auch noch Miri und Lissi zum Kaffeetrinken gekommen.

»Hat der Schienenersatzverkehr schon wieder Ärger gemacht?«, erkundigt sich Peter mit vollem Mund.

»Jepp«, lügt Lenny seinem Vater – einem Pastor! – direkt ins Gesicht. Aber gut, was sollte er auch sonst sagen? *Nein, wir haben es etwas zu lang unter der Dusche getrieben und dabei völlig die Zeit vergessen?*

»Rutsch mal«, sagt er an Miri gewandt.

»Warum? Einer von euch kann doch dort sitzen.« Sie nickt zum freien Platz auf der Bank gegenüber.

»Oder du rutschst einfach«, wiederholt er, und sie seufzt, ehe sie zur Seite rückt, und wir beide uns dazuquetschen. Vermutlich wäre es wirklich einfacher (und bequemer), wenn einer von uns auf der anderen Seite Platz nehmen würde, aber ich will meinem Freund nicht in den Rücken fallen.

»Welchen willst du?«, fragt Lenny und deutet auf die beiden Kuchen vor uns.

»Den da«, sage ich und zeige auf den Erdbeerkuchen.

Lenny löst unsere verschränkten Hände kurz voneinander und tut mir und ihm ein Stück auf. Dann greift er wieder nach meiner Hand, was Lissi ein entnervtes Stöhnen entlockt.

»Könnt ihr nicht wenigstens beim Essen voneinander ablassen?«

»Nein.« Lenny zuckt mit den Schultern und hebt meine Hand an seine Lippen, um demonstrativ einen kleinen Kuss draufzuhauchen. Röte schießt mir in die Wangen.

»Ihr seid echt eklig.« Lissi rümpft die Nase. »Wir essen hier.«

»LOL, du findest Händchen halten eklig?«

»Nein, aber dass du jetzt auch immer LOL sagst, weil ihr viel zu viel Zeit miteinander verbringt!«, pfeffert sie zurück.

Oh. Ist mir gar nicht aufgefallen. Aber stimmt, Lenny sagt es seit Kurzem auch. Ich drücke seine Hand etwas fester. Das ist echt kitschig.

Ich liebe es.

»Schlage ich damit wieder Nicholas Sparks?«, raunt er mir ins Ohr, und allein die Tatsache, dass er genau weiß, woran ich gerade denke, lässt mein Herz auf die doppelte Größe anschwellen. Als Antwort drücke ich seine Hand wieder.

»So sehr ich meinem Brüderchen auch jedes Glück der Welt gönne, muss ich Lissi leider recht geben«, meint Miri und grinst uns von der Seite zu. »Als beste Freunde wart ihr eindeutig erträglicher.«

Aber wir sind ja noch immer beste Freunde, will ich sagen, schließe den Mund aber wieder, weil es allmählich nervt, es ständig zu erklären. Dass unsere Beziehung ein Upgrade bekommen hat, bedeutet nicht, dass unsere alte darunter leiden muss. Lenny ist nach wie vor mein bester Freund. Der Junge, den ich schon ewig kenne, mit dem ich herumblödele und dem ich alles erzähle.

Nur halte ich jetzt auch seine Hand. Und küsse ihn. *Liebe ihn.*

»Ach, lasst die beiden doch«, klinkt Lennys Vater sich ein und lächelt, ohne von seinem halb aufgegessenen Stück Kuchen aufzusehen. »So waren sie doch eigentlich schon immer.«

Wirklich?, überlege ich, während ich mir eine Gabel voller Kuchen in den Mund schiebe. Nach all den gemeinsamen Monaten weiß ich gar nicht mehr, wie es vorher zwischen uns war.

»Ich hätte nur nicht gedacht, dass es so lange dauern würde«, räumt er ein und fährt sich über das langsam dünner werdende dunkle Haar. »Wie lange kennt ihr euch jetzt?«

»Fast sechs Jahre«, antwortet Lenny und gießt sich etwas Kaffee in eine Tasse.

»Sechs Jahre. Unfassbar«, seufzt Helena, die mit ihrer neuen Kurzhaarfrisur noch mehr ihrem Sohn ähnelt. »Und in den nächsten sechs Jahren dann die Hochzeit«, trällert sie.

Fast verschlucke ich mich an einem Stück Erdbeere.

»Mama!«, stöhnt Lenny auf.

»Was denn?« Sie macht ein unschuldiges Gesicht. »Ich frag doch nur, um rechtzeitig die Kirche zu buchen.«

»Mama!«

»Meinte Maya nicht, dass sie am Strand heiraten wollte?«, wendet Miri ein. »Oder war es auf einem Schiff?«, überlegt sie, und ich reiße erschrocken die Augen auf.

Wir heiraten auf einem Schiff?!

Sollte ich erwähnen, dass ich schnell seekrank werde?

»Miri, Mann!«, schimpft Lenny und drückt meine Hand fester. »Hört auf. Ihr bringt Maya voll in Verlegenheit.«

»Ach, sie weiß doch, dass wir nur scherzen«, lacht seine Mutter, und ich zwinge mich zu einem wackeligen Lächeln, während ich versuche das Bild loszuwerden, indem ich beim »Oder möge für immer schweigen«-Part vor lauter Übelkeit zur Reling stürze, kentere und mich in einem Fischernetz verfange.

»Können wir bitte das Thema wechseln?«, fleht Lenny, dem das Ganze offenbar noch unangenehmer ist als mir.

»Na gut.« Helena tupft sich mit einer Serviette über den Mund und wendet sich mir zu. »Maya, Liebes. Wann bist du eigentlich fertig mit dem Master?«

Puh, ein Glück. Unigespräche sind zwar trocken und langweilig, aber immer noch besser als Hochzeitswitze.

»Das weiß ich selbst noch nicht genau. Vielleicht in einem Jahr. Oder auch weniger, mal sehen. Ich gehe das Studium relativ entspannt an.«

»Oh!« Helena stutzt kurz und lässt meine Worte auf sich einwirken. »Sagt da niemand was, wenn du länger brauchst?«

»Nein, nicht wirklich. Ich kann mir meinen Stundenplan selbst zusammenstellen. Aber um ehrlich zu sein, habe ich es überhaupt nicht eilig, fertig zu werden. Ich mag es, zu studieren.«

»Verstehe.« Sie lächelt etwas gekünstelt. »Nur … also, du bist jetzt wie alt? Vierundzwanzig? Wenn du noch länger studierst, bist du irgendwann fast dreißig und hast gerade mal deinen Abschluss.«

»Ja, das ist dann wohl so«, entgegne ich und lehne mich entspannt zurück.

»Aha. Und ähm … was macht man mit so einem Philosophieabschluss?«

Ich unterdrücke ein Grinsen. Meine Lieblingsfrage. »Ich weiß nicht, einen Geografen heiraten vielleicht?«, scherze ich und blicke grinsend rüber zu Lenny. Jetzt habe ich die Hochzeitsanspielung zwar selbst wieder rausgeholt, aber was soll's.

Alle am Tisch lachen. Alle, bis auf Helena, die wohl nicht sicher zu sein scheint, ob ich wirklich Witze mache.

»Tut mir leid, dich enttäuschen zu müssen, aber vermutlich werde ich genauso viel verdienen wie eine Philosophin«, gluckst Lenny.

Wieder lachen alle.

»Hm«, mache ich und tue so, als würde mich diese Information ins Zweifeln bringen. »Dann heirate ich eben Syd. Oder ich fange ein neues Studium an. Vielleicht widme ich mich diesmal der Kunst.«

Lennys Augen leuchten auf. »Ja, mach das. Du hast wirklich Talent!«

Lächelnd verdrehe ich die Augen. Sein Zuspruch ist süß, aber leider kann ich nicht allzu sehr auf sein Urteil vertrauen, weil er, wenn es nach ihm ginge, jede meiner Krakeleien im Museum ausstellen würde.

»Noch ein Studium?«, echot Helena. »Und dann Kunst? Philosophie und Kunst? M-Machst du dir denn gar keine Sorgen um das Geld?«, stammelt sie.

»Nicht wirklich. Geld ist nicht das Wichtigste.«

Ich weiß, dass es für andere vielleicht naiv klingen mag, aber das ist mir egal. Viel wichtiger ist mir das Leben selbst, und ich will Geld nie wieder über mein Leben bestimmen lassen. Dann werde ich halt niemals reich sein und für immer in einer WG leben, so what! Dafür bin ich frei und glücklich. Und ist das nicht der Sinn des Lebens?

Leben?

»Und du, Lenny?«, schwenkt Helena zu ihm rüber, als müsse sie den Schock über meine Zukunftsvision mit einer vernünftigen neutralisieren. »Was sind deine Pläne? Hast du dich schon irgendwo beworben?«

»Noch nicht«, sagt er und legt einen Arm um meine Taille. Dabei schieben sich seine Finger unauffällig unter dem Saum meines Rockes, was ein heißes Kribbeln durch meinen Körper jagt. Dass er mich so berührt – in Anwesenheit seiner Familie … macht mich vermutlich mehr an, als es sollte.

»Ich denke, ich werde erst mal weiter im *Coffee & Books* arbeiten und mir nächstes Jahr einen Job suchen. Das eilt ja alles nicht.«

Überrascht schaue ich zu ihm auf. Diese Information ist mir neu, aber sein Plan gefällt mir. Lenny liebt die Arbeit im Café. Warum also nicht weiterhin dort jobben, bis er was gefunden hat, das ihm noch besser gefällt?

Die anderen scheinen ebenfalls positiv gestimmt zu sein, nur Helena sieht aus, als hätte man ihr eine Ohrfeige verpasst. Als ihr leicht anklagender Blick zu mir fliegt, bin ich fast sicher, dass ich den Titel Traumschwiegertochter verloren habe. Aber es kümmert mich nicht, ob sie mich für einen schlechten

Einfluss hält. Gar nichts kümmert mich, solange ich weiterhin in meinem Märchen lebe und meinen Prinzen an meiner Seite habe.

»Willst du das dann weiterhin nur auf Minijob-Basis machen?«, fragt Miri.

Lenny nimmt einen Bissen und schüttelt den Kopf. »Nein.«

Lissi prustet unverhofft los. »Noin«, macht sie ihn nach, und vor lauter Schreck setzt mein Herz einen Takt aus. Ach ja.

Ich bin ein Meme.

Mein Magen verkrampft sich. Immer, wenn ich glaube (oder hoffe), dass die Begeisterung für *Chinchilla Lila* endlich vorbei ist, kommt so was. Und dann auch noch dieser lächerliche Spruch. Da habe ich in irgendeiner Folge das »Nein« ein bisschen zu euphorisch ausgesprochen, und jetzt kursiert es als immer wiederkehrende Videosequenz durch die sozialen Netzwerke.

Vielleicht ist mein Leben doch kein Märchen. Oder … vielleicht ist es eins, aber das Trauma verschwindet auch nicht nach dem Happy End. Möglicherweise bei keinem. Wer weiß, ob Schneewittchen je wieder jemandem vertrauen konnte, nachdem ihre eigene Mutter sie umbringen wollte. Möglicherweise wurde Cinderella jede Nacht von Albträumen verfolgt, nachdem ihre Familie sie jahrelang misshandelt hat. Und Rapunzel … das Mädchen, das sein ganzes Leben lang eingesperrt war … Ob sie sich außerhalb des Turms trotzdem je wirklich frei fühlte? Oder im Herzen weiterhin gefangen war?

So wie ich?

»Hör auf damit«, sagt Lenny zu seiner Schwester. »Das habe ich gar nicht so gesagt.«

»Klang aber anders.« Sie grinst spöttisch.

Plötzlich knallt Lennys Faust so hart auf den Tisch, dass Kaffee aus den Tassen schwappt. Wir alle fahren zusammen.

»Hey!«, ruft seine Mutter, aber Lenny ignoriert sie.

»Das ist nicht witzig!«, zischt Lenny, die Stimme vibrierend vor Zorn.

»Hä?« Lissi weicht zurück und starrt ihn entgeistert an. »Das war doch nur ein blöder Spruch. Seit wann bist du so empfindlich?«

Seit er weiß, dass ich es bin, über die alle lachen.

Auch wenn das bisher noch nicht rausgekommen ist. All meine Freunde kennen das Meme, aber Sydney war die Einzige, die mich darin wiedererkannt hat.

»Ich … ich will halt nicht, dass du mich nachmachst«, entgegnet er, und ich trete ihm auf den Fuß, damit er aufhört. Zwar schätze ich es, dass er das Bedürfnis hat, sich für mich einzusetzen, aber schlimmstenfalls erregt er dadurch nur Misstrauen.

Schweigend wischen wir den Kaffee von der Tischdecke und wenden uns wieder dem Gebäck zu. Besteck klirrt auf Porzellan und unterbricht damit die peinliche Stille.

»Ähm … und, Maya, was genau interessiert dich so an Kunst?«, versucht Peter das Thema zu wechseln, und augenblicklich löst sich der unangenehme Krampf aus der Stimmung. Miri und Lissi kichern los, Lennys Griff um mich lockert sich, und sogar Helena ringt sich ein kleines Lächeln ab.

Ja, denke ich und spüre wie sich das Glück bis in meine Zehenspitzen ausbreitet.

Mein Leben ist trotz allem ein Märchen.

33. KAPITEL

Lenny

Heute findet der Hauskreis im *Coffee & Books* statt. Ich bin froh, dass sich die anderen zu dem Ortswechsel bereit erklärt haben, sonst hätte ich vermutlich wieder absagen müssen. Luke und ich schmeißen den Laden ganz allein, denn fast alle sind im Urlaub oder pauken in der Bib.

»Ich hab genau eine Stunde Pause«, erkläre ich und mache ein entschuldigendes Gesicht. »Aber Essen und Getränke gehen auf mich. Und danach könnt ihr gern hierbleiben.«

»Ich hoffe, du schämst dich wenigstens ein bisschen«, stichelt Isa, wobei das Zucken um ihre Mundwinkel verrät, dass sie nicht wirklich böse ist. »Du bist viel schlimmer als Jonah.«

»Tut mir leid«, sage ich und meine es wirklich ernst. Ich kann selbst nicht glauben, dass ich einer dieser Menschen geworden bin, die die Treffen mit ihren Leuten absagen, weil sie einfach nicht von ihrer Freundin loskommen. Aber bei Maya ist das zugegebenermaßen auch echt schwer. Sie ist wie eine Droge. Je mehr Zeit man mit ihr verbringt, desto süchtiger wird man nach ihr, ihrem Duft, ihrem Lächeln.

Trotzdem habe ich ein schlechtes Gewissen, weil in letzter Zeit alles andere in meinem Leben zu kurz gekommen ist. Ich will mich nicht in einer Beziehung verlieren und meine anderen schleifen lassen. Schon gar nicht meinen Hauskreis.

Leider ist Jonah heute nicht da. Nach Ostern ist er wieder regelmäßiger gekommen, aber seit Klein Colin vor ein paar Wochen auf die Welt gekommen ist, fehlt ihm die Zeit dafür.

»Was hättet ihr denn gern?«, frage ich in die Runde.

»Was kannst du empfehlen?«, kommt es von Tom.

»Die Smoothies sind gut. Der mit Mango ist mein Favorit.«

»Dann den«, entscheidet er, und die anderen ziehen mit.

»Kommt sofort«, sage ich und mache mich auf zum Tresen. »Hey, Luke, machst du uns fünf Mango Smoothies?«, frage ich und klopfe auf den Glasbehälter über der Vitrine. »Und dann nehme ich noch ein paar von Sydneys Cookies.«

»Klar. Und lass stecken«, winkt er ab, als ich mein Portemonnaie zücke.

»Nein, Quatsch.«

»Doch«, beharrt er und lässt mit seinem endgültigen Tonfall keine Widerrede zu. »Die gehen auf mich.«

Ich seufze genervt. Das geht schon seit Wochen so.

»Luke, es ist alles wieder gut«, erinnere ich ihn. Unser Streit ist schon Monate her, und er quält sich noch immer wegen dem, was er gesagt hat. »Lass uns das, was passiert ist, einfach hinter uns lassen, okay? Keine Abbitte mehr.«

Luke hält inne, zögert, als müsste er sich gut überlegen, ob er sich inzwischen genug selbst bestraft hat.

»Komm schon, Mann«, dränge ich. Ich habe wirklich keine Lust mehr, dass die Stimmung zwischen uns weiterhin so angespannt bleibt.

»Na gut.« Luke atmet gedehnt aus. »Aber – und das ist wirklich das allerletzte Mal«, verspricht er, und Bedauern huscht über sein Gesicht. »Es tut mir wirklich von ganzem Herzen leid.«

»Dir sei verziehen …«, sage ich, und setze nach einem kurzen Zögern etwas leiser hinterher: »*Sojasauce*.«

Luke fährt zusammen, als hätte er in eine Steckdose gefasst. »Dieser verdammte Vince«, grummelt er.

Ich unterdrücke ein Grinsen. »Übrigens, ich hab gehört, dass die Eier dicker werden, wenn man viel Wasabi isst.«

Mein Kollege funkelt mich wütend an. »Okay, wenn wir wirklich quitt sind, dann lässt du die scheiß Sprüche auch sein.«

Ich lache. »Meinetwegen.«

Wenige Minuten später stellt uns Luke die Getränke auf den Tisch, und wir bringen uns gegenseitig auf den neuesten Stand der Dinge. Caro überlegt, aus dem Chor auszusteigen, Tom will in eine andere Wohnung ziehen, Isa möchte ein Auslandssemester in Dublin machen, und Miri spielt mit dem Gedanken, ihr Physikstudium abzubrechen. Ich höre hauptsächlich nur zu, weil es bei mir nichts zu erzählen gibt. Dass ich den Master bestanden habe und mit Maya zusammen bin, wissen sie schon. Andere Neuigkeiten habe ich nicht. Außer, dass ich so glücklich bin, dass ich platzen könnte. Maya ist meine erste richtige Beziehung, deshalb weiß ich nicht, ob es normal ist, so viel Freude zu empfinden, die ganze Zeit nur an die andere Person zu denken und immerzu bei ihr sein zu wollen. Vielleicht wird es mit der Zeit auch weniger, keine Ahnung. Aber eigentlich will ich gar nicht, dass es aufhört.

Als ich irgendwann einen Blick auf die Uhr werfe, stelle ich fest, dass ich schon seit zwei Stunden mit meinem Hauskreis zusammensitze. Hastig verabschiede ich mich, um endlich Luke zu helfen, der sich ganz allein um die viele Kundschaft kümmert.

»Warum hast du mich nicht gerufen?«, frage ich und schiebe mich an ihm vorbei zur Kasse.

»Ihr wart so vertieft«, winkt er ab. »Da wollte ich nicht stören.«

»Das macht neun fünfzig«, sage ich zur Kundin, dann etwas leiser an Luke gewandt: »Wir haben doch vorhin beschlossen, dass jetzt alles wieder okay zwischen uns ist.«

»Ich weiß.« Er lächelt entschuldigend. »Macht der Gewohnheit, sorry.«

»Schon okay, Sojasoße.«

Luke zuckt zusammen und wirft mir einen finsteren Blick von der Seite zu. »Du hast gesagt, du hörst auf!«, zischt er.

»Ja, aber nur, wenn du auch aufhörst«, erinnere ich ihn.

»Das war ein Versehen!«

»Ähm, hallo?« Die Kundin vor mir wedelt ungeduldig mit dem Zehn-Euro-Schein.

»Oh, sorry«, sage ich und nehme ihn schnell entgegen. »Dein Getränk kommt gleich.«

*

Heute ist einer dieser Tage, an denen ich die Minuten bis zum Feierabend förmlich runterzähle. Ich strecke meinen Rücken, der ein unheilvolles Knacken von sich gibt, und zupfe an meinem T-Shirt, um etwas frische Luft durchzulassen. Der Juli ist heiß und schwül. Schweißperlen kitzeln meinen Nacken und fließen an meinem Kreuz runter. Bevor Tina mit Vera in den Urlaub gefahren ist, habe ich ihr vorgeschlagen, eine Klimaanlage anzuschaffen, aber da sie die Dinger nicht nachhaltig findet, hat sie uns stattdessen ein paar lächerliche Faltfächer besorgt, die inzwischen alle durch Kunden in Benutzung sind.

»Ich schmelze«, stöhnt Luke und krempelt sich beide T-Shirt-Ärmel hoch. »Wie soll ich mich nachher noch aufs Lernen konzentrieren?«

»Stimmt, wie läuft es bisher in der Abendschule?«, erkundige ich mich und schnappe mir ein frisches Glas.

»Ganz gut. Nur Mathe ist echt kacke. So kacke, dass ich mich wirklich frage, ob es das Nachholen meines Abis wirklich wert ist.«

»Wenn du irgendwo Hilfe brauchst, sag Bescheid«, biete ich an und fülle das Glas mit kaltem Leitungswasser.

»Bei Mathe hilft mir schon Vince. Aber ja, vielleicht bei etwas anderem? Erdkunde oder so?«

»Erdkunde ist *mein* Gebiet«, sage ich und nehme einen großen Schluck. Anschließend halte ich es mir gegen die Wange, während ich den Blick über die letzte Kundschaft schweifen lasse.

»Ich glaube, ich gehe mal mit den Tabletts rum«, meint Luke, und ich nicke. Wenn wir jetzt schon anfangen, aufzuräumen, sind wir zum Feierabend schneller fertig.

Ich bin gerade dabei, über den Tresen zu wischen, als mein Handy in meiner Hosentasche vibriert. Nach einem kurzen Blick auf die Gäste, die mich alle nicht zu beachten scheinen, hole ich es aus meiner Hosentasche und werfe einen Blick darauf.

Maya: Hey, ich brauche mal deinen Rat. Ich habe überlegt, meinen Freund spontan von der Arbeit abzuholen, bin aber nicht sicher, ob das zu aufdringlich wäre, weil wir uns sowieso schon viel zu oft sehen ... Was meinst du?

Mir entkommt ein leises Lachen. Wieder linse ich rüber zur Kundschaft und halte die Hand gesenkt, während ich eine Antwort tippe.

Ich: Ich kann natürlich nicht für alle sprechen, aber wenn ich dein Freund wäre, fände ich es vermutlich nicht schlimm. Ich würde mich sogar freuen, wenn meine Freundin mich abholen würde, denn egal wie oft wir uns sehen, ich kriege einfach nicht genug von ihr.

Keine dreißig Sekunden später vibriert mein Handy erneut.

Maya: Ich kriege auch nicht genug von ihm …

Ich: Dann steht deinem Plan ja nichts mehr im Weg, oder? ;-)

Maya: Nein, nur mein Herz, das ich einfangen muss, weil es schon wieder aufgeregt durch die Wohnung springt.

Ich lese die Nachricht ein zweites Mal, weil ein Teil von mir noch immer nicht glauben kann, dass das hier wirklich wahr ist. Dass ich es bin, dem Maya diese Worte schreibt.

Ich: Ich liebe dich.

Maya: Ey, ich habe einen Freund. :P

Ich liebe dich, schreibe ich wieder, und dann noch mal und noch mal. Weil ich einfach nicht aufhören kann es zu sagen.

Ich liebe dich. Ich liebe dich. Ich liebe dich.

Wieder eine neue Nachricht.

Maya: Ich liebe dich auch. Bis gleich!

34. KAPITEL

Maya

Inzwischen muss Lenny mir nur einen kleinen Blick zuwerfen, um einen Kurzschluss in meinem gesamten System auszulösen. Dann vergesse ich alles um mich herum und ergebe mich dem Moment. Keine Ahnung, ob das, was ich fühle, normal ist oder sich all die unterdrückten Sehnsüchte mit einem Schlag alles holen wollen, was ihnen so lange verwehrt wurde. Küsse. Berührungen. Zärtlichkeit. Liebe.

Lenny.

Er küsst mich tief und innig, während er gleichzeitig versucht, den Schlüssel ins Schloss zu stecken. Er braucht mehrere Anläufe, aber dann schwingt die Tür auf, und wir stolpern in die Wohnung. Mit einem Poltern lasse ich mein Skateboard fallen, um beide Arme um ihn zu schlingen. Lenny packt mich an den Hüften und zieht mich enger an sich. Seine Berührungen sind fest und zärtlich zugleich. Ich seufze in seinen Mund, während ich mich immer mehr in diesen Augenblick verliere.

Dann ertönt ein polterndes Geräusch aus dem Wohnzimmer, dasselbe, wie wenn eine Fernbedienung auf den Boden fällt.

Lenny und ich erstarren inmitten der Bewegung.

»Maya, bist du das?«, erklingt Vickys Stimme.

Verdammt. Wir sind schon wieder nicht allein. Frustriert

lasse ich die Stirn gegen Lennys Brust sinken. Dabei hatte ich schon Hoffnungen, da in der Wohnung alles dunkel war.

»Ja, und Lenny«, seufze ich, und ziehe meinen Rock wieder runter, ehe ich die Tür zum Wohnzimmer öffne.

Vince und Vicky sitzen im Dunkeln und zappen durch die Disney-Neuverfilmungen.

»Hey, wollt ihr mitschauen?«, fragt Vicky, ohne den Blick vom Fernseher zu lösen.

»Wir haben auch Popcorn«, sagt Vince und hebt demonstrativ die Schüssel hoch. »Aber leider nur salziges, weil Madame hier keinen Geschmack hat.« Er tut so, als würde er Vicky mit einer Flocke bewerfen, aber diese öffnet nur bereitwillig den Mund, bereit, das Popcorn zu fangen.

Fragend blicke ich zu Lenny, der etwas angestrengt dreinblickt, aber schließlich nickt. Dort weitermachen, wo wir aufgehört haben, ist sowieso keine Option mehr. Denn wenn die anderen im Nebenraum sind … Nein. Das wäre zu komisch. Erst recht, nachdem Vicky neulich darüber gewitzelt hat, dass Lenny und ich es noch öfter treiben als Bonobo-Äffchen.

Also setzen wir uns zu ihnen und entscheiden uns nach kurzem Überlegen für *Aladdin*, weil den noch keiner von uns gesehen hat. Ich lege die Füße auf den Tisch und kuschele mich an Lennys Arm. Vince und Vicky sitzen ebenfalls eng umschlungen da. Dieser Anblick ist mir zwar nicht mehr fremd, doch mich überkommt trotzdem jedes Mal das Bedürfnis, vor Freude laut aufzuklatschen. Ich bin so, so, so froh, dass sich die zwei gefunden haben.

Der Film legt einen überraschenden Start ein – ganz anders als die Zeichentrickversion – und läuft gerade mal ein paar Minuten, als das Licht im Flur angeht.

»Hey«, begrüßt uns Sydney und lehnt sich gegen den Türrahmen, während sie eine mit Alufolie bedeckte Auflaufform balanciert. Hinter ihr zieht sich Luke im Flur die Schuhe aus.

»Hey«, rufen wir im Chor zurück.

»Oh, ihr guckt *Aladdin?* Wie cool! Ich find's richtig toll, dass Jasmin eine viel größere und emanzipiertere Rolle hat als im Zeichentrickfilm.«

Grrr. Diese Frau lernt es einfach nie. »Danke, Spoilerin!«, zische ich zwischen zusammengebissenen Zähnen.

»Mist!« Sydney klatscht sich selbst gegen die Stirn. »Tut mir leid!«

»Was machst du eigentlich hier?«, fragt Vicky, den Mund voll Popcorn. »Ich dachte, du wärst zum Lernen zu Ani gefahren. Meintest du nicht, dass du dort übernachten willst?«

»Doch, aber ich hatte ein Buch vergessen und bin dann wieder zurück. Und ich habe Essen mitgebracht.« Sydney hält die Auflaufform in die Höhe und wackelt mit den Augenbrauen. »Anis berühmtes Kartoffelgratin. Für dich und Maya sogar mit veganem Käse.«

»Wirklich?« In meiner Brust breitet sich wohlige Wärme aus. Sydneys Großmutter ist der süßeste Mensch auf der Welt.

Wir pausieren den Film, um gemeinsam zu essen. Vince und Vicky schaffen nicht viel, weil sie schon voller Popcorn sind, aber der Rest von uns haut rein. Ich knabbere an einer Kartoffel, während ich den Blick über die anderen schweifen lasse und mich ein Gefühl der Unfassbarkeit überrollt. Noch vor einem Jahr saßen wir hier nur zu dritt. Sydney, die einfach nicht über Luke hinwegkam, Vicky, die sich mit lockeren One-Night-Stands vergnügte, und ich, die immer wieder gefriendzoned wurde.

Und jetzt sind wir alle vergeben. Das ist krass, weil ich nichts davon erwartet hätte. Weder dass Sydney und Luke eines Tages wieder zueinanderfinden würden, noch dass Vicky tatsächlich auf jemanden treffen würde, von dem sie mehr als Sex will. Und schon gar nicht, dass meine Gefühle für Lenny wieder aufflammen und ich mit meinem besten Freund zusammenkomme.

Ich weiß nicht genau, wie glücklich die anderen vor einem Jahr waren, aber wenn ich zurückdenke, hatte ich immer das Gefühl, dass irgendwas unstimmig und nicht am richtigen Platz war.

Aber jetzt schon.

Ich schaue zu Lenny, der mit vollem Mund zum Sprechen ansetzt und sich dann die Hand gegen Lippen presst, weil er wegen einem Spruch von Vicky lachen muss. Der Anblick treibt mir Tränen in die Augen, und als Sydney besorgt zu mir rübersieht, täusche ich vor, mir in die Wange gebissen zu haben. Dabei sind das Tränen der Freude. Ich bin glücklich.

Aber ich bin auch ängstlich. Und ich hasse es, dass ich Momente wie diese nie unbeschwert genießen kann. Weil ich das Gefühl nicht loswerde, dass ich überhaupt nicht so fühlen darf, dass es mir nicht zusteht, auch glücklich zu sein. Vielleicht will es sich ein Teil von mir aber auch einfach nicht erlauben. Damit ich mich nicht zu sehr daran gewöhne und es besser verkrafte, wenn mir das Glück eines Tages wieder genommen wird.

Manchmal schaue ich in den Spiegel, und mich überkommt der Gedanke, dass dieses strahlende Gesicht nicht zu mir gehört. Als wäre ich eine Hochstaplerin, die in einem geklauten Körper steckt. Und dann konzentriere ich mich auf all die selbstzerstörerischen Gedanken, die immer noch in mir wohnen. Ich verbeiße mich in die Geschichte mit den Memes, beschwöre den Schmerz förmlich herauf, reinstalliere mir TikTok und Instagram, und ergebe mich für ein paar Minuten der Demütigung, dem Spott, und dem Hohn, als wollte ich mich selbst dafür bestrafen, glücklich zu sein.

Davon weiß niemand, denn ich bin nicht sicher, ob es jemand verstehen würde. Wie könnte er auch, wenn ich es selbst nicht tue?

Nach dem Essen biete ich an, mich um das schmutzige Geschirr zu kümmern. Ich brauche etwas Ablenkung, um nicht noch tiefer in dem Selbstmitleidssumpf zu versinken. Ich erwarte nicht, dass irgendwer helfen will, und bin deshalb überrascht als Vicky und Sydney mir unaufgefordert in die Küche folgen. Misstrauisch werfe ich Sydney einen »Seit wann übernimmt eine von uns freiwillig den Spüldienst«-Blick zu, woraufhin diese kaum merklich zu Vicky nickt. Ah. Eine von uns bittet um eine private Audienz in der Küche – das macht schon mehr Sinn.

»Okay, Leute, ich muss euch was erzählen«, legt Vicky sofort los und schließt eilig die Tür hinter sich. »Vince hat gefragt, ob ich mit ihm nach New York gehen will. Wegen … ihr wisst schon, Alex.« Den Namen flüstert sie fast. »Er möchte an ihrem Todestag dort sein, um … abzuschließen oder so. Und er fände es schön, wenn ich ihn begleiten würde. Er hat sogar gesagt, dass er mein Flugticket bezahlen würde.«

»Oh«, macht Sydney und stellt den Stapel schmutziger Teller neben der Spüle ab. »Das ist doch eigentlich sehr nett, oder? Dass er dich dabeihaben will, meine ich.«

»Ist es auch.« Vicky wiegt den Kopf nachdenklich hin und her. »Aber irgendwie auch makaber, oder?«

»Warum denn makaber?«, frage ich überrascht. »Dieses Angebot zeugt doch von einem sehr tiefen Vertrauen.«

»Ja, aber es ist trotzdem komisch.« Sie macht eine seltsame Geste, als versuchte sie, sich an jemandem vorbeizuschlängeln. »Es fühlt sich an, als würde ich mich schon wieder zwischen die beiden drängen. Ich kann es auch nicht beschreiben. Außerdem …« Wieder senkt sie die Stimme. »Fühle ich mich fast schon verpflichtet zuzusagen, weil er mich so braucht, wisst ihr? Und das macht mir Druck. Boah, das klingt so egoistisch.« Sie lacht nervös. »Mein Freund lädt mich nach New York ein, und ich …«

»Das klingt überhaupt nicht egoistisch«, fällt Sydney ihr streng ins Wort und dreht den Hahn auf, um Wasser in die leere Auflaufform laufen zu lassen. »Wenn es sich nicht richtig anfühlt mitzugehen, dann tu es nicht. Du bist ihm zu nichts verpflichtet.«

»Außerdem musst du das ja nicht sofort entscheiden, oder?«, füge ich hinzu. »Denk noch ein paar Tage darüber nach. Vielleicht kannst du dich auch im letzten Moment anschließen. Und wenn Vince wirklich das Flugticket übernimmt, musst du dir auch keine Sorgen um die Last-Minute-Preise machen«, scherze ich.

»Als ob sie ihn das zahlen lassen würde«, kommentiert Sydney und blickt rüber zu Vicky, als würde sie auf ihre Zustimmung warten. Aber diese zuckt bloß lässig mit den Schultern.

»Warum denn nicht? Wenn er es schon anbietet? Immerhin würde ich seinetwegen gehen.«

»Im Ernst?«, japst Sydney. »Du würdest dich komplett von ihm einladen lassen?«

»Klar. Du meintest doch gerade selbst, dass ich ihm zu nichts verpflichtet bin. Außerdem verdient er viel mehr als ich. Ich finde das nur fair.«

Wow. Manchmal wünschte ich, ich hätte nur zehn Prozent von Vickys Lebenseinstellung. Immer steht sie für sich ein, aber ohne dabei gewissenlos zu sein. Sie ist die selbstbewussteste und coolste Frau, die ich kenne.

Und ich bin die Schwächste. In meinem Hals entsteht ein

dicker Kloß. Schwächer geht gar nicht. Von Coolness ganz zu schweigen.

Wow. So melancholisch und deprimiert war ich schon lange nicht mehr. Höchste Zeit fürs Bett, Maya.

35. KAPITEL

Lenny

»Was ist los?«, frage ich und bahne mir in der Dunkelheit zwischen herumliegenden Klamotten und Skizzen einen Weg zu meinem Bett, in dem sich Maya unter der Decke verkrochen hat.

»Was meinst du?«, nuschelt sie in ihr Kissen.

»Dein Gang gerade.« Ich hebe die Schultern und bewege die Arme, als würde ich davonstapfen. »Ich dachte, der wäre das pantomimische Code-Wort für ›Mir geht's nicht gut, Lenny. Lauf mir nach!‹«

»Das mache ich?« Sie lächelt matt. »Wusste ich gar nicht.«

»Aber ich hatte recht, oder?« Ich warte ihre Antwort gar nicht erst ab und schiebe die Decke zur Seite, ehe ich mich zu ihr lege.

»Also, was ist los?«, frage ich wieder.

»Nichts.« Sie zuckt mit einer Schulter. »Ich glaube, ich bin nur ein bisschen melancholisch. Dabei gibt es eigentlich gar keinen richtigen Grund dafür. Vielleicht kriege ich ja meine Tage.«

»Das wäre doch ein Grund«, sage ich, und muss an die extremen Stimmungsschwankungen meiner Schwestern denken.

»Ja. Oder ich bin einfach nur komisch.«

»Oder du bist ein Mensch, der eben nicht 24/7 gut drauf ist«, halte ich sanft dagegen. »Das ist doch ganz normal.«

Maya gibt ein unschlüssiges Brummen von sich, als wäre sie da nicht so sicher.

»Brauchst du irgendwas?«

Sie schüttelt den Kopf.

»Auch keine Fußmassage?«

Überrascht öffnet sie den Mund. »Ich dachte, die kriege ich nur an Geburtstagen oder Feiertagen?«

Ich unterdrücke ein Lachen. »Oder wenn die Melancholie mal wieder ihre Spielchen treibt.«

Maya scheint kurz über meinen Vorschlag nachzudenken, doch dann schüttelt sie den Kopf. »Das ist lieb, aber ich glaube, ich will einfach nur hier liegen und kuscheln.«

»Kriege ich beides hin. Ist dir Gesellschaft recht?«

»Sehr gern.«

»Dann komm her«, sage ich und ziehe sie an mich. Maya legt ihre Wange an meine Schulter und umklammert meinen Brustkorb.

»Das ist schön«, flüstert sie und atmet entspannt aus.

»Ja.« Ich lasse die Finger in ihre Haare gleiten und streichle ihren Kopf. Er fühlt sich warm an, als würden die Motoren hinter ihrer Stirn allesamt auf Hochtouren laufen.

»Woran denkst du?«, frage ich leise.

Maya seufzt. »Daran, was passiert, wenn *Chinchilla Lila* jemals auf Netflix erscheinen sollte.«

»Oh.« Daher weht also der Wind. »Ich will dir ja nicht zu nahetreten May May, aber ich glaube, dafür war die Serie einfach zu schlecht.«

Dieser Kommentar kommt von mir als ihrem besten Freund, und für einen kurzen Moment fürchte ich, dass er vielleicht zu grob war.

So redet man doch nicht mit seiner Liebsten?!

Aber Maya ist eben mehr als das, und als ein überraschtes

Lachen aus ihr herausplatzt, überkommt mich unendlich viel Dankbarkeit für das, was wir haben.

»Ja, das glaube ich eigentlich auch. Oder … ich hoffe es eher«, fügt sie etwas unsicherer hinzu.

»Das mit den Memes ist doch so gut wie vorbei. Und das sage ich wirklich nicht nur so«, versichere ich, weil ich die Entwicklung sehr intensiv verfolge, seit ich weiß, dass Mayas Gesicht dahintersteckt. Am Anfang war sie mit dem Hashtag #Noin kurz in den deutschen TikTok-Trends, doch dann wurde sie ersetzt, weil fast alle Trends extrem kurzlebig sind.

»Aber sie lachen über mich.«

»Sie lachen über die Memes, nicht über dich«, erinnere ich sie, aber sie schnaubt nur.

»›Die Serie war der letzte Scheiß‹«, zitiert sie. »›Ihr Kuscheltier ist ein besserer Schauspieler als sie.‹ ›Das Mädchen ist potthässlich.‹« Ihre Stimme bricht, und mir sinkt das Herz.

»Ach May May.« Ich küsse sie auf die Schläfe und ziehe sie enger an mich. »Du musst wirklich aufhören, dir die Kommentare durchzulesen. Ich weiß, du bist neugierig, aber dadurch tust du dir nur selbst weh. Außerdem kannst du echt nichts auf Menschen geben, die im Internet über ein Kind herziehen, nur um sich für ein paar Sekunden mächtig und überlegen zu fühlen.«

»Ich weiß.«

»Bitte versprich mir, dass du keine Kommentare mehr liest.«

»Ich versuche es.«

Eine Weile liegen wir schweigend Arm in Arm. Die Gardinen sind noch nicht zugezogen, deshalb strömt das schwache Licht des Mondes ins Zimmer. Durch die Wände hallt gedämpftes Stimmengewirr zu uns. Die anderen sind wohl noch nicht ins Bett gegangen.

»Und woran denkst du?«, durchbricht Maya irgendwann die Stille.

»An dich.«

Maya hebt den Blick. »Wirklich?«

»Klar.« Ich lächele sie an. »Immer.«

Trotz der Dunkelheit könnte ich schwören, dass sich eine zarte Röte um ihre Nase bildet. »Und woran genau?«

Ihre braunen Augen mustern mich neugierig, wunderschöne Augen, die mich hypnotisieren, meine Zunge lockern. Mich einfach reden lassen, ohne nachzudenken.

»Daran, ab wann es okay wäre, dir einen Antrag zu machen.«

Erst als ich die Worte selbst höre, werde ich mir der Tragweite bewusst. Fuck. Habe ich das wirklich laut gesagt?

Mayas Augen werden kugelrund. Sie öffnet den Mund, doch es kommt kein Ton heraus.

»A-Aber das war nur so ein Gedanke, der mir gerade spontan durch den Kopf geschossen ist«, schiebe ich schnell hinterher. O Gott. Nicht, dass sie jetzt denkt, dass meine Familie oder ich irgendwas geplant haben, weil das Thema neulich beim Kuchenessen aufkam.

»Keine Sorge, ich habe keinen Ring oder so. Und ich will dich auch nicht heiraten. Also, irgendwann vielleicht schon …« Scheiße, was rede ich da? »Aber nicht sofort. Wir sind noch jung, und … i-ich will nicht, dass du denkst, dass ich mir schon jetzt irgendwelche konkreten Gedanken darum mache. Ich … das war jetzt wirklich kein Antrag!«

Meine Stimme überschlägt sich, macht drei Saltos mit halber Schraube. Hechelnd atme ich aus, während Maya lacht. Sie lacht. Ich stehe am Rande eines Nervenzusammenbruchs, und sie presst ihr Gesicht an meine Brust, während sie in mein T-Shirt kichert.

»Lenny. Es ist alles gut.« Sie berührt mein Kinn und lächelt. »Wir können uns doch immer alles sagen. Selbst wenn es ein spontaner Gedanke ist, den ich im Übrigen ziemlich süß finde, denn er bedeutet, dass du das hier …«, sie deutet auf uns beide, »für immer willst. Und …« Sie beißt sich auf die Unterlippe. »Mir geht es genauso. Wie du schon sagtest, sind wir noch sehr jung, aber die Vorstellung von dir und mir … für alle Ewigkeit …«, ihr Blick wird warm, »… ist voll schön.«

Einen Moment lang ist alles in mir still. Regungslos liege ich da, als hätte man mich auf die Werkseinstellung zurückgesetzt und ich bis aufs Atmen zu nichts anderem fähig wäre.

Sie ist es, denke ich, und diesmal ist es kein albernes Hirngespinst. Ich weiß es mit einer solchen Gewissheit, dass ich mein Leben als Pfand einsetzen würde. Maya ist der Mensch, mit dem ich den Rest meines Lebens verbringen möchte.

Vielleicht, in zehn Jahren oder so, werde ich diesen Augenblick bei meiner Hochzeitsrede in eine lustige Anekdote packen.

Erinnerst du doch noch an diese eine Nacht, in der wir über Anträge geredet haben? Wir waren gerade mal ein paar Monate zusammen, aber ich wusste trotzdem mit jeder Faser meines Körpers, dass du die Eine für mich bist.

»Aber lass uns das Thema am besten vertagen, okay?«, holt mich Maya in die Wirklichkeit zurück. »Du musst mir nämlich noch Zeit geben, um dich in aller Ruhe dazu zu überreden, dass wir uns supercoole Ringtattoos stechen lassen.«

Ich pruste los. »Das kannst du so was von vergessen«, sage ich, aber sie quittiert meine Worte nur mit einem frechen »Das werden wir ja sehen«.

36. KAPITEL

Maya

Ich habe keine Ahnung, wie es ist, verlobt zu sein, aber ich stelle es mir in etwa so vor, wie ich mich gerade fühle. Auf einer sonnengetränkten rosaroten Wolke über dem Horizont schwebend und so dermaßen verliebt, dass man mit herzförmigen Augen durch den Alltag hüpft und einem die Lebensfreude aus allen Poren herausströmt.

Seit dem Abend neulich, in dem Lenny von Anträgen geredet hat, läuft es – und ich wusste nicht, dass das überhaupt möglich war – noch besser zwischen uns. Ich platze regelrecht vor Endorphinen, fast als hätte mein Körper nicht genügend Kapazität für so viel Glück. Heute Morgen habe ich eine Stunde lang geheult, weil ich nicht fassen konnte, dass das hier wirklich mein Leben ist. Vicky hat mich noch im Club der Dramaqueens willkommen geheißen, bevor sie sich mit ihrem Trolley auf dem Weg zum Flughafen gemacht hat (sie hat sich schließlich dazu entschieden, Vince doch noch nach New York zu begleiten!). Sydney ist schon vor ein paar Tagen spontan nach Norwegen gereist, um ihre Eltern zu besuchen. Was bedeutet, dass Lenny und ich die Wohnung für uns allein haben – endlich!

*

»Weißt du, ich glaube, ich bin nicht mehr wütend auf meine Mutter«, erzähle ich später Tom, dem Barkeeper vom *Epos*. »Ich mein', sie hat echt viel Scheiße gebaut. So richtig, richtig viel Scheiße.«

Tom schenkt mir ein wissendes »Kommt mir bekannt vor«-Lächeln, während er die Gläser abtrocknet.

»Aber«, fahre ich fort und spiele mit dem Strohhalm meiner Cola, »wenn ich nicht vor ihr geflohen wäre, säße ich heute nicht hier. Nur ihretwegen bin ich fort und habe hier die besten Freunde auf der Welt gefunden. Und … den besten Freund.«

»Freund?«, hakt Tom in einem bemüht neutralen Tonfall nach. »So im … romantischen Sinne?«

»Oh.« Damit hat er mich überrumpelt. »Ähm, ja.«

»Verdammt«, murmelt er und räuspert sich, ehe er verschämt lächelnd wieder zu mir sieht. »Erzähl weiter.«

Ich lache verlegen, unsicher, ob er nur albern ist oder es wirklich ernst meint. »Sorry, wenn ich dich volllabere.«

»Tust du gar nicht. Du hast deiner Mutter also verziehen?«, knüpft er an das vorige Gespräch an.

»Ja. Also, nicht direkt verziehen, aber ich würde nichts mehr ändern wollen, denn ohne die Vergangenheit gäbe es keine Zukunft, verstehst du? Wäre meine Kindheit nicht so beschissen gewesen, hätte ich keinen Grund gehabt, fortzugehen. Aber das, was ich jetzt habe, das, was ich empfinde, würde ich keinesfalls missen wollen.«

»Wow.« Tom wirkt beeindruckt. »Das war jetzt sehr philosophisch.«

»Ich bin ja auch Philosophin«, sage ich und richte mich ein Stück auf. »Na ja, wenn ich irgendwann mal meinen Master beende. Aber wie Goethe schon sagte: *Wer sichere Schritte tun will, muss sie langsam tun.*«

Zugegeben, der Goethe-Spruch ist ein bisschen Angeberei, aber Tom lacht trotzdem.

»Jetzt bereue ich es noch mehr, dass ich dich damals nicht nach deiner Nummer gefragt habe.«

Ich erstarre kurz. »Du erinnerst dich an mich?« Damals, vor ein paar Monaten, als wir ein bisschen geflirtet haben?

»Klar.«

Wow. Dass er mich aufreißen wollte, lag in meiner Vermutung, aber ich ahnte nicht, dass er etwas Ernstes im Sinn hatte. Wie auch, wenn ich ständig gefriendzoned wurde …

»Aber ich glaube, dass dein Herz schon damals vergeben war«, durchbricht Tom meine Gedanken. »Du meintest zwar, dass du und der Typ nur Freunde wärt, aber ich hatte schon im Verdacht, dass …«

»Welcher Typ? Oh, du meinst …«

»Lenny.«

»Genau! Du kennst seinen Namen?«

Tom antwortet nicht, stattdessen blickt er an mir vorbei und hebt lächelnd die Hand, und erst da wird mir klar, dass er den neuen Besucher begrüßt hat. Mein Herz macht einen Satz.

Im nächsten Moment legen sich zwei Arme von hinten um mich, während sich ein Kopf in meiner Halsbeuge vergräbt. Ein aufgeregtes Kribbeln fährt über meinen Nacken.

»Ich habe deinen Geruch vermisst«, brummt er an meinen Hals, und ich könnte schon wieder weinen, weil … keine Ahnung. Die Emotionen in mir sind so wankelmütig, als säßen sie und meine Tränendrüsen in einer Achterbahn, die bei jedem heftigen Schleuder einen Heulkrampf aktivieren.

Ich bin einfach so glücklich.

»Und ich hab *dich* vermisst«, sage ich und schmiege meine Wange an seinen Schopf.

»Okay, ich rede mir einfach ein, dass ich ohnehin keine Chance gehabt hätte«, sagt Tom grinsend und stellt uns zwei neue Gläser Cola auf den Tresen. »Geht aufs Haus, ihr Turteltäubchen.«

Ich schenke ihm ein dankbares Lächeln, antworte aber nicht, denn vermutlich hat er recht. Mein Herz war die ganze Zeit schon vergeben.

»Wartest du schon lange?«

»Eine Weile. Aber ich hatte gute Gesellschaft«, sage ich und deute auf Tom, der sich um die neueste Kundschaft kümmert. »Wie war die Arbeit?«

»Anstrengend.« Er gähnt und löst den Griff um mich, ehe er auf dem Hocker neben mir Platz nimmt. »Ich hab echt Hunger. Du auch?«

Ich schüttele den Kopf. *Nur auf dich.*

»Hey, Tom?«, ruft Lenny. »Einmal die Hot Wings, bitte.«

Tom nickt und deutet mit einer Geste an, sich gleich darum zu kümmern. Und tatsächlich vergehen keine zehn Minuten, ehe uns ein großer Teller voll Fleisch serviert wird. Ich verziehe das Gesicht, kann aber trotzdem nicht verhindern, dass der scharfe würzige Duft mich irgendwie anzieht. Ich schnuppere erneut. Mmh. Riecht echt gut.

Und dann überrasche ich uns beide mit folgender Frage: »Darf ich mal probieren?«

Lenny, der gerade von einem in Bluecheese Dip getunkten Wing abbeißen wollte, hält mitten in der Bewegung inne und starrt mich an, als würde ich scherzen.

»Ist das irgendein Test?«

»Nein, ich habe einfach Lust.«

»Lust auf Fleisch?« Lenny lässt den Blick über mich wandern, als sei er nicht sicher, wer hier vor ihm sitzt. »Wer bist du und was hast du mit Maya gemacht?«

»Darf ich jetzt probieren oder machst du erst weiter mit deinem ›Aber du bist doch Veganerin?‹-Vortrag?«

Er lacht und schiebt mir schließlich seinen Teller rüber. »Was meins ist, ist auch deins.«

*

Am Ende komme ich zu folgendem Fazit: Hot Wings schmecken noch leckerer als sie riechen, aber sie sind es trotzdem nicht wert sie zu essen, wenn man anschließend vor der Kloschüssel hockt. Offensichtlich ist mein Magen nach all den Jahren nicht mehr an Fleisch gewöhnt. Ich wollte den Abend romantisch in unserem Bett ausklingen lassen, stattdessen sitze ich nun auf den kalten Fliesen, halte mir die Haare und würge so sehr, dass mein ganzer Körper vor Anstrengung wehtut.

»Geh weg«, krächze ich, als ich höre, wie Lenny ins Bad kommt. »Ich will nicht, dass du mich so siehst.«

»Ich fürchte, über diesen Punkt sind wir schon lange hinaus.« Lenny betätigt die Spüle und setzt sich hinter mich. »Du erinnerst dich an unsere erste Begegnung? Und die dreihundert anderen, in denen dir der Alkohol zu viel wurde?«

»Ha, ha.« Dabei habe ich heute keinen einzigen Schluck getrunken, schon seit Monaten nicht. Und das nur, um einen Moment wie diesen zu vermeiden. Welch grausamen Sinn für Humor das Leben doch hat.

»Aber jetzt sind wir nicht mehr nur beste Freunde«, jammere ich. »Ich will nicht, dass du mich abstoßend findest.«

Seine kühlen Finger finden meinen Nacken und streichen sanft darüber. »Ich könnte dich niemals abstoßend finden, May May.«

»Tut mir leid, dass ich unseren Abend versaut habe.«

»Daran bist nicht du schuld, sondern die bösen Hot Wings.«

Sofort zieht sich mein Magen wieder zusammen.

»Oh je. Tut mir leid.« Lenny drückt entschuldigend meinen Arm, und ich fasse es nicht, dass er tatsächlich hier ist. Ich kauere vor dem Klo, und er ist neben mir. Immer an meiner Seite. Immer.

»Lenny?«

»Ja?«

»Ich liebe dich.«

Sein Griff um mich wird fester. »Ich liebe dich auch, May May.«

»Wenn ich die Kraft hätte, würde ich dich jetzt küssen.«

Er verstummt kurz. »Ähm. Danke. Aber putzt du dir vorher auch die Zähne?«

»Für dich würde ich es tun.«

Jetzt lacht er. »Wie ritterlich von dir.«

»Weißt du … du bist der einzige Mensch auf der Welt, vor dem es mir nicht unangenehm ist, mir die Seele aus dem Leib zu kotzen.«

»Wow. Mein Mädchen versteht was von Romantik«, bemerkt er trocken.

Ich ringe mir ein schwaches Lächeln ab. »Es kann eben nicht jeder so ein Nicholas Sparks sein wie du.«

37. KAPITEL

Maya

Es ist schon ein bisschen ironisch, dass wir endlich die Bude für uns allein haben, und ich seit Tagen krank im Bett liege. Wie es aussieht, haben es mir die Veganer-Götter mit einer Lebensmittelvergiftung heimgezahlt. Nie wieder Fleisch, so viel ist sicher.

Lenny ist wie immer der süßeste Mensch auf der Welt, versorgt mich mit Medikamenten, Suppen, und ist ständig an meiner Seite. Heute habe ich ihn allerdings rausgescheucht, weil ich nicht wollte, dass er meinetwegen das Treffen mit seinem Hauskreis absagt. Vor allem nicht, da heute zum ersten Mal seit Langem wieder Jonah dabei ist. Und überhaupt ist es nicht so, dass er hier irgendwas verpassen würde. Ich liege nur auf dem Sofa und schaue einen Liebesfilm nach dem anderen, während sich mein Magen noch immer flau anfühlt und mich hin und wieder leichte Übelkeit überkommt. Mich hat's echt ordentlich erwischt.

An Tagen wie diesen vermisse ich Sydney besonders. Wenn sie wüsste, dass ich krank bin, würde sich Mama Bär vermutlich auf der Stelle einen Rückflug buchen, um für mich da zu sein. Vicky fehlt mir auch, aber ich freue mich, dass sie und Vince eine schöne Zeit in New York haben. Lächelnd swipe ich durch die vielen Fotos, die sie mir soeben geschickt hat. An der Ostküste ist noch früher Morgen. Ich bekomme ein Bild vom Sonnenaufgang, einem Teller voll Bagels, Vickys heutigem Outfit, ein Selfie von den beiden, ein Kussbild, und die Außenfassade vom MET-Museum, das sie heute zum wiederholten Mal besuchen wollen.

Ich bin gerade dabei, mit ganz vielen Herz-Emojis zu reagieren, als eine neue Nachricht von Sydney aufploppt und ich zu unserem Chat weitergeleitet werde. Nicht ahnend, dass nach dem Lesen dieser Nachricht nichts mehr so sein wird, wie es einmal war.

Denn das ist das Ding mit alles verändernden Momenten: Sie kündigen sich nicht durch ein unheilvolles Gewitter an, mit dunklen Wolken und lautem Donner, der die Stille zerreißt. Jene Augenblicke erwischen uns eiskalt.

Sydney: Nooo!! Sag mir bitte nicht, dass ich meine Menstruationstasse zu Hause vergessen habe. Kannst du kurz in meinem Zimmer schauen, ob sie da ist? Die müsste auf der Kommode in einem schwarzen Säckchen liegen.

Sekundenlang starre ich regungslos auf das Display, während sämtliche Kontrollleuchten in meinem Kopf gleichzeitig aufblinken.

Moment. Welches Datum ist heute? Der Achtzehnte? Aber hätte ich meine Tage nicht schon am Zehnten kriegen müssen? Oder hatte ich sie schon? Bin ich gerade vollkommen verwirrt? Nein, ich hatte sie definitiv nicht!

O Gott. Hatte ich sie überhaupt letzten Monat? Scheiße! Ich weiß es nicht mehr!

Eine neue Sprechblase erscheint auf unserem Chat.

Sydney: Entwarnung: Hab sie gefunden! :D

Mit angehaltenem Atem schreibe ich zurück.

Ich: Du hast deine Tage diesmal ziemlich spät bekommen …

Sydney: Ja, durch den Stress mit der Uni haben sie sich in den letzten Monaten extrem verschoben! Hattest du deine schon?

Da sich unser Menstruationszyklus schon vor Jahren synchronisiert hat, kriegen wir drei sie häufig gleichzeitig. *Häufig.* Nicht immer.

Was soll ich jetzt antworten?

Nein, ich hatte sie noch nicht, aber können wir später darüber reden? Ich muss kurz nach einer Tüte suchen, in die ich atmen kann, weil ich auf dem besten Weg bin zu hyperventilieren …

Okay, ruhig bleiben, Maya. Manchmal kommt die Periode eben nicht pünktlich, manchmal fällt sie sogar ganz aus. Das hatten wir doch schon, und jedes Mal habe ich unnötige Panik geschoben, obwohl am Ende nichts war. Wie Sydney schon sagte – der Stress kann sie verschieben.

Aber die Übelkeit. Die Erschöpfung. Die Stimmungsschwankungen. Die Heulattacken.

Vielleicht ist es doch keine Lebensmittelvergiftung. Vielleicht gab es einen Grund, dass ich urplötzlich Lust auf Fleisch hatte. Könnte es sein, dass …?

Nein. Nein, das ist unmöglich. Ich verhüte doch. Die Spirale sitzt schön brav in meiner Gebärmutter! Lenny hat erst letztens wieder den Faden gespürt, erinnere ich mich mit einem Anflug von Erleichterung. Und solange sie drin ist, ist es sehr, sehr unwahrscheinlich, dass etwas passieren kann – das hat mir die Frauenärztin selbst erklärt.

Aber warum schlottern dann meine Knie? Warum rebelliert

mein Herz in meiner Brust, als wüsste es bereits irgendwas, das ich noch nicht realisiert habe?

Schwindel steigt in mir auf. Ich schließe die Augen, zwinge mich weiter zu atmen, und öffne die Lider erst dann wieder, als die Welt aufhört sich in doppelter Geschwindigkeit zu drehen. Mit zitternden Fingern tippe ich meine Antwort.

Ich: Haben wir hier irgendwo einen Schwangerschaftstest?

Sydney schreibt sofort zurück.

Sydney: O scheiße.

Ja, das kann man wohl sagen …

Sydney: Schau mal im Bad in irgendeinem der Schränke. Da müssten auf jeden Fall noch ein paar sein.

Ein paar. Plural. Nie war ich Vicky dankbarer dafür, dass sie die Dinger immer auf Vorrat kauft, denn heute ist Sonntag, und ich wüsste nicht, wie ich es bis morgen aushalten sollte. Andererseits weiß ich auch nicht, wie ich es ins Bad schaffen soll. Die Konsistenz meiner Knochen hat was von Gummi. Ich kann mich nicht bewegen, sitze einfach nur wie paralysiert da, während sich Elio und Oliver auf dem Bildschirm auf einer Feldwiese küssen.

Ob ich auf Lenny warten sollte? Ich könnte ihn darum bitten, früher nach Hause zu kommen. Er würde es mit Sicherheit sofort tun. Aber was, wenn gar nichts ist? Dann habe ich ihn nur unnötig in Panik versetzt.

Nein. Ich schaff das auch allein. Das tue ich immer. Außerdem ist es nicht das erste Mal, dass ich aus lauter Panik auf so einen Streifen gepinkelt habe. Und jedes Mal hatte sich die Angst als unbegründet erwiesen.

Wieder vibriert mein Handy. Und dann noch mal und noch mal.

Sydney: Es wird schon nichts sein! <3 Ich war doch auch so spät dran. Und Vicky hat ihre viel früher als sonst gekriegt. So was verschiebt sich ständig.

Sydney: Ich hab dich lieb.

Sydney: Ruf mich danach an, okay?

Ich: Mache ich.

Aber ich mache es nicht. Weil ich es danach nicht fertigbringe, irgendwas anderes zu tun, als mit angewinkelten Knien auf dem Badezimmerboden zu kauern, und mich zu fragen, ob mir die Tränen die Sicht verschleiern, oder ob da wirklich zwei Striche sind.

38. KAPITEL

Lenny

Als ich nach Hause komme, weiß ich sofort, dass irgendwas nicht stimmt. Alle Lichter sind aus, die gedrückte Atmosphäre ist mit jedem Atemzug spürbar. Mein Verdacht bestätigt sich, als ich Maya in ihrem Dino-Schlafanzug im Wohnzimmer vorfinde, einer Wärmeflasche gegen den Bauch geklemmt und unruhig durchs Wohnzimmer schleichend.

»Hey«, mache ich mich bemerkbar.

Maya zuckt zusammen und fährt herum. »Hi.« Sie klingt nervös.

»Alles okay?«, frage ich und streife die Schuhe ab. »Geht's dir wieder schlechter?«

»War ein langer Tag.« Sie schenkt mir ein gepresstes Lächeln, von dem ich nicht sicher bin, wen sie damit zu täuschen versucht.

Mit zwei großen Schritten bin ich bei ihr und gehe leicht in die Knie, damit wir auf Augenhöhe sind. Besorgt streiche ich ihr über die Wange. Ihre Haut ist blass, die Augen rot und blutunterlaufen.

»Hast du geweint?«

»Ein bisschen«, gesteht sie.

Oder ein bisschen viel …

»Ist etwas passiert?«

Ein Schatten fällt auf ihr Gesicht, und ihre Schultern sacken ein ganzes Stück nach unten. »Ja, aber … ich weiß nicht, wie ich es sagen soll.«

»O nein.« Eine schreckliche Vorahnung beschleicht mich. »Doch nicht irgendwas mit den Memes?«

Maya hat mehrmals betont, dass sie auswandern würde, wenn ihr Geheimnis jemals rauskäme.

»Nein.« Sie beißt sich auf die Unterlippe. »Schlimmer.«

»Schlimmer?« Was kann denn schlimmer sein als die Tatsache, dass ihre traumatische Vergangenheit ausgegraben wird?

»Ist irgendwas mit deiner Familie?« Mein Puls fährt schneller. »Oder meiner?«

»Nein, nein, nichts dergleichen«, sagt sie schnell, macht sich aber auch nicht die Mühe, mich aufzuklären.

»Maya.« Ein ungeduldiger Seufzer verlässt meinen Hals. »Langsam kriege ich Angst. Was ist denn los? Hat es was mit uns zu tun?«

Sie schürzt die Lippen, zögert, zupft an ihrem Ohrpiercing. »Gewissermaßen.«

»Maya.« Ich bin kurz davor, mir die Haare rauszureißen. »Bitte sag es einfach.«

»Ich … kann nicht.« Sie schluckt heftig und schüttelt den Kopf. »Ich krieg's einfach nicht über die Lippen. Bitte frag Sydney.«

»Sydney?«

»Oder sieh im Bad nach.«

Hä?

Ich verstehe kein Wort, setze mich aber sofort in Bewegung, weil ich endlich wissen will, was los ist.

Als ich das Licht im Bad anknipse, schaue ich mich suchend um. Hier ist niemand. Und hier steht auch sonst nichts Ungewöhnliches herum. Ob das alles nur ein blöder Scherz ist?

Doch dann fällt mein Blick auf das Waschbecken, auf dessen Rand vier weiße Plastikstiele mit einem rosa Deckel liegen.

Mir klappt die Kinnlade runter. Verständnislos fliegt mein Blick zu Maya, die am Türrahmen steht, dann zu den Stielen, und wieder zurück.

»Warte … du … wie …« Ich nehme einen Test in die Hand. Zwei Striche.

Zwei Striche.

Zwei Striche.

Zwei Striche.

Und mit einem Schlag rastet die Erkenntnis ein.

»Oh mein Gott.« Ich taumele leicht und stütze mich am Waschbecken ab. »Das … wow. Du … bist schwanger?«

»Laut vier positiven Tests schon.« Sie sieht auf ihre Füße. Ihre Stimme klingt leise, beinahe scheu. »Und das würde zumindest erklären, warum nur ich eine Lebensmittelvergiftung hatte. Und auch die ganzen Heulausbrüche. Und meine plötzliche Lust auf Fleisch.«

Meine Gedanken überschlagen sich. Was sie sagt, ergibt Sinn, doch die Worte sickern nur langsam ins Gehirn. Irgendwas versperrt ihnen noch den Weg.

»Aber wie kann das sein? Hast du deine Tage nicht bekommen?«

Sie schüttelt den Kopf. »Nein. Und weil es mir diese Woche so schlecht ging, habe ich auch gar nicht mehr daran gedacht.«

»Und was ist mit der Kupferspirale?«

»Keine Ahnung.« Sie hebt unschlüssig die Schultern. »Ich verstehe es ja auch nicht. O Gott.« Sie lässt den Kopf gegen den Türrahmen sinken. »Das ist eine Katastrophe.«

»Nein.« Ich reibe mir über das Gesicht und versuche, die Fassung zurückzugewinnen. »Das ist überhaupt keine Katastrophe. Es ist toll. Ich meine … etwas plötzlich und ziemlich früh, wenn man bedenkt, dass wir erst seit Kurzem so richtig zusammen sind. Aber ich freue mich.«

Erst nachdem ich die Worte ausgesprochen habe, wird mir klar, wie wahr sie sind. Mein Blick fällt auf ihren Bauch, und ein unbeschreibliches Gefühl der Wärme durchströmt mich. Ein Gefühl, das ich noch nie in meinem Leben empfunden habe.

Aber Maya starrt mich an, als hätte ich ihr ins Gesicht gespuckt. »Du … freust dich?«, wiederholt sie ungläubig und hält ihre Wärmeflasche schützend vor den Bauch, als wollte sie mir die Sicht versperren.

»Natürlich.«

»Du drehst also nicht durch?«, hakt sie nach, und ich verstehe nicht, warum sie so entsetzt klingt.

»Nein?«

»Toll.« Sie lacht freudlos, ihre Finger krallen sich um den Stoffbezug der Wärmeflasche. »Dann drehe also nur ich durch.«

»Hey. Das ist jetzt sicher ein Schock …«

»Allerdings.« Ihre Stimme vibriert. »Ein sehr großer Schock.«

»Aber irgendwie auch … ein Wunder, oder?«, sage ich und mache einen kleinen Schritt auf sie zu. »Ich meine, du hast verhütet. Das hätte eigentlich gar nicht passieren dürfen, und jetzt … Puh.« Ich fasse mir an die Brust, kann es immer noch nicht glauben. »Ich werde Vater.«

Ich will Maya in den Arm nehmen, aber sie weicht zurück, als hätte ich versucht, sie mit einer Peitsche zu schlagen. Ihr Blick ist schreckgeweitet. »Sag so was nicht!«

Verwirrt lasse ich die Arme wieder sinken. »Warum?«

»Weil … wir … wir haben doch nicht ohne Grund verhütet.«

Mein Hals wird trocken. »Du überlegst also …«

»Ich muss nicht überlegen – ich hab mich entschieden und weiß, dass ich das nicht will.«

Keuchend schnappe ich nach Luft. »Was?«

»Ich will kein Kind«, sagt sie wieder. »Und ich will keine Mutter sein. Das wollte ich nie.«

Ich bin so perplex, dass mir für einen Moment die Sprache fehlt. »Das … hast du mir nie erzählt.«

»Ist aber so.« Sie dreht sich um und marschiert zurück ins Wohnzimmer. »Ich will keine Kinder.«

Ihre Worte lassen selbst meine Atome zusammenzucken.

»Aber … jetzt kriegst du eins«, sage ich und folge ihr.

Maya wirbelt herum und funkelt mich an. Panisch, aber auch trotzig. »Nein, tue ich nicht!«

»Maya! Du … ist das dein Ernst?« Ich kann nicht glauben, dass sie so endgültig klingt. »Ich verstehe ja, dass das nicht Teil deines Plans war. Aber jetzt hat sich die Situation doch vollkommen verändert. Ändert es denn gar nichts für dich?«

Ihre Miene bleibt hart. »Nein.«

»Und was ist mit mir? Ich bin der Vater!«

»O Gott.« Maya verzieht das Gesicht und hält sich die Hände gegen die Ohren. »Hör auf, das die ganze Zeit zu sagen! Du bist kein Vater und ich keine Mutter. Wir haben noch kein Kind.«

»Aber du bist schwanger!«

»Aber ich wollte es nie sein!«

»Das heißt, du willst wirklich …« Meine Stimmbänder verknoten sich.

Maya senkt den Blick. »Ja. Ich glaube schon.«

In meiner Brust baut sich ein brennender Druck auf.

»Und ich habe gar nichts zu sagen?«, frage ich heiser. »Du triffst einfach so diese Entscheidung und übergehst mich, als wäre meine Meinung unwichtig?«

»Sie ist nicht unwichtig. Aber … versteh doch … Ich will kein Kind. In dieser Hinsicht können wir keinen Kompromiss finden. Man kann sich nicht halb damit arrangieren. Entweder man kriegt eins oder nicht.«

Ich verziehe das Gesicht. Alles, was sie sagt, tut weh.

»Maya, bitte.« Ich schließe die Augen, schlucke den Kloß in meinem Hals runter und kneife mir in die Nasenwurzel. »Das war jetzt alles sehr viel. Du warst den ganzen Tag alleine und … Lass uns bitte nichts überstürzen und in Ruhe darüber reden.«

»Nein!« Jetzt schreit sie. »Es ist meine Entscheidung! Mein Körper! Ich entscheide, hörst du? Ich entscheide! ICH ENTSCHEIDE!«

Bleiernes Schweigen erfüllt den Raum, während mir ihre scharfen Worte im Kopf widerhallen und mich tiefen Schmerz spüren lassen, meinen ganzen Körper infiltrieren. Mein Herz blutet von all den Stichen, die ihre Worte hinterlassen haben. Ich kann kaum atmen, weil alles in mir brennt.

Plötzlich setzt mein natürlicher Fluchtinstinkt ein. Mit bebendem Brustkorb wende ich mich ab und laufe zu unserem Zimmer, suche meinen Rucksack.

»Was machst du da?«

»Ich gehe.«

»Was?« Ihre Stimme wird schrill. »Wohin?«

Ich antworte nicht, während ich wahllos ein paar herumliegende Sachen in meine Tasche stopfe.

»Ist das dein Ernst?« Sie macht ein schnaubendes Geräusch. »Dir passt meine Meinung nicht und deshalb gehst du?«

»Ich entscheide«, zitiere ich sie und spüre einen bitteren Geschmack die Kehle hochsteigen. »Das klingt nicht, als ob du mich brauchen würdest …«

»Aber was hat das denn mit uns zu tun?«

Alles?

Wieder antworte ich nicht, packe einfach weiter. Der Reißverschluss schließt sich mit einem lauten Zippen. Ich rappele mich wieder auf und schultere meinen Rucksack.

»Lenny.« Maya läuft mir hinterher. »Bitte geh nicht. Bitte. Bitte bleib bei mir.«

Ihre Stimme ist so traurig, flehend, und für den Bruchteil einer Sekunde ringe ich mit mir, spiele mit dem Gedanken, die Tasche fallen zu lassen, mich umzudrehen und sie in den Arm zu nehmen.

Aber der wachsende Schmerz in meiner Brust ist kaum auszuhalten. Ich muss hier weg, sonst kollabiere ich.

Ich stürme aus der Tür.

39. KAPITEL

Maya

Sydney kommt noch in derselben Nacht zurückgeflogen. Auf Mama Bär ist eben immer Verlass. Als ich ihr die Tür öffne, breche ich sofort in Tränen aus. Sydney nimmt die Hand vom Griff ihres Koffers und nimmt mich wortlos in den Arm. So stehen wir eine Weile, bis sie die Haustür hinter uns schließt und mich mit sich zur Küche zieht. Ich lehne mich gegen den Herd, während meine beste Freundin Wasser für Tee aufsetzt. Als sie mich fragt, ob ich heute schon etwas gegessen habe, schüttele ich bloß den Kopf. Mir war einfach zu übel, und der Streit mit Lenny hat meinen Appetit endgültig vergrault.

»Du solltest trotzdem eine Kleinigkeit zu dir nehmen«, sagt sie sanft, aber eindringlich. »Vielleicht eine Scheibe Brot?«

»Na gut«, gebe ich mich geschlagen und lege Teebeutel in unsere Tassen, während Sydney das Brot in den Toaster wirft.

»Welchen Aufstrich?«, fragt sie, und öffnet den Kühlschrank.

»Keinen«, sage ich, als sich mir beim Anblick auf die vielen Produkte der Magen windet.

Später sitzen wir unter einer dünnen Wolldecke eingekuschelt im Wohnzimmer, während ich an meinem Stück Brot knabbere, und weiter *Call Me by Your Name* schaue – zumindest so lange, bis meine Lieblingsspoilerin versehentlich das Ende ausplaudert. Danach gehen wir ins Bett.

Ich schlafe bei Sydney, weil ich es nicht übers Herz gebracht habe, ohne Lenny in unserem Zimmer zu sein. Trotzdem konnte ich nicht auf eins seiner T-Shirts verzichten. Sehnsüchtig atme ich seinen vertrauten Duft ein und spüre die Tränen von Neuem fließen, als mir klar wird, dass er wirklich weg ist. Einfach so ist er durch die Tür hinaus, ohne sich ein weiteres Mal umzudrehen. Auf meine Nachrichten hat er auch nicht reagiert.

Noch immer kann ich nicht begreifen, was passiert ist. Wie konnte das Leben eine derart abrupte Kehrtwende machen und uns beide *so* zurücklassen? Ich verstehe die Welt nicht mehr.

*

Am nächsten Morgen machen wir uns ganz früh auf den Weg zu meiner Gynäkologin. Wir haben keinen Termin, kommen aber trotzdem gleich als Erste dran, nachdem Sydney die Sekretärin unter eindringlichem Geflüster über die Situation in Kenntnis gesetzt hat. Mein ganzer Körper zittert, als ich auf dem Gynäkologie-Stuhl Platz nehme und die Füße auf die Lehnen stelle. Und obwohl ich es schon wusste, dreht sich mir trotzdem der Magen, als auch Dr. Demir es bestätigt

»Sie sind eindeutig schwanger. Herzlichen Glückwunsch.«

Glückwunsch?!

»Anscheinend schon in der achten Woche.«

Achte Woche???

»Und … was ist mit der Spirale?«, bringe ich heraus.

Dr. Demir dreht die Ultraschallsonde ein wenig hin und her, während sie prüfend auf den Monitor schaut. »Die ist nicht mehr da.«

Mein Puls fährt langsamer. »Wie? Aber … sie kann doch nicht einfach …«

»Moment ... Da ist irgendwas ...« Dr. Demir bleibt an einer Stelle hängen und kneift die Augen leicht zusammen. »Aha, da haben wir sie. Sehen Sie das? Den hellen Streifen?«

Bislang habe ich es erfolgreich geschafft, das Bild auf dem Monitor zu ignorieren, doch jetzt schaue ich vorsichtig hin. Da ist tatsächlich ein heller Streifen, aber inmitten des vielen Grau ragt noch etwas anderes hervor.

Ein Bläschen. Wie gebannt starre ich es an, wage es kaum zu blinzeln. *Das da* ist in meinem Bauch. Eine Verschmelzung aus Lenny und mir. O Gott. Schwindel erfasst mich. Ich schließe die Augen, schlucke schwer.

»Die Spirale ist verrutscht und hängt jetzt am Muttermund.«

Verrutscht. Am Muttermund. Nicht mehr im Uterus. Was bedeutet, dass sich die Spermien einfach ihren Weg vorbeibahnen konnten. Ich war nicht mehr geschützt.

Sydney drückt meine Schulter, während Dr. Demir die Ultraschallsonde herauszieht, und anschließend ein zangenartiges Ding in mich einführt, um die Kupferspirale zu entfernen. Zum Glück tut es nicht weh, aber als ich das kleine glitschige Teil auf ihrem Handschuh betrachte, wird mir erneut übel, und ich wende den Blick ab.

»Wie kann so was passieren?«, fragt Sydney an Dr. Demir gewandt. »Ich dachte, so eine Spirale hält drei bis fünf Jahre.«

»Tut sie für gewöhnlich auch. Die Gebärmutter muss sie wohl abgestoßen haben. Das passiert sehr selten, aber es kann vorkommen. Sie dürfen sich übrigens wieder anziehen, Frau Zeller.«

Ich nehme die Tücher entgegen, die Dr. Demir mir zum Abwischen des Ultraschall-Gels reicht, dann verschwinde ich hinter die Gardine in einen kleinen Vorraum, in der meine Kleidung auf mich wartet. Während ich in meine Shorts schlüpfe, überkommt mich ein Gedanke, der mich schon seit gestern nicht loslässt.

»Vielleicht ist das eine blöde Frage«, beginne ich und ziehe den Vorhang wieder zur Seite, »aber kann die Spirale verrutschen, wenn man … nun ja …« Ich spüre, wie mir das Blut in den Kopf schießt. »Sehr häufig Geschlechtsverkehr hatte?«

Die Frage ist mir peinlich, aber Dr. Demir schenkt mir ein beruhigendes, professionelles Lächeln, das mir das Gefühl gibt, dass sie mich ernst nimmt.

»Nein, weder Sex noch Sport oder irgendwelche anderen körperlichen Aktivitäten sind Risikofaktoren. Es könnte an den stärkeren Kontraktionen während der Periode liegen. Oder es war die Spirale selbst, die von der Gebärmutter als Fremdkörper angesehen wurde, den sie wieder loswerden wollte.«

Also ist es nicht meine Schuld. Ich habe nichts getan, das ich mir vorwerfen kann.

Aber warum fühle ich mich trotzdem kein Stück besser?

»Wissen Sie, wann sie verrutscht ist?«, frage ich kleinlaut.

»Das ist leider unklar. Aber bei Ihrem letzten Kontrollbesuch vor sechs Monaten saß sie noch richtig an ihrem Platz. Haben Sie denn irgendwas gespürt?«

Ich schüttele den Kopf. »Nein. Es war alles so wie immer. Aber mein … Partner hatte den Faden gespürt.« Mein Herz zieht sich zusammen. Nur ein kurzer Gedanke an Lenny reicht aus, um den Kummer augenblicklich wieder hochzuspülen. »Deshalb war ich sicher, dass sie noch drin war.«

Was sie scheinbar auch war. Nur eben nicht mehr in der Gebärmutter …

»Wollen Sie?«, fragt Dr. Demir, und hält mir ein kleines Foto vom Ultraschallbild entgegen. Eigentlich ist mir eher danach wegzurennen, aber da ich nicht unhöflich sein will, nehme ich es an mich.

»Um ehrlich zu sein, war das nicht geplant«, gestehe ich, während ich das Bild ohne einen weiteren Blick darauf in meine Tasche stopfe. »Ich weiß noch nicht genau, wie es weitergeht.«

Dr. Demir nickt, während sie Desinfektionsmittel auf den Gynäkologie-Stuhl sprüht. »Wenn Sie möchten, kann ich Sie gern über alle Möglichkeiten aufklären.«

»Ähm ...« Ich schließe den Mund wieder, weil ich nicht weiß, was ich sagen soll. Das ist alles so verdammt viel. Wie kann ich darüber reden, wenn ich es selbst noch nicht begriffen habe? Schmerz pocht in meinen Schläfen und droht, sich über die gesamte Schädeldecke auszuweiten.

»Oder Sie nehmen sich erst ein wenig Zeit und kommen dann wieder, wenn sie dazu bereit sind«, bricht Dr. Demir das kurz eingetretene Schweigen, und ich nicke erleichtert.

»Ja. Vielleicht lieber so.«

»Was mache ich jetzt?«, jammere ich auf dem Rückweg. »Lenny redet nicht mit mir, und allein bin ich so überfordert.«

»Aber ich bin ja da«, sagt Sydney tröstend. »Und Vicky kommt heute Abend auch zurück. Wir werden uns in Ruhe zusammensetzen und darüber reden. Aber –«, ihr Blick verdüstert sich, »vorher werde ich Lenny geflissentlich die Meinung geigen.«

»Nein, mach das nicht«, bitte ich. »Um ehrlich zu sein, war ich gestern ziemlich unfair zu ihm. Ich stand total unter Schock und hab ihn gar nicht zu Wort kommen lassen.«

»*Du* warst extrem unfair? Er ist doch einfach abgehauen und hat dich in diesem Zustand allein gelassen!«

Wir erreichen eine Ampel, und Sydney schlägt so fest auf das orange Feld, als wollte sie damit indirekt auch Lenny eine reinhauen.

Ein halbes Lächeln kämpft sich auf meine Lippen, fällt jedoch sogleich wieder aus meinem Gesicht, als ein Mädchen auf einem Skateboard an uns vorbeibrettert, und mir mit großer Verbitterung klar wird, dass ich mein eigenes Board vorerst nicht benutzen kann.

Nicht benutzen darf.

*

Als Vicky nach Hause kommt, bin ich so froh, dass wir drei wieder vereint sind, dass ich mein inneres Chaos für einen Moment bewusst beiseiteschiebe. Vicky ist ziemlich braun geworden, und auf ihrer Nase haben sich vereinzelte Sommersprossen gebildet. Obwohl sie sofort über mich reden will, winke ich ab, weil der Wunsch nach etwas Normalität größer ist. Also legt sie zuerst los, und erzählt uns lang und ausschweifend über den Sex ihres Lebens mit Vince, während Sydney uns nebenbei ein schnelles Nudelgericht zaubert, von dem ich allerdings kaum etwas runterkriege. Ich weiß, dass ich meinen Körper jetzt erst recht mit ausreichend Nahrung versorgen sollte, aber mir wird von allem schlecht. Sydney zwingt mich trotzdem zu einem halben Teller, und danach ist mir zwar wieder übel, aber wenigstens lässt der Schwindel etwas nach.

Später sitzen wir zusammen auf Vickys Balkon. Es ist heute etwas kühler, aber die frische Luft ist vitalisierend und versorgt meinen rauchenden Kopf mit neuem Sauerstoff.

»Wie fühlst du dich?«, traut sich Vicky schließlich zu fragen.

»Scheiße«, sage ich nach einem wiederholten Blick auf mein Handy. Noch immer nichts von Lenny. »Genauer gesagt so scheiße wie noch nie in meinem Leben. Und das soll schon was heißen. Ihr erinnert euch? Ich war mal der Star einer trashigen Kindersendung.« Es soll spöttisch klingen, aber zum Ende hin bricht meine Stimme. Wusste ich's doch, dass meine Happy-End-Strähne nicht für immer anhalten würde.

Und sie lebten nicht glücklich bis ans Ende ihrer Tage, denn das Leben ist nun mal kein verdammtes Märchen.

»Wir sind für dich da«, sagt Sydney, und legt einen Arm um mich. »Du musst diesen Weg nicht allein gehen.«

»Aber was ist der Weg?«, murmele ich und fixiere dabei den Kompass auf meinem Unterarm.

»Was ist denn dein aktuelles Gefühl?«, fragt Vicky.

»Keine Ahnung.« Ich spiele am Schnürbund meiner Strickjacke. »Gestern hat alles in mir laut Nein geschrien, aber heute … Den Ultraschall mit dieser kleinen Blase zu sehen, hat mich ziemlich aus der Bahn geworfen. Und es ist ja auch echt krass. In mir wächst ein Wesen heran.« Ich lasse den Schnürbund los und umfasse meinen Bauch. »Ein kleines Etwas aus Lenny und mir. Das ist so unfassbar. Ich kann's immer noch nicht glauben.«

Vicky und Sydney nicken verständnisvoll.

»Aber … ich wollte das alles nicht«, fahre ich fort. »Und jetzt fühle ich mich, als hätte man mich in einen Käfig eingesperrt, in dem ich erstens nicht sein wollte, und aus dem ich zweitens nicht mehr rauskomme.«

»Theoretisch kannst du schon noch raus«, erinnert mich Vicky leise.

»Das ist nicht so leicht. Ich kann nicht einfach die Tür aufstoßen und rausmarschieren. Wenn, dann müsste ich … na ja, ihr wisst schon. Und außerdem will Lenny nicht, dass ich … den Käfig verlasse.«

Ich seufze. Schluss mit den Metaphern. »Ich liebe Lenny«, sage ich und spüre ein warmes Kribbeln in meiner Brust. »Ich liebe ihn über alles. Und ich glaube, er wäre ein wunderbarer Vater. Aber … wäre ich auch eine gute Mutter?«

»Natürlich wärst du das«, sagt Sydney sofort.

»Aber wäre ich eine glückliche Mutter? Oder einfach nur eine Mutter, die schwanger wurde, aber eigentlich kein Kind wollte? Und überhaupt: Hat es nicht jedes Kind verdient, gewollt zu sein? Also nicht im Sinne von geplant, aber *gewollt?*

O Gott, das klingt alles so falsch und herzlos!« Ich vergrabe mein Gesicht in meinen Händen.

»Hey, jetzt sei mal nicht zu streng zu dir«, sagt Vicky. »Du darfst so fühlen, okay? Wir reden immer nur über die Menschen, die bei Bekanntgabe ihrer Schwangerschaft vor Freude aufspringen, aber natürlich gibt es auch die, die verwirrt oder sogar traurig sind. Die, die nicht so schnell eine Entscheidung treffen können, weil sie sich alles gut überlegen müssen. Und das ist völlig in Ordnung.«

»Ich fühle mich aber trotzdem mies«, gebe ich leise zu.

»Klar, weil die Gesellschaft dir einredet, dass du diese Zweifel nicht haben solltest. Aber das ist Bullshit.«

»Wenn du schon Empathie für Lenny aufbringst, dann doch auch für dich«, ergänzt Sydney sanft.

Lenny … Sehnsucht zerrt an meinen Gliedern. Wie es ihm wohl geht? Ob er gerade bei seinen Eltern ist?

O Gott, seine Eltern. Ein neuer Gedanke ergreift von mir Besitz.

»Was, wenn ich in seinen Augen eine Sünde begehe?«, frage ich und spüre, wie eine beißende Kälte in mir aufzieht. »Wir haben zwar noch nie darüber geredet, wie er zu … diesem Thema steht, aber Lenny ist nun mal christlich. Er glaubt an Gott, er geht zum Hauskreis, er betet und steht hinter seiner Religion.«

Meine Worte verklingen im Gelächter von irgendwelchen Kids, die im Hinterhof spielen und dem Moment eine absurde Komik verleihen. Als wäre mein Leben eine Sitcom, bei der selbst in den ernsten Szenen gelacht wird, um die Stimmung aufzulockern.

»Nein, so schätze ich Lenny überhaupt nicht ein.« Sydney schüttelt entschieden den Kopf. »Klar, sein Vater ist Pfarrer, und ja, er geht ab und an zur Kirche, aber ansonsten wirkt er doch sehr … weltoffen.«

»Und selbst wenn er es nicht ist, spielt es eigentlich keine Rolle«, wendet Vicky ein. »Egal, wie Lenny zu diesem Thema steht, es sollte deine eigene Meinung nicht beeinflussen.« Ihre grünen, katzenhaften Augen richten sich auf mich. »Die Frage ist eher: Was willst *du?*«

Wenn ich das bloß wüsste …

40. KAPITEL

Lenny

»Lennart?«

Ich hebe den Kopf vom Tisch und schlage blinzelnd die Augen auf. Vera steht an der Tür des Pausenraums und mustert mich irritiert.

»Hey.«

»Seit wann bist du da?« Ihr Blick fällt auf meine gepackte Tasche, und ihre Augen weiten sich. »Hast du etwa hier geschlafen?«

»Ja«, brumme ich und reibe mir den steifen Nacken. Schon die zweite Nacht in Folge, aber das muss sie ja nicht wissen. Ich wusste einfach nicht, wo ich sonst hinsollte. Zu meinen Eltern konnte ich nicht, ohne zu riskieren, dass sie nachfragen würden, was zwischen mir und Maya passiert ist. Meine Freunde waren ebenfalls keine Option. Tom steckt mitten im Umzug, Isa ist im Urlaub, Caro stand mal auf mich, und meine Schwester Miri hätte versucht, mich auszuquetschen. Ganz zu schweigen von Jonah, der gerade erst ein Kind bekommen hat. Luke und Vince habe ich auch ausgeschlossen, weil sie von den Neuigkeiten vermutlich noch nichts wissen. Zumindest habe ich noch keine panischen »Alter!«– und »OMG!«-Nachrichten bekommen.

»Aber erzähl's keinem«, bitte ich, wobei meine letzten Worte durch ein Gähnen verschluckt werden.

»Okaaay«, sagt sie und zieht das Wort in die Länge, während sie sich aus ihrer dünnen Jacke schält. »Sag mal, arbeitest du heute überhaupt?«

»Äh, nein, eigentlich nicht. Aber wenn du magst, kann ich dir trotzdem beim Aufbauen helfen«, schlage ich vor und strecke den Rücken durch, der ein lautes Knacken von sich gibt.

»Wie du willst«, entgegnet sie und bindet sich eine Schürze um. Ich schnappe mir ebenfalls eine und folge ihr nach draußen.

Während ich die Kaffeemaschine vorbereite, belegt Vera die Brote in der Küche. Als sie mit einem Tablett voll Sandwiches zurückkehrt, öffne ich die Glastheke für sie. Vera bedankt sich murmelnd und stellt sich vor die Kasse.

Nach ein paar Minuten ist die Kaffeemaschine an. Ich angele nach einer Tasse, um mir einen extra starken Kaffee zu machen.

»Willst du auch?«, frage ich, während ich den Siebträger einspanne.

»Nein, aber einen Tee vielleicht?«

Ich nicke und greife nach einer weiteren Tasse, die ich mit heißem Wasser fülle und anschließend Vera reiche, die einen pyramidenförmigen Beutel mit der Aufschrift Darjeeling reinwirft.

Schweigend nippen wir an unseren Getränken. Die Musik ist noch nicht an, was die Stimmung zwischen uns umso verkrampfter macht. Nicht, dass die Zusammenarbeit mit Vera sonst locker wäre, aber heute ist es besonders seltsam.

Ich bin seltsam.

»Übrigens wollte ich mich bei dir bedanken«, sagt sie plötzlich.

Überrascht blicke ich zu ihr rüber. »Wofür?«

»Dafür, dass du mit Tina geredet hast.« Sie pustet auf ihren Tee, und ich könnte schwören, dass sie gerade absichtlich jeden

Blickkontakt meidet. »Sie meinte, dass deine Worte ziemlich hart waren, ihr aber auch die Augen geöffnet haben.«

Meine Worte ... Es dauert einen Moment, bis ich mich wieder erinnere. Tina und ich haben nur einmal über die Situation zwischen ihr und Vera geredet. Im Fitnesscenter, als auch Vince dabei war. Ich weiß gar nicht mehr genau, was ich gesagt habe, aber ich glaube, es war irgendwas von wegen, dass sie Vera nicht drängen, sondern ihre Verschlossenheit akzeptieren soll. Mir war nicht klar, dass meine Worte sie zum Nachdenken angeregt haben.

»Ach so. Kein Problem.« Am liebsten würde ich fragen, ob es bei den beiden wieder besser läuft, aber ich will das ehrliche Gespräch nicht überstrapazieren. So nah stehen Vera und ich uns auch nicht. Andererseits ist es schon ziemlich überraschend, dass sie das Thema von selbst aufs Parkett gebracht hat. Mir scheint, als wäre sie offener, seit sie und Tina zusammen sind. Oder vielleicht liegt es auch am Selbstverteidigungskurs, den sie seit einiger Zeit leitet, und bei dem nicht nur die Teilnehmerinnen, sondern auch sie aus sich herausgekommen ist ...

Ich nehme noch einen Schluck und lasse mir den bitteren Geschmack auf der Zunge zergehen, während ich mich gegen das Waschbecken lehne und die Einsamkeit des Raumes in mich aufsauge. Noch niemand da, was eigentlich kein Wunder ist, weil es erst kurz nach sieben ist.

Als ich zur Seite blicke und Veras bohrendem grünen Blick begegne, zucke ich unverhofft zusammen. Wie lange beobachtet sie mich schon?

»Was ist?«, frage ich.

Vera schürzt die Lippen. »Willst du darüber reden?«

Mein Herz stolpert vor Schreck. Ertappt wende ich mich ab und presse die Lippen zusammen. Schon klar, dass sie neugierig ist, aber will ich ausgerechnet mit *ihr* darüber reden? Und wo würde ich überhaupt anfangen? Ich habe es bisher niemandem erzählt, habe es ja selbst noch nicht begriffen.

Aber wenn ich weiterhin schweige …

»Maya ist schwanger«, platze ich heraus und muss kurz die Augen schließen, um nicht durch die Wucht dieser erneuten Erkenntnis umzukippen.

Veras Blick hingegen bleibt völlig ausdruckslos. »Ungeplant?«

»Ja. Und sie will es nicht.«

»Aber du schon?«

Ich nicke.

»Interessant.«

Interessant?

»Und deshalb bist du abgehauen?«, fragt sie weiter.

Ihre Worte versetzen mir einen überraschten Stoß gegen die Rippen. »Ich … bin nicht abgehauen.«

Oder doch? Habe ich streng genommen nicht genau das getan, als ich übereilt meine Tasche gepackt habe und aus der Wohnung gestürmt bin?

»Na gut, vielleicht bin ich abgehauen«, räume ich ein. »Aber ich brauchte eben Zeit für mich. Wir hatten einen heftigen Streit, und ich habe es einfach nicht mehr ausgehalten.«

»*Du* hast es nicht ausgehalten?« Jetzt lächelt sie spöttisch, und meine Wangen glühen vor Scham. Und Zorn. Was fällt ihr ein, einfach so über mich zu urteilen?

»Sie hat mich übergangen!«, sage ich fahrig. »Maya hat alles allein entschieden und mich einfach übergangen! Als ob meine Meinung, meine Gefühle überhaupt keine Rolle spielen würden.«

»Und deshalb bist du sauer«, schlussfolgert sie, die Stimme weiterhin ruhig, die Miene jedoch überraschend angriffslustig.

»Natürlich bin ich sauer. Aber vor allem verwirrt.« Erschöpft reibe ich mir über das Gesicht. »Ich verstehe sie einfach nicht. Vermutlich würde ich es noch eher tun, wenn wir viel zu jung wären oder … was weiß ich, eine richtig schlimme Beziehung hätten. Aber wir sind erwachsen und lieben uns. Ich bin fertig mit dem Studium und bei Maya dauert es auch nicht mehr lange. Die Lage ist nicht perfekt, aber …«

»Sie will kein Kind«, beendet Vera meinen Satz und zerschlägt damit meine komplette Auflistung.

Sie hat recht. Die Lage könnte noch so perfekt sein, aber Maya *will nicht*.

»Scheint so«, entgegne ich und schnappe mir wieder meine Tasse.

»Tut mir leid«, sagt Vera, und zum ersten Mal höre ich eine Emotion in ihrer Stimme. *Bedauern.* Vera bedauert mich.

Als Antwort zucke ich nur mit den Schultern.

Wir verfallen wieder in Schweigen und schlürfen unsere Getränke. Als die Tassen leer sind, mache ich mir einen neuen Kaffee, während sich Vera nur Wasser nachfüllt und ihren Teebeutel ein zweites Mal benutzt.

»Maya war die mit den schwarzen Haaren, oder?«, bricht Vera irgendwann die Stille.

»Ja, genau. Sie trägt sie meistens zu zwei geflochtenen Zöpfen.«

Und schon will ich bei ihr sein. Ihren Zopf zwischen meine Finger nehmen, ihn langsam aufflechten und meine Hand über ihr seidiges Haar gleiten lassen. Ich bin echt sauer auf sie, aber verdammt, sie fehlt mir.

»Soll ich dir ein Geheimnis verraten?«

Die Tasse am Mund sehe ich fragend zu ihr.

»Ist zwar jetzt etwas aus dem Kontext, aber ich hatte mal einen kleinen Crush auf sie.«

Sie sagt es so gleichgültig, als würde sie Stellenannoncen aus der Zeitung vorlesen, während mir der Mund aufklappt. »Wirklich? Wann?«

»Vor Ewigkeiten.« Sie macht eine wegwerfende Handbewegung. »Damals, als du hier angefangen hast und sie dich oft besuchte. Ich kannte sie ja gar nicht, aber irgendwie fand ich sie süß, interessant und geheimnisvoll.«

So lächerlich es auch klingt, aber ein Teil in mir verspürt einen seltsamen Eifersuchtsstich. Der andere, Mayas bester Freund, bedauert es, es Maya nicht erzählen zu können, um ihrem Selbstbewusstsein einen kleinen Booster zu geben.

»Ha! Und du sagst immer, dass keiner auf dich steht und dich alle nur friendzonen wollen! Bullshit!«

»Und ich mag ihre Kunst«, fährt Vera fort und lässt den Blick zu Mayas Gemälde gleiten, auf der eine schreiende Person zu sehen ist. Ich folge ihren Augen und betrachte das Bild. Die Pinselstriche sind grob, die Farben kraftvoll, und die schreiende Person beinahe angsteinflößend. Seit ich von Mayas Geheimnis weiß, glaube ich mehr von der Düsternis in ihrer Kunst zu verstehen. Maya malt das, worüber sie nicht sprechen kann. Schmerz, Trauer, Verzweiflung.

Plötzlich erscheint das Gemälde mit der Marionette vor meinem inneren Auge, das im Frühjahr verkauft wurde.

Eine Marionette.

Ein unheilvoller Gedanke beschleicht mich. War die Person auf dem Bild vielleicht sie? Maya, die ihr halbes Leben lang von Fäden gefangen gehalten wurde und für andere tanzen musste? Gegen ihren Willen?

Ihre Worte von vorgestern hallen mir im Kopf wider.

»Es ist meine Entscheidung! Mein Körper! Ich entscheide, hörst du?«

Mein Herz bekommt einen Tritt. Und ich bin einfach abgehauen. Ohne zu fragen, was der Grund dafür ist, warum sie keine Kinder haben will.

Warum sie keine Mutter sein will.

»Aber erzähl das keinem«, bittet Vera mich von der Seite.

»Was?« Ich brauche einen Moment, um wieder den Faden zu finden. »Ach so, klar. Mach ich nicht. Und … erzähl du es bitte auch niemanden«, sage ich, obwohl ich tief im Innern weiß, dass ich mir keine Sorgen machen muss. Vera tratscht nicht.

Sie nickt. »Versprochen. Nur … darf ich dir einen Rat geben?« Sie wartet meine Antwort gar nicht erst ab und spricht weiter. »Ihr steckt da beide drin, keine Frage, aber du bist nicht derjenige, bei dem etwas Gewaltiges im eigenen Körper passiert. Das soll nicht bedeuten, dass das alles nicht auch für dich viel zu verarbeiten ist. Aber bei ihr … na ja, *sie* ist schwanger. Kannst du dir auch nur annähernd vorstellen, wie heftig so was ist?«

Noch ein Tritt ins Herz. Argh, ich hasse es, wenn Menschen etwas sagen, das so wahr ist, dass ich mich in Grund und Boden schäme.

»Ich habe gar nicht gefragt, wie es ihr geht«, murmele ich zerknirscht.

Vera nickt. »Das hast du nicht.«

»Ich bin einfach abgehauen.«

»Das bist du.«

»Hab ihre Nachrichten ignoriert und nicht mal gefragt, wie ich ihr helfen kann. O Gott!« Ich fasse mir an den Kopf, als die Erkenntnis, dass *ich* der Egoistische in der Geschichte bin, mit voller Wucht gegen meine Stirn donnert.

»Verstehst du, worauf ich hinauswill?«, fragt Vera, und ich nicke dumpf.

»Ich soll mich zusammenreißen, weil es hier nicht nur um

mich geht, und endlich meinen Arsch zu meiner schwangeren Freundin bewegen?«

Ein winziges Zucken um ihre Mundwinkel. »Richtig.«

41. KAPITEL

Maya

Man kann es wohl kaum Morgenübelkeit nennen, wenn einem rund um die Uhr schlecht ist. Ich weiß nicht, ob es eine Art umgedrehter Placebo-Effekt ist und ich die Symptome jetzt, wo ich weiß, was Sache ist, stärker spüre, oder sie tatsächlich immer präsenter werden. Zwar muss ich mich nicht übergeben, hänge aber trotzdem ständig vor der Toilette, weil der Würgereflex mich glauben lässt, es zu müssen. Rückblickend frage ich mich, ob das Hot-Wings-Fiasko etwas mit der Schwangerschaft zu tun hatte oder mir das ganze Fleisch wirklich zu viel war. Wobei es eigentlich ohnehin keine Rolle mehr spielt. Ich esse kein Fleisch mehr, und mir ist trotzdem übel. Außerdem bin ich noch immer schwanger.

Schwanger. Ein Teil von mir kann es noch immer nicht glauben. Will es nicht glauben. Ich habe doch verhütet! Ich habe viel Geld gezahlt und mich einer schmerzhaften Prozedur unterzogen, um eben nicht in diese Situation zu geraten. Und jetzt bin ich es trotzdem. Sydney und Vicky meinten, ich solle mir alle Zeit nehmen, die ich noch habe, um in Ruhe nachzudenken, aber je mehr die Zeit verstreicht, desto schrecklicher fühle ich mich. Da ist etwas in mir, das mit jedem Tag größer wird. Wie kann ich es da in Ruhe weiterwachsen lassen und währenddessen einfach überlegen, ob ich es …

Ich kann es nicht mal denken! Allein die Vorstellung treibt

mir Tränen in die Augen. Seit ich das Ultraschallbild gesehen habe, werde ich bei jedem Gedanken daran, dass die kleine Blase weg wäre, von Panik geschüttelt.

Aber das Bild von mir und einem Neugeborenem im Arm ist auch nicht weniger beängstigend. Wie kann ich, Maya Zeller, ein Kind in die Welt setzen? Wie kann ich die Verantwortung für jemand anderen tragen?

Schon wieder?

Nein, das geht nicht. Das würde mich ersticken. Oder vielleicht nicht? Würde ich es hinkriegen? Mit Lenny? Aber was, wenn nicht? Was, wenn ich alles falsch mache und das Leben dieses Kindes zerstöre? Was, wenn ich genauso versage wie meine Mutter?

Ich presse mir die Hand vor den Mund. Blitzschnell stürme ich zum Bad, und schaffe es gerade noch rechtzeitig zur Toilette.

*

Heute ist Samstag. Waffeltag. Aber Lenny ist nicht da, und ohne ihn können wir diese Tradition nicht fortführen. Abgesehen davon dürfte ich die Waffeln sowieso nicht mit Puderzucker essen, zumindest wird laut Sydney auf irgendeiner Internetseite von übermäßigem Zuckerkonsum abgeraten. Eine Schwangerschaft kostet den Körper sehr viel Energie, was das Immunsystem schwächen kann – und aus diesem Grund bestimmte Lebensmittel vermieden werden müssen.

Allerdings scheinen sich die Seiten in Bezug auf die Produkte etwas uneinig zu sein. Auf manchen wird von veganer Ernährung abgeraten, bei anderen wird sie sogar empfohlen. Ich weiß noch nicht, was ich tun will, aber ich möchte die Blase keinesfalls gefährden und versuche mich daher an die vorgegebenen Regeln zu halten.

Aber Sydney wäre nicht Sydney, wenn ihr nicht irgendwas einfallen würde, um unser Samstagsfrühstück aufzupeppen; sie kocht mein Leibgericht: Milchreis. Ohne den Berg an Zimt und Zucker, aber trotzdem lecker. Zu meiner Erleichterung wird mir nicht einmal schlecht davon.

Dennoch ist da irgendwas anderes, das mir auf den Magen schlägt. Ein Geruch in der Wohnung, deren Quelle ich nicht einordnen kann. Vielleicht ein Parfum oder der Duft der Bettwäsche. Doch wo auch immer er herkommt, ich ertrage ihn kaum und schaffe es auch nicht, ihm auszuweichen, weil er irgendwie überall ist. Deshalb packen wir am frühen Nachmittag unsere Sachen zusammen und beschließen in Anis Haus nach Wilmersdorf zu fahren. Ein Tapetenwechsel täte mir ohnehin gut, weil die Wohnung ohne Lenny viel zu leer und kaum auszuhalten ist.

In der U-Bahn wird mir allerdings wieder schlecht. So viele Menschen, so viele Gerüche. Ich schließe die Augen und halte mir meinen geflochtenen Zopf vor die Nase, aber es hilft nicht. Irgendwann halte ich es nicht mehr aus, und so steigen wir sieben Stationen früher aus und legen den Rest der Strecke zu Fuß zurück.

Als uns Ani später an ihrer Tür empfängt, lasse ich mich kraftlos in ihre Arme fallen. Ich bin so erschöpft. Am liebsten würde ich mich einfach auflösen.

Ani hält mich eine gefühlte Ewigkeit, streicht mir sanft über den Rücken und flüstert, dass alles gut wird. Vorhin habe ich Sydney die Erlaubnis gegeben, sie über meinen Zustand zu informieren. Ich bin froh, dass ich es nicht selbst tun musste.

Den Tag verbringen wir im Garten. Vicky und Sydney sitzen mit ihren Laptops auf der Terrasse, und arbeiten schweigend an ihrer Masterarbeit, während ich ein Stück entfernt auf einer Liege sitze und auf meinem Handy erst *Das Leuchten der Stille* und anschließend *Mit dir an meiner Seite* anschaue. Zu etwas anderem als dem Konsum von kitschigen Nicholas-Sparks-Verfilmungen bin ich gerade nicht fähig. Ani sieht zwischendurch nach uns, lässt uns die meiste Zeit aber allein. Ich bin froh, dass sie mich nicht zum Reden motivieren will, sondern einfach nur da ist.

Als mein Handyakku leer ist, gehe ich wieder rein und stöpsele mein iPhone ans Ladekabel. Wenige Minuten später springt das Display wieder an, und als mir das vertraute Datum im Homescreen entgegenstrahlt, fällt mir schlagartig ein, dass meine Mutter heute Geburtstag hat.

Ich schlucke und frage mich, warum ich plötzlich den Impuls habe, sie anzurufen. Ich rede nicht mit ihr, auch nicht an ihrem Geburtstag. Warum sollte ich ausgerechnet jetzt wieder damit anfangen?

Schnell sperre ich das Display und eile nach draußen, ehe ich irgendwas Unüberlegtes tue.

Zum Abendessen gibt es Kartoffelpuffer aus dem Tiefkühlfach. Ich esse sie ohne alles, während Vicky, Sydney und Ani sie in Apfelmus tränken. Wie immer schaffe ich meinen Teller nicht, und will gerade Lenny fragen, ob er meinen Rest will, als mir verbittert klar wird, dass das nicht geht.

Weil er nicht bei mir ist.

Bislang habe ich es nicht bereut, dass Lenny und ich ein Paar wurden, aber jetzt gerade wünschte ich, ich könnte mit meinem besten Freund über all das reden, das mir durch den Kopf geht.

»Hey, Lenny, ich bin schwanger, es war ungeplant, und jetzt weiß ich nicht, was ich machen soll. Wie siehst du das, Kumpel?«

*

»Hat sich Lenny inzwischen gemeldet?«, fragt Sydney, als wir drei später in ihrem Bett liegen. Beim Klang seines Namens schnürt sich mir die Kehle zu. Schwach schüttele ich den Kopf.

»So ein Arsch«, schimpft Vicky und rümpft die Nase. »Ich kann nicht glauben, dass er immer noch eingeschnappt ist.«

»Er ist wohl sehr verletzt«, murmele ich und umklammere Sydneys Plüschkissen.

»Ja, aber das ist trotzdem Erpressung. Entweder du tust, was er will, oder er lässt dich allein zurück.«

»Nein, so ist er nicht«, sage ich leise. »Das ist kein Machtspiel. Er hat keine bösen Absichten, er ist der gütigste und liebste Mensch auf der Welt. Aber eben auch nur ein Mensch. Es ist sein gutes Recht, Abstand zu brauchen.«

»Da bin ich anderer Meinung«, entgegnet Sydney und kneift die Augen finster zusammen. »Lenny zieht sich zurück, aber was ist mit dir? Du kannst keinen Abstand nehmen, du trägst das ... die Sache ... die ganze Zeit mit dir. Kannst du einfach abhauen? Nein. Ich finde das nicht fair.«

Als Antwort brumme ich nur. Was sie sagt, ergibt zwar Sinn, aber so sehr ich es auch versuche, ich kann einfach keine Wut für Lenny aufbringen. Dafür vermisse ich ihn zu sehr. Er sollte jetzt bei mir sein, mich halten, trösten. Sagen, dass alles gut wird, und wir das gemeinsam durchstehen.

»Wisst ihr was? Vielleicht sollten wir mal wieder meditieren«, schlägt Vicky vor, woraufhin Sydney und ich kollektiv aufstöhnen.

»Wie oft denn noch, Vick? Wir können das nicht«, sagt Sydney und klingt dabei halb belustigt, halb genervt.

»Aber es ist wirklich ganz leicht«, versucht sie es weiter. »Ich will euch doch nicht quälen, sondern ein bisschen beim Entspannen helfen.«

»Wenn ich mich entspannen will, gehe ich in die Küche und

probiere ein neues Rezept aus. Hey, wie wär's? Wollt ihr mir bei meiner Wickeltorte helfen?«

»Das klingt irgendwie unappetitlich«, kommentiere ich. »Außerdem will ich nichts backen, das ich danach nicht essen darf.«

»Die Torte ist nicht unappetitlich«, wendet Sydney ein, »aber gut, den letzten Punkt verstehe ich. Was willst du dann machen?«

»Ich weiß nicht. Vielleicht einen Nicholas-Sparks-Film anschauen?«

Vicky und Sydney erstarren kurz.

»Ähm, klar«, sagt Vicky schnell und stupst Sydney an, die etwas verkrampft lächelt. »Ja, genau. Was immer du willst.«

Ich lache los. »Das war nur ein Witz. Aber süß, dass ihr eingewilligt hättet.«

Wir gehen noch ein paar weitere Vorschläge durch, aber als uns keine Aktivität einfallen will, die wir alle mögen, bleiben wir einfach nur liegen. Vicky reibt über meine Beine, und Sydney krault meinen Kopf, was beides so angenehm ist, dass ich immer müder werde. Seit Tagen habe ich nicht richtig geschlafen, aber offenbar gibt mein Körper den Kampf gegen die Müdigkeit allmählich auf.

Plötzlich vibriert mein Handy, und mit einem Mal bin ich wieder hellwach. Hoffnung keimt in mir auf. Aber auch Angst. Ich weiß nicht, was ich machen soll, wenn er es wieder nicht ist. Vermutlich heule ich dann bis übermorgen.

Bitte mach, dass er es ist. Bitte.

Zitternd drehe ich mein Handy um und werfe durch halb geöffnete Lider einen vorsichtigen Blick auf das Display. Mein Herz donnert vor Aufregung, und als ich den Namen lese, setzt es kurz aus.

Lenny: Wo bist du???

42. KAPITEL

Lenny

Maya und ich müssen uns knapp verpasst haben. Den ganzen Tag habe ich auf sie gewartet, dabei war sie längst in Wilmersdorf. Wohin ich jetzt auch unterwegs bin. Ich muss sie einfach sehen, kann unmöglich noch eine Nacht von ihr getrennt sein.

Als ich mit der U-Bahn in den Rüdesheimer Platz einfahre, wartet sie am Gleis auf mich. Sie trägt einen meiner grauen Hoodies, der ihr bis zu den Knien reicht, und dazu schwarze Flipflops. Bei ihrem Anblick macht mein Herz einen so heftigen Sprung, als wollte es aus meinen Rippen ausbrechen.

»Lenny!«, ruft sie und stürzt auf mich zu. Mit schnellen Schritten komme ich ihr entgegen und stolpere fast, als ich vor ihr stehe. Ohne darüber nachzudenken, wo wir sind, hebe ich sie hoch und drücke sie so fest an mich, dass wir beide fast keine Luft mehr kriegen. Maya umklammert mit den Beinen meine Hüften und denkt ebenfalls nicht daran, mich loszulassen.

Gott, wie sehr sie mir gefehlt hat.

»Tut mir so leid, dass ich einfach gegangen bin«, murmele ich in ihr Haar und atme ihren lieblichen Duft ein.

»Und mir tut leid, was ich gesagt habe«, entgegnet Maya und legt den Kopf in den Nacken, um mich anzusehen. Ihr Blick ist rauchumwölkt und traurig. »Wir … stecken da beide drin.«

Mein Herz kocht fast über vor Schmerz und Sehnsucht. »Ich liebe dich«, sage ich und presse meinen Mund fest auf ihren.

»Ich liebe dich auch«, wispert sie und küsst mich mit derselben Intensität zurück.

Ein paar Sekunden lang halten wir einander fest umschlungen. Dann lockere ich meinen Griff und setze sie sanft ab.

»Wo lang müssen wir?«, frage ich und greife nach ihrer Hand. Es tut so unglaublich gut, sie wieder zu berühren.

»Da lang«, meint sie und deutet nach links. »Aber wollen wir erst mal eine Runde spazieren gehen? Im Haus sind mir zu viele Leute.«

»Ja, gute Idee.« Das, was wir zu bereden haben, geht nur uns etwas an. Außerdem will ich mit ihr allein sein.

Da es ziemlich dunkel ist und die Laternen nur ein schwaches Licht auf die Straßen werfen, kann ich nicht viel von der Gegend erkennen, aber auf den ersten Blick erinnert sie mich an Potsdam. Schmale Gehwege, gepflasterte Straßen, und hübsche frei stehende Häuser mit Garten.

»Wie geht's dir?«, frage ich flüsternd, aus Angst, die komplette Nachbarschaft zu wecken. Es ist schon spät, und in den meisten Fenstern brennt kein Licht.

»Nicht gut«, gesteht sie ebenso leise. »Ich hab Bauchweh und mir ist die ganze Zeit übel.«

Schuld frisst sich durch meine Adern. Maya ist schwanger, und ich habe sie einfach allein gelassen. Noch nie in meinem Leben wollte ich mir so sehr selbst eine reinhauen.

»Und dir?«

»Auch nicht gut. Ich war traurig und geschockt und habe mich vor allem dafür geschämt, dass ich einfach gegangen bin. Tut mir wirklich ehrlich leid, May May«, sage ich wieder, und fahre fort, bevor sie sich ebenfalls entschuldigen kann. »Ich habe aber auch viel über das nachgedacht, was du gesagt hast. Dass es deine Entscheidung ist und … dein Körper.«

Mayas Hand verkrampft sich in meiner.

»Und … dann habe ich mich gefragt, warum das so ist«, fahre ich fort, und drücke ihre Hand etwas fester. »Und dass wir vielleicht noch mal ganz offen und ehrlich über alles reden sollten. Warum genau wir Kinder wollen oder eben … nicht wollen. Was meinst du?«

Maya kräuselt die Lippen und überlegt einen endlos langen Moment, ehe sie schließlich nickt. »Okay. Aber kannst du bitte anfangen?«

»Ja, natürlich.«

»Gut.« Sie holt tief Luft und schaut zu mir auf. »Warum willst du, dass wir es behalten? Hat es was mit deiner Religion zu tun?«

Ihre Frage trifft mich so unerwartet, dass ich automatisch stehen bleibe. »Was? Nein. Also, ich will nicht sagen, dass die Religion gar nichts damit zu tun hat«, räume ich ein. »Aber das ist es eigentlich nicht.«

»Und was ist es dann?«

»Um ehrlich zu sein, kann ich es gar nicht genau beschreiben, aber der Gedanke, mit dir ein Kind zu kriegen, fühlt sich einfach … richtig an. Alles an dieser Vorstellung macht mich glücklich.«

Dieses Geständnis fällt mir nicht leicht, aber Maya runzelt nur die Stirn, als könnte sie mir nicht ganz folgen.

»Hast du denn gar keine Angst?«, fragt sie.

»Doch. Klar habe ich Angst davor, mein ganzes Leben umzukrempeln und für ein anderes zu sorgen. Aber die Freude überwiegt.«

»Okay«, sagt sie nur, und ich habe keine Ahnung, was dieses *Okay* bedeutet. *Okay, danke für deine Meinung* oder *Okay, sehe ich aber anders*?

»Und bei dir?«, frage ich zurück und spüre, wie mein Puls ein wenig schneller geht. »Warum willst du es ... nicht?«

»Ich weiß nicht zu hundert Prozent, ob ich es nicht will. Aber ja ... ich habe Zweifel.«

Moment – *Zweifel?* Also ist sich Maya noch nicht sicher? Sie hat noch keine endgültige Entscheidung getroffen?

»Und warum hast du ... Zweifel?«, frage ich und schaffe es nicht, die Hoffnung aus meiner Stimme zu verdrängen.

»Na ja, zunächst einmal mag ich keine Kinder.«

Überrascht blinzele ich. »Gar keine?«

»Nein.« Sie senkt den Blick und verzieht das Gesicht, als wäre sie in irgendwas Ekliges reingetreten. »Wenn ich an Kinder denke, kommt mir sofort das Bild meiner kleinen nervigen Schwester in den Sinn. Und dann zieht sich alles in mir zusammen, weil sie so schlimm war. Kinder sind eben nicht nur süß, sondern auch extrem nervig.«

»Aber doch nicht alle. Und beim eigenen Kind ist es doch sowieso was anderes.«

»Und was, wenn nicht?« Etwas Dunkles mischt sich in ihre Stimme. »Was, wenn ich mein eigenes Kind nicht mögen werde, so wie meine Mutter mich nicht mochte? Klar hat sie mich geliebt, weil ich ihre Tochter war, aber so richtig leiden konnte sie mich wohl nicht.«

Weil ich nicht weiß, was ich dazu sagen soll – in meinem Kopf sind nur lauter WTFs –, beschließe ich, das Gespräch vorsichtig umzulenken. »Apropos deine Mutter. Können wir vielleicht auch über sie reden?«

Maya stöhnt genervt. »O Mann, wird das jetzt eine Psychoanalyse, in der rauskommt, dass ich einen Mutterkomplex habe?«

»Nein, ich ... will es nur verstehen.«

»Was willst du denn hören? Dass ich eine beschissene Mutter hatte, die sich nicht gut genug um mich gekümmert hat? Dass ich panische Angst davor habe, so zu werden wie sie? Angst, einem Kind das anzutun, was sie mir angetan hat?«

Schockiert öffne ich den Mund, doch es kommt kein Wort heraus. Das denkt sie doch nicht wirklich, oder?

»Maya, das würdest du niemals tun«, sage ich, als ich die Sprache endlich wiederfinde. »Du bist der gütigste, liebste und wundervollste Mensch, den ich kenne. Ich weiß nicht viel über deine Mutter, aber du bist ganz bestimmt nicht wie sie, und ich vermute, dass du auch viel zu reflektiert bist, um jemals so zu werden.«

Maya schluckt, erwidert aber nichts, und ich beschließe, alle weiteren Fragen über ihre Vergangenheit erst mal sein zu lassen. Es grenzt schon an ein Wunder, dass sie mir überhaupt geantwortet hat.

»Wo sind wir eigentlich?«, frage ich und deute auf den großen Platz, auf dem wir stehen, und in dessen Mitte ein großes rechteckiges Blumenbeet prangt.

»Am Rüdesheimer Platz. Vick, Syd und ich waren hier mal vor Ewigkeiten auf einem Weinfest.«

Wir laufen um das Blumenbeet und erreichen eine halbmondförmige Brunnenanlage mit Wasserspeiern und einer riesigen Pferdeskulptur.

»Wollen wir uns kurz hinsetzen?«, fragt Maya durch das sanfte Wasserplätschern und deutet auf die niedrige Steinfassade, die den Brunnen umgibt.

»Klar.«

Wir nehmen Platz. Ich strecke die Beine aus, während Maya die Knie an ihren Körper zieht und fest umklammert. Ein paar Herzschläge lang sagt niemand von uns ein Wort, und ich verliere mich in dem unbeschwerten Gedanken, dass alles so ist wie immer. Dass wir zwei einfach nur abhängen, das Leben genießen und keine lebensverändernden Entscheidungen treffen müssen.

»Okay, mal rein hypothetisch«, bricht sie das Schweigen. »Was, wenn wir uns dafür entscheiden würden? Wie geht es dann weiter? Ich studiere noch, und du arbeitest in einem Café.«

Hypothetisch? Maya lässt sich tatsächlich auf ein Gedankenspiel ein, in dem wir zwei ein Kind kriegen?

Meine Fingerkuppen fangen an zu kribbeln.

»Du kannst deinen Master doch pausieren«, sage ich schnell. »Und ich suche mir einen anderen Job.«

»Also wirst du arbeiten, und ich bleibe zu Hause mit dem Kind.« Es ist keine Frage, sondern eine Feststellung, die ihr, wenn ich ihren Tonfall richtig deute, eindeutig missfällt.

»Ja, vielleicht, aber nur am Anfang. Oder ich frage meine Eltern, ob sie uns im ersten Jahr etwas aushelfen wollen. Dann sind wir beide zu Hause. Und du kannst währenddessen ganz in Ruhe die Uni abschließen.«

»Und was ist mit dem Kunststudium, das ich hinterherschieben wollte? Das geht dann vermutlich nicht mehr.«

»Vielleicht nicht sofort, aber …«

»Und was machen wir mit der Wohnsituation?«, fragt sie weiter. »Ich will nicht umziehen. Ich liebe unsere WG.«

»Dann bleiben wir halt erst mal da, falls das für Vicky und Sydney auch okay ist. Aber irgendwann würden sich unsere Wege so oder so trennen. So ist nun mal das Leben.«

Maya schnappt nach Luft, und sofort bereue ich meine Worte. Fuck. Was komme ich auch mit unnötigen »So ist das Leben«-Phrasen, die sowieso nichts bringen, und nur noch mehr Druck machen?

»Wir alle werden … nicht für immer zusammenbleiben?«, fragt sie, und klingt so ängstlich, als wäre sie vorher nie selbst auf den Gedanken gekommen.

»Ähm …« Ich weiß nicht, was ich sagen soll.

»Und … wo bleibe ich?«, fragt sie kaum hörbar.

»Was meinst du?«

»Ich müsste alles aufgeben. Mein Studium, meine Hobbys. Kein Skaten mehr. Keine Zeit mehr fürs Malen. Und auch keine neuen Tattoos, denn wer weiß, ob das während der Stillzeit überhaupt möglich ist.« Sie streckt ihr rechtes Bein aus, und schiebt den Saum des Hoodies ein Stück hoch. Ihre Eule kommt zum Vorschein, und ganz kurz ist es, als würden sich die beiden direkt in die Augen sehen. Sie seufzt und verdeckt die Eule wieder. »Ganz zu schweigen von der Tatsache, dass ich mindestens neun Monate lang darauf achten müsste, was ich esse und treibe. Wahrscheinlich klingt das in deinen Ohren alles so banal, aber diese Verzichte belasten mich trotzdem.«

»Es klingt überhaupt nicht banal, May May.« Besonders nicht, seit ich weiß, dass Maya jahrelang keine Kontrolle über ihren Körper hatte. Es muss schrecklich für sie sein, sich schon wieder gegen ihren Willen einschränken zu müssen.

»Aber all diese … Verzichte wären nur temporär«, erinnere ich sie sanft. »Du musst dein Leben nicht für immer aufgeben. Wir finden Kompromisse, und ich komme dir so entgegen, wie du willst. Studiere meinetwegen weiter, ich gehe dann arbeiten. Und ich kümmere mich auch um das Kind.«

»LOL, du willst arbeiten *und* dich um das Kind kümmern? Wie soll das deiner Meinung nach funktionieren? Willst du dich klonen?«

»Homeoffice. Oder ich nehme den Bengel einfach mit ins Büro. Wenn das bei Hunden funktioniert, dann doch auch bei Babys, oder?«

Ich erwarte, dass sie lacht oder zumindest ein klein wenig lächelt, aber ihre Miene bleibt völlig ungerührt.

»Und wie werden wir es erziehen?«, prescht sie weiter. »Ich meine, in welchem Glauben? Du bist christlich, und ich bin … gar nichts. Aber ich will nicht, dass es getauft wird, ohne dass es sich selbst dafür entschieden hat. Es soll auch nicht in irgendeine Religion hineingeboren werden. Wenn es älter wird, kann es selbst entscheiden, woran es glaubt.«

»Okay, dann keine Taufe.« Meine Eltern werden mich zwar umbringen, aber was soll's.

Maya wirft mir einen skeptischen Blick zu, als wäre sie nicht sicher, ob ich ernst bin oder scherze. »Und was ist mit dem Essen?«, fragt sie weiter. »Ich lebe vegan, wie du weißt.«

»Dann erziehen wir es halt vegan«, seufze ich. »Das schadet dem Kind ja nicht. Noch etwas? Willst du es in einen Jugendskateverein schicken? Machen wir.«

Maya wirft mir einen genervten Blick von der Seite zu.

»Hey, das war nur ein Witz«, lache ich und lege den Arm um sie.

»Das ist aber nicht lustig. Du klingst total naiv. Ein Kind ist kein Hund und auch sonst kein Haustier, das ein bisschen Pflege benötigt. Es ist eine Lebensverantwortung.«

»Ich weiß«, sage ich diesmal ernster und drücke sie fest, während ich in die Dunkelheit starre. »Aber ich glaube einfach daran, dass wir das hinkriegen würden. Du und ich.«

»Wie kannst du dir da so sicher sein?«

Ich zucke mit den Schultern. »Ich weiß es einfach.«

43. KAPITEL

Maya

In der Nacht kann ich nicht schlafen. Mein Herz rast mit meinen Gedanken um die Wette, und obwohl ich müde bin, schaffe es einfach nicht, den Kopf auszuschalten.

Ich drehe den Kopf zu Lenny und betrachte sein friedliches Gesicht. Seine Wangen sind stoppelig, weil er sich eine Weile nicht rasiert hat, und unter seinen Augen haben sich tiefe Schatten gebildet. Trotzdem ist er noch immer so vollkommen, so schön.

Ob unser Kind wohl auch blond wäre? Oder schwarzhaarig, so wie ich? Hätte es seine Ozeanaugen oder meine felsbraunen? Vielleicht wäre es auch eines von den Kindern, die zwei unterschiedliche Augenfarben hätten. Möglicherweise erbt es sein Kinngrübchen. Oder meine kleinen Füße.

Bestimmt hätten wir ein süßes Kind. Eins, das zwar nicht geplant war, aber aus Liebe gezeugt wurde. Und wir wären ein Team. Wir würden das schaffen. Oder?

Oder???

Als mir klar wird, dass mir niemand antworten wird, schiebe ich Lennys Hand sanft von meinem Bauch und erhebe mich. Auf Zehenspitzen schleiche ich zur Tür und schalte meine Handytaschenlampe ein, um kein Licht im Flur anmachen zu müssen. Leise nehme ich die Treppenstufen nach unten und erschaudere leicht, als meine Füße den kalten Holzboden berühren. Im Erdgeschoss ist es ein wenig frostig, weil die Fenster über Nacht gekippt waren. Ich atme den Duft nach frischem Sommermorgen ein, lasse mich auf dem kühlen Sofapolster nieder und krieche unter die flauschig weiche Decke.

Es dämmert bereits, Vögel zwitschern, und das rosa Licht des Morgens scheint durch die Gardinenritze auf meine blassen Hände. Ich kuschele mich tiefer in die Decke und starre auf den ausgeschalteten Fernseher, der meine verzerrte Erscheinung widerspiegelt. Das bin ich, denke ich. Genauso so sehe ich innerlich aus. Matt. Unklar. Verschwommen. Verrenkt.

Irgendwann höre ich, wie oben eine quietschende Tür aufschwingt und kurz darauf das Knarzen der Treppendielen. Ich drehe den Kopf und sehe Ani in ihrem niedlichen rosa Nachtkleid runterkommen.

»Oh, guten Morgen, Schätzchen«, sagt sie, als sie auch mich erblickt. »Ich wusste nicht, dass du schon auf bist.«

»Noch wach, wohl eher.« Ich lächele schwach. »Was ist mit dir? Konntest du nicht schlafen?«

»Nein, ich stehe immer um halb fünf auf. Deshalb gehe ich auch immer so früh ins Bett. Ich will was vom Tag haben.«

»Krass.« Für mich ist halb fünf noch tiefste Nacht.

»Möchtest du einen Tee?«, fragt Ani auf dem Weg zur Küche.

»Ja, gern«, sage ich, obwohl mir eher nach einem starken Kaffee ist. Aber auf den muss ich ja aktuell auch verzichten …

In der Küche erklingt das Rauschen von Wasser, dann ein Klicken, als der Deckel des Wasserkochers zuschnappt. Ani summt vor sich hin, wie Sydney es auch immer tut. Ich verkneife mir ein Grinsen, als mir wieder einmal bewusst wird, wie ähnlich sich die zwei sind.

»Danke«, sage ich, als Ani eine dampfende Tasse vor mir auf den Tisch stellt. Ich will die Beine einziehen, um ihr Platz zu machen, aber sie winkt ab und lässt sich mir gegenüber auf dem alten Sessel nieder.

»Was belastet dich denn?«, fragt Ani und schlägt die Beine übereinander.

Meine Eingeweide verkrampfen sich. »Du meinst, bis auf die Tatsache, dass ich ungeplant schwanger bin?«

Ani betrachtet ihren Tee, während sie langsam nickt. »Ja, das muss man erst mal verdauen.«

»Ich weiß einfach nicht, was ich machen soll«, seufze ich.

»Du hast es ja auch gerade erst erfahren, Schätzchen.« Sie hebt den Kopf und schenkt mir ein verständnisvolles Lächeln. »Eine solche lebensverändernde Entscheidung braucht nun mal seine Bedenkzeit. Kein Grund, sich zu stressen.«

»Aber je länger ich warte, desto schwerer wird es, mich zu entscheiden!« Warum nur versteht das keiner? Ich kann diese kleine Blase nicht die ganze Zeit mit mir rumtragen, und dann … verschwinden lassen. Es geht nicht. Ich darf keine Bindung aufbauen.

Oder … noch mehr aufbauen.

»Tut mir leid«, setze ich hinterher. »Ich wollte nicht ruppig klingen. Ich bin dankbar, dass ich hier sein darf, und dass du mich für meine Zweifel nicht verurteilst.«

»Das würde ich niemals tun, Schätzchen. Ich weiß, ich komme aus einer anderen Zeit, aber ich fand schon immer, dass jede Frau das Recht hat, frei über ihren Körper zu entscheiden.«

Bei ihren Worten spüre ich die Buchstaben meines Tattoos auf meiner Haut brennen.

My Body My Choice.

Tränen steigen mir in die Augen, doch ich versuche sie fortzublinzeln. Ich habe nicht die Kraft, noch mehr zu weinen.

Wir trinken unsere Tees und plaudern dabei über unverfängliche Dinge, wie das Wetter und die Pflanzen im Garten.

Dann verschwindet Ani im Bad, um zu duschen. Ich bleibe im Wohnzimmer zurück, starre auf mein Handy und überlege mir, irgendeinen Horror- oder Thriller-Film reinzuziehen, weil es mir mit Liebesschnulzen und ihren lächerlichen Happy Ends allmählich reicht. Aber als mir auf Anhieb keiner einfällt, gehe ich aus Gewohnheit erst mal zu WhatsApp.

Unsere »Skaterei«-Gruppe ist mit neunzehn neuen Nachrichten ganz nach oben gerutscht. Während ich die letzten überfliege, packt mich ein so heftiger Neid, den ich eigentlich gar nicht von mir kenne. Aber dass die anderen sich zum Skaten verabredet haben und ich mich nicht anschließen kann, nicht anschließen *darf*, frustriert mich. Als ich dann auch noch ein GIF entdecke, bei dem sich *Chinchilla Lila* schelmisch grinsend beide Hände reibt, als würde sie was aushecken, bin ich kurz davor, das Handy gegen die Wand zu schmeißen. Sina hat es geschickt und *»Genau das war der Plan«* dazugeschrieben.

Nun bin ich also auch ein GIF. Toll. Großartig. *Chinchilla Lila* ist und bleibt eine Witzfigur. Und doch – es überrascht mich selbst – bleibt das übliche Hereinbrechen von Scham, Angst, Verzweiflung und Selbstmitleid diesmal aus. Noch nicht einmal dann, als ich die Nachricht von Max lese.

Max: LOL, sie sieht ein bisschen aus wie Maya, oder?

Vielleicht wird er mir auf die Schliche kommen. Und wenn er es nicht tut, dann jemand anderes, aber ich glaube, ich kann nicht mehr länger darauf warten, ob oder wann es passieren wird. Das Warten auf das Unbestimmte ist fast noch schlimmer als die Sache selbst.

Und wenn sie es wissen … dann lachen sie vielleicht und ziehen mich auf. Oder sie finden es überhaupt nicht interessant, weil Sina mit ihren hunderttausend Followern auf ihrem

Skate-Account viel cooler und berühmter ist, als ich es jemals war. Weil fast jeder in unserer Gruppe ein GIF von sich selbst hat. Weil Selbstdarstellung nichts Besonderes mehr ist.

Dann erfahren sie es halt, denke ich mit einem Anflug plötzlicher Gleichgültigkeit. Scheiß drauf. Ich werd's überleben.

Max: LOL, sie sieht ein bisschen aus wie Maya, oder?

Ich: LOL, weil ich das auch bin.

44. KAPITEL

Maya

Ich will gerade mein Handy zur Seite legen, um eine Runde zu dösen, als mein Blick zu dem Anrufsymbol wandert und ich innehalte. Bevor ich weiß, was ich tue, fliegen meine Finger über die Ziffern und wählen die Nummer, die mein Gehirn trotz all der Jahre eingespeichert hat. Es ist ein reiner Impulsanruf, und ich denke keine Sekunde lang über die Konsequenzen nach. Erst als die vertraute, müde Stimme meiner Mutter zu mir durchdringt, wird mir klar, was ich getan habe.

Ein tiefes Gähnen, dann: »Zeller?«

Ich schlucke. »Hier ist Maya.«

Stille am anderen Ende der Leitung.

»Maya?« Sie klingt ungläubig, atemlos. »Maya, bist du es wirklich?«

Ich schließe die Augen. »Ja.«

»Oh, mein Gott! Liebes! Ich bin so froh, dass du anrufst. Wie geht es dir? Ist alles okay?«

»Ja.« Ich blicke auf meine Arme, auf denen sich jedes einzelne Härchen aufgestellt hat. »Ich … ähm, alles Gute nachträglich.«

»Oh! Danke.«

Ich nicke nur, spiele an meinem Piercing.

»Lieb, dass du daran gedacht hast.«

»Mhm«, mache ich und komme noch immer nicht auf den vertrauten Klang ihrer Stimme klar.

»Ist wirklich alles okay?«, fragt sie wieder. »Nicht, dass du … ich freue mich wirklich sehr über deinen Anruf, aber … du weißt schon.«

Ja, ich weiß. Ich gratuliere ihr eigentlich nicht. Nicht, seitdem ich den Kontakt mit ihr und Sophie abgebrochen habe.

Verdammt. Was mache ich hier eigentlich?

»Maya? Bist du noch da?«

»Ich … bin schwanger.« Die Worte verlassen meinen Mund, bevor ich sie verhindern kann.

Pause.

»Was? Das … oh. Wow.«

»Es war nicht geplant«, setze ich hinterher und verstehe nicht, warum ich das überhaupt sage. Als ob ich ihr eine Erklärung schulde, nur weil sie meine Mutter ist.

»Verstehe. Das heißt … du bist noch nicht sicher, was du tun willst?«

»Nein.«

Wieder ist es einen Moment lang still.

»Wo bist du gerade? In Berlin?«

Ich nicke, obwohl sie mich nicht sehen kann.

»Sollen wir zu dir fahren?«, fragt sie weiter, und ich zucke so heftig zusammen, dass mein kleiner Zeh gegen den Fernsehtisch knallt. Leise zischend verziehe ich das Gesicht.

»Sophie hat zwar Schule, aber wenn du willst, machen wir uns gleich am Freitagnachmittag auf den Weg. Oder ich melde sie krank, und wir kommen sofort.«

»Nein!«, halte ich sie auf und reibe mir über den Fuß. »Ihr müsst nicht kommen. Ich … ich weiß gar nicht, warum ich überhaupt angerufen habe.«

Obwohl, nein, das stimmt eigentlich nicht. Ich weiß, warum ich angerufen habe: Vor wenigen Minuten habe ich mein größtes Geheimnis in einem Gruppenchat geteilt. Klar, dass ich sofort an meine Mutter denken musste. Vielleicht hatte ich schon länger das Bedürfnis, mit ihr zu reden. Aber nun, wo ich sie am Hörer habe, fehlen mir die Worte.

»Süße. Du kannst mich immer anrufen. Ich bin so froh, dass ich endlich wieder deine Stimme höre. Du glaubst nicht, wie sehr du mir die letzten Jahre gefehlt hast.«

Meine Hand verkrampft sich um mein iPhone. »Warum? Weil du dich ganz allein um das Geld kümmern musstest?«

Eigentlich bin ich nicht so. Ich passiv-aggressive nicht rum, aber der Satz ist aus meinem Mund gehopst, bevor ich ihn aufhalten konnte.

Ein lautes Rauschen erklingt, als sie tief in den Hörer seufzt. »Es tut mir so unendlich leid, Liebes. Im Nachhinein würde ich alles ändern.«

»Ach, ist das so?« Ich lächele kalt.

»Natürlich. Wenn ich gewusst hätte, wie schlimm das damals für dich gewesen ist, dann ...«

Weiter höre ich nicht, denn ... Wow. Mit diesem Spruch hat diese Frau eine völlig neue Ebene der Dreistigkeit erklommen.

»Ist das dein Ernst?«, falle ich ihr scharf ins Wort. »Du hast mich nacheinander zu irgendwelchen Castings geschleppt, und willst mir sagen, dass du nicht wusstest, dass ich das überhaupt nicht wollte?«

»Du hast nie gesagt, dass du nicht wolltest. Zumindest nicht am Anfang. Bei deinem ersten Casting damals hast du mich förmlich darum angefleht, hinzugehen. Und als du die Rolle bekommen hast, warst du so glücklich und wolltest weitermachen.«

Ertappt halte ich inne. Sie hat recht. Das erste Casting hat Spaß gemacht. Das habe ich total vergessen. Jetzt, wo sie es erwähnt hat, erinnere ich mich auch wieder an den Moment, als ich mein lachendes Gesicht zum ersten Mal in einem Werbespot sah.

Ja, die Anfangszeit war aufregend.

»Aber du weißt genau, dass es mir irgendwann zu viel wurde«, wende ich ein, entschlossen, mich nicht einlullen zu lassen. Auf keinen Fall wird sie den Spieß umdrehen. »Trotzdem hast du mich dazu gedrängt, Texte zu lernen und zu Castings zu gehen.«

»Ja, weil ich dachte ... Du warst eben so talentiert. Ich nahm an, dass du wie jedes Kind einfach nur faul wärst und ich dich für deinen Traum ein bisschen pushen müsste. Genau wie beim Gemüse, dass du nie ...«

»*Mein Traum?*«, unterbreche ich sie und grabe meine Finger in die Decke. »Verstehe, du hast es also für mich getan und nicht für die Hoffnung, dass ich ein Star werde und uns aus unserer schwierigen finanziellen Lage befreien werde. Alles *mein* Traum, ja?«

»Nein.« Ihre Stimme klingt belegt. »Natürlich war es nicht dein Traum. Das war blöd formuliert. Ich dachte nur ... damals war ich einfach ...«

»Du hast mir nicht einmal erlaubt, Fahrrad zu fahren«, sage ich schrill, doch dann fällt mir schlagartig wieder ein, dass die meisten im Haus noch schlafen. »Du hast meinen Körper wie deinen Besitz behandelt, dem nichts passieren darf«, setze ich etwas leiser hinterher. »Hast du eine Ahnung, wie sehr mich das geprägt hat? Niemand hält mich für erwachsen, weil ich noch immer so klein und jung aussehe. Manchmal glaube ich, dass sich mein Körper gar nicht richtig entwickeln konnte, und ich noch immer in dem eines Kindes feststecke.«

Ich weiß zwar nicht, ob das anatomisch überhaupt möglich ist, aber ich will sie trotzdem damit konfrontieren.

Ein paar Atemzüge lang ist es still, dann hallt ein leises Wimmern durch den Hörer, und verdammt – ich hasse mich dafür, dass sich beim Klang ihrer Trauer mein Herz zusammenzieht. Meine Mutter soll mir nicht leidtun. *Sie* ist die Böse, nicht ich.

»Außerdem hast du mich angelogen, was unsere Geldprobleme anging«, mache ich weiter. »Du hast mich ganz umsonst durch diesen Albtraum gejagt.«

»Aber wir hatten doch Geldprobleme«, schluchzt sie und unterbricht sich kurz, um in ein Taschentuch zu schnäuzen. »Die waren nie wirklich weg.«

»Trotzdem waren wir nicht so arm, dass wir das Haus verloren hätten. Auch das hat mich geprägt. Noch heute überfordert es mich, wenn ich mehr Geld als nötig habe. Nie kann ich mir was gönnen, weil ich immer fürchte, dass ... Scheiße!«, fluche ich. »Ich weiß nicht mal, wovor ich Angst habe.«

Aber meine Mutter weiß es.

»Du hast Angst, dass dir die Sicherheit wieder genommen wird.« Wieder schnäuzt sie sich. »Und das ist meine Schuld, weil ich genauso empfinde. Die Jahre voller Schulden und Verantwortung für dich und deine Großeltern haben mir sämtlichen Bezug zur Realität geraubt. Ich hatte einfach Panik davor, eines Tages alles zu verlieren. Vielleicht wären die Dinge anders verlaufen, wenn da noch irgendwer gewesen wäre, der mich unterstützt hätte. Ein weiteres Elternteil vielleicht, oder wenigstens ein Babysitter, der ab und an auf dich aufgepasst hätte. Aber ich war immer allein. Ich musste arbeiten und mich um meine Eltern und auch um dich kümmern. Dann kam auch noch Sophie und die Zukunftsängste wurden schlimmer ... Ich hab das einfach nicht gepackt. Das soll keine Ausrede sein, aber ...«

»Du warst krank und hast mich auch krank gemacht«,

schlussfolgere ich, und vermutlich ist es das Ehrlichste und Gemeinste, das ich jemals zu einem Menschen gesagt habe. Aber genauso ist es doch, oder? Meine Mutter brauchte Hilfe, und hat dafür mich benutzt. *Oder missbraucht.*

»Das habe ich«, entgegnet sie, und es wundert mich, wie gefasst und einsichtig sie klingt. »Und glaub mir, das werde ich mir nie verzeihen.«

Gut so, will ich sagen, doch die Worte kommen mir nicht über die Lippen. Vielleicht, weil ihre Selbstvorwürfe mir keinerlei Genugtuung verschaffen. Vielleicht auch, weil ich gar nicht will, dass sie sich weiter selbst bestraft.

»Schon gut«, sage ich und gebe einen erschöpften Laut von mir. »Du musst dich nicht länger selbst quälen. Das hast du die letzten Jahre vermutlich ohnehin getan. Ich glaube, ich habe dir sowieso schon vor einer Weile verziehen.«

Totenstille am anderen Ende der Leitung.

»Das soll nicht bedeuten, dass ich wieder bereit bin, Kontakt mit euch zu haben«, setze ich hinterher und wechsele das Handy zum anderen Ohr. »Aber ja. Ich verzeihe dir. Und ich verzeihe auch Sophie.«

Sie war damals schließlich nur ein Kind. Ein dummes Kind, das seiner Mutter nachgeplappert hat. Aber jetzt ist sie älter, erkennt ihre Fehler und zeigt Reue.

Meine Mutter setzt mehrmals zum Sprechen an, verstummt dann aber wieder, und ich stelle mir vor, wie sie fassungslos den Kopf schüttet. »Das … habe ich nicht verdient«, murmelt sie, und ich nicke.

»Ich weiß.«

Darauf erwidert sie nichts, und ich tue es auch nicht. Ein oder zwei Minuten lang atmen wir einfach nur in den Hörer.

»Na gut. Ich … lasse dich dann mal«, breche ich das Schweigen schließlich. »Danke für das Gespräch.«

»Kann ich dich anrufen?«, platzt sie heraus, und ich zucke wieder zusammen.

»Nein, bitte nicht. Ich rufe dich an. Vielleicht. Aber versuch nicht, Kontakt zu mir aufzunehmen. Und das Gleiche gilt auch für Sophie.«

»Aber … deine Schwangerschaft?« Sie klingt verwirrt. »Bist du sicher, dass du da allein durchgehen willst?«

»Ich bin nicht allein.« Ich habe meine Familie.

Meine *wahre* Familie.

»Okay … gut. Dann hoffe ich, dass ich irgendwann wieder von dir höre. Ich hab dich wirklich lieb, meine Süße. Vergiss das bitte nicht.«

»Danke«, murmele ich, weil ich nicht weiß, was ich sonst sagen soll.

»Dann … mach's gut.«

»Mach's gut.«

Niemand von uns legt auf. Sekundenlang bleiben wir einfach nur in der Leitung, und mir wird klar, dass noch nicht alles gesagt ist. *Ich* habe noch nicht alles gesagt.

Oder gefragt.

»Hast du eigentlich jemals mit dem Gedanken gespielt, mich nicht zu bekommen?«

»Nein.« Ihre Antwort kommt wie aus der Pistole geschossen. »Keine Sekunde lang.«

»Wirklich?« Skepsis drängt sich in meine Stimme. »Obwohl du noch so jung warst? Obwohl du wusstest, dass du mich allein großziehen würdest?«

»Nun, anfangs war ich natürlich schon ziemlich panisch, vor allem, weil deine Großeltern … also, sie wollten noch keinen Enkel. Und sie waren überhaupt nicht begeistert, dass ich unverheiratet mit einem Neugeborenen weiterhin bei ihnen wohnen bleiben würde.«

Wow. Schönen Dank auch, Oma und Opa …

»Aber die Vorfreude auf dich war größer. Ich wusste, dass es schwer sein würde, aber ich wollte dich von ganzem Herzen.«

So etwas Ähnliches hat Lenny gestern auch gesagt. Er hat Angst, freut sich aber.

»Okay, anders gefragt: Wenn du wüsstest, was für eine Mutter du geworden wärst, hättest du dann anders entschieden? Des Kindes wegen?«

»Maya …« Sie schnappt nach Luft, und ich weiß nicht, ob es die Frage oder der Vorwurf ist, der sie so schockiert.

»Antworte bitte ehrlich. Du wolltest mich zwar, aber offenbar hat dich die Mutterschaft völlig überfordert. Und das hat dein Kind zu spüren bekommen. Würdest du mich trotzdem kriegen?«, bohre ich weiter. »Obwohl du wüsstest, wie unglücklich wir beide sein würden?«

»Hör auf.« Ihre Stimme bricht, sie weint wieder. »Ich kann mir eine Welt ohne dich nicht vorstellen, Maya. Das ist … diese Frage ist schrecklich.«

Ja, das ist sie. Aber es ist auch schrecklich, von jemandem aufgezogen zu werden, der die Mutterschaft nicht gepackt hat.

Was, wenn ich es auch nicht packe? Was, wenn ich es trotz aller Hilfe von Lenny einfach nicht packe? Wenn ich einem Kind wehtue, weil ich in der Mutterschaft versage? Weil ich zu viele Fehler mache, unbewusste Fehler, die das ganze Leben des Kindes beeinflussen?

Und was, wenn nicht?, fragt mich mein Unterbewusstsein. *Was, wenn du alles besser machst und am Ende die beste Mutter auf der Welt wirst?*

Tja, Unterbewusstsein, da wäre nur ein kleines Problem: Ich will dieses Leben nicht. Diese ganze Mutter-Vater-Kind-Idylle war nie mein Traum.

Aber das wird sich ändern, wenn du dein Kind zum ersten Mal in den Armen hältst.

Und was, wenn nicht?

Du wirst es lieben.

Ich verdrehe die Augen. Natürlich würde ich es lieben. Darum geht es gar nicht. Trotzdem wäre es einfach nicht *mein* Leben. Nicht das, das ich mir vorgestellt hatte.

Das Leben läuft nun mal nicht immer nach dem Plan …

Also ist das mein Schicksal? Ich darf wieder nicht selbst entscheiden? Ich muss mich den Umständen ergeben, ob es mir passt oder nicht? Meine Wünsche und Träume einfach vergraben, weil sie, *ich*, ohnehin keine Rolle spielen?

Warum denkst du die ganze Zeit nur an dich? Du kannst nichts dafür, ja, aber das Kind auch nicht. Willst du einfach seine Existenz auslöschen, nur weil es dir gerade nicht in den Kram passt? Dann gib es doch wenigstens zur Adoption frei!

Eine Adoption? Das würde Lenny nie wollen. Und ich auch nicht. Nein, ich glaube nicht, dass ich ein Wesen neun Monate lang in meinem Bauch heranwachsen lassen und dann abgeben könnte.

Aber könnte ich wirklich …

»Bist du noch dran?«, fragt meine Mutter.

»Ja, ich … ich …« Die ganze Zeit blieb ich gefasst, aber nun kann ich die Tränen nicht mehr länger zurückhalten. »Ich weiß einfach nicht, was ich machen soll. Ich fühle mich so zerrissen. Ich wollte das alles nicht, aber jetzt bin ich trotzdem hier und fühle mich eingesperrt, und das alles macht mir Angst, und ich kann nicht atmen. Ich. Kann. Nicht. Atmen«, sage ich unter so heftigen Schluchzern, dass ich mich selbst nicht mehr verstehe.

»Oh, Liebes.« Die Stimme meiner Mutter ist warm und sanft, und auf einmal bin ich froh, dass sie dran ist. Froh, dass ich nicht allein bin.

»Angst zu haben, ist völlig normal. Eine Schwangerschaft ist ja auch etwas Gewaltiges. Aber wenn du sagst, dass du dich eingesperrt fühlst, wenn du sagst, dass du nicht atmen kannst, dann … klingt das für mich nicht zerrissen, sondern ziemlich eindeutig.«

»Findest du?« Ich betrachte mein verzerrtes Spiegelbild im Fernseher und wische mir über die Augen. »Für mich klingt es einfach nur so, als ob ich der egoistischste Mensch auf der Welt wäre.«

»Warum denn egoistisch?«

»Ist es das nicht, wenn man sein Leben nicht aufgeben will? Ich bin glücklich damit, wie die Dinge sind. Ich will nichts ändern. Vielleicht wäre alles anders, wenn ich älter und an einem völlig anderen Punkt wäre. Aber jetzt gerade bin ich so … *lebenshungrig*. Ich war noch nicht fertig damit, das nachzuholen, was ich all die Jahre über verpasst hatte. Ich will leben. Für mich. Und … frei sein.«

Inzwischen weine ich so heftig, dass ich alles verschwommen sehe. Meine Nase läuft, mein Herz pocht, und ich fühle mich so herzlos, so schrecklich.

Bis die sanften Worte meiner Mutter meine Tränen stoppen.

»Dann lebe. Für dich. Und sei frei.«

45. KAPITEL

Lenny

Das Läuten von Kirchglocken reißt mich aus dem Schlaf. Ich tauche unter der altmodischen Decke hervor und brauche einen Moment, bis ich mich wieder daran erinnere, dass ich im Haus von Sydneys Oma bin. *Mit Maya.* Die allerdings nicht mehr neben mir liegt. Vermutlich ist sie schon vor einer Weile aufgestanden.

Brummend taste ich nach meinem Handy und erhelle den Bildschirm. Acht Uhr. Außerdem eine neue Nachricht von Jonah, der fragt, ob ich heute auch zum Gottesdienst gehe. Er hat das Auto seiner Eltern und könnte mich einsammeln. Gähnend lehne ich das Angebot ab und schließe den Chat wieder, ehe ich mich langsam vom Bett erhebe. Durch halb geöffnete Lider steuere ich auf die Tür zu und falle fast hin, als ich über Mayas Tasche stolpere.

Diese Frau! Wenn es nicht ihr Skateboard ist, dann irgendwas anderes, das sie rumliegen lässt. Irgendwann breche ich mir noch was. Kopfschüttelnd sammele ich das Zeug wieder ein, das aus Mayas Tasche gekullert ist. Bis mein Blick auf ein kleines Foto fällt.

Und mein Herz stehen bleibt.

Obwohl ich ein Bild dieser Art noch nie zuvor in echt gesehen habe, weiß ich trotzdem sofort, was es ist. Wie gebannt starre ich auf das kleine helle Etwas in dem größeren schwarzen Etwas und spüre, wie warmes Sonnenlicht jede Zelle meines Körpers flutet.

Ein Wunder.

Mir fällt keine treffendere Beschreibung ein. Dass ein Samen und eine Eizelle einen gesamten Organismus, einen Menschen mit schlagendem Herzen erschaffen, ist ein verdammtes Wunder. Der Mensch ist ein Wunder.

Aber Maya überlegt …

Plötzlich fangen meine Hände unkontrolliert an zu zittern. Hastig stecke ich das Ultraschallbild zurück in die Tasche, dann atme ich tief durch und zücke mein Handy, um Jonah doch zuzusagen. Ich muss dringend für ein paar Stunden raus.

Im Wohnzimmer entdecke ich Maya unter einer Decke zusammengekauert auf dem Sofa. Mit dem Handy in der Hand schläft sie tief und fest und regt sich nicht einmal dann, als ich ihr einen kleinen Kuss auf die Stirn hauche. Ich glaube, sie hat geweint, ihre Augenlider sind geschwollen, und sie ist schon wieder so gespenstisch bleich.

Ein mulmiges Gefühl beschleicht mich. Ob ich vielleicht doch bei ihr bleiben sollte? Andererseits dauert der Gottesdienst nur etwas über eine Stunde. Gegen Mittag bin ich wieder zurück, und mit etwas Glück schläft sie bis dahin immer noch. Außerdem sind Sydney und Vicky bei ihr. Und für den Fall, dass sie mich brauchen sollte, kann ich mich auch jederzeit früher auf den Weg zu ihr machen.

Als ich wenig später in Jonahs Wagen einsteige, bereue ich mein Vorhaben allerdings sofort. Lotte ist auch da, was nicht weiter schlimm ist, aber neben mir sitzt der kleine Colin, und das ganze Auto riecht nach Baby. Sofort bricht mir der Schweiß aus. Fuck. Wie konnte ich nur vergessen, dass das Kind selbstverständlich auch dabei sein würde?

»Lenny, Colin – Colin, Lenny« stellt Jonah uns vor, während er den Wagen auf die Straße lenkt. Mit angehaltenem Atem blicke ich zur Seite. Colin trägt ein blau-weiß gestreiftes Hemd mit einer braunen Latzhose. Sein Kopf ist fast kahl, die Hände winzig, die Füße noch winziger. Sabber läuft ihm über das Kinn, er zappelt in seinem Sitz, gibt aber keinen Mucks von sich.

»Er ist so klein«, presse ich hervor.

Lotte und Jonah prusten los.

»Wenn du wüsstest, wie groß er inzwischen ist«, kichert Lotte.

»Und schwer«, ergänzt Jonah, woraufhin das Baby ein lautes Quieken von sich gibt, als wollte es protestieren.

Mein Hals schnürt sich zu. Ruckartig wende ich mich ab und richte den Blick nach draußen, aber durch die Spiegelung im Fenster sehe ich den schwarzen Babysitz und Colin, der mit seinen Füßen wackelt, als würde er im Liegen auf und ab springen. Am liebsten würde ich die Tür öffnen und aus dem fahrenden Auto stürzen, aber ich bin wie paralysiert.

Ich will das auch, denke ich, während es auf meiner ganzen Haut zu kribbeln beginnt. Ein kleines sabberndes Baby mit Latzhose und winzigen Händen. Ein Mensch, der zur Hälfte aus Maya und mir besteht.

Mein Brustkorb hebt und senkt sich schnell. Ich schließe die Augen, meine Gedanken überschlagen sich.

»Hey, alles klar bei dir?« Jonah wirft mir durch den Rückspiegel einen besorgten Blick zu.

»Ja, ich …« Die Luft im Wagen scheint immer dünner zu werden. Kein Sauerstoff mehr, nur Babypuder. Ich kann kaum noch atmen.

»Och nee, sag bloß, der kleine Scheißer hat schon wieder gekackt? Diesmal bist aber du dran, Schatz.«

»Warum ich? Du hast heute nicht eine einzige Windel gewechselt.«

»Aber letzte Nacht habe ich das drei Mal gemacht.«

»Gut, dann übernehme ich das. Du kannst ja stattdessen stillen, okay? Obwohl nein, das kannst du nicht! Heißt wohl, ich muss beides machen. Schönen Dank auch!«

Scheint als hätte sich zwischen den beiden Streithähnen nicht viel geändert. Aber wenigstens glauben sie, dass eine volle Windel der Grund für mein bleiches Gesicht ist.

Und nicht, dass die Liebe meines Lebens schwanger ist.

*

Mama ist völlig aus dem Häuschen, als ich mich in der Kirche plötzlich neben sie setze. Glücklich fällt sie mir um den Hals und hakt nicht einmal nach, was es mit meinem spontanen Besuch auf sich hat. Papa nickt mir vom Altar aus zu, wirkt jedoch etwas skeptischer als seine bessere Hälfte. Wir kommen allerdings nicht zum Reden, weil der Gottesdienst gleich beginnt. Von meinen Geschwistern ist nur Lissi da, aber die sitzt ein paar Reihen hinter uns und hebt nur die Hand zur Begrüßung, ehe sie weiter mit ihren Freundinnen quatscht.

Während der Messe flaut mein Puls etwas ab, bis Baby Colin den gesamten Kirchsaal zusammenschreit und all die innere Unruhe schlagartig zurückkehrt. Ich wollte herkommen, um etwas Abstand von diesem Thema zu nehmen, stattdessen denke ich an nichts anderes. Obwohl es mich fröstelt, klebt meine Haut vor Schweiß. Ein schrilles Fiepen erklingt in meinem linken Ohr, vermischt sich mit Orgelmusik und Babygeheul. Mein Kopf droht zu explodieren. Und ich gleich mit.

»Entschuldige mich«, sage ich zu meiner Mutter und bedeute ihr mit einer Handgeste, dass ich kurz nach draußen gehe. Bevor sie nachfragen kann, was ist, habe ich mich bereits erhoben und mich an den anderen vorbeigedrängelt. Auf dem Weg zur Tür starre ich stur geradeaus und ignoriere die vielen Köpfe, die sich verwundert nach mir umdrehen.

Draußen angekommen lehne ich mich erschöpft gegen die Kirchwand. Die Steinfassade ist von der Sonne gewärmt. Ich schließe die Augen und nehme einen tiefen Atemzug. Warum bin ich überhaupt hergekommen? Was wollte ich damit bezwecken?

»Hey, alles klar bei dir?«

Ertappt reiße ich die Augen auf und blicke zur Seite. Jonah steht ein Stück entfernt, im Arm sein Baby, das er hin- und herschaukelt. Scheiße. Dabei wollte ich doch vor *ihnen* fliehen.

»Ja«, entgegne ich heiser und versuche, das schlafende Bündel in seinen Armen zu ignorieren. »Mir ist nur ein bisschen schwindelig geworden.«

Jonahs Blick wird besorgt. »Hast du heute schon was gegessen?«

»Noch nicht.«

»Vielleicht deswegen.«

Wohl kaum, denke ich, erwidere aber nichts.

Jonah gähnt mehrmals, unterbricht das Schaukeln aber nicht. Er sieht müde und erschöpft aus. Seine Haare sind länger geworden, als wäre er schon eine Weile nicht mehr beim Friseur gewesen.

»Wie … wie ist es so?«, frage ich leise. »Die … Vaterschaft, meine ich.«

Jonah schenkt mir ein träges Lächeln. »Ganz ehrlich? Anstrengend.«

Ich nicke verständnisvoll. »Ist am Anfang vermutlich normal. Ein Baby benötigt ja auch viel … Pflege und so.«

»Pflege«, wiederholt er und unterdrückt ein kleines Lachen. »Ja, das auch. Aber ich meinte eher, dass man überhaupt keine Zeit mehr für irgendwas anderes hat. Du willst gar nicht wissen, wie die Wohnung momentan aussieht.« Er erschaudert leicht. »Wenn der eine sich gerade um das Baby kümmert, fällt der andere halbtot ins Bett.« Wieder gähnt er und reibt sich mit der freien Hand über die Augen. »Ich wusste ja, dass es hart werden würde, aber nicht *so* hart.«

Ich nicke dumpf und komme mir mit einem Mal unfassbar naiv vor. Hat Maya vielleicht recht? Sehe ich die Sache zu einseitig? Fuck, natürlich tue ich das. Sich um ein Kind zu kümmern bedeutet nicht nur füttern und Windeln wechseln. Es ist eine Lebensaufgabe. Ein Wunder, dass Maya mir gestern nicht den Kopf abgerissen hat, nachdem ich ein Baby mit einem Hund verglichen habe. Wenn Jonah davon wüsste, hätte er vermutlich denselben Impuls.

»Außerdem haben wir die ganze Zeit Angst«, fährt er fort.

Ich werfe ihm einen überraschten Blick zu. »Wovor?«

»Davor, dass ihm etwas passiert. Wir wollen nicht mal, dass jemand anderes ihn auf den Arm nimmt, aus Angst, er würde ihn nicht richtig halten oder fallen lassen oder ihm sonst irgendwie schaden. Das ist, glaube ich, der anstrengendste Part von allem.« Er streicht seinem Sohn sanft über die Wange und kneift die Augen leicht zusammen. »Ich liebe ihn so sehr, dass ich die ganze Zeit Angst um ihn habe.«

Jemanden so sehr lieben, dass man Angst hat. Geht das auch, wenn dieser Jemand noch nicht da ist und erst so klein, dass man selbst ihn kaum sieht?

»Hey, vielleicht solltest du da nicht noch mal reingehen«, meint Jonah stirnrunzelnd. »Du siehst echt nicht gut aus.«

»Ich fühle mich auch nicht gut«, gestehe ich.

»Wenn du willst, hole ich Lotte, und wir bringen dich heim.«

»Nein, ihr müsst nicht …«, fange ich an, spreche jedoch nicht weiter, weil meine Beine sich so schwer anfühlen, dass ich gar nicht wüsste, wie ich es zur S-Bahnstation schaffen sollte.

»Es liegt doch ohnehin auf dem Weg«, beharrt er, und ich gebe mich geschlagen. »Ja, okay.«

Die Fahrt mit dem Baby wird zwar wieder heftig werden, doch wenigstens komme ich so schneller weg. Kurz beschleicht mich ein schlechtes Gewissen, weil ich Jonah und Lotte raushole, aber wie es aussieht, ist der Gottesdienst sowieso vorbei, denn die Ersten stürmen bereits heraus.

»Kannst du Lotte holen? Ich will mich nicht mit Colin durchdrängeln«, meint Jonah und tritt zur Seite, um den anderen den Weg frei zu machen.

»Ja, klar«, sage ich und laufe auf wackeligen Beinen zurück zur Kirche.

Lotte sitzt in der vorletzten Reihe und wirft mir einen dankbaren Blick zu, als ich sie herwinke. Hastig verabschiedet sie sich von Jonahs Eltern, schnappt sich ihre Tasche und hechtet nach draußen. Ich will ihr gerade folgen, als ich plötzlich meinen Namen höre – meinen richtigen Namen – und erstarre. Ich will weitergehen, rennen, sprinten, doch dann erklingt mein Name wieder, diesmal in doppelter Lautstärke.

Ich beiße die Zähne hart aufeinander und drehe mich um. Marion winkt mich fröhlich zu sich. Im Chor hat sie die höchste Sopranstimme, während sie bei normalen Gesprächen nicht weniger piepsig klingt. Außerdem steht sie voll auf knallige Hüte, die einen zwei Meter weiten Radius haben und der kompletten hinteren Sitzreihe die Sicht versperren. Eigentlich habe ich nichts gegen sie, aber sie ist etwas schrullig und ihr fehlt das, was man im Allgemeinen als *Taktgefühl* bezeichnet.

Widerstrebend laufe ich auf sie zu und zwinge mich zu einem höflichen Lächeln. »Hey, Marion. Schön, dich zu sehen.«

»Gleichfalls, mein Lieber.« Sie tätschelt meine Schulter. »Du warst ja ewig nicht mehr hier.«

»Ja. Zuletzt an Ostern.« Ich räuspere mich. »Hör mal, könntest du mich bitte einfach nur Lenny nennen?«

Marion zieht die Stirn kraus. »Warum denn? Doch nicht etwa wegen der Hänseleien früher?« Sie macht eine wegwerfende Handbewegung. »Das ist doch alles Schnee von gestern. Eine Ewigkeit her.«

Oh, na gut, wenn sie das sagt. Scheiß auf meine Bitte. Scheiß auf meine Gefühle …

»Wie haben sie dich damals genannt? *Grunz Grunz*? Oder war es *Schweinchen*?«, überlegt sie.

Meine Seele krümmt sich. Diese Frau ist einfach unmöglich.

»Pah, vergiss diese Kinder. Schau dich doch mal an.« Sie zupft an meinem T-Shirt. »Du bist zu einem netten, attraktiven Mann herangewachsen. Mit einem so großen Herzen, ganz wie sein Vater. Deine Mama hat mir übrigens erzählt, dass du deinen Abschluss gemacht hast. Glückwunsch, mein Junge. Und jetzt hast du auch noch Frau und Kind. Ein Wunder.«

Mein Lächeln erstirbt. »W-Was? Woher …«

»Oh!« Lachend schüttelt sie den Kopf. »Entschuldige bitte, der mit dem Kind war ja Jonah und nicht du.«

Doch, will ich sagen. *Ich kriege auch ein Kind. Und ja, es ist ein Wunder.*

»Aber du hast eine Freundin, richtig?«, fragt sie und richtet ihren pflaumenfarbenen Hut.

Ich schlucke. »Ja.«

Und sie ist schwanger.

»Ich glaube, ich habe sie mal kennengelernt. Eine ganz Liebe.«

Und schwanger.

Maya ist schwanger. Maya ist schwanger. Maya ist schwanger!!!

Erst als der ganze Saal verstummt und mich alle mit weit aufgerissenen Augen ansehen, wird mir klar, dass ich es laut ausgesprochen habe.

46. KAPITEL

Maya

Ich wusste bereits, dass ich nach meinem Outing zu *Chinchilla Lila* von eingehenden Nachrichten überschwemmt werde, aber dass Lennys Mutter, Lennys Vater, Lennys vier Schwestern, Lennys zwei Schwäger, und Lennys Oma mir zur Schwangerschaft gratulieren würden, habe ich nicht kommen sehen. Das Display zerspringt, als mir mein iPhone vor lauter Schock aus der Hand fällt.

Für einen Moment stehe ich wie festgefroren da, frage mich, ob das ein schlechter Scherz ist oder mein chronisches Schlafdefizit meiner Wahrnehmung einen blöden Streich gespielt hat. Aber als ich das Handy wieder aufhebe, sind die Nachrichten noch da. Verzerrt durch einen spinnennetzartigen Sprung in der Mitte, aber dennoch lesbar.

Das darf nicht wahr sein. Das darf einfach nicht wahr sein. Wie ist das nur möglich? Lenny kann doch nicht wirklich …

Als es klingelt, stürme ich ohne Weiteres zur Tür.

»Was soll das?«, fahre ich ihn an und halte ihm mein kaputtes Handy entgegen.

»Oh fuck.« Lenny verzieht das Gesicht. »Ich wollte es dir noch sagen.«

»Mir sagen, dass du es deiner ganzen Familie erzählt hast?«

»Es war ein Versehen«, murmelt er und läuft mit gesenktem Kopf an mir vorbei.

»Ein Versehen?«, wiederhole ich und knalle die Tür so fest zu, dass draußen irgendein Hund zu bellen beginnt. »Du bist aus *Versehen* zum Gottesdienst gefahren und hast es aus *Versehen* allen erzählt?« Sofort fange ich wieder an zu weinen. »Wie konntest du das tun, Lenny? Wolltest du mich in die Enge treiben? Mir keine andere Wahl lassen?«

»Nein, ich … Scheiße.« Frustriert rauft er sich die Haare und blickt hoch zur Treppe.

»Sie sind nicht da«, sage ich schroff. »Vicky ist in der Bib, und Ani und Sydney machen einen Spaziergang. Und jetzt rede«, fordere ich und verschränke die Arme vor der Brust.

»Tut mir leid. Es war wirklich ein Versehen. Es ist mir rausgerutscht, das schwöre ich.«

»Das glaube ich dir nicht.«

»So war es aber!« Sein Blick ist ehrlich verzweifelt.

»Warum wolltest du überhaupt zur Kirche?«, hake ich nach. »Du gehst nie hin und bist trotzdem extra nach Potsdam gefahren!«

»Jonah hat mich mitgenommen. Es war seine Idee, es war alles spontan, und da dachte ich …«

»Du dachtest, es wäre eine gute Idee, dich an deine Werte zu erinnern? Dass jedes Leben ein Gottesgeschenk ist?«

Lenny schließt den Mund wieder, schweigt, und obwohl es wehtut, rechne ich es ihm an, dass er es nicht sofort abstreitet.

»Keine Ahnung«, sagt er leise. »Vielleicht. Aber … nicht bewusst.« Reumütig senkt er den Kopf. »Trotzdem wollte ich es nicht ausplaudern, glaub mir das bitte. Ich hätte doch niemals gewollt, dass sie es *so* erfahren. Schon gar nicht erst, ohne es vorher mit dir abzusprechen.«

»Aber jetzt wissen sie es trotzdem. O Gott.« Ich klatsche mir die Hände vors Gesicht. »Deine Familie wird mich hassen.«

»Was? Nein, Maya, sie …« Sein Ausdruck wird weich. »Sie freuen sich sogar.«

Sie freuen sich???

»Das können sie aber nicht«, schreie ich ihn unter Tränen an. »Das dürfen sie nicht. Fuck, verdammte Scheiße! Das darf nicht wahr sein. Das ist ein Albtraum. Ich kann mich da niemals wieder blicken lassen!«

Unruhig laufe ich hin und her, fächere mir mit beiden Armen Luft zu, aber alles in mir fühlt sich eng an. Als würde ich implodieren. Als würde mein Körper eine Klaustrophobie gegen sich selbst haben. Mein Herz schwillt auf die doppelte Größe an, meinem Brustkorb geht der Platz aus. Ich ersticke fast an dieser Enge.

»Hey, Maya. Atmen. Atmen.« Ich höre, wie sich Lennys Schritte nähern, doch meine Augen sind fest zusammengepresst.

»Atmen«, sagt er wieder und demonstriert ein paar tiefe Atemzüge. Schließlich tue ich es ihm gleich und atme ein und aus. Ein und aus. Ein und aus.

Irgendwann löst sich die Schlinge um meinen Hals. Langsam öffne ich die Augen und nehme nach kurzem Zögern Lennys Hand, die er mir entgegenhält. Sein Druck ist vorsichtig, als wäre meine Hand ein dünner, zerbrechlicher Gegenstand. Sanft führt er mich zum Sofa, und trotz aller Rastlosigkeit in mir folge ich seiner Aufforderung und setze mich.

»Okay.« Lenny faltet ruhig die Hände zusammen und holt tief Luft. »Zunächst einmal das Wichtigste. Niemand hasst dich, okay? Wirklich niemand.«

»Noch nicht«, korrigiere ich heiser und wische mir mit dem Ärmel über mein Gesicht. »Danach werden sie es tun.«

Er wirkt verwirrt. »Was meinst du?«

Als ich nicht antworte, erstarrt er. Sein Blick flackert zu meinem Bauch, dann schüttelt er langsam den Kopf. »Warte, du …«

»Ja.« Ein neuer Schwall Tränen verlässt meine Augen. Ich hab mich entschieden.«

»Nein …« Lenny weicht zurück und hebt eine Hand, als wollte er meine Worte aufhalten, bevor sie ihn erreichen. Noch nie waren seine Augen so weit aufgerissen.

»Doch«, wimmere ich. »Das Telefonat mit meiner Mutter hat es nur bestätigt. Ich will kein Kind. Ich bin noch nicht bereit dazu. Vielleicht werde ich das auch niemals sein.«

»Deine Mutter?« Er lässt die Hände wieder sinken und runzelt die Stirn, als könnte er mir nicht folgen. »Du hast mit ihr geredet?«

»Ja. Aber das spielt keine Rolle, denn ich wusste es schon von Anfang an. Ich kann mich nicht länger selbst täuschen.«

»Maya.« In seinen Augen tobt ein Sturm, seine Stimme bebt vor Angst und Hoffnung. »Du … wir … gestern war doch alles gut. Bitte denke noch mal darüber nach. Wir haben doch noch Zeit.«

»Noch länger kann ich nicht warten.« Ich umarme mich selbst und ziehe den Kopf ein, während ich mich schniefend vor und zurück wiege. »Das pack ich nicht.«

Lennys Miene ist schmerzerfüllt, und er gibt einen undefinierbaren Laut von sich. »Bitte, Maya.« Seine Augen füllen sich mit Tränen. Er wischt sich über die Augen und greift wieder nach meiner Hand, küsst meine Fingerknöchel, alles in ihm zittert. »Bitte. Ich liebe dich. Ich liebe *euch*.«

Mein Herz tritt abrupt auf die Bremse. Was hat er da gesagt? Er liebt *uns*? Mich und … die kleine Blase?

Oh Lenny! Wie kann unsere Beziehung das jemals überleben?

»Bitte, Maya.« Sein Kopf fällt auf meinen Schoß. Sein Gesicht presst sich gegen meinen Bauch. Sein Arm umklammert meinen Rücken. Wieder und wieder fleht er mich an.

»Bitte. Bitte. Bitte.«

Doch je öfter er es sagt, desto sicherer werde ich mir.

»Es geht nicht.« Meine Stimme bricht, und mein Herz tut es auch. »Ich kann das einfach nicht. Verzeih mir. Bitte verzeih mir.«

47. KAPITEL

Lenny

Ich wollte immer Kinder haben. Ich wollte immer Vater sein. Ich wollte eines Tages in einem vollen chaotischen Haus leben, das von lautem Stimmgewirr und Gelächter erfüllt ist. Ich wollte Kinderzimmer streichen, Schaukeln bauen, Pausenbrote schmieren. Ich wollte meine Kinder in den Schlaf wiegen, ihnen das Fahrradfahren beibringen, sie zum Training fahren, zu jeder Aufführung gehen, bei den Hausaufgaben helfen – einfach für sie da sein.

In meiner Vorstellung war es immer so: Meine Frau und ich sitzen gemeinsam im Badezimmer und warten auf das Ergebnis des Schwangerschaftstests. Danach heulen wir beide los vor Glück, ich nehme sie in die Arme, wirbele sie im Kreis herum und sage ihr, wie sehr ich sie und unser zukünftiges Kind liebe. Ich verspreche ihr, dass ich sie zu jedem Arzttermin begleite, aus Solidarität auf Alkohol und Sonstiges verzichte, immer alle Einkäufe trage und ihr so oft die Füße massiere, wie sie will. Ich sage ihr, dass ich alles für sie tun würde. Für sie und unser Kind.

Unsere Familie.

Stattdessen kam alles anders. Kein Glück, keine Freude. Nur Frust, Panik, viele Tränen und bittere Entscheidungen. Entscheidungen, denen ich nicht zustimme. Entscheidungen, die mir das Herz zerfetzen.

Und mich blutend zurücklassen.

48. KAPITEL

Maya

Die letzten sieben Tage waren die längsten und härtesten meines Lebens. Lenny war nicht da, und so musste ich allein zu Dr. Demir, um mir den Überweisungsschein für die Klinik zu holen. Ich musste allein Dokumente für die Krankenkasse ausfüllen und auch allein zur obligatorischen Schwangerschaftsberatung gehen. Glücklicherweise hat sich diese als nicht ganz so schrecklich erwiesen, wie ich befürchtet hatte. Vor dem Termin hatte ich Angst, dass man mir nur ein schlechtes Gewissen einreden und mich dazu drängen würde, es mir anders zu überlegen. Aber die Frau, mit der ich sprach, wollte mir nur dabei helfen, die richtige Entscheidung für mich zu treffen. Fast zwei Stunden war ich bei ihr, weinte und weinte und kam doch immer wieder zum selben Entschluss.

Und hier bin ich nun. Auf einer Liege, in einem weißen Patientenhemd und mit einem intravenösen Zugang in der Armbeuge. Sydney und Vicky sitzen mit Ani im Warteraum, um mich laut Vorschrift später nach Hause zu bringen. Eigentlich hätte auch eine Person gereicht, aber sie wollten alle dabei sein. Und ich bin froh darum. Ich brauche sie. *Meine Familie.*

Nur er ist nicht hier. Obwohl er vermutlich sogar weiß, dass es heute so weit ist, nachdem sich Sydney spontan freigenommen hat. Aber er hat nicht geschrieben. Kein »*Hey, du weißt, dass ich nicht kommen kann, aber ich denke an dich und hoffe, dass alles gut geht.«*

Ich bin ihm nicht böse. Lenny würde mich niemals im Stich lassen, wenn er nicht selbst völlig am Ende wäre. Die Trauer hat ihn wie einen Vorhang umhüllt, sich durch Haut und Sehnen bis in die Knochen infiltriert und ihn schließlich verschluckt.

Ich kann gar nicht glauben, dass es erst wenige Wochen her ist, als er und ich gemeinsam in seinem Bett lagen und über Anträge sprachen. In diesem Moment waren wir so verliebt, so glücklich, dass für uns beide kein Zweifel bestand, für immer zusammenzubleiben. Wie naiv wir waren. Naiv und einfältig. Niemand von uns dachte daran, dass wir vielleicht unterschiedliche Dinge vom Leben wollen.

Und nicht wollen.

Wir lieben uns noch immer, aber ich sehe keine Zukunft, in der wir beide gemeinsam glücklich sein können. Das, was er will, kann ich ihm nicht geben. Und das, was ich nicht will, braucht er. Keiner von uns sollte sich für den anderen einschränken oder ein Leben führen müssen, das ihn unglücklich macht.

Außerdem ist da noch dieser große Verlust. Selbst wenn es Lenny irgendwann gelingen sollte, den Schmerz zu überwinden, weiß ich nicht, ob er mir meine Entscheidung jemals verzeihen kann.

Gestern habe ich mich gefragt, ob ich es bereue, dass Lenny und ich ein Paar wurden. Ob ich unsere Freundschaft riskiert hätte, wenn ich gewusst hätte, wie es zwischen uns endet. Weil ich dann vielleicht nie in eine Situation wie diese geraten wäre, und wenn doch, mein bester Freund im anderen Raum auf mich warten würde.

Ich weiß es nicht. Ich weiß nicht, ob die glücklichste Zeit meines Lebens diesen Verlust wirklich wert war. Ich weiß allerdings auch nicht, ob ich auf diese schönen Erinnerungen verzichten möchte. Denn letztlich sind sie alles, was mir von ihm bleiben wird.

»Frau Zeller?«

Ich blicke auf. Die Mitarbeiterin, die mir den Zugang gelegt hat, ist wieder da. Auf ihrem Namensschild steht *Fischer*.

»Folgen Sie mir bitte.«

Es ist so weit.

Auf wackeligen Beinen setze ich einen Fuß vor den anderen und bemühe mich um eine aufrechte Haltung. Der Raum, in den ich gebracht werde, ist weiß und steril. Ich lege mich hin, mein Puls wird gecheckt, und kurz darauf wird mir ein Beruhigungsmittel verabreichet.

Es schlägt nicht an. Im Gegenteil, meine Beine fangen an zu zittern, mein Herz pocht aggressiv gegen meine Rippen, und in meinen Ohren rauscht ein Tornado. Ich kneife die Lider fest zu, schlucke heftig, schlucke noch mal, doch der dicke Klumpen in meinem Hals will nicht verschwinden.

»Alles okay?«

Unter brennenden Lidern schlage ich die Augen wieder auf. Frau Fischer wirft mir einen besorgten Blick zu.

»Ich … weiß nicht«, gestehe ich. »Ich habe …« Schnell schiebe ich das Wort Angst zurück in meinem Mund, aus Sorge sie würde mich zu fragil für dein Eingriff halten.

»Vermutlich wäre es einfacher, wenn … also … Können meine Freundinnen vielleicht doch dabei sein?«, frage ich kleinlaut. »Ich weiß, das ist eigentlich nicht erlaubt …«

»Das geht nicht, Herzchen.« Sie mustert mich bedauernd, und mir sinkt der Mut.

»Aber ich … Wenn sie nur ganz kurz …«

»Hey, Sie sind nicht allein.« Ihr halbes Gesicht wird durch den Mundschutz verdeckt, aber ihre Augen blicken mich fest an. »Ich bin hier. Und zwar so lange, bis Ihre Freundinnen mich später ablösen, okay?«

Ich nicke schniefend. »Okay.«

Kurze Zeit später treten zwei weitere Menschen in den Raum. Sie tragen grüne OP-Kittel, Handschuhe, und Mundschutz. Mein Herz rast.

Frau Fischer drückt meinen Arm. »Bereit?«

Nein. Dafür kann und werde ich nie ganz bereit sein. Und doch weiß ich, dass es das Richtige für mich ist.

Ich dränge die Tränen zurück und nicke, während ich mich so allein und verloren fühle wie noch nie. »Bereit.«

49. KAPITEL

Maya

Ich träume von einem Happy End.

Ich träume von Vick, Syd und unserer WG, in der wir als Familie für immer zusammenwohnen. Ich träume von Lenny, der mir verzeiht, weil er mich liebt und Liebe alles durchstehen kann. Ich träume, wie ich mich mit meiner Familie versöhne, und dass die Vergangenheit mich nicht länger einholt. Ich träume davon, wie ich Skateboard fahre, träume davon, wie ich Bilder male. Ich träume von Tattoos auf meiner Haut, kreativen Studiengängen und kreativen Berufen. Ich träume von Freiheit. Ich träume von freiem Willen. Ich träume von freien Entscheidungen. Ich träume davon, selbst zu bestimmen. Über mich. Über mein Leben. Über meinen Körper.

Als ich aufwache, spüre ich Lennys Hand in meiner. Als ich sie drücke, drückt er zurück. Als ich frage, ob er es wirklich ist, antwortet er mir. Und entschuldigt sich. Dafür, dass er mich allein gelassen hat. Dass er mich emotional unter Druck gesetzt, mir Schuldgefühle gemacht hat. Dass er mich nicht zu einer Zukunft hätte überreden sollen, die nicht meine ist, nur weil es seine ist.

Er sagt, dass er mich mehr als alles andere auf der Welt liebt. Und wir alles durchstehen. Er nicht ohne mich sein kann. Ich alles bin, was er braucht. Wir so oder so eine Familie sind, und er, egal was passiert, immer an meiner Seite sein wird. Weil alles andere keinen Sinn ergeben würde. Weil wir beste Freunde sind. Partner. Seelenverwandte.

All das wiederholt er wieder und wieder und wieder. Als wollte er sichergehen, dass sich die Worte in mich einbrennen. Damit ich sie niemals vergesse, niemals an ihnen zweifele.

Doch als ich die Lider aufschlage, bin ich allein. Als ich mich umsehe, ist da niemand. Als ich nach ihm rufe, kommt er nicht. Ich falle aus meinem Traum und lande krachend in der Wirklichkeit.

Denn das Leben ist nun mal kein Märchen.

EPILOG

Drei Jahre später

Maya

Die warme Augustsonne scheint auf den hölzernen Kletterturm, auf dem sich die Kids in einem wirren Knäuel zusammenquetschen und schreiend darüber diskutieren, wer als Nächstes mit Rutschen dran ist. Es ist zugegebenermaßen eine echt coole Rutsche, feuerrot, mit einem sehr steilen Winkel und drei Kurven. Doch die Kinder wollen sich am liebsten alle gleichzeitig durch die Röhre zwängen.

Ein etwas größerer, rotbäckiger Junge schubst sich mit seinen Freunden im Schlepptau an den Wartenden vorbei. Als sie alle nacheinander runtersausen und sich kurz danach wieder nach vorn drängeln, bricht lautes Geheule aus. Besorgte Eltern stürzen zum Klettergerüst, checken die Lage und trösten ihre Sprösslinge. Rotbacke wird von seiner Mutter durch den Sandkasten gezerrt, und über den Spielplatz hinweg erreichen mich vereinzelte Fetzen ihrer Schimpftirade.

»Welches ist Ihres?«

Ich zucke zusammen und reiße den Blick zur Seite. Auf der Nachbarbank sitzt eine blonde Frau, die mit einer Hand einen Kinderwagen vor- und zurückschiebt. Sie schenkt mir den typisch sanftmütigen »Ich bin Mutter und es ist die reinste Erfüllung«-Blick, den man aus Windel-Werbungen kennt.

»Äh, keins«, gestehe ich und lächele verlegen.

Die Frau runzelt die Stirn. Schnell füge ich hinzu: »Mein Bein hat wehgetan« und deute auf mein herumliegendes Skateboard. Ein Bluff natürlich, aber irgendwie will ich erklären, warum ich mich ohne Kind auf einem Spielplatz befinde.

»Oh. Ach so.« Sie lächelt höflich und wendet sich wieder ab, offenbar nicht weiter daran interessiert, mit einer Kinderlosen Small Talk zu führen. Soll mir recht sein. Ich bin nicht hier, um mich mit Fremden zu unterhalten.

Mein Blick fällt zurück zum Turm und den streitenden Kindern, und wieder stelle ich mir die unausweichliche Frage.

Was, wenn eins davon meins wäre?

Unser Kind wäre heute zwei. Es würde sprechen oder gebärden, laufen oder krabbeln oder … keine Ahnung, was Kinder in dem Alter noch so tun. Ich frage mich, wie es wohl aussähe. Welchen Charakter es hätte. Vielleicht wäre es ein kleiner Rabauke, der darauf bestünde, als Erster zu rutschen. Oder aber eher stiller, schüchterner; ein Kind, das lieber im Sandkasten Türme baut, als das Klettergerüst zu erobern.

Ich bereue nichts.

Zwar vermisse ich die kleine Blase hin und wieder, aber ich weiß, dass es damals die richtige Entscheidung war. *Für mich.* Ich war noch nicht so weit. Trotzdem tut es weh. Manchmal weine ich deswegen, manchmal starre ich über Stunden leer vor mich hin, und manchmal setze ich mich an einem Spielplatz auf eine Bank, beobachte Eltern mit ihren Kindern, und verliere mich in der Vorstellung, auch eine von ihnen zu sein.

Eine Mutter.

Fast niemand weiß, was vor drei Jahren passiert ist. Ich habe mich einfach nicht getraut, darüber zu reden, aus Angst, man könnte mich für meine Entscheidung verurteilen. Vielleicht wäre es anders, wenn die Welt anders wäre. Wenn eine Entscheidung wie meine nicht direkt verurteilt würde. Lennys Familie hat das schon zur Genüge getan.

Ein schwerer Klumpen bildet sich in meinem Magen. O nein, ganz böses Thema! Schnell schiebe ich das stechende Gefühl beiseite und zücke mein Handy, in der Hoffnung, mich durch etwas digitale Ablenkung auf andere Gedanken zu bringen. Mein Display zeigt mir zwei neue Nachrichten von Max an, allerdings in unserem Privatchat und nicht in der Gruppe. Komisch. Wir schreiben uns sonst nie.

Max: Das wurde mir gerade angezeigt. Bad Hair Day, was? :P

Als ich das Bild öffne, das er dazu geschickt hat, entkommt mir ein leises Lachen. Es ist ein Foto von *Chinchilla Lila*, bei der die Perücke so aussieht, als hätte Lila in eine Steckdose gefasst.

Ich: Looool, die Frisur! Sind die Memes etwa wieder im Trend?

Max: Glaub nicht. :D Keine Ahnung, wieso es in meinen Algorithmus gerutscht ist.

Ich: Verstehe … Jetzt weiß ich, was du illegal streamst!

Max: Noin!!!

Ich: Hahaha, du Arsch! :D

Während Max eine Antwort tippt, leite ich das Foto an meine Schwester weiter. Sie antwortet fast augenblicklich.

Sophie: HAHAHAHAHAHAHAHAHAHAHAHA-HAHA

Ich: Ich wusste, dass es dich zum Lachen bringen würde. :D

Sophie: Aber nur, weil Mama genauso ausgesehen hat, nachdem sie sich letztens an unserem neuen Lockenstab versucht hat.

Sophie schickt ein Foto, und ich muss mir eine Hand auf den Mund pressen, um nicht vor Lachen loszubrüllen. Unsere Mutter sieht aus wie ein wütendes Schaf mit Dauerwelle, die Hand nach vorn ausgestreckt, als wollte sie verhindern, dass jemand diesen Moment festhält.

Freches Schwesterchen …

Ich: Wenn ihr zwei in den Herbstferien zu Besuch kommt, kann sie ja mal meinen Lockenstab ausprobieren!

Sophie schickt zwei gereckte Daumen und ein Schaf-Emoji, dann geht sie offline. Schmunzelnd schließe ich unseren Chat und tippe die neue Nachricht von Max an.

Max: Wir haben uns echt lange nicht mehr gesehen … Hast du Lust, dich irgendwann zu treffen? :)

Überrascht hebe ich die Augenbrauen. Das kam jetzt unerwartet. Ich überlege kurz, dann antworte ich aus dem Bauch heraus.

Ich: Sehr gern. :)

Als die Frau von der Nachbarbank mit ihrem Kinderwagen vorbeiwill, rolle ich mein Skateboard zur Seite. Wir lächeln uns zum Abschied an, ehe sie mit ihren beiden Kids den Spielplatz verlässt. Vermutlich sollte ich mich auch langsam mal auf den Weg machen. Wenn ich noch länger hier herumlungere, wird es creepy. Außerdem findet später noch die Party statt, zu der ich mich umziehen wollte.

Vorfreude durchströmt mich. Es wird unser erstes gemeinsames Treffen nach einer gefühlten Ewigkeit sein. Vicky war während der letzten zwei Monate bei einer Ausgrabung in Ägypten, und Sydney hat so viel für ihren Abschluss gelernt, dass ich sie auch kaum gesehen habe. Aber wenigstens kann sie sich nun offiziell als Konditorin bezeichnen. Ich bin stolz auf die beiden. Stolz, dass sie ihren Weg gehen und sich immer mehr selbst finden.

So, wie ich es auch tue.

Ich strecke mich ein letztes Mal, dann angele ich nach meiner Tasche und will gerade aufstehen, als ich plötzlich meinen Namen höre.

»Maya?«

Ich erstarre. Diese Stimme …

Langsam drehe ich mich um. Halte den Atem an. Schaue auf. Und da steht er, direkt am Eingang. Seine große Silhouette wird von der Sonne eingerahmt. An seinen Oberkörper schmiegt sich ein glattes weißes Hemd, das er mit einer blauen Jeans kombiniert. Die braunen Lederschuhe haben die Farbe seines Gürtels. Die Haare sind kurz, der Dreitagebart gestutzt.

Er sieht so erwachsen aus.

Keine Spur vom schüchternen achtzehnjährigen Jungen, den ich vor neun Jahren kennengelernt habe. *Neun Jahre* … Eine völlig andere Zeit. Ein völlig anderes Leben.

Als unsere Blicke sich begegnen, stolpert mein Herz. Tiefe

Ozeanaugen reißen mich in ihren Strudel. Ich blinzele mehrmals, öffne den Mund, schließe ihn jedoch wieder, weil ich nicht weiß, was ich sagen soll. Lenny ist hier, und ich bin absolut nicht darauf vorbereitet!

»Hey«, presse ich hervor und zwinge mich zu einem Lächeln.

Er antwortet nicht. Vielleicht überrumpelt ihn die Situation genauso sehr wie mich. Wobei er nicht überrascht wirkt, eher ... angespannt. Besorgt. Oder sogar enttäuscht?

»Es ... ist nicht, wie du denkst«, sage ich schnell.

Seine Miene wird hart. »Du hattest es versprochen.«

»Ich weiß, aber ...«

»Du wolltest mir sagen, wenn es dir schlechter geht.« Er macht eine Pause, presst die Lippen fest zusammen. »Du wolltest nicht schon wieder alles mit dir selbst ausmachen. Du hattest es versprochen.«

»Aber es geht mir gar nicht schlecht«, protestiere ich. Ich verstehe ja, warum er diese Schlüsse zieht. Als er mich das letzte Mal hier gefunden hat, saß ich heulend in einem der Häuschen, weil sich meine Periode um ein paar Tage verschoben hatte. Lenny war total überrascht, weil ihm überhaupt nicht klar war, mit welcher Heftigkeit mich die Flashbacks jedes Mal erwischen. Ich musste ihm daraufhin versprechen, ihn beim nächsten Mal in meinen Kummer einzuweihen.

Was ich auch tun werde, aber heute geht es um etwas völlig anderes.

»Und was machst du dann hier?«, fragt er, und in seiner Stimme schwingt hörbare Skepsis, die ich ihm nicht einmal verübeln kann.

Seufzend winke ich ihn rüber. Er setzt sich neben mich, und ich nehme mein Handy vom Schoß und öffne die Mail, die ich vor ein paar Stunden bekommen habe. Schweigend reiche ich es ihm. Lenny überfliegt die Absage, dann entfährt ihm ein leises »Oh« und er wirft mir einen zerknirschten Blick zu.

»Schon okay«, winke ich ab und richte den Blick auf mein volltätowiertes Bein. Früher war dort nur eine Eule, aber inzwischen wird sie von einem märchenhaften Wald umschlossen, der sich bis zu meinen Fußgelenken zieht und in dem sich allerlei andere Fabelwesen tummeln.

»Ich wusste ja, dass meine Chancen gering standen. Die UdK nimmt halt nicht jeden. Ich weiß nicht mal, ob ich wirklich traurig bin. Nur ein bisschen enttäuscht. Aber das hat mich wieder über alles Mögliche nachdenken lassen, weißt du?« Ich nicke zum Klettergerüst und verweile mit dem Blick auf Rotbacke, der nun offenbar wieder rutschen darf. »Damals habe ich mich gegen ein Kind entschieden, um … na ja, für mich. Um mein Leben zu leben. Und nicht Jahre später nur herumzugurken.«

»Aber du gurkst doch nicht rum«, wendet er ein. »Und selbst wenn du es tätest, wäre das doch auch völlig in Ordnung. Das Leben muss nicht aus permanenter Leistung bestehen. Abgesehen davon hast du einen Vollzeitjob«, erinnert er mich.

»Und der ist ja auch toll!«, räume ich ein.

Vince hat mich nach meinem Masterabschluss in die Firma geholt, für die er schon seit dem Studium tätig ist. Die Arbeit als Produktdesignerin für die Marke *Kombu-Ciao* ist kreativ und abwechslungsreich. Ich darf die Entwürfe für die Flaschenetiketten erstellen und mir neuerdings auch philosophische Sprüche ausdenken, die in die Flaschendeckel gedruckt werden. Bei der Arbeit gibt es immer eine Menge Gratis Kombucha, und außerdem ist mir Vince, seit wir zwei Kollegen sind, sehr ans Herz gewachsen. Eigentlich will ich gar nicht kündigen, um wieder zu studieren.

»Trotzdem …« Ich halte inne.

»Trotzdem was?«, hakt er nach und schirmt die Sonne mit der Hand ab, um mich besser anzusehen.

»Trotzdem habe ich manchmal das Gefühl, dass ich es der kleinen Blase schulde, meine Träume zu verwirklichen.«

Lenny lässt die Hand wieder sinken, und ich weiß nicht, ob es das blendende Licht oder meine Worte sind, die ihn das Gesicht verziehen lassen.

»Maya …«, beginnt er, weiß aber offensichtlich nicht, was er sagen soll. Im Gegensatz zu mir scheint er die Geschichte nämlich viel besser verarbeitet zu haben, was rückblickend etwas ironisch ist, wo er es doch war, der anfangs so unter dieser Entscheidung gelitten hatte. Aber irgendwann ist sein Schmerz verheilt, während meine seelischen Narben auch nach Jahren nicht verblasst sind. Wir haben eben *nicht* dasselbe erlebt. Es war nicht sein Körper, der derart beansprucht wurde.

»Egal«, sage ich und stehe auf, ehe ich mir den Sand von meinen Vans klopfe. »Es geht mir gut.«

Lenny presst die Lippen zusammen und mustert mich unschlüssig.

»Wirklich«, schiebe ich lächelnd hinterher und halte seinem bohrenden Blick so lange stand, bis er sich abwendet.

»Okay«, entgegnet er und steht ebenfalls auf.

»Woher wusstest du eigentlich, dass ich hier bin?«, frage ich, während wir zum Ausgang laufen.

»Keine Ahnung.« Er schiebt die Metalltür auf und lässt mich vor. »Ich schätze, diesen Skill hat man wohl, wenn man der beste Freund auf der Welt ist.«

Ein überraschtes Lachen platzt aus mir heraus. Typisch Lenny, denke ich und knuffe ihn in die Seite. Es gibt keinen, der so galant von bedrückter Stimmung in frotzelnde Albernheit wechseln kann.

»Gib zu, dass du mich verwanzt hast«, ziehe ich ihn auf.

»Fast. Ich bin auf dem Rückweg an dem Spielplatz vorbeigekommen und habe dich an deinen zwei Zöpfen erkannt.«

»Ah. Das ergibt mehr Sinn.« Das Umweltinstitut, in dem er seit einem halben Jahr arbeitet, liegt hier ganz in der Nähe.

Mit dem Skateboard unter dem Arm geklemmt laufe ich neben ihm her, bis er mir das Board abnimmt, um nach meiner Hand zu greifen. Ein warmes Kribbeln schießt in meine Fingerspitzen.

»Du Kavalier«, spotte ich, um davon abzulenken, dass es meinen Körper auch nach Jahren in Aufruhr versetzt, wenn seine Haut auf meine trifft.

»Warum? Jetzt sieht es doch aus, als ob *ich* der Skater wäre.« Lenny imitiert einen breitbeinigen Gang, der wohl cool aussehen soll.

Ich verkneife mir ein Grinsen. »Wir müssen dir noch eine Cap besorgen, die du dann verkehrt herum trägst.«

»Oder seitlich.« Er wackelt mit den Augenbrauen und nun muss ich doch kichern.

»Quatschkopf«, sage ich, woraufhin er sich vorbeugt und mir einen kleinen Kuss auf den Scheitel drückt. Als er weitergehen will, ziehe ich an seinem Shirt, um ihn aufzuhalten.

Langsam stelle ich mich auf die Zehenspitzen, nähere mich seinem Gesicht, und als sich unsere Lippen berühren, surrt es in meinem Kopf, wie eine defekte Glühbirne, die durch eine plötzliche Stromzufuhr hell aufleuchtet. Es soll eigentlich nur ein kurzer Kuss sein, aber Lenny vertieft ihn, indem er meine Lippen mit der Zunge teilt. Meine Knie werden weich. Sehnsüchtig schlinge ich die Arme um seinen Nacken, lasse meine Zunge um seine kreisen und gebe ein ersticktes Seufzen von mir, als er mir sanft auf die Unterlippe beißt. Erst als eine johlende Gruppe Jugendlicher an uns vorbeigeht, lösen wir uns mit roten Wangen voneinander.

»Bist du glücklich?«, frage ich, als wir Arm in Arm weiterlaufen. Die Frage kommt einfach so aus mir heraus, und mir wird erst klar, was ich gesagt habe, als ich spüre, wie sich Lenny unter meinem Griff versteift.

»Warum machst du das immer?«, stöhnt er und wirkt kurz so, als wollte er von mir ablassen.

»Was meinst du?«, frage ich und kralle mich sicherheitshalber ein wenig fester an ihn.

»Ich albere mit dir herum und knutsche dich in aller Öffentlichkeit ab – was glaubst du denn?«, fragt er und funkelt mich an. »Dass ich todtraurig bin? Natürlich bin ich glücklich. Das Einzige, was mich unglücklich macht, ist die Tatsache, dass du ständig daran zweifelst.«

Betreten senke ich den Kopf. »Ich will mich doch nur vergewissern, dass es immer noch so ist.«

»Ja. Und damit musst du wirklich aufhören.« Er reibt sich über die Nasenflügel, als wäre er mit seiner Geduld allmählich am Ende. »Ich werde ganz bestimmt nicht eines Tages aufwachen und das Gefühl haben, meine Zeit zu verschwenden, nur weil du vielleicht oder niemals Kinder haben willst.«

»Das kannst du nicht wissen«, murmele ich, und wieder stöhnt er.

»Und ob ich das kann.«

»Ich … ich will einfach nicht, dass du meinetwegen auf irgendwas verzichtest.«

Lenny gibt einen gequälten Laut von sich. »Wie oft noch, Maya? Ich verzichte auf nichts.«

»Noch nicht«, brumme ich.

»Okay, das reicht.«

Abrupt ändert er den Kurs und zieht mich in eine ruhige Straße. Stolpernd folge ich ihm und gebe ein leises Quieken von mir, als er mich mit einem Ruck auf den nächstbesten

Fenstersims hievt. Lenny lehnt mein Skateboard gegen die Hauswand und legt die Hände links und rechts von meinen Beinen ab. Als er sich vorbeugt, nagelt mich sein Blick so fest, dass ich es kaum wage zu blinzen.

»So, und jetzt verrat mir doch bitte noch einmal, was ich dir damals direkt nach deinem Eingriff ungefähr zwanzig Mal gesagt habe, weil du nach der Narkose immer wieder weggedämmert bist und alles vergessen hast.«

Ich brauche einen Moment, um mich zu erinnern. »D-Das du mich über alles liebst?«

»Richtig.« Er wühlt in seiner vorderen Hemdtasche und zieht einen Kuli hervor.

Einen Kuli?!

»Und was noch?«, fragt er weiter.

»Dass …« Ich baumele mit den Füßen, während ich nachdenke. »Ich deine beste Freundin bin und deine Partnerin und deine Seelenverwandte?«

Lenny tritt noch näher, unsere Nasenspitzen berühren sich leicht, und als seine Hand nach meiner tastet, schießt Hitze durch meinen ganzen Körper.

»Was noch?«, fragt er dicht an meinen Lippen.

»Ähm …« Seine Nähe bringt mich aus dem Konzept. »Dass ich alles bin …« Ich schließe die Augen, kann kaum atmen.

»Sag es«, fordert er mich auf, die Stimme rau und dunkel.

»Ich … bin alles, was du brauchst«, bringe ich hervor und öffne die Augen langsam wieder.

Lenny nickt ernst. »*Du* bist alles, was ich brauche«, wiederholt er und schaut dann auf unsere Hände. Als ich seinem Blick folge, schnappe ich nach Luft.

Um meinen rechten Ringfinger zieht sich ein dünner schwarzer Kulistrich.

Ein Ring.

Es war Sydney, die uns irgendwann darauf hinwies, dass der fünfzehnte August nicht nur ein besonderer Tag für sie und Luke, sondern für jeden von uns ist. Damals, bei der Party vor neun Jahren nahmen all unsere Geschichten ihren Anfang. Wir trafen auf Menschen, die unsere Leben für immer veränderten. Drei Begegnungen, die doch irgendwie alle zusammenhingen. Alles begann in dieser einen Berliner Nacht.

Und deshalb feiern wir den fünfzehnten August. Wir feiern Freundschaft und Liebe. Wir feiern erste Blicke und Küsse. Wir feiern Versprechen und Fehler. Wir feiern das Glück im Unglück. Wir feiern, dass wir alle noch da sind, dass wir Unfälle überlebt und Verluste überwunden haben. Wir feiern diejenigen, die unser Leben verändert haben und viel zu früh von uns gegangen sind.

Kurz: Wir feiern das Leben und uns.

Die Party findet in einer Rooftop Bar unweit vom Alexanderplatz statt. Palmen und Lampions schmücken die Dachterrasse, von der man geradewegs auf den Fernsehturm blicken kann. Es gibt eine Bar und eine Tanzfläche, auf der die Gäste in ihrer eleganten Abendgarderobe zu Best-of-Klassikern mitschwingen. Mir persönlich ist die Location etwas zu nobel, aber da unser Eventmanager Luke den Veranstalter gut kennt, konnte er uns kostenlos reinbringen.

Ich zupfe an meinem Kragen, der mir eng um den Hals sitzt. Ich hatte völlig vergessen, wie unbequem Anzüge sind. Aber leider schreibt der Dresscode sie heute vor, und irgendwie hat es auch etwas Nostalgisches, genauso herausgeputzt zu sein wie damals auf der Abiparty.

Mein Blick fällt auf Maya, die ein asymmetrisch geschnittenes, kurzes schwarzes Cocktailkleid mit nur einem Ärmel trägt. Ihre Schuhe haben hohe Absätze, die Haare liegen offen auf ihren Schultern. Etliche Ketten und Armreifen klimpern an ihr, doch ihr schönstes Accessoire ist der gemalte Ring an ihrem Finger. Den gleichen, den ich auch habe.

»Sollen wir es ihnen sagen?«, frage ich leise an ihrem Ohr.

Mayas Augen leuchten auf bei meinen Worten. Mit einem breiten Grinsen wendet sie sich der Tanzfläche zu, doch dann hält sie inne und schüttelt den Kopf. »Lass es uns lieber morgen tun. Heute geht es um uns alle.«

»Wie du willst«, sage ich und lege den Arm ein Stück fester um ihre Taille. Wir stehen etwas abseits am Geländer. Die anderen befinden sich auf der Tanzfläche und steppen zu *I Wanna Dance With Somebody*. Vicky, die in ihrem neonpinken Kleid besonders hervorsticht, wird von Vince mehrmals im Kreis gewirbelt, bevor er sie dann dicht an sich zieht. Stirn an Stirn reiben sie ihre Hüften im Einklang der Melodie und trotz der Entfernung kann ich sehen, wie sie die Lyrics mitsingen.

I wanna dance with somebody

I wanna feel the heat with somebody!

Dann küssen sie sich – seit Vicky wieder zurück ist, tun sie fast nichts anderes mehr. Der Anblick lässt mich lächeln. Es ist schön zu sehen, wie verliebt die zwei auch nach Jahren sind.

Hinter ihnen sind Luke und Sydney, die nicht weniger glücklich zu sein scheinen. Luke hat die Arme von hinten um Sydney geschlungen und sein Gesicht in ihrer Halsbeuge vergraben. Sydney hält die Augen geschlossen und lächelt. Die beiden wiegen sich mehr, als dass sie tanzen, weil ihre Beine vermutlich nicht mehr Kraft aufbringen. Die letzten Wochen waren hart für Sydney und Luke. Büffeln für die Prüfungen und nebenbei noch die Renovierung des brandneuen »*Coffee & Books*«-Verkaufswagens, mit dem sie Sydneys Gebäck zukünftig auf Streetfood-Märkten und gebuchten Events anbieten wollen. Der Kontrast zwischen mir und ihnen könnte nicht größer sein. Ich habe nichts, für das ich brenne. Mein Job im Umweltinstitut ist zwar cool, aber er ist nicht die Erfüllung meiner Träume.

Andererseits halte ich diesen gerade im Arm …

»War das eigentlich dein Ernst?«, fragt Maya und legt mir eine Hand auf die Brust, während sie zu mir aufschaut. »Ringtattoos?«

Ich lächele. »Das wolltest du doch, oder?«

»Ja schon, aber ich hätte niemals gedacht, dass du wirklich …« Sie beißt sich auf die Unterlippe und senkt den Kopf. Ein Windstoß fegt durch ihre Haare und verdeckt den größten Teil ihres Gesichts. »Was ist mit deiner Familie?«, flüstert sie. »Nicht, dass sie mich dann noch mehr hassen.«

Ach Maya …

»Tun sie doch gar nicht«, sage ich und streiche ihr die Strähnen hinter die Ohren. Ein paar Gemeindemitglieder, die sich nicht um ihre eigenen Angelegenheiten kümmern, vielleicht. Aber die spielen ohnehin keine Rolle. Der wichtigste Kern hält zu uns, und das weiß sie auch.

»Wissen deine Eltern es denn?«, fragt sie und greift nach meiner rechten Hand, um den verwackelten Kulistrich zu inspizieren, den sie mir vorhin aufgekritzelt hat.

»Dass ich den Rest meines Lebens mit dir verbringen möchte? Ich glaube, das wussten sie sogar noch vor mir.«

Trotz der Dunkelheit sehe ich, wie sich ihre Wangen röten. »Also … hattest du es nicht geplant?«

Ich wiege den Kopf hin und her. »Ja und nein, falls das irgendwie Sinn ergibt.«

»Du wolltest es tun, wusstest aber nicht, dass es heute sein würde?«

»Genau.«

Jetzt lächelt sie, und es ist ein warmes, strahlendes Lächeln, das die Dunkelheit erhellt. »Du verdammter Romantiker«, wispert sie und küsst mich auf den Hals. Ein wohliger Schauer jagt über meinen Rücken.

Zu gern würde ich den siebzehnjährigen Lenny jetzt herbeamen, um mit ihm einzuschlagen und ihm zu sagen, dass er überhaupt kein Loser ist, der niemals eine abkriegen wird. Beim Anblick von Maya würden ihm vermutlich die Augen aus den Höhlen fallen, und er würde den Ständer seines Lebens kriegen.

Ein Jahr noch, Vergangenheits-Lenny. Dann wirst du sie auf einer Abiparty treffen, und es wird dich so hart erwischen.

»Lenny?«

Ich schaue zu ihr runter. »Ja?«

»Vielleicht … irgendwann«, sagt sie leise, und als Antwort zucke ich lächelnd mit den Schultern, weil es mir wirklich nichts mehr ausmacht, ob wir mal Kinder haben werden oder nicht. Seit damals bin ich älter geworden und sehe die Dinge nun klarer und weniger naiv. Ich liebe Kinder nach wie vor, aber was ich eigentlich immer wollte, war eine Familie. Und diese habe ich in Maya gefunden. Ich könnte auf alles verzichten, aber nicht auf sie.

»Wie heißen wir dann eigentlich?«, wechselt Maya das Thema. »*Die Lennarts?* Oder willst du, dass wir unsere Namen nicht ändern?«

»Um ehrlich zu sein, wäre es mir lieber, wir würden deinen annehmen«, gestehe ich.

»Wirklich?« Sie stutzt. »Aber *Lennart* ist doch viel cooler als *Zeller*.«

Ansichtssache …

»Dann vielleicht einen Doppelnamen?«, schlage ich vor. »So rutscht mein Nachname in die Mitte und wirkt noch eher wie ein Vorname. Ich hatte allerdings auch überlegt, meinen Vornamen offiziell zu ändern und auf dem Pass dann Lennart Zeller zu heißen.«

»Oh.« Maya macht große Augen. »Krass, ich wusste nicht, dass das überhaupt geht. Dann wird Lennart dein Vorname und Eberhard kommt weg?«

Sofort zucke ich zusammen. »Maya!«, zische ich und schaue mich panisch um. Hoffentlich hat das niemand gehört.

»O nein, sorry!« Sie verzieht das Gesicht und drückt meine Hand. »Dann eine Vornamensänderung. Und mit Nachnamen heißen wir dann Zeller. Alles, was mein Zukünftiger will.«

»Dich.« Ich sehe ihr fest in die Augen. »Nur dich.«

Nur dich. Nur dich.

»Und ich will, dass ihr eure faulen Ärsche zur Tanzfläche bewegt!«, sagt Vicky, die plötzlich neben uns steht und sich bei uns unterhakt, um uns mit sich zu zerren. Luke und Sydney hat sie wohl ebenfalls rekrutiert, denn diese stehen nun bei Vince. Nur wir fehlen. Und deshalb laufen wir zu ihnen. Weil heute nun mal *die* Nacht ist.

Die Nacht.

Und dann tanzen wir. Wild. Ausgelassen. Ohne Hemmungen. Ohne Scham. Bis Frisuren verrutschen und Füße schmerzen. Bis die Glieder schwer und die Stimmen heiser werden. Doch wir hören nicht auf. Wir tanzen weiter, immer weiter, bis die Sonne durch die brennenden Wolken emporsteigt und die Welt in ein morgendliches Rosa taucht.

»Dieser Moment ist gerade wie der Abspann eines Liebesfilms«, schreit mir Maya durch die jazzigen Bässe von Stevie Wonders *Isn't She Lovely* entgegen. Ein paar Haare kleben ihr an der Stirn, ihr Augen-Make-up ist verschmiert, die Lider vor Müdigkeit ganz träge, und alles, was ich denke ist, dass Stevie mit jeder einzelnen Silbe verdammt recht hat.

»Wie meinst du das?«, rufe ich zurück und weiche Vicky und Sydney aus, die in Walzerschritten an uns vorbeirauschen.

»Du weißt schon – die letzte Szene eines Films, bei der alle gut gelaunt zu einem flippigen Song tanzen. So wie jetzt gerade. Du und ich, Arm in Arm, umringt von unseren Freunden, die wir lieben. Und im Hintergrund die wunderschöne Atmosphäre mit der Skyline Berlins. Es ist perfekt«, seufzt sie und blickt zum Sonnenaufgang. »*Und sie lebten glücklich bis ans Ende ihrer Tage*. Abspann und Ende.«

Lächelnd schüttele ich den Kopf. Maya und ihre Liebesfilme …

»Du bist so was von …«

»Süß?« Sie grinst schelmisch.

»Das auch, aber ich wollte eigentlich sagen, kitschig.«

»Ähm, excuse me, Nicholas Sparks?« Sie hält mir ihren Ringfinger vor die Nase, und ich lache.

Touché.

»Aber was kommt nach dem Happy End?«, frage ich und streiche mit dem Daumen über die weichen Konturen ihrer Wange. »Die Geschichte ist erzählt, und jetzt?«

Ihre Augen leuchten im Schein des Sonnenaufgangs, und ich schwöre, ich verliebe mich erneut in sie.

»Jetzt wird eine neue Geschichte geschrieben.«

NACHWORT

(ENTHÄLT SPOILER FÜR DAS GANZE BUCH)

Es gibt einen Begriff, der sich »Mother Shaming« nennt – das Verurteilen, Kritisieren und Erniedrigen von Müttern, wenn sie sich entgegen dem Ideal verhalten. Wer sich beispielsweise gegen das Stillen entscheidet oder das Kind nicht natürlich auf die Welt bringt, wird Spott und Hohn ausgesetzt. Die ideale Mutter sei eine, die genau nach dem Plan handelt, nur für ihren Nachwuchs lebt, alles Persönliche in ihrem Leben aufgibt und sich nicht darüber beschwert. Selbstaufopferung wird nicht nur geschätzt, sondern regelrecht verlangt. Negative Gedanken hinsichtlich Schwangerschaft und Mutterschaft sind tabuisiert und werden verurteilt. Und das ist ein großes Problem.

Mother Shaming trifft jedoch auch jene Personen, die sich gegen ein Leben mit Kindern entscheiden, denn nicht alle Menschen wünschen sich welche und sehen ihre Erfüllung in einem klassischen Leben mit Haus, Partner:in und Kind. Wer das aber laut zugibt, dem wird nicht geglaubt oder prophezeit, es später zu bereuen. Kein Wunder, dass das Thema Schwangerschaftsabbruch in der Gesellschaft grundsätzlich totgeschwiegen wird.

Wer schwanger wird, hat jedoch auch die Möglichkeit, sich gegen die Schwangerschaft zu entscheiden. Die Gründe für diesen Entschluss spielen keine Rolle, denn es ist und bleibt die Entscheidung der Schwangeren, was mit ihrem Körper passiert. Die Gesellschaft ist allerdings anderer Meinung. Noch immer gelten Schwangerschaftsabbrüche als Straftat (§ 218 StGB), noch immer wird das Thema stark stigmatisiert und Betroffene sowie die durchführenden Ärzt:innen Schikanen ausgesetzt. Viele Betroffene machen diese überfordernde Situation hauptsächlich mit sich selbst aus, aus Angst, verurteilt zu werden.

Mit diesem Buch wollte ich auf ein Thema hinweisen, für das meiner Meinung nach viel mehr Verständnis aufgebracht werden sollte. Ich wollte euch außerdem in die Welt einer Betroffenen eintauchen und euch an ihren Gedanken teilhaben lassen. Ebenso wollte ich aufzeigen, wie hart eine solche Entscheidung sein kann, und dass diese Menschen weder egoistisch noch gedankenlos sind.

Nicht jede:r hätte dieselbe Entscheidung wie Maya getroffen, und das ist okay. Wichtig ist, dass ihre ebenso respektiert wird wie die, sich für eine Schwangerschaft zu entscheiden.

Falls ihr euch jemals in Mayas Situation wiederfinden solltet, dann hoffe ich sehr, dass ihr auch Menschen an eurer Seite habt, denen ihr euch anvertrauen könnt, und in Ruhe eine Entscheidung trefft, die für euch, und nur für euch richtig ist.

Euer Körper, eure Regeln.

Alles Liebe
Mounia

DANKSAGUNG

Bei dieser Danksagung weiß ich gar nicht, wie ich anfangen soll. Während ich an dieser Reihe geschrieben habe, gab es so viele wunderbare Menschen, die mich vor allem bei diesem Buch unterstützt haben und unendlich viel Dank verdienen.

Vielleicht starte ich einfach mal mit dir, liebe:r Leser:in. Danke, dass du mein Buch, und vielleicht sogar die ganze Reihe, gelesen hast. Du ahnst nicht, wie viel mir das bedeutet.

Machen wir weiter mit meiner Familie, die mich stets auf meinem Weg begleitet. Besonders danken möchte ich Sarah und Yousra – die nicht nur die tollsten Menschen überhaupt sind, sondern auch die Ersten waren, die in die Geschichte von Maya und Lenny eingetaucht sind.

Ebenfalls danken möchte ich meinen besten Freundinnen Josi und Toni, die IMMER hinter mir stehen. Ihr seid alles für mich.

Basma und Shamim möchte ich in meinem Dank keinesfalls vergessen. Ihr habt euch einen riesigen Platz in meinem Herzen erschlichen und seid nicht mehr aus meinem Leben wegzudenken.

Danke auch dir, Andi, für … irgendwie alles. Aber besonders dafür, dass du mich immer auffängst. Immer.

Danke an meine lieben Autorinnenkolleginnen, mit denen ich mich stets austauschen kann und deshalb mit meinen Drölfmillionen Fragen nie alleine dastehe!

Nun zu den Menschen, die mich bei der Geschichte besonders inhaltlich unterstützt haben: danke, Kai für dein ganzes Fachwissen in der Schauspielbranche. Danke, Cornelia, Antonia und Agnes für die wertvollen Infos zum Christentum. Danke, Olli, für deine Geduld bei meinen vielen Fragen zum Skaten. Danke, Justine – fürs Vorablesen, für dein Tattoo-Wissen, und deinen wundervollen Blurb! Einen riesigen Dank auch an Susanne für deinen Input in der Gynäkologie.

Zum Schluss möchte ich dem gesamten LYX-Verlag danken – ohne euch würde es vermutlich nie die Geschichten von Vicky und Vince und Maya und Lenny geben. Besonders danken möchte ich meiner wunderbaren Lektorin Sabrina und meiner Außenlektorin Lisa. Ich finde unsere Zusammenarbeit unglaublich bereichernd. Auch dir, Simone, bin ich sehr dankbar, ebenso wie Teresa, und natürlich allen anderen lieben Mitarbeiter:innen. Danke auch dem Audio-Team, das die Reihe als Hörbücher vertont hat.

Einfach danke, danke, danke!

Triggerwarnung

Dieses Buch enthält neben expliziten Szenen auch Elemente,
die potenziell triggern können.
Diese sind:

Emotionale Manipulation innerhalb der Familie,
emotionale Erpressung, (ungeplante) Schwangerschaft,
gynäkologische Untersuchungen, Überlegungen
zur Mutterschaft inkl. Schuldgefühle,
Mother Shaming und Abtreibung

Eine besondere Nacht wird ihre Leben für immer verändern

Mounia Jayawanth
NIGHTSKY FULL
OF PROMISE

480 Seiten
ISBN 978-3-7363-1659-1

In einer Berliner Sommernacht verbringen Sydney und Luke ein paar viel zu kurze Stunden miteinander, bevor Luke ins Ausland geht. Um ihren Gefühlen trotzdem eine Chance zu geben, vereinbaren sie, sich nach Lukes Rückkehr am selben Ort zu treffen. Sydney ist zur Stelle – Luke jedoch nicht. Auch fünf Jahre später kann Sydney ihn nicht vergessen. Und dann steht Luke ihr plötzlich wieder gegenüber. Nur erinnert er sich weder an sie noch an ihr Versprechen …

»Ihr haltet hier ein ganz besonderes Buch in den Händen, das direkt mit der ersten Seite einen Platz in meinem Herzen erobert hat.« @BOOKSLOVE128

LYX

Was, wenn dein Traum der großen Liebe im Weg steht?

Yvy Kazi
THE DREAM OF US

448 Seiten
ISBN 978-3-7363-1662-1

July ist Cheerleaderin mit Leib und Seele. Daher ist es auch ihr Traum, einen Platz bei den Cheerleadern eines NFL-Teams zu ergattern. Doch dort gilt eine strenge Regel: Wer einen Footballspieler datet, fliegt raus! Bisher war diese Vorschrift kein Problem – bis sie den neuen Quarterback Andrew kennenlernt. Drew löst mit nur einem Blick Gefühle in ihr aus, die sie so noch nie empfunden hat, und jedes Mal, wenn die beiden sich treffen, wird das Prickeln zwischen ihnen stärker. Aber ist Drew es wert, ihren Traum aufzugeben?

»Wenn ihr humorvolle und gleichzeitig emotionale New-Adult-Romane mögt, werdet ihr diesen hier lieben!« KIM NINA OCKER

LYX

Wenn Welten aufeinanderprallen …

Anabelle Stehl
WORLDS COLLIDE

576 Seiten
ISBN 978-3-7363-1663-8

Fiona hat es geschafft: Sie ist eine der erfolgreichsten Beauty-YouTuber:innen Englands, reist von Event zu Event und wird schon bald eine eigene Make-up-Linie herausbringen. Aber ihr Leben war nicht immer so glamourös. Aufgewachsen in einer finanziell schwachen Familie nutzt sie jetzt ihre Reichweite, um anderen zu helfen. Ihr gutes Image gerät allerdings ins Wanken, als YouTuber Demian einen Skandal aufdeckt, in den Fiona unfreiwillig verwickelt ist. Bei einer Convention will sie ihren guten Ruf retten … doch dann sitzt bei dem Panel ausgerechnet Demian neben ihr.

LYX

Wenn du dir selbst nicht mehr vertraust, vertraue mir …

Anna Savas
KEEPING SECRETS

480 Seiten
ISBN 978-3-7363-1534-1

Dass ihr neuer Film am College ihres Heimatorts spielt, passt Schauspielerin Tessa Thorn gar nicht. Und dass der angehende Journalist Cole Williams ein Portrait über sie schreiben soll, erst recht nicht. Schließlich darf niemand erfahren, was vor acht Jahren passiert ist. Und je tiefer er in ihrer Vergangenheit gräbt, desto näher kommt er nicht nur Tessa, sondern auch ihrem großen Geheimnis, das alles zerstören könnte …

»Eine wundervolle Geschichte, die mich von Kapitel zu Kapitel mehr gefesselt hat. Atmosphärisch, romantisch, ein wenig melancholisch. Ich hätte ewig weiterlesen können.« AVA REED

LYX

Lesejury